À PROPOS DE L'AUTRICE

Maisey Yates a publié son premier roman en 2009– à seulement 23 ans ! Aujourd'hui, son quotidien est constitué d'incessants allers-retours entre sa machine à café (à laquelle elle voue un amour éternel) et sa table de travail, où elle donne vie à des héroïnes irrésistibles.

La loi du destin

*

La loi du royaume

*

Vengeance pour un milliardaire

MAISEY YATES

La loi du destin

INTÉGRALE

AU NOM DU ROYAUME

Traduction française de
ANNE-LAURE PRIEUR

SAGAS

HARLEQUIN

Collection : SAGAS

Titre original :
THE SPANIARD'S PREGNANT BRIDE

Ce roman a déjà été publié en 2018

Réalisation couverture : C. ESCARBELT (HarperCollins France)

HARPERCOLLINS FRANCE
83-85, boulevard Vincent-Auriol, 75646 PARIS CEDEX 13
Service Lectrices — Tél. : 01 45 82 47 47 - www.harlequin.fr
ISBN 978-2-2804-7083-4 — ISSN 2426-993X

Composé et édité par HarperCollins France.
Imprimé en février 2022 par CPI Black Print (Barcelone)
en utilisant 100% d'électricité renouvelable.
Dépôt légal : mars 2022.

FSC www.fsc.org MIXTE Papier issu de sources responsables FSC® C159065

Pour limiter l'empreinte environnementale de ses livres, HarperCollins France s'engage à n'utiliser que du papier fabriqué à partir de bois provenant de forêts gérées durablement et de manière responsable.

1

Il était l'Ange de la Mort venu l'emporter dans les ténèbres. C'est ce qu'imagina Allegra en le regardant descendre l'imposant escalier de la salle de bal vénitienne, son long manteau noir bouffant derrière lui. Un frisson la traversa, comme si c'était sur sa peau, et non sur l'élégante rampe en marbre, que couraient ses doigts.

À l'instar des autres invités, il portait un masque. Mais là s'arrêtait toute ressemblance avec eux — ou même avec le commun des mortels. Tout de noir vêtu, il détonnait dans la foule bigarrée. Son masque de métal, artistiquement ciselé en forme de crâne, miroitait à la lumière des lustres. Il devait avoir peint sa peau en noir dessous, car aucune humanité n'émanait des interstices.

Son apparition avait provoqué un vif émoi parmi la gent féminine. Un murmure appréciateur parcourut la foule. Toutes ces créatures, resplendissantes dans leurs atours de soie, frémissaient d'anticipation, avides d'un regard, d'une marque d'attention. Allegra ne faisait pas exception. Anonyme sous son loup doré et sous son maquillage, elle le dévorait des yeux.

Le bal avait lieu dans l'un des plus beaux hôtels historiques de Venise, donné par l'un des associés de son frère. Seule l'élite avait droit d'entrée à cet événement prestigieux. Y être admis était un privilège. Les plus anciennes familles d'Italie y côtoyaient d'influents nouveaux riches. Leurs héritières, très convoitées, faisaient tourner les têtes d'un battement de cils.

Allegra était l'une d'elles, descendante d'une lignée dont la noblesse remontait à la Renaissance. Son frère, Renzo, avait succédé à leur père à la tête de l'entreprise familiale, à laquelle il avait insufflé une nouvelle dynamique. En internationalisant leurs activités, il avait propulsé la famille Valenti au sommet de la stratosphère sociale et financière mondiale.

Pour autant, Allegra ne se sentait pas à sa place parmi ces femmes, si confiantes en leur pouvoir de séduction. Mais cette soirée était sa chance. Une occasion unique de perdre sa virginité avec un partenaire de son choix, plutôt que le prince auquel elle était promise et qui n'enflammait ni ses sens ni son imagination. Contrairement à ce ténébreux inconnu. Un tel péché l'enverrait tout droit en enfer. Auquel cas… quelle meilleure escorte que le diable en personne ?

Elle fit un pas vers l'escalier, le cœur battant, puis se ravisa. Pour qui se prenait-elle ? Elle n'avait rien d'une aventurière capable d'aborder un parfait inconnu et de flirter avec lui sans vergogne. Encore moins de lui offrir son corps dans l'heure.

Elle tourna les talons. Non, elle n'avait tout simplement pas le courage d'aller au bout de son fantasme. D'ailleurs, le moindre faux pas lui vaudrait les foudres de son frère, qui tolérait tout juste sa présence ce soir. Renzo avait toujours eu un tempérament explosif. Allegra, elle, avait appris à dompter le sien.

D'après ses parents, elle avait été une enfant difficile, une sauvageonne réfractaire à l'autorité. Mais elle s'était assagie au fil des cours de maintien et d'étiquette destinés à faire d'elle une dame, et donc un parti respectable. Ces leçons avaient payé. L'amitié de Renzo avec Cristian Acosta, un duc espagnol issu de la même prestigieuse école privée, avait permis l'introduction de leur père auprès du prince Raphael DeSantis de Santa Firenze. À l'instigation de ce *cher* Cristian, qu'Allegra aurait volontiers étranglé, des fiançailles avaient rapidement été conclues entre elle et le prince. Un triomphe inespéré, aux yeux de ses parents.

C'est ainsi que depuis ses seize ans, elle était promise au prince Raphael. N'était-elle pas extatique ? lui répétait-on à longueur de journée. En réalité, six ans plus tard, elle n'était pas plus conquise que lors de leur première rencontre. Certes, il était séduisant, c'était indéniable. Mais sa beauté la laissait de marbre.

Contrairement à Renzo, Raphael ne faisait jamais la une des tabloïds. Il était un modèle de respectabilité et de grâce masculine, en costume comme dans le style plus décontracté qu'il adoptait en vacances, durant lesquelles Allegra et sa famille le rejoignaient dans l'une de ses villas à travers le monde.

Peut-être était-ce sa nature volatile qui l'empêchait d'accepter plus que de chastes baisers sur la joue. Ou peut-être était-ce par rébellion contre ce qu'on lui imposait qu'elle était incapable de transport à son égard. À moins que ce ne fût lui. Il était si… froid. Si distant. Était-ce trop demander, une passion égale à la sienne ?

Quoique cette passion fût toute théorique. Que connaissait-elle de la vraie vie ? Depuis toujours, elle évoluait dans une cage dorée, captive d'un destin décidé pour elle. Que n'aurait-elle donné pour voler de ses propres ailes !

Cristian, bien sûr, lui reprocherait son égoïsme. Il avait toujours agi comme si ses fiançailles constituaient un enjeu personnel. Sans doute parce qu'il en était l'instigateur. Elle se demandait ce qu'il avait à gagner dans ce mariage. D'infinis privilèges garantis par le prince lui-même, certainement. Cristian était la seule personne capable de lui faire perdre son calme. Avec lui, elle osait donner libre cours à sa colère. Aux ordres de ses parents, elle obéissait docilement.

Quelle morne existence elle menait ! Elle bouillait de frustration, prête à exploser à tout instant. Elle devait se révolter. Faire savoir, au moins, qu'elle était malheureuse !

Détachant les yeux de l'inconnu, elle se dirigea vers le buffet et se jeta sur les petits fours. Si les hommes lui étaient interdits, elle compenserait avec la pâtisserie. Par chance, sa mère n'était pas là pour lui rappeler qu'elle devait impérativement rentrer dans sa robe de mariée, dans quelques mois.

Sa mère était obsédée par le respect de l'ordre et du devoir. Ses enfants se devaient de rentrer dans le moule. De poursuivre l'œuvre de leur père et préserver l'honneur de la famille. Ce genre de choses. Allegra jugeait le fardeau bien lourd pour ses frêles épaules.

Par esprit de sédition, elle se servit un autre chou à la crème. Quelle importance ? Leur couturière saurait bien retoucher la robe le jour J si ses courbes se révélaient trop généreuses. Et ce n'était pas Renzo qui allait l'arrêter. Ses accès de révolte semblaient au contraire beaucoup l'amuser.

Évidemment, le fardeau était moins lourd pour lui. En tant qu'homme, il avait simplement dû reprendre la société de développement immobilier de leur père. Rien de plus. Aucun autre aspect de sa vie n'était soumis à restrictions. Allegra, elle, devrait se dévouer entièrement au bien-être du mari choisi pour elle. Peut-être était-ce pour cette raison qu'il se montrait si indulgent. Il mesurait la disparité entre ce qui était exigé de l'un et de l'autre.

Pas leurs parents. Ni Cristian, à l'origine de ce mariage arrangé. Ce dernier ne manquait d'ailleurs jamais une occasion de la remettre à sa place. Elle savait quelle tragédie il avait vécue et se sentait parfois coupable de le juger si durement. Mais ni ses épreuves personnelles ni son implication dans son mariage ne lui donnaient le droit de la traiter aussi mal.

Elle mordit rageusement dans son chou à la crème. Pourquoi pensait-elle à lui ? Sans doute parce que, s'il était là, il hausserait un sourcil sardonique devant sa gloutonnerie. Une preuve de plus, à ses yeux, qu'elle n'était qu'une gamine. Pourrie gâtée, de surcroît. Eh bien lui, en ce qui la concernait, n'était qu'un macho arrogant. Ils étaient quittes.

Les notes d'une valse l'enveloppèrent de leur tonalité sensuelle. Allegra se tourna vers la piste de danse, où plusieurs couples évoluaient avec grâce. Quel effet cela faisait-il de tourbillonner ainsi, étroitement enlacée par un homme ? Son futur époux était certainement un danseur accompli. C'était un prince, après tout. Dans leur milieu, apprendre à valser devait être aussi naturel qu'apprendre à marcher.

Soudain, une main gantée de noir se matérialisa devant

elle. Elle leva les yeux et retint son souffle. Alors qu'elle allait parler, il pressa un index sur la bouche de son masque. Il l'avait donc remarquée aussi ! Le frisson qui l'avait parcourue à son apparition et cette impression que ses doigts couraient sur sa peau étaient fondés. L'étincelle était bien réelle.

Elle se laissa entraîner sur la piste. Malgré la barrière du cuir, quand sa main gantée toucha la sienne, une onde de feu la traversa pour se répandre entre ses cuisses. *Ridicule*, se tança-t-elle. Dieu sait qui se cachait sous ce masque. Un vieillard, peut-être. Ou un homme horriblement défiguré. Pourtant, l'alchimie entre eux était indéniable. Lorsqu'il la plaqua contre lui, que ses seins s'écrasèrent contre son torse ferme, une nouvelle vague de chaleur la submergea. Aucun doute, c'était lui qu'elle voulait. Son attirance était si viscérale qu'elle transcendait la réalité.

Il la faisait tourbillonner sur la piste comme si elle ne pesait pas plus qu'une plume, sinuant entre les autres couples qui n'existaient déjà plus. Leurs regards se croisèrent, et une nouvelle décharge la secoua. Elle concentra son attention sur le lustre de cristal au-dessus d'eux, sur les murs tendus de riches tentures de velours qui dissimulaient partiellement une fresque de déesses batifolant sans pudeur. Chaque frôlement de leurs corps envoyait des frissons à travers son être. Un incendie couvait entre ses reins, que la pression de cette main gantée dans le creux de son dos attisait encore. Ce n'était pas une simple danse, non, mais un prélude à une rencontre mille fois plus sensuelle.

Jamais un homme ne lui avait procuré de telles sensations. Il est vrai que c'était sa première expérience de ce type. Mais leur valse langoureuse n'était pas responsable du vertige qui l'étourdissait. Pas plus que la musique, aussi envoûtante fût-elle.

C'était lui.

Elle posa une paume à plat sur son torse, tout en captant son regard. Un regard d'obsidienne, indéchiffrable sous le masque. Était-il rebuté par son initiative ? Dans quel monde une valse devenait-elle une invitation à aller plus loin ? Elle se figea comme il s'emparait de sa main. Seigneur, que lui avait-il pris ? Mais, au lieu de l'écarter, il la retourna et, du pouce, caressa doucement l'intérieur de son poignet. Un frisson courut sur sa peau. Pas de doute, c'était une réponse. Et elle voulait dire oui.

Elle déglutit, cherchant du coin de l'œil son frère dans la salle. Aucune trace de lui. Sans doute était-il déjà parti, en bonne compagnie. Tant mieux. Il n'était donc pas là pour la chaperonner.

Et maintenant ? Quelle était la prochaine étape ? Elle ignorait comment s'y prendre. Surtout sans parler. Or son mystérieux séducteur semblait résolu à ce qu'aucune parole ne soit échangée. Cela ne la dérangeait pas. Au contraire, le silence renforçait la tension électrique entre eux. Elle n'avait aucune idée de qui il était, et vice versa. Une précaution indispensable. Son mariage imminent avec le prince de Santa Firenze était très médiatisé. Peut-être n'était-elle pas connue internationalement mais, à Venise, c'était une autre histoire.

L'inconnu prit les choses en main et l'entraîna hors de la salle, jusqu'à un couloir désert. Le cœur d'Allegra battait la chamade. Et s'il était en train de la kidnapper ? C'était troublant, cette frontière vaporeuse entre séduction et danger. La peur le disputait à l'excitation en elle.

Il la poussa dans une alcôve et la plaqua contre le mur. La musique s'évanouit en une rumeur lointaine. Allegra n'entendait plus rien ni personne. L'homme tout en noir emplissait son champ de vision. En cet instant, ils étaient les deux seuls êtres sur terre.

Du pouce, il dessina la courbe de ses lèvres. Un délicieux frisson l'électrisa. Ses doigts glissèrent le long de son cou, jusqu'au décolleté de sa robe. Leur caresse était un vol de papillon au-dessus de la naissance de ses seins, mais elle se répercuta jusqu'aux tréfonds de son être. Elle sut alors avec certitude qu'elle n'avait pas mal interprété la situation. Sa cour était efficace : elle était dangereusement proche d'être séduite.

À vrai dire, elle l'était depuis la seconde où elle avait accepté son invitation à danser. En prenant sa main, elle avait dit oui plus sûrement qu'avec des mots.

Et cette main se faufilait à présent vers le jupon de sa robe, qu'il retroussa sur ses cuisses. Au passage, ses doigts effleurèrent le triangle intime entre ses jambes où se concentrait son désir. Ce bref contact décupla sa fièvre. De l'autre main, il tira sur le bustier de soie, dénudant un sein, puis l'autre. Allegra étouffa un gémissement. Elle peinait encore à croire à ce qui arrivait. À ce qu'elle le laissait faire…

Non, elle ne laissait rien faire du tout. Elle était captive de son désir, et cela lui convenait.

Le frottement de son pouce sur son mamelon lui arracha une plainte. La caresse se mua en pincement, et elle s'arqua pour mieux lui offrir ses seins. Il les pétrit à pleines mains, avant de revenir à sa robe qu'il retroussa une fois de plus, l'exposant à lui. Ses doigts s'insinuèrent entre ses cuisses, sous sa petite culotte. Mon Dieu, c'était si bon ! Personne ne l'avait jamais touchée ainsi. Elle se perdait dans ce plaisir inédit, emportée dans un tourbillon sensuel. Ses larges mains étaient partout. Chaque nouvelle caresse la poussait un peu plus vers l'abîme.

Elle commença à déboutonner sa chemise. Son souffle se suspendit. Enfin, leurs peaux entraient en contact. Du doigt, elle traça les contours de ses pectoraux d'acier. Sa peau était si brûlante qu'elle en eut le vertige. Mais pas question de se pâmer devant lui. S'il devinait son inexpérience, il la planterait là, seule avec son désir inassouvi.

Il était la perfection faite homme. Un fruit défendu, mais trop alléchant pour être ignoré. Elle l'embrassa dans le cou. Contrairement aux siennes, ses lèvres à elle n'étaient prisonnières d'aucun masque. Son baiser laissa une trace de maquillage sur sa peau. Cela lui plut. Elle apposait son empreinte, comme il la marquerait bientôt du sceau de sa possession. Dieu sait qu'elle ne serait plus jamais la même après cela !

Poursuivant son exploration, elle caressa son torse, ferme sous le duvet rugueux. La sensation était aussi nouvelle que grisante. Le simple fait de le toucher envoyait des flèches de désir dans son bas-ventre. Il prit le relais de ce qu'elle avait commencé et baissa son pantalon, tout en la plaquant davantage contre le mur. Son érection dure comme le roc frottait contre son intimité, moite et prête pour lui. Elle renversa la tête en arrière, traversée par une onde de plaisir.

D'une main, il lui noua une jambe autour de ses hanches, avant d'ajuster sa position et plonger en elle. La douleur lui arracha un cri. Elle savait que perdre sa virginité faisait mal, mais pas à ce point. Son partenaire ne parut s'apercevoir de rien, car il se retira lentement pour s'enfoncer à nouveau. Cette seconde intrusion fit un peu moins mal. Avec chaque nouveau coup de reins, la douleur s'atténuait, peu à peu chassée par un plaisir croissant. Un plaisir qui se propageait dans chaque cellule de son corps, incandescent, accentuant encore son désir.

Elle se mit à convulser contre lui, cramponnée à ses épaules, le visage enfoui dans le creux de son cou. L'orgasme la submergea, déferla en elle en vagues successives, un raz-de-marée sans fin qui la laissa sans forces, le souffle coupé. Elle pressa un baiser dans son cou comme, d'une ultime poussée ponctuée d'un grognement, il jouissait à son tour.

Le monde tournoyait autour d'eux. Allegra en avait le vertige. Elle se sentait… connectée à cet homme. Ce parfait inconnu.

Il se retira d'elle et recula. Il remonta son pantalon, reboutonna sa chemise, son masque toujours en place. La même aura ténébreuse que lorsqu'il lui était apparu dans l'escalier émanait de lui. Seule la trace de maquillage dans son cou prouvait que quelque chose s'était passé.

Cela, et le feu palpitant entre ses cuisses.

Il la dévisagea un instant. Puis, réajustant ses gants, il tourna les talons et regagna la salle de bal.

Allegra resta seule. Elle qui ne s'était jamais rebellée contre son destin, si ce n'est par quelques protestations marmonnées entre ses dents, venait d'offrir sa virginité à un total inconnu.

Sans protection. Sans aucune considération pour l'avenir. Son excitation se mua en panique. Tandis qu'il disparaissait de sa vie, elle ne savait si elle devait se sentir honteuse, triste, ou soulagée de ne plus jamais le revoir.

2

La situation n'aurait pu être pire. Allegra avait eu beau prier, ces dernières semaines, pour avoir ses règles, son corps avait fait la sourde oreille. Malgré ses ferventes suppliques, deux lignes roses et non une seule étaient apparues sur le test de grossesse.

Elle était fiancée à un prince dont elle était censée porter les futurs héritiers. Mais ce n'était pas à lui qu'elle avait offert sa virginité. Un seul homme lui avait fait l'amour. Et elle n'avait aucune idée de son identité !

Elle avait envisagé plusieurs options depuis la découverte de sa grossesse. La première consistait à rejoindre son fiancé et à le séduire en quatrième vitesse. Ce subterfuge n'était pas sans failles. Avait-elle vraiment la force de mentir à son mari toute sa vie ? D'ailleurs, Raphael n'était pas idiot. En tant que prince, il s'assurerait que son héritier soit bien de lui. Un test de paternité était inévitable. Ce qui ne lui laissait qu'une seule solution.

Voilà comment elle se retrouvait dans le bureau de son frère, sur le point de confier son secret à la seule personne susceptible de ne pas la foudroyer sur place. Mais, avant cela, rien ne l'empêchait de lui soutirer quelques informations.

— Qu'as-tu pensé du bal ? lança-t-elle en guise d'introduction.

Il leva les yeux de ses dossiers, un sourcil haussé.

— Quel bal ?

— C'est vrai, j'oubliais. Tu assistes à tellement de fêtes… Je parle du bal masqué auquel tu as daigné m'inviter.

— Ah, celui-là. À vrai dire, je ne suis pas resté longtemps.

— Assez, tout de même.

Elle évitait délibérément son regard. Renzo la dévisagea avec attention.

— Pourquoi cet interrogatoire, Allegra ? Des rumeurs peu flatteuses circulent-elles dans la presse ? Des photos, peut-être ?

— Y aurait-il une raison à cela ? s'enquit-elle.

— Tu me connais. C'est toujours une possibilité.

— En effet.

Bientôt, elle aussi ferait la une des tabloïds. Elle, la petite fille sage qui avait toujours rêvé de se lâcher sans jamais oser passer à l'acte serait à l'origine du plus grand scandale que les Valenti aient jamais affronté !

— Si tu as quelque chose à me demander, fais-le, la pressa Renzo. Plus vite tu videras ton sac, plus vite tu pourras retourner faire les magasins. C'est bien pour cela que tu es à Rome, non ?

Comme si c'était la seule raison possible… En réalité, elle était venue expressément pour en apprendre plus sur l'homme masqué de Venise.

— Tu connais beaucoup de gens haut placés, commença-t-elle avec circonspection.

Son mystérieux amant en faisait partie. Son instinct le lui soufflait. Il dégageait ce charisme, cette autorité naturelle qui, elle en était sûre, capturait l'attention partout où il allait.

— Voyons voir. Des présidents, des rois… Oui, on peut dire cela, confirma Renzo, pince-sans-rire. Et alors ?

— Oh ! simple curiosité. Il y avait cet homme, au bal…

— Une femme sur le point de se marier n'a pas à s'enquérir au sujet d'autres hommes, la coupa-t-il d'un ton d'avertissement.

— Non, évidemment. J'étais juste curieuse.

— Raison de plus pour ne rien te dire. Papa me tuerait.

— Tu parles. Tu te fiches bien de ce qu'il pense. Ne prétends pas le contraire.

Il exhala un soupir.

— Très bien. Que veux-tu savoir ?

— Il est arrivé en retard. Il portait un costume noir et un masque en forme de crâne, décrivit Allegra.

Un sourire s'ébaucha sur les lèvres de Renzo. Suivi par un éclat de rire, phénomène plus rare encore.

— Quoi ? Qu'y a-t-il de si drôle ? grogna-t-elle, exaspérée.

Elle se débattait en plein chaos, et lui se moquait d'elle !

— Navré de te décevoir, mais celui qui t'a fait tourner la tête n'est autre que Cristian, répondit-il d'un air amusé. Ce cher Cristian que tu détestes tant…

Le sang d'Allegra se glaça dans ses veines.

— Impossible, balbutia-t-elle. Ce ne peut pas être vrai.

— Proteste autant que tu veux. C'était bel et bien lui. Peut-être est-ce une bonne chose que nos parents aient choisi ton mari. Tes goûts en matière d'hommes laissent à désirer.

— Non, répéta-t-elle, dans le déni. Ce n'était pas Cristian Acosta. Je m'en serais aperçue.

Une expression étrange passa sur le visage de son frère.

— En raison d'une force invisible ?

— Oui…

Tôt ou tard, il finirait par apprendre la vérité. Tout le monde serait au courant. À moins que…

Cristian n'avait pas besoin de savoir. Raphael, si, c'était inévitable. Leur mariage tombait à l'eau. Non qu'elle s'en désolât. Mais, si Cristian était bien son mystérieux amant, il n'y croirait pas plus qu'elle. Il ne voyait en elle qu'une gamine égoïste et pourrie gâtée, rien de plus. Jamais il ne l'associerait avec l'aventurière qu'il avait prise contre un mur en marge de ce bal vénitien. Son estomac se révulsa. Cristian. Toute cette histoire tournait au cauchemar. Comment avait-elle pu… ?

Oh ! elle s'était souvent posé cette question, avant même d'apprendre l'identité de son amant. Que lui était-il passé par la tête ? Non, elle ne lui dirait rien. À quoi bon ? Il ne voudrait rien à avoir à faire avec elle et le bébé. Ou, au contraire, il tiendrait à assumer ses responsabilités. Ce second scénario était celui qu'elle redoutait le plus.

— Oublie cela, dit-elle. C'était idiot de ma part.

— En effet, grommela Renzo avant de replonger dans ses dossiers.

La décision d'Allegra était prise. Elle romprait ses fiançailles. Puisque la disgrâce était inéluctable, autant l'assumer jusqu'au bout. Elle élèverait seule son enfant. Cristian n'aurait jamais vent de cette affaire.

— Ta sœur et ses fiançailles rompues font la une des journaux.

Cristian se tourna vers son ami, les doigts crispés sur son verre. La colère bouillait dans ses veines. En présentant Raphael aux Valenti, il avait mis sa propre réputation en jeu. Il s'était porté garant d'Allegra en tant que future épouse. Lui et Raphael étaient moins des amis que des connaissances. Le monde de l'aristocratie était petit, surtout en ces temps où les titres tendaient à sombrer dans l'obsolescence. Néanmoins, c'était lui qui avait fait les présentations. Lui encore qui avait encouragé l'union, par respect et gratitude envers les Valenti qui l'avaient toujours soutenu. Il aurait dû se douter qu'Allegra gâcherait tout.

Le désastre couvait depuis longtemps. Ce n'était qu'une question de temps avant qu'elle ne ruine sa vie pour de bon. Elle était comme une flamme vacillante, imprévisible. Son masque serein lors des repas familiaux ne le dupait pas. Il décelait sa fébrilité. Sa profonde insatisfaction. Mais ce mariage arrangé demeurait un sort bien plus enviable que faire les gros titres de tous les journaux du pays. Une femme de son tempérament était du pain bénit pour les tabloïds. Hélas, elle était trop têtue pour écouter ses mises en garde. Il avait espéré que ses fiançailles princières l'obligeraient à rester dans le droit chemin, à l'abri…

Il s'était trompé.

— Un mariage royal annulé allait forcément faire couler de l'encre, soupira Renzo.

— Je suppose.

Cristian se rappelait parfaitement cette garden-party chez les Valenti, à laquelle Raphael était présent aussi. C'était la seule fois où il avait vu le prince et Allegra ensemble. Ni lui ni elle ne savait comment se comporter en présence de l'autre. Raphael était un prince, habitué à une constante déférence. Allegra s'était montrée tout sauf déférente. Elle n'avait pas décroché un mot de tout le repas, la mine renfrognée. Elle n'était qu'une adolescente, alors. Elle mûrirait, avait pensé Cristian.

Peut-être est-ce mieux ainsi.

Certains mariages politiques tournaient au fiasco et voyaient de jeunes épouses éprises de liberté se faner, écrasées par le poids du devoir. Il le savait d'expérience.

Mais elle n'est pas Sylvia. Et il n'est pas toi.

Oui, ce mariage aurait profité à Allegra. Si seulement elle avait eu conscience de la chance qu'elle tenait entre ses mains.

— Dieu merci, la cause de leur rupture n'a pas encore fuité. Enfin, ce n'est qu'une question de temps, conclut Renzo en se levant pour se servir un verre, lui aussi.

Cristian fronça les sourcils.

— Quelle en est la cause ?

— Allegra est enceinte.

Cette révélation fit l'effet d'un coup de massue à Cristian. Il imagina la jeune femme, le ventre rond, tenant un bébé dans ses bras… Sa mâchoire se crispa. C'était idiot. Elle aurait dû épouser Raphael dans quelques mois. Une grossesse aurait rapidement suivi. Pourquoi l'idée lui était-elle si désagréable, tout à coup ?

— Pas du prince, j'imagine ?

— Non. Elle refuse de révéler l'identité du père. Pas même à moi. Je n'ai pas la moindre idée de qui il peut s'agir. Je ne l'ai jamais vue avec qui que ce soit.

Un pli soucieux barra le front de Renzo.

— Pour être honnête, cette histoire me préoccupe. Allegra est une fille sage. Je crains qu'on ait profité d'elle.

Ce portrait d'Allegra par son frère étonna Cristian. Une femme passionnée se cachait en elle, il en était persuadé. Il n'aurait pas été surpris d'apprendre qu'elle menait en réalité une double vie dans le dos de sa famille — et du sien. L'idée le dérangeait. Tout en feignant d'obéir à ses parents, elle se serait secrètement émancipée ? Aurait permis à des hommes de la toucher, de l'embrasser… De la faire leur.

— Est-elle vraiment si sage ? s'enquit-il l'air de rien.

— Oh ! oui. Elle n'a aucune expérience avec les hommes, assura Renzo. Enfin, presque… Récemment encore, elle me questionnait à propos d'un homme croisé lors de ce bal masqué, le mois dernier.

Cristian se raidit. Il avait un mauvais pressentiment.

— Vraiment ?

Des flash-back de la soirée défilèrent dans son esprit. Une belle inconnue aux courbes sulfureuses… Une brève étreinte contre un mur, torride à souhait… Il y avait des années qu'il ne s'était pas autorisé une telle incartade.

— Quelle déception quand je lui ai appris que l'objet de ses fantasmes n'était autre que toi, s'esclaffa Renzo.

Cristian posa lentement son verre. Le sang bourdonnait à ses tempes. Impossible… Mais il devait en avoir le cœur net.

— Que portait-elle ? demanda-t-il.

— Un masque, comme toutes les autres femmes, répondit Renzo. Et du violet dans les cheveux, assorti à sa robe. Une robe que nos parents, soit dit en passant, n'auraient pas approuvée.

Cojeme.

Ce ne pouvait pas être vrai. La première femme qu'il touchait depuis des années… Et il avait fallu que ce soit Allegra Valenti. Qui portait à présent l'héritier des Acosta !

Le concept de duché était peut-être dépassé, mais le sien avait survécu, avec ses terres à administrer et des centaines de familles dépendantes de la perpétuation de sa lignée. Actuellement dernier descendant des Acosta, il leur devait un héritier. Sans le vouloir, il avait rempli sa mission. Mais, ce faisant, il s'était aussi imposé dans la vie d'Allegra, et elle dans la sienne. Chaque nuit, il se réveillait tenaillé par le désir, hanté par le souvenir de leur étreinte.

— Où est-elle ? s'enquit-il d'une voix pressante.

Renzo fronça les sourcils.

— Pourquoi ai-je le sentiment que je ne vais pas aimer ce qui se dessine ?

— Crois-moi, le sentiment est partagé. Où est-elle ?

— Terrée dans l'un de mes appartements à Rome.

— Il faut que je lui parle.

L'heure était trop grave pour s'embarrasser de faux-semblants. Si son soupçon était fondé, la vérité ne tarderait pas à éclater au grand jour. Pourvu qu'il se trompât !

— Ce sera ensuite à nous d'avoir une conversation, l'avertit Renzo, la mine ombrageuse.

— Espérons que non.

Cristian quitta comme une tornade le bureau de son ami. Il allait tirer cette histoire au clair sans délai. Oh ! il n'y croyait pas. Il refusait d'y croire. C'est pourquoi le doute devait être dissipé. Allegra n'était pas sa mystérieuse amante du bal masqué. Comment cette gamine aurait-elle pu le faire vibrer de la sorte ? C'était absurde. Et il le prouverait bien assez tôt.

Allegra tentait tant bien que mal d'oublier sa situation. Mais il lui suffisait d'allumer la télévision ou son ordinateur pour être rattrapée par le scandale. C'était horrible. Les médias la dépeignaient comme une égoïste qui avait eu l'affront de rompre ses fiançailles à la dernière minute, sans se soucier des sentiments du prince, ni de l'avenir de son pays.

C'était totalement faux ! C'est justement parce qu'elle s'en souciait qu'elle avait renoncé à leur mariage. Quant à Raphael, s'il nourrissait des sentiments à son égard, il les cachait bien. Non que cela l'excusât. Lorsqu'elle avait cédé à son fantasme de prendre un amant, pas une seconde elle n'avait imaginé en arriver là. Elle voulait juste savoir ce que cela faisait d'être libre de ses choix. C'était une parenthèse, un instant volé qui n'appartenait qu'à elle.

Plus maintenant. Le monde entier ne parlait plus que de l'annulation du mariage princier. Seule sa famille était au courant pour sa grossesse. Mais des spéculations en ce sens ne tarderaient pas à faire surface dans la presse. Étrangement, plus le public s'appropriait sa vie, plus elle avait l'impression d'en reprendre le contrôle. Garder secrète l'identité du père était sa décision, et elle s'y tiendrait. Oui, elle avait déçu tout le monde. Oui, ses parents risquaient de la renier. Mais, en contrepartie, de nouvelles possibilités s'ouvraient à elle, auparavant inexistantes.

Elle avait toujours désiré être mère. Hélas, cela allait de pair avec un mariage arrangé. Une vie de princesse ne lui aurait jamais vraiment appartenu. Désormais, pour la première fois, elle n'avait plus de comptes à rendre à personne. Sa relation avec son enfant lui appartiendrait pleinement. Certes, devenir mère en pleine quête de soi n'était pas l'idéal. Mais cela restait infiniment préférable à une union sans amour.

Un coup à la porte la fit sursauter. Personne n'avait sonné à l'entrée de l'immeuble. Ce devait être un employé de Renzo. Elle lui était immensément reconnaissante de lui prêter son appartement. Au fond, il la comprenait. Lui-même était loin d'être un saint. Elle alla ouvrir…

Et son cœur s'arrêta.

— Renzo n'est pas là, dit-elle le plus calmement possible, en soutenant le regard d'obsidienne de Cristian Acosta.

Comment était-il au courant ? Non, il ne savait rien. Elle refusait d'y croire.

Pourtant, debout sur le seuil, ses yeux sombres rivés sur elle, il avait l'air de l'Ange de la Mort surgi tout droit des Enfers. Exactement comme ce soir-là. Comment avait-elle pu ne pas réaliser… ?

Il la fixait, la mâchoire crispée. Ses lèvres, seule touche de douceur dans un visage taillé à la serpe, étaient pincées en une ligne menaçante. Il n'était même pas encore entré qu'il dominait déjà tout l'espace. En sa présence, elle se sentait minuscule. Vulnérable. Son regard pénétrant semblait lire en elle comme en un livre ouvert.

Aucun doute. Il savait.

L'espace de quelques jours, elle avait goûté à la liberté. Cristian venait la lui reprendre.

— Ce n'est pas Renzo que je suis venu voir, dit-il d'une voix dure.

Intransigeante. Comme tout le reste de sa personne.

— Oh ! alors tu es venu me sermonner au sujet de mon mariage…

— Silence.

Il entra en la bousculant.

— Épargne-moi ton numéro. Comptais-tu m'en parler un jour ?

Allegra déglutit. Sa gorge était complètement sèche.

— Te parler de quoi ? bredouilla-t-elle.

— Du bébé.

— Je ne comprends pas…

— Je suis au courant, la coupa-t-il. Je sais que c'était toi, au bal. Et tu sais que c'était moi. Cesse de jouer les ingénues, veux-tu ?

— Je ne suis pas une ingénue, répliqua-t-elle. C'est évident, non ?

— Donc tu admets que tu savais ? Tu étais au courant que j'étais le père de ton enfant.

— Je n'ai rien dit de tel.

Elle croisa les bras. Une façon de dresser une barrière entre eux. Que n'aurait-elle donné pour disparaître, en cet instant !

— Très bien, tu n'es pas une ingénue. Comment le saurais-je, à moins d'être celui qui a ravi ton innocence ? argua-t-il.

— Oh ! je ne sais pas, Cristian. Peut-être parce que je suis enceinte ? railla Allegra. Le père peut être n'importe qui. Je suis une vraie Marie-couche-toi-là.

— Assez.

La voix de Cristian claqua dans l'air.

— Pourquoi persister dans le mensonge, Allegra ?

— Je ne veux rien avoir à faire avec toi, lâcha-t-elle. Jamais, tu m'entends ? Jamais je ne t'aurais touché si j'avais su qui tu étais.

— Trop tard.

Une lueur sombre luisait dans ses yeux noirs. De détermination, pas de triomphe. Il n'était pas plus heureux qu'elle de cette situation. Elle en éprouva un inexplicable pincement au cœur.

— Je ne ressens rien pour toi, cracha-t-elle, en désespoir de cause. J'ignorais que c'était toi.

— Ne te fais pas d'idées, Allegra. Moi aussi, j'ignorais qui tu étais. Tu n'es qu'une gamine égoïste, qui n'a rien trouvé de mieux que gâcher un avenir mille fois plus enviable que celui qui t'attend. Tu n'as jamais compris la chance que tu avais, ni tout ce que tes parents avaient fait pour toi.

— Dans ce cas, Renzo non plus. Pourtant, tu continues à le côtoyer sans ressentir le besoin de le sermonner toutes les trente secondes.

— Renzo a repris l'entreprise familiale. Il n'a pas failli à ses devoirs.

— C'est ce qui s'appelle faire deux poids, deux mesures…

— Le monde entier applique ce raisonnement.

— Félicitations ! Tu es aussi sexiste que la majorité de la population !

Un silence tomba entre eux, chargé de colère et d'une étrange tension qu'elle se garda d'identifier.

— S'il y a une chose que j'ai apprise, c'est qu'on ne peut fuir les conséquences de ses actes, reprit-il de ce ton supérieur qui la mettait hors d'elle. Peu importe notre fortune ou nos relations. Nos erreurs finissent toujours par nous rattraper.

— Surtout quand on ne met pas de préservatif, riposta-t-elle.

À vrai dire, les torts étaient partagés. Mais c'était lui, l'homme, après tout. C'était sa responsabilité. Elle était vierge, bon sang !

— Tu n'as rien dit, observa Cristian.

— Tu m'as bien fait comprendre que tu ne voulais pas que je parle !

— Et tu n'as pas protesté.

Elle coupa court à l'échange de reproches.

— De toute façon, j'ai déjà prévu une solution.

Il plissa les yeux.

— Quelle solution ?

— J'élèverai cet enfant seule. Je ne suis pas sans ressources, fit-elle valoir. Mes parents ont beau m'en vouloir, ils me soutiendront financièrement.

Elle bluffait. Cristian le devina.

— Tu en es sûre ?

— Quoi qu'il en soit, Renzo, lui, ne me laissera pas tomber.

En réalité, elle n'avait pas revu ses parents depuis l'annonce et ignorait tout de leur décision. Certes, ils étaient furieux. Mais ils s'étaient toujours tant impliqués dans sa vie qu'elle ne les imaginait pas vraiment capables de la renier. Surtout sa mère. Comment s'occuperait-elle, désormais ? À moins que son implication tînt davantage à l'imminence de son mariage princier qu'à un réel désir de passer du temps avec sa fille. Allegra préférait ne pas s'appesantir sur la question.

— Peu importe que ta famille te soutienne ou non. Je ne te laisserai pas élever seule notre enfant, assena Cristian.

— Personne ne croira que nous avons couché ensemble, répliqua Allegra.

Il émit un petit rire qui s'insinua dans ses veines, embrasant son corps. Oh ! il avait toujours eu le don de la faire bouillir, mais jamais de cette façon. La sensation était différente, liée à un souvenir dont elle se serait bien passée.

— Nous n'avons pas « couché ensemble ». Je t'ai prise contre un mur, rectifia-t-il, sardonique.

Allegra s'empourpra violemment.

— Personne ne croira cela non plus, maugréa-t-elle.

— Du fait de ma réputation irréprochable ?

— Exact.

— Il nous suffit de présenter l'histoire sous un jour différent, déclara Cristian. Tu expliqueras à tes parents que tu es tombée folle amoureuse de moi et que ta passion à mon égard t'a conduite à compromettre tes fiançailles.

— Ha ! Autant leur dire la vérité, s'esclaffa Allegra. Mes parents croiront plus volontiers que tu m'as mise enceinte dans un lieu public sans connaître mon identité.

— Vraiment ?

— Qui avalera que je suis amoureuse de toi ? Notre mépris réciproque n'est un secret pour personne.

— Peu importe. Ma réputation n'est pas en jeu dans cette histoire. C'est toi qui étais fiancée. Toi seule affronteras le scandale.

— C'est déjà le cas, pointa-t-elle. N'as-tu pas lu les gros titres, ces derniers temps ?

— Ma vie ne tourne pas autour de toi et de tes exploits, figure-toi. D'ailleurs, pourquoi lire les tabloïds quand il me suffit d'interroger ton frère ?

Allegra accusa le coup.

— Tu veux dire que… Renzo est au courant ?

— Renzo n'est pas idiot. D'abord, tu le questionnes à mon sujet. Puis c'est à mon tour de lui demander ce que tu portais et d'exiger de te parler en apprenant que tu es enceinte. Il aura fait le rapprochement.

— Étonnant que tu sois toujours vivant.

Si Renzo avait vraiment deviné qu'elle et Cristian avaient couché ensemble, il l'aurait étranglé sur place.

— Ton frère a bien compris que j'ignorais ton identité. Jamais, en temps normal, je ne te toucherais. C'est donc la seule explication.

Une rage sourde envahit Allegra, blessée dans son orgueil de femme.

— Comme il doit être rassuré de voir que tu es un homme de principes, ironisa-t-elle. Navrée que mon identité t'ait déçu, Cristian. Toi qui avais tant aimé cela… Tellement que cela a été rapide.

Un rictus déforma la bouche de Cristian.

— Tu as aimé aussi, Allegra.

— Tu es bien sûr de toi.

— Je me souviens de la force avec laquelle tu as joui. Un tel orgasme ne se simule pas.

— Les femmes simulent sans arrêt, répliqua-t-elle, un trémolo dans la voix.

— Avec un partenaire stupide ou inexpérimenté, peut-être. Je ne suis ni l'un ni l'autre.

Il s'avança d'un pas.

— Je t'ai sentie trembler, Allegra. J'ai senti tes spasmes autour de moi et ton plaisir aussi vif que le mien. Ne prétends pas que tu n'as pas aimé simplement parce que c'était moi.

— C'est plus fort que toi, répliqua-t-elle. Il faut que tu flattes ton ego, alors même que tu me méprises. N'est-ce pas abject ?

Il eut un rire sombre, dénué d'humour.

— Je n'ai jamais prétendu être quelqu'un de bien.

— Encore heureux. Tu ne t'intéresses pas à moi, Cristian. Je ne suis même pas sûre que tu t'intéresses au bébé…

— Oh ! détrompe-toi. J'ai besoin de cet enfant.

— Besoin ? Dans quel but ? Un sacrifice rituel ?

— Sans façon. Ma vie compte déjà assez de morts comme cela.

Allegra détourna les yeux.

— Désolée.

— Tu ne le penses pas.

— Pourquoi as-tu besoin du bébé ? demanda-t-elle.

— Peut-être l'ignores-tu, mais il se trouve que je suis duc, dit Cristian.

— Je le savais. Ton arrogance te précède partout où tu te montres.

— Dans ce cas, tu comprends la nécessité dans laquelle je me trouve de produire un héritier. Légitime, j'entends. Mon enfant ne peut être le fruit d'une simple passade. Hors de question, donc, que je laisse filer cette opportunité.

Allegra ouvrit des yeux incrédules.

— Notre enfant est une… « opportunité » ?

— Pour ma lignée, oui. Je suis veuf, trentenaire et sans enfants. Plus j'avance en âge, plus le besoin d'un héritier se fait pressant. Mon père m'a eu sur le tard, par accident, avec une ancienne gloire du mannequinat. Mais il a rempli son devoir envers elle, moi et le duché. Je ne peux qu'en faire autant.

— Que suggères-tu, au juste ?

— Le mariage est la seule solution.

— Pardon ?

Le cœur d'Allegra cognait à tout rompre. Son pouls battait si fort qu'elle n'entendait plus rien. Elle avait l'impression de sombrer, de manquer d'air. La voix de Cristian lui parvint, lointaine, irréelle.

— Allegra Valenti, tu portes mon enfant. Et, bientôt, tu seras ma femme.

3

Cristian dévisageait la jeune femme assise en face de lui. Elle seule était capable de faire la tête entourée d'un tel luxe. À vrai dire, aucune femme n'était montée dans son jet privé depuis longtemps. Aucune amante, en tout cas.

Non qu'Allegra fût son amante. Une brève étreinte contre un mur ne signifiait rien. Si ce n'est qu'il était faible… Après trois ans d'abstinence, c'était à prévoir. Mais jamais il n'aurait imaginé en être si spectaculairement puni.

Car Allegra Valenti était sa punition, envoyée par une déité particulièrement retorse.

Pelotonnée sur son siège, elle fixait le ciel à travers le hublot, presque avec envie. Comme si se jeter dans le vide lui paraissait un sort plus enviable que rester une minute de plus en sa présence.

— N'as-tu rien à dire, Allegra ?

— J'ai déjà hurlé ce que je pensais à l'appartement. Puis une seconde fois dans la voiture, grommela-t-elle. À quoi bon recommencer ici ?

— Je ne me lasse pas d'entendre tes excuses, toutes plus égoïstes les unes que les autres.

— Est-ce égoïste de croire que deux personnes qui ne se supportent pas ne devraient pas se marier ?

— Pourquoi ? Plein de gens le font. Tu n'aurais à me supporter que jusqu'à ce que la mort nous sépare.

— Est-ce difficile de se procurer de l'arsenic en Espagne ?

— Tu es un amour, Allegra. Comment diable avons-nous résisté à notre désir tout ce temps ?

— Le désir de nous entre-tuer, tu veux dire ?

Il rit.

— Je parlais de notre attraction mutuelle, *mi tesoro.*

— Il n'y a aucune attraction entre nous, réfuta-t-elle. Rien ne se serait passé si nous n'avions pas été costumés. Tu vois, Cristian, pas d'inquiétude à avoir.

La simple évocation de cette soirée l'échauffa. Il en avait rêvé chaque nuit, depuis. Savoir que c'était Allegra Valenti qui lui avait fait perdre la tête muait le rêve en cauchemar. Mais un cauchemar tout aussi érotique. Il n'avait été avec aucune femme depuis Sylvia. La tentation ne l'avait jamais effleuré. Jusqu'à ce bal où une mystérieuse créature l'avait captivé, ensorcelante dans sa robe violette, sa luxuriante chevelure noire cascadant sur ses épaules dénudées.

Le désir l'avait foudroyé sur place. Un désir primitif qui avait tout transcendé, la décence comme la raison. Rien ne devait gâcher ce moment. C'est pourquoi, en l'abordant, il l'avait contrainte au silence. Lui-même n'avait pas prononcé le moindre mot, de peur de rompre le charme.

Un seul écart dans une vie rangée, et il le payait au prix fort.

— Tu as tort, assura-t-il. Notre alchimie est indéniable.

— Inexistante, corrigea Allegra.

— L'enfant que tu portes prouve le contraire.

— Pour la énième fois, j'ignorais qui tu étais à ce bal !

— Si tu le dis.

— Un mariage entre nous est voué à l'échec, prédit-elle d'un ton cassant.

— Oh ! sans aucun doute. Mais c'est ainsi. Tu m'épouseras avant que naisse notre enfant et resteras mariée à moi aussi longtemps que les convenances l'exigeront. Après quoi, nous divorcerons.

— Mes parents n'accepteront jamais un divorce.

— Ah, j'oubliais qu'ils sont de fervents catholiques.

— À leurs yeux, je resterai ta femme jusqu'à la fin des temps.

— Hélas pour toi, mon besoin d'un héritier passe avant tes préoccupations familiales, conclut Cristian.

— Cette situation n'est simple pour personne, argua Allegra. Crois-tu vraiment que je vais renoncer à plusieurs années de ma vie pour aller croupir dans un vieux château poussiéreux ?

— Il s'agit plutôt d'une villa.

— Et tu n'es qu'un duc. J'étais censée épouser un prince.

— Ce n'est pas ton prince qui t'a prise contre un mur à ce bal masqué, rétorqua Cristian. Je doute que votre rupture te brise le cœur.

— Tu reconnais donc ton erreur, le défia Allegra. C'est bien toi qui as arrangé nos fiançailles, non ?

— Ce mariage t'était avantageux. Je n'avais pas tort sur ce point. L'alchimie entre deux personnes est toutefois plus difficile à prédire. Il n'y a clairement aucune passion entre vous.

Les joues de la jeune femme se colorèrent.

— Qu'est-ce qui te fait dire cela ?

Il haussa les épaules.

— Pas une seconde, tu n'as envisagé que l'enfant soit de lui. Tu n'aurais pas rompu vos fiançailles si c'était le cas. J'en conclus que vous ne couchez pas ensemble.

La jeune femme soutint son regard, son expression indéchiffrable.

— Peut-être n'est-il pas de toi non plus, suggéra-t-elle. Peut-être est-ce une habitude, chez moi, de séduire de parfaits inconnus aux soirées où je me rends. Raphael est un gentleman. Il n'y aurait rien d'étonnant à ce qu'il refuse de me toucher avant le mariage.

— Comme si j'allais avaler cette histoire…

— Et si c'était la vérité ? Si j'étais plus dévergondée que tu ne le penses ?

Elle secoua la tête et ses cheveux noirs chatoyèrent dans la lumière.

— Tu ne me connais pas, Cristian. J'ai vingt-deux ans. Je ne suis plus une gamine.

Il rit. Il se faisait l'effet d'être un vieillard, tout à coup.

— Bien sûr que si.

— Je suis une femme, quoi que tu en dises !

— Oh ! je n'ai aucun doute quant à ta féminité, Allegra.

La jeune femme rougit, pour son plus grand plaisir. Ce ne fut pas sans contrepartie. Un désir sauvage fusa dans ses veines. Un désir provoqué par Allegra. C'était inadmissible.

— Eh bien, tu n'es pas le seul, repartit-elle. Beaucoup la connaissent intimement.

Il n'en croyait pas un mot. Pourtant, la pensée d'Allegra dans les bras d'autres hommes l'exaspérait. Cette possessivité ne lui ressemblait pas. Sans doute était-ce dû au fait qu'Allegra portait son enfant. Elle était aussi la première femme avec qui il couchait depuis trois ans. Cela devait jouer.

— Peut-être es-tu simplement sûre que je suis le père car tu étais vierge, suggéra-t-il.

Il se rappelait son étroitesse lorsqu'il l'avait pénétrée. Son cri de plaisir n'en avait peut-être pas été un, tout compte fait. Oui, plus il y pensait, plus il était convaincu de l'avoir déflorée. Il aurait dû se mépriser. Alors d'où lui venait ce sentiment de triomphe ? Était-il toujours sous l'emprise d'un mystérieux sortilège ?

— Ridicule, protesta Allegra, rouge comme une pivoine.

— Je vois que j'ai visé juste.

— Qui perdrait sa virginité de cette façon ?

Sa voix était devenue stridente.

— Une femme fiancée depuis des années à un homme dont elle n'est pas amoureuse ?

La jeune femme ne répondit pas. Une bouffée de satisfaction envahit Cristian.

— L'enfant est donc bien de moi.

— Je n'ai pas dit cela.

— Inutile.

Il garda les yeux sur elle, ignorant la fièvre qui se propageait en lui.

— Tu mettras au monde mon héritier et protégeras sa

réputation. Après quoi, libre à toi de reprendre le cours de ta vie comme si rien ne s'était passé.

— Je n'ai pas encore donné mon accord, objecta Allegra. Et tu imagines que je vais te laisser notre enfant ?

— L'héritier des Acosta doit grandir en Espagne.

— C'est totalement insensé !

Elle croisa les bras sous sa poitrine. Le regard de Cristian se trouva irrésistiblement attiré par le relief rehaussé de ses seins.

— Quel que soit notre arrangement, je n'abandonnerai pas mon enfant.

— Peut-être t'installerai-je dans le quartier des domestiques après notre divorce.

— Tu n'oserais pas.

— Tu es bien placée pour savoir que je ne recule devant rien. Pourquoi persistes-tu à me défier ?

Elle détourna la tête, drapée dans son indignation. Elle était si belle quand elle était en colère. Elle l'avait toujours été. Ce que personne n'avait perçu en revanche, sa famille moins que quiconque, était son humeur changeante. Sa moue discrète chaque fois qu'était évoqué son mariage. L'orage dans ses yeux lorsqu'il était question de son avenir. Il avait beau désapprouver son attitude, sa beauté n'en était pas altérée à ses yeux. Une beauté enfantine, innocente… Plus maintenant. Chaque fois qu'il la regardait, il ne voyait plus que la séductrice qui l'avait touché au bal comme s'il était une sorte de miracle. Et il l'était pour elle. Elle était vierge !

Il se laissa aller contre le dossier de son siège, les dents serrées. Pourquoi avait-il l'impression d'être le méchant de l'histoire ?

— Dès notre arrivée, je me chargerai de la bague de fiançailles. Puis nous nous attellerons aux préparatifs du mariage, décréta-t-il.

— Je te rappelle que je n'ai toujours pas donné mon accord, dit Allegra. Mon ex-fiancé était un prince et même lui n'a pas pu me forcer à l'épouser.

— Très bien. Passons en revue tes options. Tu peux retourner vivre en Italie et y élever seule notre enfant. Enfin, si tu en obtiens la garde, ce qui m'étonnerait. Même tes parents me soutiendront à ton détriment.

Il vit la jeune femme pâlir. Il se comportait en pur salaud, il en avait conscience.

— Est-ce ce que tu veux ? Une vie de disgrâce, ostracisée par tes parents qui accueilleront à bras ouverts leur petit-fils ou petite-fille, tandis que tu auras perdu tout droit sur cet enfant ? Si oui, dis-le-moi et je te dépose à l'aéroport le plus proche. Toutefois, je te conseille d'accepter le fait que tu as tout simplement troqué un mariage arrangé contre un autre. La corvée du devoir conjugal en moins.

Elle ne répondit pas. Il la vit battre des cils, comme pour retenir ses larmes. Non, il n'était pas le méchant de l'histoire. Il cherchait seulement le meilleur accord pour tout le monde. Même si Allegra ne partageait pas ce point de vue.

— N'as-tu rien à dire ?

— Non. Il n'y a rien à répondre à cela.

Elle soutint son regard, le menton levé.

— Tu as gagné, Cristian. Je t'épouserai.

4

À peine posaient-ils le pied sur le sol espagnol qu'une luxueuse berline se matérialisa devant eux. Ils quittèrent l'aéroport et s'enfoncèrent dans les collines dominant Barcelone.

Cristian avait raison : c'était une villa plus qu'un château. Claire, spacieuse, avec de grandes baies vitrées donnant sur la mer, par lesquelles la lumière entrait à flot. Elle n'affichait aucun signe extérieur de vieille noblesse, comme celle de ses parents en Italie. Cela la déconcerta. La famille de Cristian était pourtant aussi ancienne que la sienne, titrée qui plus est. Mais, ici, aucun lambris de chêne sombre, aucune tapisserie élimée ayant survécu à l'Inquisition, aucun portrait d'ancêtres ou tableau de scènes bibliques. Tout était blanc, fonctionnel, moderne. En fait, le seul vestige du passé était Cristian lui-même.

— Nous ne sommes pas au domaine ancestral des Acosta, lança-t-elle, accusatrice.

Il rit.

— Ce n'est pas parce que je ne t'installe pas dans notre *castillo* qu'il n'existe pas.

— Je croyais que ton héritier devait absolument y grandir ?

— Nous, les Espagnols, avons tendance à exagérer pour l'effet. Mon seul souhait est que mon enfant naisse en Espagne en toute légitimité. Ici ou dans nos vieilles ruines familiales, peu importe.

— Vous possédez des ruines ?

— Un vieux château au milieu de vastes terres, que je n'ai aucune envie d'habiter, expliqua Cristian. Du personnel sur place se charge de son entretien ainsi que des jardins. J'ai également un régisseur qui me seconde dans la gestion des fermes et de leurs exploitants. Il y a bien longtemps que ma mère a pris la fuite et, comme tu le sais, mon père n'est plus de ce monde.

La neutralité étudiée avec laquelle il évoquait ses parents interpella Allegra. Que lui cachait-il à leur sujet ?

— Mes parents sont quasi mariés au domaine familial, raconta-t-elle. Pour rien au monde ils ne le quitteraient. Si Renzo, après leur mort, le laissait à l'abandon, je suis sûre que mon père reviendrait le hanter en faisant traîner ses chaînes au sol.

Cristian la considéra avec attention. Le soleil illuminait ses yeux, révélant leur riche couleur café. Ils n'étaient donc pas noirs, tout compte fait. Une lueur d'humanité se reflétait dans leurs profondeurs.

— Tu imagines ton père enchaîné après la mort ?

— C'était une image. Nous, les Italiens, avons tendance à exagérer pour l'effet, répondit-elle.

— Le mien l'est certainement, s'il y a une justice dans l'au-delà…

— Je l'espère. Il y a si peu de justice en ce bas monde.

— Tu trouves ta posture injuste ?

— Bien sûr ! Comment pourrait-il en être autrement ?

Il balaya les lieux d'un geste du bras.

— Tu emménages dans une luxueuse villa, située dans l'une des plus belles régions d'Espagne. Un duc milliardaire est prêt à t'épouser et à faire de ton enfant son héritier légitime. Il n'y a que toi pour te sentir persécutée dans une telle situation.

Allegra haussa un sourcil. Plus jamais elle ne le laisserait avoir raison de son sang-froid.

— Peut-être parce que je te connais bien, Cristian.

Il fit un pas vers elle, ses yeux pareils à deux diamants noirs.

— Ah, c'est vrai. Tu me connais « intimement », n'est-ce pas ?

Les joues d'Allegra s'embrasèrent. Elle jura en son for intérieur. Dieu ce qu'elle haïssait ce pouvoir qu'il avait sur elle !

— Cela ne compte pas, dit-elle. Pour moi, tu étais l'Ange de la Mort.

— Conquérir la Mort en la domptant ? Très romantique.

Il se frotta le menton.

— Dommage que cela n'ait pas marché.

— Au contraire, répliqua-t-elle. Te dompter ne m'intéresse pas. Je n'ai pas besoin d'un toutou qui me suive partout.

Elle n'avait pas terminé sa phrase qu'elle regretta son effronterie. Il s'avança vers elle, et elle recula d'un pas, puis d'un second, jusqu'à se retrouver acculée au mur. Exactement comme ce soir-là, lorsqu'il lui avait fait perdre la tête dans un glorieux moment d'égarement.

— Je ne suis pas un toutou, dit-il d'une voix très basse.

Il était si proche que sa chaleur l'enveloppait comme un manteau. Allegra sentit son corps se liquéfier, pour sa plus grande mortification. Le désir pulsait entre ses cuisses, en rythme avec les battements effrénés de son cœur.

— Ce serait plutôt à moi de te dompter, Allegra. Tu as besoin d'être mise au pas.

Il la scruta attentivement.

— Tu as envie de moi. Tu ignorais mon identité au bal, mais cela ne t'a pas empêchée de me désirer. Et tu me désires toujours, même en sachant qui je suis. Intéressant…

Allegra poussa un discret soupir de soulagement lorsqu'il s'écarta.

— Il n'y a rien d'intéressant là-dedans, rétorqua-t-elle. Tes propos sont écœurants.

Elle et Cristian étaient comme chien et chat. Ils s'étaient toujours querellés. Mais leur hostilité prenait un tour nouveau qui mettait à mal ses défenses habituelles.

— Tu serais donc écœurée si je te prenais là, maintenant ? susurra-t-il. J'en doute. Quel genre de personne cela fait-il de toi ?

Elle serra les dents, envahie par l'humiliation.

— Pourquoi cette provocation gratuite, Cristian ? J'ai donné mon accord pour le mariage, mais tu ne me toucheras plus. Et pas question de nous marier à l'église. J'ai mes limites.

Mentir à ses parents était une chose. Mentir dans une cathédrale en était une autre et un pas qu'elle se refusait à franchir.

— Dommage, dit-il. Moi, je n'en ai aucune.

— Pour ma part, je crois encore en le salut de mon âme.

Elle croisa les bras et se mit à arpenter la pièce.

— Il va falloir annoncer la nouvelle à mes parents…

— Pas de problème. Ils m'adorent.

— Moins que le prince que j'étais censé épouser. Tu es un duc. Ils espéraient mieux.

Il haussa les épaules.

— L'Espagne est bien plus vaste que Santa Firenze. C'est un troc honnête.

Elle rit malgré elle. La situation n'avait pourtant rien de drôle. Ce devait être nerveux. Une façon de relâcher un peu la tension pour ne pas exploser.

— Si tu me refuses ton corps, sache que j'irai chercher mon plaisir ailleurs, lâcha Cristian.

Cette déclaration lui fit l'effet d'une douche froide. Elle l'imagina avec une autre femme. Une blonde sculpturale, à l'opposé d'elle. Certes, il avait été marié. Mais, là, c'était différent. La plaquerait-il contre un mur dans un irrésistible élan de passion ? Car il avait été passionné avec elle. Passionné au point d'oublier de mettre un préservatif malgré son expérience. Et puis ce ne serait pas *une*, mais *plusieurs* autres femmes. À cette pensée, la bile lui monta à la gorge. Étrange. N'aurait-elle pas dû être soulagée, au contraire, qu'il ne lui impose pas de remplir son devoir d'épouse ?

— Grand bien te fasse, répondit-elle avec une moue dédaigneuse. Je me fiche de ce que tu fais et avec qui.

— Vraiment ? On ne dirait pas, observa-t-il d'un air amusé.

— Si cela flatte ton ego de le croire… Franchement, je m'en moque. Peu m'importent tes escapades, tant que je n'y suis pas mêlée.

— Je n'ai jamais envisagé le sexe comme une activité de groupe. Mais je suis ouvert à de nouvelles expériences.

Il se pencha à son oreille et murmura d'une voix suggestive :

— La dernière fois, nous n'avons eu que quelques minutes contre un mur. Imagine ce dont je suis capable dans un lit. Je pourrais t'avoir sur moi, sous moi, devant moi…

Elle se raidit, le visage en feu. C'était à la fois révoltant et humiliant. Révoltant parce qu'il essayait de la faire réagir. Humiliant parce qu'il y parvenait. Il ne la désirait pas. Il cherchait seulement à l'aiguillonner. À prendre le dessus, comme toujours.

— N'y compte pas, rétorqua-t-elle avec mépris. Je ne suis pas un accessoire sexuel que l'on drape sur soi tel un manteau de vison.

Il eut le culot d'éclater de rire. Le mufle !

— Dommage. À vrai dire, continua-t-il, le seul aspect de ce mariage qui me dérange est le fait qu'on s'imagine que je t'aie choisie pour femme.

— Dois-je te rappeler que je viens d'une famille noble ? J'étais sur le point de devenir une princesse.

— Et le monde entier sait que tu as rompu tes fiançailles. Une liaison de ta part est l'explication la plus plausible.

— À laquelle tu seras automatiquement associé, fit-elle valoir. Je n'ai pas été infidèle à Raphael toute seule.

— Mmm, très évocateur…

Allegra s'empourpra.

— Arrête. Toute cette histoire est injuste.

— Le monde est rarement juste envers les femmes. Tu as eu l'occasion de le constater.

En effet.

— Si tu crains tant que je jette l'opprobre sur ton nom, pourquoi ne pas octroyer à une autre femme l'immense privilège de porter le futur héritier des Acosta ? lança-t-elle. Tout serait tellement plus simple. Tu es en pleine force de l'âge. Tu n'auras aucun mal à concevoir à nouveau.

Une expression féroce déforma les traits de Cristian.

— Me crois-tu vraiment capable de remplacer mon enfant par un autre sans sourciller ? Pour qui me prends-tu ? Cet enfant ne manquera de rien, Allegra. Jamais je ne le priverai de ce qui lui revient de droit. C'est non négociable.

Allegra baissa les yeux sur ses ongles impeccablement manucurés. Et dans quel but ? Quel intérêt de présenter au monde une façade parfaite qui ne reflétait en rien la personne qu'elle était vraiment ? Le masque commençait à se fissurer, et cela la terrifiait. Où se cacherait-elle lorsqu'il tomberait pour de bon ?

— Je n'avais pas compris qu'avoir un enfant te tenait à ce point à cœur.

— Je me suis marié jeune pour cette raison. Hélas, la santé fragile de Sylvia ne lui permettait pas de supporter une grossesse. Lorsqu'elle est décédée, je me suis retrouvé sans épouse ni héritier.

— Je suis désolée, murmura Allegra.

Elle était sincère. Difficile de voir un monstre en lui et de l'accabler de reproches lorsqu'il évoquait la perte de sa femme.

— Jamais je ne la remplacerai, ajouta-t-elle. Ce mariage ne doit pas servir de substitut au passé.

— Bien sûr que non. Toi et Sylvia n'avez rien en commun.

Son dédain toucha une corde sensible. Une part d'elle recherchait désespérément son approbation tout en sachant qu'elle ne l'obtiendrait jamais.

— Tu devais beaucoup l'aimer, dit-elle.

Au moins, il était capable de sentiments. Cet aspect de sa réaction atténua la blessure à son amour-propre.

— C'était ma femme, répondit-il, laconique.

Cette réponse n'appelait aucun commentaire. Pas plus que sa remarque sur ses parents, un peu plus tôt, nota Allegra.

— Je n'avais pas saisi à quel point être père était important pour toi.

Il haussa les épaules.

— C'est vital. En tant que duc, je dois veiller à ce que mon titre et mes responsabilités se transmettent à la génération suivante. Mais, si tu imagines que je vais passer mes journées à changer des couches, tu te fais des idées.

— Pardon ?

— C'est par devoir, pas par sentimentalité, que je tiens à légitimer cet enfant. Rien de plus.

— Mais tu viens de dire que tu serais incapable de remplacer ton enfant sans sourciller !

— J'ai le sens de l'honneur, Allegra. Je ne priverai pas mon enfant de son droit d'aîné ni de l'héritage qui lui revient simplement parce que j'aurai été incapable de conclure un accord avec sa mère. Mais, honneur ou non, mon cœur est un bloc de glace. Un enfant gèlerait dans mes bras.

— Pourquoi dis-tu une chose pareille ? protesta Allegra.

— Parce que c'est la vérité, répondit-il. J'ai été un horrible mari, incapable d'offrir à Sylvia ce dont elle avait besoin. Pourquoi serait-ce différent avec mon enfant ?

— Je ne comprends pas… Elle semblait pourtant heureuse avec toi, et toi avec elle.

Le visage de Cristian s'assombrit.

— Elle était profondément malheureuse, Allegra. Et je n'ai rien pu faire pour arranger les choses.

— As-tu essayé ?

— Évidemment, tonna-t-il, le regard cinglant. Mais cela n'a pas suffi. Je ne suis pas fait pour les relations, ni pour les enfants.

— Alors qui élèvera le nôtre, quand tu m'auras chassée après le divorce ? demanda Allegra.

— J'emploierai un personnel qualifié.

Allegra sentait poindre en elle une angoisse sourde, à laquelle se mêlaient peur, colère, ressentiment. Elle avait toujours su qu'elle deviendrait mère un jour. Produire un héritier n'était-il pas le premier devoir de l'épouse d'un prince ? Certes, elle n'imaginait pas tomber enceinte si vite, ni de cette manière. Mais une chose était sûre : jamais elle n'abandonnerait son bébé.

— Qui de plus qualifié pour s'occuper d'un enfant que sa mère ? avança-t-elle, portée par une force issue du plus profond de son être.

Sa mère. Oui, elle était la mère de cet enfant et veillerait à lui offrir tout ce dont il avait besoin.

— Une personne diplômée en puériculture ? suggéra Cristian.

Elle eut un rire incrédule, abasourdie. Était-il sérieux ?

— Tu penses vraiment qu'une personne titulaire d'un bout de papier sera plus qualifiée que nous pour prendre soin de notre enfant ?

— Plus qualifié que moi, certainement. Je ne saurais juger de tes compétences, Allegra. Mais la future princesse que tu étais n'envisageait sans doute pas de renoncer à une vie publique glamour pour changer des couches à longueur de journée.

Elle secoua la tête.

— Tu me connais mal, Cristian. Tu t'es forgé cette image de petite peste égoïste et tu n'en démords plus. En réalité, tu ne sais rien de moi.

— Et d'où me vient cette image, à ton avis ? De nos interactions, tu ne crois pas ?

— Quelles interactions ? le défia-t-elle en rejetant ses cheveux en arrière.

— Par exemple, il y a ce jour, avant Noël, où tu m'as crié d'aller au diable…

— Tu m'avais dit que ma robe me faisait ressembler à une bergère désespérée prête à la soulever pour le premier garçon d'écurie venu !

Un demi-sourire incurva ses lèvres.

— C'était la vérité.

Allegra s'étonnait qu'il se souvienne de cet épisode. Elle n'était rien pour lui. Leurs querelles, s'imaginait-elle, s'envolaient de son esprit à la seconde où il tournait les talons.

— Et toi, alors ? riposta-t-elle. À cette garden-party chez mes parents, tu m'as reproché d'avoir fait la tête à Raphael toute la journée.

— Un reproche justifié. Il était ton fiancé et tu le traitais comme un vulgaire plat qui t'aurait déplu.

— Pauvre Cristian ! Cela donnait une mauvaise image de toi, n'est-ce pas ?

— Naturellement.

— Tu es ignoble, lâcha-t-elle. Mes sentiments n'ont aucune importance pour toi. Tu t'imagines que, parce que mes parents m'avaient arrangé un mariage avec un prince, je devrais les remercier à genoux ?

— Non, répliqua-t-il durement. Je pense que tu devrais les remercier à genoux d'être les parents aimants qu'ils sont. Des parents qui t'estiment assez forte pour supporter la pression constante qu'implique le rang de princesse. Qui croient en toi, et en Renzo aussi. Tout le monde n'a pas cette chance.

Allegra se demanda s'il parlait de lui-même. Elle savait que son père l'avait eu sur le tard et que sa mère était le plus souvent absente. Enfant, il passait toutes ses vacances avec la famille d'Allegra et Renzo, ce qui en disait long sur l'implication de ses parents dans son éducation.

— Peut-être, dit-elle. Mais la personne qu'ils soutiennent est celle qu'ils imaginent que je suis, pas celle que je suis réellement.

— Insinues-tu que tu aurais annulé ton mariage avec Raphael même si rien de tout cela n'était arrivé ?

Elle secoua la tête.

— Non. Je l'aurais épousé, car c'est ce qui était attendu de moi. Tu prétends que mes parents m'estimaient assez forte pour devenir une princesse. Je ne pense pas être forte. Je suis simplement obéissante.

Son regard s'égara vers l'océan au pied de la villa.

— Conduis-moi à ma chambre, s'il te plaît. Je suis fatiguée et j'en ai assez de me disputer avec toi.

Il n'y avait d'ailleurs rien à ajouter. Elle avait conclu un pacte avec le diable. Pour le bien de leur enfant, elle l'épouserait. Telle serait sa vie désormais. Mais, contrairement à son mariage avec Raphael, celui-ci incluait une porte de sortie. Elle garderait cela à l'esprit et ne penserait à rien d'autre.

5

— Qu'est-ce que cela signifie, Cristian ? Je n'ai plus aucune nouvelle de toi. Et voilà que j'apprends que toi et ma sœur êtes en Espagne !

Cristian fit pivoter son fauteuil vers la fenêtre, son téléphone sur haut-parleur. Les nouvelles voyageaient vite. Lui et Allegra n'étaient en Espagne que depuis quelques heures.

— Tu n'es pas idiot, Renzo. Je suis sûr que tu comprends très bien la situation, dit-il posément.

— Es-tu en train de me dire que tu es le père du bébé d'Allegra ?

— Apparemment.

— Alors c'est une bonne chose que tu sois en Espagne, ou je serais déjà en route pour te tuer, gronda Renzo.

— Ce qui laisserait ton neveu orphelin de père. Est-ce vraiment souhaitable ?

— Comment as-tu osé poser la main sur elle ?

La voix de son ami tremblait de rage à peine contenue.

— Elle n'est pas ce genre de femme. Elle est innocente et trop idéaliste pour son propre bien.

Cristian passa une main lasse sur son front.

— Écoute, crois-le ou non, c'était un accident. Nous ne savions pas qui était l'autre, ni n'avons cherché à le savoir.

Un rire dénué d'humour résonna à l'autre bout du fil.

— Tu voudrais me faire croire que, pas une seconde, tu ne t'es douté qu'il s'agissait d'Allegra ?

La question de son ami le toucha comme une flèche atteint sa cible. Il esquiva, mal à l'aise.

— Je ne m'intéresse pas aux gamines, Renzo. Encore moins aux gamines pourries gâtées, fiancées de surcroît.

Il y eut un silence. Renzo devait sérieusement envisager de le tuer, cette fois.

— Que comptes-tu faire ? demanda-t-il.

— L'épouser, bien sûr. Je me suis déjà procuré la bague.

Tout en parlant, il ouvrit l'écrin de velours sur son bureau. Plus tôt dans la journée, il s'était fait envoyer du *castillo* la bague la plus tape-à-l'œil de leur collection familiale. Ce soir, il la passerait au doigt d'Allegra au cours d'un dîner préparé par son chef personnel. Elle était en colère, et cela se comprenait. Le sentimentalisme n'était pas son fort, mais ce n'était pas une raison pour jouer les tyrans. Allegra était la mère de son enfant. Il ne souhaitait rien mieux qu'une cohabitation pacifique.

— A-t-elle accepté ? questionna Renzo.

— Oui.

— Permets-moi d'en douter. Allegra te déteste.

— Peut-être, mais elle n'est pas stupide. Et je suis duc, ajouta Cristian. Mon enfant ne naîtra pas illégitime. Je l'épouserai, même si cela doit entamer notre amitié.

— Notre amitié a pris du plomb dans l'aile quand tu as mis ma sœur enceinte, répliqua Renzo. Cela dit, je n'étais pas d'accord avec le choix de mes parents pour elle. Elle n'a jamais voulu épouser Raphael. Pourquoi renoncerait-elle à ses aspirations simplement parce qu'elle est une femme ? Un mariage avantageux serait donc tout ce qu'elle est en droit d'espérer ? Nous ne sommes plus au dix-huitième siècle.

— Ta situation n'est guère différente, observa Cristian. Ton devoir est de te marier et de produire un héritier à qui transmettre les rênes de l'entreprise familiale.

— Mais mes parents se fichent de savoir avec qui. Je me marierai quand bon me semblera, avec la première bimbo venue si cela me chante.

— Tu ne ferais pas cela.

Renzo émit un petit rire.

— Tu me surestimes. Je compte bien repousser l'échéance d'une bonne vingtaine d'années et épouser la femme la moins convenable possible.

Cristian ne comprenait pas son ami. Pourquoi cette attitude cavalière vis-à-vis de son devoir ? Ne réalisait-il pas sa chance d'avoir de tels parents ?

— Ta sœur et moi serons bientôt officiellement fiancés, déclara-t-il. Après quoi, je parlerai à tes parents.

— Pourquoi l'as-tu emmenée en Espagne ? s'enquit Renzo.

— D'une part, pour mettre le plus de distance possible entre moi et tes éventuelles pulsions meurtrières. Mais surtout parce que je n'aurais pas hésité à lui forcer la main. Elle s'est montrée plutôt raisonnable, une fois embarquée dans mon jet privé.

— Mentionne cela encore une fois et je te tue de mes propres mains, tonna Renzo.

— Message reçu. Maintenant, si tu veux bien m'excuser...

Il referma l'écrin dans sa main.

— J'ai une demande en mariage à planifier.

— Je suis si heureuse que vous soyez là !

Maria, qui venait de se présenter à Allegra comme la gouvernante de Cristian, avait des étoiles dans les yeux tandis qu'elle étalait sur le lit une housse en plastique.

— Il est si mélancolique, ces dernières années. Si sérieux...

Depuis la mort de sa femme, comprit Allegra, lisant entre les lignes.

— Quelle joie d'avoir de nouveau une femme entre ces murs, continua Maria. Ce n'est pas bon pour un homme de rester seul.

Allegra était prête à parier que Cristian aurait préféré rester seul plutôt qu'endurer sa compagnie.

— J'en suis heureuse aussi, dit-elle, en bonne comédienne qu'elle était.

Son attention se porta sur la housse étalée sur le lit.

— Votre robe pour ce soir, expliqua Maria, comme si elle lisait dans ses pensées.

— Je ne pense pas avoir besoin d'une robe de soirée…

— Oh ! si. Cristian a insisté. Je vous ai préparé la tenue parfaite. Vous allez la porter, n'est-ce pas ? insista la gouvernante, un reflet d'acier dans le regard.

— Bien sûr, acquiesça Allegra.

Maria afficha un sourire triomphant.

— Bien. Je vous laisse vous préparer.

La tenue parfaite de Maria était superbe, quoiqu'un peu trop sexy au goût d'Allegra. La robe d'un rouge profond, tout en dentelle, elle moulait ses courbes et rehaussait son teint. Les manches longues laissaient entrevoir un peu de peau dorée ici et là. Quant au décolleté en cœur, il épousait à merveille l'arrondi de ses seins.

Elle étudia son profil dans le miroir. Combien de temps avant que sa grossesse ne devienne visible ? Elle en était à huit semaines, sans qu'aucun signe extérieur ne la trahisse. Ce petit être qui grandissait en elle avait mis sa vie sens dessus dessous, et il ne daignait même pas se montrer !

La robe lui allait vraiment comme un gant. Dans cette tenue sophistiquée, impossible de ne pas se coiffer. Puis elle dénicha du maquillage dans la salle de bains, parfaitement adapté à sa carnation. Une autre attention de Maria, sans doute. Elle appliqua un peu d'ombre dorée sur ses paupières, complétée d'un trait d'eye-liner, ainsi qu'une touche de gloss carmin sur ses lèvres. *Parfait.*

Bien sûr, Cristian s'imaginerait que c'était en son honneur, persuadé qu'il était de l'irrésistible attirance qu'elle éprouvait pour lui.

Sur une profonde inspiration, elle quitta sa chambre et se dirigea vers l'escalier. La robe fourreau restreignait ses mouvements, l'obligeant à marcher lentement. Avec précaution, elle descendit les marches. Au pied de l'escalier l'attendait Cristian. Le cœur d'Allegra fit un salto dans sa poitrine. Si elle n'était pas attirée par lui, d'où venait cette soudaine pulsation entre ses cuisses ?

Rien n'était plus comme avant entre eux. Et comment aurait-il pu en être autrement, après ce qu'il lui avait fait ressentir ? C'était étrange car, à part son torse, elle n'avait pas vu son corps nu. Ni son visage, d'ailleurs, caché par le masque. Elle ignorait à quoi il ressemblait dans les affres du plaisir. Ignorait le goût de ses baisers. Pourtant, chacune de leurs interactions se trouvait déformée par le prisme de leur étreinte charnelle.

Tout comme sa vie s'en était trouvée entièrement bouleversée.

— Moi qui m'attendais à ce que tu fasses la tête…

— Je ne suis pas une gamine, le rabroua-t-elle. Je suis une femme capable de faire un effort lorsqu'elle est invitée à dîner.

— Tu m'en vois agréablement surpris.

Il lui offrit sa main. Un vertige la saisit. Ce simple geste venait de la projeter deux mois en arrière, à ce bal où il avait tendu devant elle une main gantée de cuir. Elle l'avait prise sans hésiter, alors. Mais, ce soir, ses bras étaient de plomb. Elle n'avait pas la force de réitérer ce geste, qui rendait si vif dans sa mémoire le souvenir de ce qui avait suivi.

Il laissa retomber sa main.

— Suis-moi, si tu préfères.

Il l'entraîna sur la terrasse, où une table avait été dressée pour deux. Le décor était enchanteur, et ses plats favoris semblaient avoir été préparés à son attention : pâtes accompagnées de fines tranches de bœuf et salade verte à la vinaigrette, garnie de fromage.

— Comment savais-tu ?

— Depuis le temps que je dîne chez tes parents, Allegra, j'ai retenu tes goûts.

Le cœur d'Allegra s'emballa. Elle s'efforça de calmer son émotion.

— Je ne crois pas une seconde que tu aies fait attention à moi toutes ces années, Cristian.

— Alors peut-être ai-je appelé ton frère pour lui poser la question. À toi de décider.

Il tira sa chaise pour elle.

— Je t'en prie, assieds-toi.

Ce qu'elle fit. Elle se sentait presque coupable, à présent. Comme si c'était elle qui se comportait de manière injuste. Bon sang, il l'avait quasiment kidnappée et forcée à accepter de l'épouser en la menaçant de lui retirer la garde de leur enfant ! Elle n'avait pas à culpabiliser simplement parce que cette tentative pour se faire pardonner la laissait de marbre.

— Tout a l'air délicieux, admit-elle à contrecœur.

— J'ai fait venir quelqu'un spécialement d'Italie afin qu'il prépare les plats selon ton goût.

Il avait dit cela d'un ton détaché, presque froid. Néanmoins, Allegra était touchée de l'attention. Il semblait vraiment faire de son mieux pour qu'elle se sente chez elle. Même si elle se sentait davantage comme une détenue devant son dernier repas. Elle était tiraillée entre deux sensations : celle d'être choyée, importante, et celle d'être prise au piège.

— Et si nous attendions un peu avant de nous marier ?

— Attendre ? Je préférerais que tu n'apparaisses pas proche du terme sur nos photos de mariage, répondit Cristian. Ces photos finiront sur Internet. Notre enfant y aura facilement accès, plus tard. Autant ne pas rendre les choses plus évidentes qu'elles ne le sont déjà.

— J'espérais seulement avoir passé le stade le plus pénible de ma grossesse…

— C'est-à-dire ?

— Dans un mois.

— Il nous faudra bien cela pour compléter les préparatifs, annonça Cristian. Un mariage aristocratique n'est jamais une mince affaire, même avec un nombre limité d'invités. Le nôtre risque de susciter l'intérêt. Pour le bien de notre enfant, nous ne nous marierons pas à la sauvette.

— Oh.

Allegra avait imaginé une union discrète à la mairie, pas une somptueuse cérémonie ultra-médiatisée.

— C'est juste que… Tu as déjà été marié, observa-t-elle, un peu perdue.

— Précisément. Notre enfant aura accès aux photos de mon premier mariage. Je ne veux pas qu'il pense que j'ai épousé sa mère à la hâte, sans aucun des honneurs octroyés à ma première femme.

— C'est pourtant notre situation.

— Lorsqu'on est une personne publique, les apparences comptent plus que la réalité, allégua-t-il.

Allegra était bien placée pour le savoir. Ses parents levaient les yeux au ciel à chaque nouvel écart de Renzo. Mais, parce qu'il était un homme, son talent pour les affaires faisait oublier ses frasques. L'opinion publique ne serait pas aussi indulgente avec elle, lui avait-on appris dès son plus jeune âge. Il n'était jamais question de ses actes, seulement de son image.

— Je comprends, dit-elle. Nous pourrions toujours prétendre que nous étions si amoureux que nous nous sommes mariés sur un coup de tête…

Il eut un rire creux.

— Difficile de jouer les tourtereaux quand on planifie son divorce en même temps que son mariage. Non, nous ferons les choses en bonne et due forme.

Elle poussa un soupir, et ils mangèrent en silence. Elle n'avait jamais su de quoi parler avec lui. Déjà, lorsqu'il venait dîner avec sa famille, elle écoutait en silence les anecdotes que lui et Renzo se racontaient. Leurs échanges vifs, spirituels, enchantaient ses parents. Allegra, elle, avait toujours peur de commettre un faux pas. Ce qui arrivait immanquablement, les rares fois où elle trouvait le courage d'ouvrir la bouche. La plupart de ses interventions dégénéraient en dispute. C'était toujours ainsi avec Cristian. Soit elle restait muette comme une carpe soit elle s'emportait. Il n'y avait pas de juste milieu.

La nourriture était vraiment exquise, et Allegra mangea plus que de raison. Tant pis si sa robe de mariée devait être retouchée. D'ailleurs, était-elle censée garder la même ? Cette pensée l'horrifia. Soudain, elle prit conscience qu'elle ne rentrerait de toute façon jamais dans cette fichue robe. Elle était enceinte ! Sa mère allait faire une apoplexie.

Elle termina son dîner, perdue dans ses pensées. Cristian la surprit en se levant, une main dans sa poche. Sa silhouette se découpait à contre-jour sur la mer embrasée par le soleil couchant. La vision était saisissante. Quelque chose le faisait paraître différent, ce soir. Peut-être le fait qu'ils aient été amants…

Non, « amant » n'était pas le mot. Il ne lui avait pas fait l'amour. Il l'avait prise à la va-vite contre un mur, sans même connaître son identité.

Lorsqu'il sortit sa main de sa poche, il tenait un petit écrin de velours. Le cœur d'Allegra s'affola.

— Cristian…

Déjà, il posait un genou à terre et ouvrait l'écrin. Sur le coussin de velours reposait une bague finement ouvragée, ornée d'une énorme émeraude.

— Officialisons les choses, dit-il d'une voix grave. Un vrai mariage requiert de vraies fiançailles.

Il sortit la bague, qui étincela dans un rayon de soleil. Elle vit dans cette étincelle une promesse fragile, pareille à une flamme vacillante que soufflerait la première brise. Il la glissa à son annulaire.

— Tu seras mienne, énonça-t-il, sûr de lui. Sois ma femme.

Allegra avait la bouche sèche, la gorge nouée. Elle était incapable de prononcer le moindre mot.

— Dis oui, *querida*.

Elle acquiesça d'un hochement de tête. C'étaient ses secondes fiançailles, mais les premières pour lesquelles son fiancé lui faisait sa demande. Enfin, si l'on pouvait parler de demande. Cristian avait décrété qu'elle serait sienne, et elle s'était conformée à son désir. Quel parfait résumé de l'existence de Cristian ! Ce qu'il désirait, il l'obtenait. Toujours. Elle se méprisait de ne pas faire exception. Lorsqu'il l'avait invitée à danser, elle avait accepté. Lorsqu'il avait exigé le silence, elle avait obéi. Et, maintenant qu'il lui demandait sa main, sur cette terrasse surplombant la mer, elle s'inclinait à nouveau.

Un sourire indolent incurva ses lèvres. Jamais il ne l'avait regardée ainsi, avant. Ses sourires étaient toujours adressés à sa famille. Et si, d'aventure, l'un d'eux s'égarait de son côté, c'était un sourire sardonique. Pas ce soir. Il y avait quelque chose de sensuel dans ses manières. Quelque chose qui s'adressait à l'inconnue masquée de Venise, pas à la petite sœur insupportable de son ami.

— Parfait, dit-il d'un ton triomphant. Si un paparazzi a assisté à la scène, il en conclura que notre union est authentique.

Allegra cligna les yeux.

— Pardon ?

— Tu défraies la chronique. Je ne serais pas surpris que nous ayons été suivis jusqu'ici, expliqua Cristian en se rasseyant. Il y a sûrement des photographes cachés dans les buissons, armés de téléobjectifs, curieux de savoir ce que nous fabriquons ensemble.

— Alors tout cela n'était que pour leur bénéfice ?

La colère submergea Allegra. Jamais elle ne s'était sentie aussi insultée. Certes, il n'y avait rien entre elle et Cristian, elle le savait. Mais il proposait de l'épouser et de rester marié à elle pour les deux prochaines années. Elle attendait son enfant. L'espace d'un instant, oui, juste un instant, elle avait eu l'impression que quelque chose avait changé entre eux. Qu'il la regardait vraiment. Et tout cela se révélait n'être qu'une mise en scène !

Sans réfléchir, elle se leva et combla l'espace qui les séparait. Elle se pencha en avant, le cœur battant, les mains tremblantes.

— Si tu tiens tant à sauver les apparences, Cristian, il va falloir faire mieux que cela. Tu as oublié l'essentiel dans une demande en mariage.

Il prit sa main et caressa du pouce l'émeraude à son annulaire.

— Je ne crois pas. Ne portes-tu pas ma bague ?

— La bague n'a pas d'importance. Voilà ce que tu as oublié.

Penchée sur lui, elle encadra son visage de ses mains et pressa ses lèvres sur les siennes.

6

Un brasier s'alluma en Cristian. Chaque seconde qui passait l'attisait un peu plus. Les lèvres d'Allegra étaient douces, son baiser malhabile. Comment résister à une telle combinaison ?

C'était la première fois qu'ils s'embrassaient. Il l'avait possédée charnellement, avait accueilli la brûlure de ses lèvres dans son cou, sur son torse, sans savoir que c'était elle. Ses mains avaient pétri chacune de ses courbes. Mais il n'avait jamais goûté ses lèvres.

Elle était l'innocence et la tentation faites femme. Une séductrice déguisée en ange, dont la sensualité brute, naturelle, dissimulait d'insondables abîmes de débauche. Son baiser le mènerait tout droit en enfer. Il le savait, mais n'y mit pas fin pour autant.

Allegra inclina la tête et caressa ses lèvres du bout de la langue. Il ne lui avait pas plus tôt livré passage qu'elle prenait possession de sa bouche, goûtant chaque recoin, testant sa résistance. Il lui agrippa les hanches tandis qu'elle plongeait les doigts dans ses cheveux. Il y avait dans son baiser une fièvre désespérée qui transcendait son inexpérience. L'avait-on déjà embrassé ainsi ? Si oui, il n'en gardait aucun souvenir…

Un éclair de culpabilité le traversa.

Sa femme.

Il avait oublié sa femme. Cela faisait trois ans qu'elle était décédée, mais ce n'était pas une excuse. Elle était la femme qu'il avait liée à lui par les vœux sacrés du mariage. La femme qu'il avait échoué à protéger. La dernière, avant Allegra, qu'il ait embrassée. Allegra aussi serait bientôt sa femme. La mère de son enfant. S'il n'y prêtait attention, il la détruirait aussi, comme tout ce qu'il touchait.

Il s'arracha à son baiser et la repoussa.

— Assez. Cela devrait suffire à convaincre les éventuels photographes.

Elle paraissait hébétée. Ses lèvres étaient enflées, ses cheveux en bataille. Elle ressemblait un peu trop à la tentatrice du bal masqué, si familière tout à coup. Il fit taire sa conscience. Il ignorait qui elle était, alors. Bien sûr qu'il l'ignorait. S'il avait su, jamais il ne l'aurait approchée. Ses frêles épaules se soulevaient et s'abaissaient au rythme de sa respiration saccadée. Il détourna les yeux de sa bouche, dans un effort pour dompter la bête primitive en lui.

— T'a-t-il jamais embrassée ?

Il n'aurait pas dû poser cette question. La seule attitude raisonnable était de mettre le plus de distance possible entre eux. Elle battit rapidement des cils.

— Tu veux dire Raphael ?

— Qui d'autre ? As-tu d'autres fiancés que tu me caches ?

— Bien sûr qu'il m'a embrassée, répondit-elle, sur la défensive.

— Comment ?

— Pardon ?

Elle semblait perplexe et agacée. Comme chaque fois qu'elle lui parlait.

— T'a-t-il embrassée sur la bouche ? insista-t-il. A-t-il enroulé sa langue autour de la tienne ? T'a-t-il savourée à la manière d'un délicieux dessert ?

Chacune de ses suggestions attisait un peu plus son désir.

— Ou t'a-t-il embrassée sur le front comme il l'aurait fait avec un chiot ?

Les joues de la jeune femme se colorèrent.

— Ce ne sont pas tes affaires.

— Comme un chiot, donc.

La colère flamboya dans ses yeux sombres. L'Allegra qu'il connaissait était de retour.

— As-tu déjà reçu un vrai baiser, Allegra ?

— Bien sûr, repartit-elle, les lèvres pincées.

— Avant celui que nous venons d'échanger ?

— Tu es odieux.

Elle tourna les talons. Il se leva pour la suivre.

— Essaie de préserver l'illusion, lui lança-t-il.

— Quelle illusion ?

— Celle de deux tourtereaux impatients de fêter leurs fiançailles. Le scénario est le suivant : tu quittes la terrasse, je te suis, et nous faisons l'amour sur le meuble le plus proche.

Il vit ses épaules se raidir. Sans se retourner, elle rentra dans la villa. Il lui emboîta le pas, ferma la porte-fenêtre et pressa sur le bouton commandant la fermeture des volets électriques.

— Tu peux m'insulter, maintenant. Nous sommes en privé.

— Je suis fatiguée, déclina-t-elle. Je vais me coucher. Seule.

— Naturellement. Crois-le ou non, je n'ai aucune intention de m'inviter dans ton lit, Allegra.

Une onde de chaleur pulsa dans ses veines, démentant ses paroles.

— Je tiens à ce que cette histoire laisse aussi peu de séquelles que possible. Si tu décides de me confier l'enfant et de continuer ta vie comme si de rien n'était, je ne te jugerai pas.

Elle secoua la tête.

— Je n'abandonnerai pas mon enfant, Cristian. Cette situation est autant ma responsabilité que la tienne, et je l'assumerai. J'ai toujours voulu fonder une famille. Pas avec toi, ni aussi tôt. Mais tant pis. Je ferai avec.

— Dans ce cas, cesse d'agir comme si tu étais prisonnière. Tu avais le choix.

Elle leva le menton dans un geste de défi.

— J'agirai comme bon me semble. Fini de jouer les femmes parfaites. En gâchant l'avenir que m'avaient préparé mes parents, j'ai ruiné ma réputation. En contrepartie, je n'ai plus de comptes à rendre à personne. Bonne nuit.

Elle quitta la pièce et monta se coucher. Cristian resta

seul, en proie aux affres du désir, sans aucune perspective de soulagement en vue.

Allegra évita Cristian, les jours suivants. Elle déambulait dans la villa, désœuvrée. Son implication dans plusieurs associations de bienfaisance ne suffisait pas à occuper son temps. C'était le problème lorsqu'on était élevée pour devenir une princesse : on ne savait rien faire d'autre. Elle se sentait vide, inutile. Toute sa vie avait tourné autour du jour où elle épouserait son prince. Jour qui n'arriverait finalement jamais. Dans deux ans, elle divorcerait de Cristian. Et après ? Que ferait-elle de sa vie ? Sans le soutien financier de ses parents, elle n'aurait aucun moyen de subvenir à ses besoins. Elle ne possédait aucune compétence professionnelle. Aucun but autre que celui de se conformer aux attentes d'autrui. Pathétique…

Était-ce cela, l'exemple qu'elle donnerait à son enfant ?

Son portable vibra sur la table de nuit. Un appel de sa mère. La nouvelle lui était donc parvenue. Allegra avait gardé un silence radio, tout ce temps. Mais elle ne pouvait repousser indéfiniment la confrontation. Résignée, elle décrocha.

— Allô !

— Allegra, enfin ! Quand comptais-tu me contacter, au juste ?

Elle poussa un soupir las.

— Désolée, maman. Tout est arrivé si vite…

— Quand tu nous as annoncé que tu rompais tes fiançailles parce que tu étais enceinte, tu n'as pas songé à préciser que Cristian était le père ?

— Je n'étais pas sûre de ses intentions et redoutais sa réaction.

— Plus que celle de ton père ? pointa sa mère, glaciale. Toujours est-il que tu lui as parlé, maintenant.

— Oui.

— Et il semble qu'il accepte de t'épouser, ce qui dispense ton père de devoir le tuer. Tant mieux. Il a toujours adoré Cristian.

Le soulagement envahit Allegra. Sa mère n'était pas aussi furieuse qu'elle l'avait anticipé.

— Tu as eu tort de trahir Raphael, dit-elle néanmoins.

— Tort de le trahir ou tort de m'empêtrer dans une situation qui rende la trahison évidente et ne me laisse d'autre choix que rompre ?

— La seconde réponse, évidemment. Ni toi ni Raphael n'avez fait vœu d'abstinence avant le mariage. Tu es une Valenti, après tout, ajouta-t-elle comme si cela justifiait tout. Mais les Valenti veillent toujours à garder le contrôle de la situation, Allegra. En cela, tu as failli à ton devoir.

Allegra sentit ses joues la brûler. Elle avait l'impression d'être une gamine à nouveau, réprimandée parce qu'elle faisait trop de bruit. Parce qu'elle n'avait pas remarqué les photographes. Ne pouvait-elle se tenir droite, parler à voix basse, manger lentement au lieu d'engloutir sa nourriture ?

— Tu as raison, murmura-t-elle.

— Enfin, tu as au moins eu la décence de ne pas t'acoquiner avec un de ces prétendus « artistes » ou, pire, un footballeur !

— Tu es contente que ce soit Cristian ?

— Contente ? Non. Mais quitte à prendre un amant… Il y a pire qu'un duc espagnol.

— Je suppose.

— Bien sûr, Raphael, lui, était un prince…

— Mais Santa Firenze est minuscule comparé à l'Espagne, riposta Allegra, empruntant l'argument de Cristian.

Il y eut une pause au bout du fil, suivie d'un soupir.

— C'est vrai, reconnut sa mère. Quand le mariage doit-il avoir lieu ?

— Dans un mois, répondit Allegra.

— Un mois ? C'est trop court pour tout préparer !

— C'était cela ou me présenter devant l'autel enceinte jusqu'aux yeux.

— Quelle horreur ! s'exclama sa mère. Un mois, c'est très bien. La cérémonie se tiendra en Espagne, j'imagine ?

— Oui.

Cristian avait insisté sur ce point. Allegra n'en avait cure. À vrai dire, elle commençait à apprécier de ne pas être en Italie. Affronter sa mère au téléphone était plus simple que l'affronter en personne.

— Je rappelle de ce pas le créateur de ta première robe, annonça cette dernière. Devrions-nous opter pour une création plus espagnole ?

— Dis-lui surtout d'éviter une robe cintrée à la taille. Le reste m'est égal.

Sa mère ne perçut pas la note sardonique dans sa voix.

— Parfait. Je te rappelle bientôt. Allegra… ce mariage-ci a intérêt à aboutir. Sans quoi, ton père et moi nous verrons dans l'obligation de te couper les vivres.

Sur ces mots, elle raccrocha.

Allegra se frotta les yeux. Elle tombait de fatigue bien qu'elle n'eût rien fait de la journée. Un effet de sa grossesse, sans doute. À moins qu'il ne s'agît de fatigue nerveuse due à sa situation improbable. Parler avec sa mère n'avait rien arrangé.

Quoi qu'il en soit, elle mourait de faim. Après un coup d'œil dans le miroir, elle sortit de sa chambre et se dirigea vers la cuisine. Quelle importance si elle n'était pas coiffée ? Ou si elle se promenait en pantalon de jogging et chemise large ? Elle n'avait personne à impressionner. Cristian moins que quiconque. Ne l'avait-il pas repoussée quand elle l'avait embrassée ? Le message était clair : elle ne l'intéressait pas. Lorsqu'il lui avait demandé si Raphael l'avait déjà embrassée, elle avait menti. Le fait est que, non, il ne l'avait jamais embrassée, exception faite de quelques baisemains et baisers sur la joue, eux-mêmes plus consciencieux qu'affectueux.

Que devenait-il ? Peut-être ferait-elle bien de lire les journaux au lieu de faire l'autruche. Elle craignait de l'avoir blessé. Non que Raphael eût jamais trahi le moindre attachement à son égard. Mais savait-on jamais ?

— Il semble que Raphael t'ait déjà remplacée.

Allegra fit volte-face. Cristian était appuyé contre le chambranle, en T-shirt noir et jean bas sur les hanches. Elle ne l'avait jamais vu dans une tenue aussi décontractée. Ce style lui réussissait mieux qu'à elle. Il était à tomber, alors qu'elle avait l'air d'une chiffonnière.

— Pardon ?

— La nouvelle fait les gros titres autant que nos fiançailles, l'informa Cristian. Des paparazzis nous avaient bien suivis, l'autre jour. Ton baiser a fait sensation.

Il lui tendit le journal qu'il tenait à la main. Allegra s'empourpra en découvrant la première page. À la une s'étalait une photo agrandie d'elle embrassant Cristian. Elle se tenait penchée sur lui, les mains dans ses cheveux, tandis qu'il lui ceignait les hanches. La bague et son énorme émeraude étaient visibles à son annulaire. La preuve parfaite de leurs fiançailles. Même si ce n'était qu'un mensonge.

Son regard dériva vers la photo d'à côté. On y voyait une jeune femme blonde, la mine furieuse, flottant dans son sweat universitaire. Le prince Raphael, en costume impeccable, les yeux dissimulés derrière des lunettes de soleil, l'entraînait vers son jet privé, un bras autour de sa taille.

— Elle est américaine, commenta Cristian.

— Non, bredouilla Allegra. C'est impossible.

— L'article parle d'une étudiante originaire du Colorado, du nom de Bailey. Princesse Bailey, si elle épouse le prince.

Toute cette histoire semblait amuser Cristian. Allegra en était d'autant plus agacée qu'il se déridait rarement.

— C'est un nom de caniche, pas de princesse, marmonna-t-elle.

Il éclata de rire.

— Serais-tu jalouse ?

Cette idée paraissait l'amuser encore plus. Allegra, elle, s'étonnait que Raphael l'ait déjà remplacée, et par une femme si différente d'elle. Cristian et Raphael possédaient tous deux un titre, mais là s'arrêtait toute ressemblance. Raphael était un homme circonspect. Cristian…

Cristian était Cristian.

— Je ne suis pas jalouse, réfuta-t-elle. Juste surprise.

Ma réputation, le statut de ma famille… Tout cela semblait important pour lui.

Elle scruta la jeune femme sur la photo.

— Elle n'a pas l'air d'une aristocrate…

— Elle n'en est pas une, confirma Cristian. Je connais mal Raphael. Mais ton pedigree semblait effectivement peser dans la balance.

— Mon pedigree ? Maintenant, c'est moi qui ai l'air d'un caniche !

— C'est la vérité. Je lui ai présenté ton père parce qu'il m'a confié avoir des difficultés à trouver une épouse convenable. Tu connais la suite.

— Et c'est parce que tu étais à l'origine de ces présentations que tu n'as cessé de me houspiller sur mon comportement par la suite. Quelle ironie ! s'esclaffa Allegra. C'est aussi par ta faute que nos fiançailles ont été rompues. Tu as toi-même détruit ce que tu avais si soigneusement arrangé.

— Si ce n'avait pas été moi, cela aurait été un autre homme, répliqua-t-il sèchement.

— Qui aurait mis un préservatif, lui.

Le regard dont il l'enveloppa fit dangereusement grimper sa température interne.

— Que fais-tu ici ? demanda-t-il, changeant de sujet. Cela fait des jours que tu te terres dans ta chambre.

— J'avais faim, répondit-elle. Ce n'est pas l'heure du repas, mais je me suis dit que j'allais braver l'autorité de mes geôliers et me préparer quelque chose moi-même.

— Tu te sens prisonnière ici ?

Elle poussa un soupir et le dépassa pour ouvrir le frigo.

— Je suis retenue dans cette maison, dans une ville et un pays étrangers. À ton avis ?

— Je croyais t'avoir demandé d'arrêter ton cinéma.

— Et je croyais t'avoir prévenu que je ferais ce qui me chante.

— Nous voilà donc dans une impasse.

Elle sortit la tête du frigo, les sourcils froncés.

— En effet.

— Je ne veux pas que tu te sentes prisonnière, Allegra.

— Trop aimable. Si tu pensais me réconforter, c'est raté.

— Je pensais plutôt t'emmener à la plage.

— Celle devant la maison ?

— Non. Je possède une autre villa au bord de la mer, dans un coin plus discret.

Allegra s'efforça de tempérer son excitation. Elle avait toujours aimé la mer, mais détestait la foule.

— J'adore la plage, dit-elle tout haut.

— Je sais.

Ces mots flottèrent entre eux, chargés d'une signification qui troubla Allegra.

— Nous allons devoir prendre l'avion, l'informa Cristian. Cela ne te dérange pas ?

— Nous sommes en Espagne depuis moins d'une semaine. Je suis habituée, maintenant.

— Félicitations. Tu fais officiellement partie de la jet-set. Vois-le comme un prix de consolation, maintenant que tu as perdu ton statut de future princesse.

Allegra déglutit, la gorge nouée. De nouveau, ces mots revêtaient pour elle un sens qu'elle n'était absolument pas censée leur donner.

— Eh bien, c'est mieux que rien, convint-elle.

— Parfait. Je m'occupe de tout. Nous partons ce soir.

— Où allons-nous ? Tu ne me l'as pas dit.

Il lui adressa un sourire énigmatique.

— Je préfère te réserver la surprise.

7

Cristian scruta le visage d'Allegra comme ils entraient dans sa villa au bord de l'océan, sur l'île de Kauai. Elle n'était pas aussi grande que celle de Barcelone, mais plus tranquille, nichée dans son écrin de palmiers et de banians, donnant à l'arrière sur une plage de sable blanc léchée par les eaux turquoise. C'était son petit paradis privé, sans lien avec sa famille. Elle n'appartenait qu'à lui.

Aucun paparazzi ne les traquerait jusqu'ici. Passer quelque temps ensemble en terrain neutre, loin du tumulte médiatique, serait bénéfique pour lui et Allegra. À quoi bon la rendre malheureuse ? Ce n'était pas son but. L'éducation de leur futur enfant était en jeu. Ils n'avaient rien à gagner à rester en guerre.

— Qu'en penses-tu ? la pressa-t-il, impatient de connaître son avis.

— C'est magnifique, dit-elle. Tu le sais très bien.

— Mais est-ce que l'endroit te plaît ?

— Bien sûr. J'ai toujours rêvé d'aller à Hawaï.

Un sentiment de triomphe envahit Cristian. Il savait qu'une destination tropicale lui plairait. Allegra ne jouissait pas de l'indépendance de son frère et ne voyageait pas aussi librement. Oh ! elle était bien partie en vacances avec son fiancé. Sur la côte Est des États-Unis. Sur la côte amalfitaine en Italie. Mais jamais sur l'une de ces îles paradisiaques dont elle s'était languie à voix haute, un soir à table, il y avait des années de cela. Aujourd'hui, c'était avec lui qu'elle réalisait son rêve.

— Tant mieux, dit-il.

— Quand as-tu acheté cette villa ? Je ne t'ai jamais entendu en parler.

— Il y a environ cinq ou six ans. J'ai délibérément gardé le secret. Comme tu l'as constaté, les paparazzis sont prêts à tout pour quelques clichés de ma vie privée. Ici, je suis tranquille. Ils ne connaissent pas endroit.

— Pourquoi les paparazzis s'intéressent-ils autant à toi ? s'étonna Allegra. Renzo, je comprends. Il adore flirter avec le scandale. Mais toi ? Tu es irréprochable !

— J'ai un titre. J'appartiens à la noblesse. Sans oublier ma mère, dont les débordements sont récurrents. Être son fils me rend intéressant, avança-t-il. Un faux pas de ma part est tout ce qu'ils attendent.

Il guetta la réaction d'Allegra. Elle devait avoir eu vent des frasques de sa mère. Ils ne se parlaient plus, mais elle restait sa mère. Comment lui reprocher son existence dissolue ? La vie au *castillo* était si oppressante. Du vivant de son père, tout le monde marchait sur des œufs, de peur de subir ses foudres. Sa mère, les domestiques… Tous s'accordaient à dire que les choses avaient empiré après la naissance de Cristian. Ses doutes sur la légitimité de son héritier ne connaissaient aucune limite. Par peur du scandale, il n'avait jamais ordonné de test de paternité, malgré ses soupçons confinant à l'obsession. Il avait donc passé sa colère sur l'enfant en qui il voyait un possible usurpateur.

Sa mère avait accueilli sa mort comme une délivrance. Peu de temps après, elle avait quitté l'Espagne et son fils sans un regard en arrière. Cela faisait maintenant dix ans qu'ils n'avaient plus aucun contact. Peu à peu, elle avait cessé de prendre ses appels. Si elle avait jamais culpabilisé de l'avoir abandonné, elle avait fini par se réconcilier avec sa conscience et par ne plus se sentir obligée de feindre que son fils unique lui manquait. Cristian n'en était pas attristé. Au contraire, il tenait à mettre le plus de distance possible entre lui et cette période de sa vie.

— Cela se tient, commenta Allegra d'un ton neutre.

— Pas de remarques sur le comportement de ma mère ?

— Quelles remarques ? Je ne la connais pas.

— La célébrité ne donne-t-elle pas à quiconque le droit de commenter la vie de ces personnes publiques ?

— Je trouve cela injuste, déclara Allegra.

— Tu es en minorité.

— Sans doute. Ma vie a toujours été dictée par ce que les gens risquaient de penser. Des gens que je ne rencontrerai jamais. Ma mère est obsédée par les apparences. Tu savais qu'elle ne m'en voulait pas d'avoir couché avec toi ? Elle me reproche seulement d'avoir causé un scandale.

Couché avec lui ? Ce n'est pas ainsi que Cristian voyait les choses. Jouir contre un mur à la sauvette n'était pas « coucher ensemble ». Ils n'avaient jamais connu le luxe de rester allongés dans les bras l'un de l'autre, les jambes entremêlées. Lui, caressant ses courbes nues…

La réaction de son corps ne se fit pas attendre. Il chassa l'image de son esprit. Cela n'arriverait pas, il se l'était interdit.

— C'est curieux, non ? Cette obsession du paraître. Alors que tout ce qui nous intéresse vraiment se passe dans le noir…

Le sang afflua aux joues de la jeune femme. Aucun doute. Elle aussi pensait à ce qu'ils avaient fait dans le noir.

— Je suis fatiguée, dit-elle. Nous poursuivrons cette conversation pendant le dîner.

— Tu tiens vraiment à te débarrasser de moi.

Ce n'était pas une question. Il percevait son besoin de prendre ses distances. Dommage pour elle, il n'avait aucune intention de la laisser s'échapper. Peut-être était-il un peu masochiste, étant donné sa décision de ne pas la toucher.

— Pourquoi voudrais-je cela ? se défendit-elle.

— Par peur de m'embrasser à nouveau.

Bon sang, à quoi jouait-il ? Qu'est-ce qui lui prenait de la provoquer ainsi ? Il testait des limites dont il connaissait d'expérience la fragilité.

Il n'avait jamais été homme à se laisser gouverner par ses passions. Il avait bien eu quelques aventures, avant son mariage, mais rien de tumultueux. Puis il avait choisi Sylvia pour épouse sur la base de leur compatibilité mutuelle. Il éprouvait pour elle une réelle affection. Mais jamais elle ne lui avait donné l'impression d'être perpétuellement en guerre contre lui-même.

— T'embrasser à nouveau ? Pas de danger, lâcha Allegra.

— Et si je portais un masque ?

— Ta bouche serait couverte.

— Il y a d'autres endroits que tu peux embrasser…

Elle recula d'un pas, les yeux ronds. Étincelants. Oh ! elle était colère. Mais pas seulement. La tentation la tourmentait autant que lui.

— Je te l'ai dit, je suis fatiguée, esquiva-t-elle. Je vais faire une sieste.

— Quand tu seras reposée, alors ?

— Non, merci.

Alors qu'elle allait quitter la cuisine, elle se retourna.

— Tu n'en as même pas envie. Tu cherches seulement à me provoquer. Une relation civilisée est-ce trop demander ? Pourquoi persistes-tu à jouer les play-boys ?

Cristian le sentit. Le moment où la bête en lui prit le dessus. C'était sa faute. Il avait trop joué avec le feu. En quelques enjambées, il franchit l'espace qui les séparait et l'accula contre le mur, les deux mains plaquées de chaque côté de son visage.

— Tu penses que je ne te désire pas ? Que je m'amuse avec toi ? Dis-moi, Allegra, suis-je du genre à jouer à cela ?

Allegra resta muette. Elle secoua la tête, ses grands yeux écarquillés.

— Alors qu'est-ce qui te fait croire, *querida*, que je m'amuse avec toi ? Quand je dis quelque chose, je le pense. Je ne fais jamais de promesses en l'air.

— Tu m'as pourtant promis que notre mariage resterait chaste, lui rappela-t-elle. Dois-je comprendre que tu m'as menti ?

— Ce qui est moral et ce que je veux sont deux choses différentes.

— Que veux-tu, Cristian ?

L'air vibra entre eux, chargé d'une soudaine tension.

— Là, tout de suite ?

Il se pencha sur elle. L'odeur de sa peau lui emplit les narines, envoûtante.

— Je veux retrousser ta robe et plonger dans ta moiteur étroite. Je me souviens encore de la sensation… N'importe quel homme rêverait de te posséder à nouveau, Allegra. Moi inclus. Je ne suis pas du genre à me laisser gouverner par mes instincts primaires. Mais, avec toi, c'est comme si toute ma personne n'était constituée que d'instincts primaires.

— Mais tu me détestes, balbutia la jeune femme, se retranchant derrière cet argument familier.

— Peut-être est-ce la raison. C'est excitant.

— Pas du tout !

— Allons. Tu es aussi excitée que moi.

Il caressa du pouce le creux de sa gorge où battait son pouls.

— Je vais faire une sieste.

Rapide comme l'éclair, elle se dégagea d'entre ses bras et fila vers l'escalier.

Cristian sentit la tension quitter son corps à mesure qu'elle montait les marches. Il poussa un juron et sortit sur la terrasse. D'habitude, la vue de l'océan l'apaisait. Pas aujourd'hui. Il devait à tout prix se ressaisir. Allegra avait raison, il jouait un jeu dangereux. Quel intérêt d'attiser son désir pour elle ? Peut-être avait-il besoin de rencontrer d'autres femmes. C'est exactement ce qu'il ferait, à son retour en Espagne. Une chose était sûre : plus jamais il ne perdrait le contrôle comme il venait de le faire.

Allegra se faisait l'effet d'une gazelle évoluant dans la tanière d'un lion. Non sans raison. Cristian, lors de leur dernier face-à-face, l'avait regardée avec l'air de vouloir la dévorer toute crue. Et, à sa consternation, elle était loin d'être aussi dégoûtée qu'elle l'aurait dû. Au contraire, elle était… intriguée. Non, plus que cela. Excitée.

Elle sortit de la maison, à l'affût du prédateur. Elle le trouva sur la plage, assis devant un feu de joie. Les flammes projetaient leur lueur orangée sur son visage, accentuant le relief de ses pommettes et la ligne volontaire de sa mâchoire.

— Que fais-tu ? demanda-t-elle.

— J'ai pensé que tu aimerais dîner au bord de l'océan.

Il se leva, et elle remarqua la table dressée derrière lui.

— Excellente idée.

Elle s'approcha de la table, désarçonnée. Elle ne savait comment réconcilier ces moments où il semblait si bien la connaître et les autres. Ceux chargés de colère, de désir. De colère contre ce désir.

— Pas de fruits de mer au menu, précisa-t-il. Je sais que tu n'aimes pas cela.

Encore un détail dont il se souvenait.

— Merci de t'en être rappelé.

— J'ai une excellente mémoire, dit-il, comme pour minimiser son action.

— Bien sûr.

— Allegra, je n'ai aucun désir de te rendre malheureuse.

— Si mon bonheur dépendait de la satisfaction de mon estomac, tu me verrais la plus heureuse des femmes.

— Pourquoi ne serait-ce pas aussi simple ?

Allegra prit place à table. Le plat de poulet sur son lit de petits légumes avait l'air succulent.

— Si c'était possible, j'aurais épousé Raphael, plaisanta-t-elle. Qui peut surpasser le chef d'un palais ?

— Tu as raison, admit Cristian. C'est moi qui ai fait la cuisine ce soir. Je ne garantis pas la qualité.

Allegra manqua s'étrangler.

— C'est toi qui as cuisiné ce plat ? s'exclama-t-elle.

Difficile d'imaginer Cristian aux fourneaux.

— J'aime la solitude. Je préfère ne pas être constamment entouré de domestiques, expliqua Cristian. Et puis, je vis en célibataire depuis trois ans maintenant.

— Je comprends.

— S'il te plaît, ne fais pas cette tête.

Elle leva les yeux.

— Pardon ?

— Tu es triste chaque fois qu'il est question de Sylvia.

— C'est juste que… Elle avait l'air si gentille, murmura Allegra.

Elle n'avait rencontré Sylvia qu'en de rares occasions, mais la ravissante blonde lui avait paru charmante. Une femme au cœur d'or, à l'opposé de Cristian et de son caractère bourru. Ils semblaient vraiment heureux ensemble.

— Oui, c'était une belle personne, confirma Cristian. Lorsqu'elle allait bien, sa douceur et sa tranquillité contaminaient tout son entourage.

Une note étrange s'était glissée dans sa voix, difficile à décrypter.

— Combien de temps a-t-elle été malade ?

Cristian se rembrunit.

— Elle n'était pas malade au sens où tu l'entends. Sylvia souffrait de troubles psychologiques.

— Oh ! je l'ignorais.

— Ses parents ne souhaitaient pas divulguer cette information. J'ai toujours respecté leur volonté.

— Mais je croyais que c'était sa maladie qui l'avait…

— C'est le cas, lâcha-t-il, la voix sombre.

Allegra mit quelques secondes à comprendre le sens de ces paroles. Elle ouvrit des yeux horrifiés.

— Ne me dis pas que…

Il hocha la tête.

— Si. Elle s'est suicidée. Et je comprends que ses parents n'aient pas voulu que cela se sache. On a parlé de maladie, de fragilité… Parfois, je culpabilise d'avoir caché la vérité. Sa vérité. Comme s'il y avait quelque chose de défectueux chez elle. Je ne lui en ai jamais voulu. Ses parents, en revanche…

— Je suis désolée, murmura Allegra. Je n'aurais pas dû aborder ce sujet.

— C'est moi qui l'ai abordé, dit Cristian. J'ai plus de facilité à en parler que la plupart des gens. Sylvia était ma femme. Je refuse de faire comme si elle n'avait jamais existé.

— Bien sûr. Et j'en ferai autant.

— L'opinion publique est sans pitié. Les gens n'hésiteront pas à te comparer à elle.

— Cela m'est égal.

— Tu en es sûre ?

— Ce serait différent si… j'étais en compétition avec elle pour ton amour, termina Allegra d'une voix gênée.

— Je vois. Comme ce n'est pas le cas, tu ne crains pas la comparaison.

— Ce serait indécent de ma part d'être jalouse d'une morte.

— D'autres le seraient.

— Pas moi. J'ignore pourquoi tu as une si piètre opinion de moi, Cristian, mais sache que je ne suis pas une mauvaise personne.

— Ta famille est pour moi l'exemple même d'une famille aimante et fonctionnelle, expliqua-t-il. Pourtant, tu as semblé malheureuse.

— C'est pour cela que tu ne m'aimes pas ? Parce que tu penses que je ne suis pas reconnaissante de ce que j'ai ?

Il opina.

— On en revient toujours aux apparences, soupira-t-elle. Mes parents ne sont pas des monstres, non. Mais ce qu'ils souhaitent pour moi, c'est une vie en accord avec certaines attentes plutôt qu'une vie qui ait du sens. Il n'a jamais été question de ce que, moi, je voulais.

— Ils cherchent seulement à t'assurer un avenir stable, fit valoir Cristian. La liberté que tu désires est une notion plus romantique que réaliste. Elle ne t'apporterait aucune option plus enviable que celles dont tu disposes déjà.

— Facile à dire quand on est soi-même libre.

— J'ai eu mon lot de tragédies. Le libre choix ne garantit pas le bonheur, Allegra. Être entouré d'une famille qui t'aime, qui se soucie de ton avenir, est une chance rare.

Allegra serra les dents.

— Peut-être. Mais ce qui s'est passé entre nous prouve que je n'aurais jamais pu me conformer à cette vie choisie pour moi. Je n'ai pas eu le courage de me rebeller. J'aurais dû exprimer haut et fort mon désaccord au lieu de me soumettre. Je m'y suis mal prise. C'est mon seul regret.

— Raphael est-il si horrible ?

— Horrible, non. Mais exigeant. Il attendait de moi que je me plie à sa volonté. Et il est encore plus impénétrable que toi, ce qui n'est pas peu dire.

— Au fait, il épouse son Américaine, l'informa Cristian. Il y a eu une conférence de presse.

Allegra sourit.

— Je suis heureuse pour eux. Si elle réussit à le sortir de sa coquille, c'est qu'ils sont faits l'un pour l'autre.

Cristian haussa un sourcil.

— Tu trouves Raphael distant ?

— Ce n'est rien de le dire. Cet homme est une énigme. Et quelle arrogance !

— Et tu l'as échangé contre moi.

— C'est ce qui s'appelle tomber de Charybde en Scylla, remarqua Allegra avec dérision. De toute façon, je ne me suis jamais vraiment vue dans le rôle auquel mes parents aspiraient pour moi. Je ne suis pas non plus la personne que tu souhaitais que je sois. J'ai essayé. Je voulais vraiment faire de mon mieux. Mais, au fond, je savais ne pas avoir l'étoffe d'une princesse. Coucher avec toi était de l'autosabotage. Je m'en rends compte maintenant.

— En effet. Je suis un excellent saboteur.

Allegra se mordit la lèvre. Ce n'était pas ce qu'elle avait voulu dire. Devait-elle s'excuser ?

— J'ignorais que c'était toi, lui rappela-t-elle.

— En es-tu si sûre ?

Un nœud lui tordit l'estomac.

— Évidemment. Qu'imagines-tu ? Que j'étais secrètement amoureuse de toi, toutes ces années ?

En même temps qu'elle disait cela, des images de lui défilèrent dans son esprit. Cristian jeune homme, assis à table en face d'elle. Cristian, fraîchement veuf. Cristian, tel qu'elle l'avait toujours connu. À ces images se superposa le souvenir de lui sous son masque, descendant l'escalier de la salle de bal. Une étrange sensation s'était emparée d'elle alors, mélange d'excitation et d'embarras. Exactement comme lorsqu'elle apprenait que Cristian venait dîner à la maison.

— C'est tout à fait possible, non ?

Elle secoua la tête.

— Je ne savais pas, Cristian.

À vrai dire, elle ne savait plus rien. Ce qu'elle avait ressenti, ce soir-là, était flou, incertain, ses souvenirs influencés par ce que Cristian lui faisait ressentir maintenant. Maintenant qu'elle avait passé du temps avec lui. Qu'elle l'avait embrassée. Qu'il l'avait plaquée contre ce mur tout à l'heure.

— Peu importe ce que tu penses, reprit-elle, plus pour elle-même que pour lui. C'est assez ironique que tu sois celui qui m'ait rendu ma liberté alors que tu estimes que je ne la mérite pas.

— Tu te trompes, Allegra. Je crois seulement qu'elle n'est pas là où tu l'attends. Qu'est-ce que la liberté pour toi ? Le droit de faire tout ce qui te plaît ?

— D'épouser un homme que j'aime, au moins, répliqua-t-elle. À t'entendre, on croirait que je réclame la lune. Est-ce égoïste de vouloir choisir la personne avec qui on va passer le reste de sa vie ?

— Ton idéalisme te perdra, soupira Cristian. Tu aurais pu épouser un homme respectable, qui t'aurait bien traitée. Tu aurais fini par l'aimer. Ton statut de princesse t'aurait permis d'agir pour de bonnes causes. Au lieu de quoi, tu as préféré perdre ta virginité avec un inconnu dans un couloir obscur. Tu es tombée enceinte… et voilà le résultat.

— Je croyais que j'y gagnais avec toi. L'Espagne est plus vaste que Santa Firenze, non ?

— Ce n'est pas une question de titre, mais de personne. Il aurait mieux valu que tu restes avec ton prince, Allegra.

— Pourquoi dis-tu cela ?

— Il a l'air de quelqu'un de gentil. Je ne suis pas gentil.

— Cela, je le savais déjà…

— Non, assena-t-il. Tu ne sais rien du tout.

— Et je n'aurai jamais à le savoir, rétorqua Allegra. Nous ne risquons pas d'être à nouveau… intimes… durant nos deux années de mariage.

Une étrange sensation lui vrilla la poitrine. De la déception ? Oui, cela y ressemblait. Pourquoi diable serait-elle déçue de ne plus être intime avec Cristian ?

— Deux ans ont suffi à détruire Sylvia, lâcha-t-il.

— Sylvia était malade. Tu l'as dit toi-même.

— Oh ! bien sûr. Être marié à moi n'a certainement pas contribué à dégrader son état.

— Tu penses vraiment que c'est ta faute si…

Elle n'avait pas terminé que la main de Cristian se referma sur la sienne. Une flamme sombre luisait dans ses yeux.

— N'en parlons plus.

La chaleur de sa peau se communiquait à tout son être. Une part d'elle l'exhortait à se dégager au plus vite. L'autre s'accrochait à ce moment, à cette main, quitte à s'y brûler.

— Tu devrais rentrer, dit-il. Éloigne-toi de moi.

— Nous sommes en pleine dispute…

— Comme si cela allait nous arrêter.

Allegra déglutit.

— Cette attirance entre nous est bien réelle, continua-t-il d'une voix grave. Que nous nous disputions, que tu sois fiancée à un autre, que nous portions un masque ou non… Elle est là. Elle l'a toujours été. Rentre, Allegra. Éloigne-toi tant qu'il est encore temps.

Allegra pesa le pour et le contre. D'un côté, retirer sa main. Rompre le contact physique et fuir. De l'autre…

Elle soutint son regard sans bouger.

— Que se passe-t-il si je reste ?

8

Cristian connaissait la réponse. Sa raison lui soufflait de l'en dissuader, mais il n'en ferait rien. Il le savait déjà. Quand avait-il perdu la bataille ? Lorsqu'elle l'avait rejoint sur la plage ? Lorsqu'il l'avait amenée ici, à Hawaï ? Ou l'avait-il perdue à la seconde où il avait abordé cette inconnue à Venise, captivante avec ses boucles d'ébène cascadant sur des épaules dorées comme le soleil ? Cette vision avait insufflé en lui une fièvre, une énergie brûlante, qu'il n'avait jamais associée qu'à une seule femme.

Peu importait quand. Il avait bel et bien rendu les armes. Et il n'en éprouvait aucun regret.

Il serra les doigts autour des siens, l'attira à lui. Les lèvres de la jeune femme formèrent un *o* parfait. Alors il se pencha, prêt à voler ce dont son masque l'avait privé, ce soir-là. Les yeux de la jeune femme brillaient. Ces mêmes yeux qui s'étaient embrasés pour lui, des semaines plus tôt…

Assez. À quoi bon revenir sur cette soirée ?

Il se leva, l'entraînant dans son geste. Déséquilibrée, elle se raccrocha à lui, et il l'enveloppa de ses bras. L'instant d'après, il capturait ses lèvres. C'était là, dans son baiser… Ce souffle d'été. Cette flamme vibrante qu'il avait perçue dès leur première rencontre et immédiatement détestée. Une étincelle qui s'était insinuée en lui, crépitant dans ses veines.

Il dessina ses lèvres du bout de la langue, avant de reprendre sa bouche dans un baiser possessif. Elle lui appartenait, à lui et lui seul. Aucun autre homme ne l'avait jamais touchée.

L'expérience était nouvelle pour lui. Elle était la première femme qu'il déflorait. Avoir pris la virginité d'Allegra lui posait un cas de conscience mais l'excitait aussi. Était-ce une réaction typiquement masculine ? Ou Allegra en était-elle la cause ?

Elle ne l'avait jamais vraiment laissé indifférent. Elle provoquait en lui des réactions physiques comme aucune autre femme ne l'avait jamais fait. Peut-être était-ce pour cette raison qu'il savourait son statut de premier amant. Au moins, il était sûr de lui faire le même effet. Il s'était pourtant juré de rester fort, mais ses instincts primitifs refusaient de rester muselés plus longtemps. Il plongea les deux mains dans ses cheveux, laissant le feu entre eux les consumer librement. La jeune femme gémit contre sa bouche. Parce qu'elle aimait cela ou parce qu'il la serrait trop fort ? Il l'ignorait et ne se souciait guère de le savoir.

Avec Allegra, il ne savait plus qui il était. La sensation était troublante. Il connaissait Allegra depuis des années. Depuis qu'elle était une écolière ! Pourtant, lorsqu'il la touchait, elle devenait une étrangère et lui-même ne se reconnaissait plus. La façon dont elle accomplissait un tel tour de passe-passe restait un mystère pour lui. Soudain, il avait besoin de voir tout ce qu'il n'avait pas vu lors de leur première fois ensemble. Ils s'étaient jetés l'un sur l'autre, dans ce couloir. Ni lui ni elle ne s'étaient déshabillés. Il n'avait pas eu l'occasion d'admirer ses courbes dans toute leur splendeur, ni de presser son corps nu contre le sien. Il ne pouvait plus attendre.

Sa main s'égara dans le dos d'Allegra et tira sur la fermeture. La robe légère tomba à ses pieds. Elle ne portait plus qu'un soutien-gorge de dentelle et une petite culotte assortie. Il recula pour admirer sa silhouette sensuelle. Elle était le fantasme masculin par excellence, capable de déclencher des guerres. En témoignait le conflit qui faisait rage, en cet instant, entre son désir et sa raison. Il était encore temps de la préserver, au moins un peu. Sa grossesse, qui l'obligeait à l'épouser pour deux ans et le liait à lui pour le restant de sa vie, n'était-elle pas la preuve qu'il altérait de manière irréparable tout ce qu'il touchait ?

Ce soir, cependant, ses ténèbres l'emporteraient. Ce pouvoir destructeur qui l'incitait à posséder, alors qu'il était incapable de protéger. C'était cette même voix insidieuse qui l'avait persuadé d'épouser Sylvia en lui soufflant que tout irait bien, que tout s'arrangerait de soi-même. Mais il l'avait détruite. Comme il avait détruit ses parents. Il n'avait pas su répondre à ses besoins, car elle cherchait en lui quelque chose de mort depuis longtemps.

C'était maintenant Allegra qui s'apprêtait à l'épouser. Allegra, qui portait son enfant. Au fond, pourquoi s'arrêter là ? Le mal était déjà fait. Que pouvait-il arriver de pire ? Un rire amer lui monta à la gorge. Il connaissait la réponse à cette question. Le pire, il l'avait vécu. Il l'avait fait subir à d'autres. Mais ce soir, sur cette plage, avec les étoiles pour seuls témoins, il ne se sentait pas la force de se comporter noblement.

— Enlève le reste, l'enjoignit-il.

S'il s'en chargeait, ses délicats sous-vêtements finiraient en lambeaux. Ou peut-être ne prendrait-il même pas le temps de les lui ôter. Il écarterait sa culotte et plongerait en elle, qu'elle soit prête ou non. Son self-control en prit un coup. Il serra les dents tandis qu'elle retirait son soutien-gorge, révélant ses seins parfaits aux tétons hérissés, preuve qu'elle était aussi excitée que lui. Puis sa culotte tomba à terre. Dieu ce qu'il avait envie d'elle ! Ce triangle soyeux entre ses cuisses était une invitation à s'y perdre, pour s'y oublier totalement.

— Tu me regardes comme si tu allais me dévorer, dit-elle.

— C'est exactement mon intention.

Il imprima ses lèvres dans le creux de son cou, suçant la peau tendre. Le petit cri qu'elle poussa l'emplit de satisfaction. Sa bouche s'égara plus bas, vers ses seins ronds et fermes, dont il lécha et mordilla un téton durci avant de prodiguer le même traitement au second. Il recommença, encore et encore, jusqu'à ce qu'Allegra lui agrippe les cheveux en gémissant de plaisir.

Temps de passer à la vitesse supérieure. Il captura ses hanches afin de l'immobiliser tandis que sa langue traçait un chemin de feu le long de son ventre. Ses lèvres planèrent au-dessus de la naissance de ses cuisses, attirées par ce buisson secret qu'il brûlait de fendre plus que tout. La jeune femme tenta de se dégager. Il resserra son étreinte.

— Tu es toute à moi, susurra-t-il, taquinant de la langue les plis de chair intime.

— Cristian…

Son nom était une prière, non plus une insulte, murmurée dans un soupir de plaisir. Il approfondit son exploration, enhardi par la façon dont elle tremblait sous ses caresses et sanglotait son nom, désarmée, vaincue. Il se délectait de son odeur, de ses gémissements. Du fait même qu'il s'agisse d'Allegra, sans aucun masque pour lui dissimuler son identité. Un nouvel élan de désir le traversa, décuplé, comme si rien ne devait jamais le satisfaire. Il avait besoin d'elle. Ce besoin était pareil à un puits sans fonds, en lui depuis toujours, scellé, ignoré. Jusqu'à aujourd'hui.

Elle se cramponna à ses épaules sous les assauts de plus en plus avides de sa langue. Elle commençait à perdre le contrôle, il le sentait. Une caresse plus ciblée sur le bourgeon sensible au creux de sa chair la fit basculer pour de bon. Dans une plainte rauque, elle s'abandonna au plaisir, à l'orgasme qui se répercutait en lui tel un raz-de-marée. La récompense était autant la sienne que celle d'Allegra.

Il la tira doucement vers le sol et noua ses jambes autour de sa taille de manière qu'elle le chevauche. Son sexe humide frottait contre sa virilité palpitante de désir. Il était vraiment un salaud égoïste. Alors que l'effet de son orgasme n'était pas encore dissipé, il s'enfonça en elle, dans l'étroit sanctuaire de sa féminité. L'étreinte de ses muscles intimes autour de lui faillit avoir raison de son sang-froid. Mais il n'était pas prêt. Pas encore. Les mains plaquées sur ses fesses, il la maintint fermement tandis qu'il bougeait en elle, l'empalant un peu plus sur lui à chaque mouvement.

Elle arqua le dos, et il accepta comme son dû l'offrande

de ses seins, s'emparant avec gourmandise des deux globes sensibles. Les bras de la jeune femme se refermèrent autour de lui. Le plaisir montait en lui, en elle. Ses puissants va-et-vient menaçaient de leur faire perdre la raison à tous les deux.

Comment ne l'avait-il pas réalisé plus tôt ? C'était cela qui rampait sous la surface de chacun de leurs échanges. Cela qui allumait un brasier sous sa peau chaque fois qu'elle s'approchait de lui. Tout s'éclairait à présent. Elle et lui faisaient sens. Mais ils ne fonctionnaient pas. Ils n'avaient aucun avenir, aucune légitimité.

Mais là, tout de suite, il s'en fichait. Il était perdu en elle. En Allegra. Aucune autre femme ne l'avait tenté depuis la mort de Sylvia. Ni même avant, d'ailleurs. Du moins, pas de cette façon. Une femme, il la désirait ou non. Allegra, elle, appartenait à une catégorie à part. Il la désirait avec chaque fibre de son être, tout en reniant ce désir qu'il savait destructeur. Elle était comme une drogue qui vous faisait planer très haut et engendrait un manque confinant au supplice. Hélas, le savoir ne suffisait pas à guérir de l'addiction.

Pour l'instant, il avait besoin de sa dose d'Allegra. Tant pis s'il devait en souffrir. La jouissance explosa en lui, dans un déferlement de plaisir et de ténèbres qui pulvérisa tout sur son passage. Toutes ses autres pensées, toutes ses autres sensations… Tout s'effaça, réduit en poussière. Il reprit ses esprits alors qu'Allegra basculait à son tour dans l'orgasme. Elle cria, les ongles enfoncés dans ses épaules. Ses muscles intimes pulsaient autour de lui et envoyèrent une nouvelle décharge de plaisir à travers son corps.

Il mit quelques secondes à se rappeler où il se trouvait. Le bruit des vagues sur le rivage dissipa le brouillard dans son esprit. Il était à genoux sur le sable, devant sa maison hawaïenne. Allegra le chevauchait. Il fit courir un doigt le long de sa colonne vertébrale et enfonça une main dans ses cheveux lorsqu'elle tenta de détourner les yeux.

— Non…

— Non quoi ?

— Ne te cache pas, Allegra.

Elle plongea les yeux dans les siens. Il caressa du pouce sa lèvre supérieure.

— Tu ne portes pas de masque ce soir.

— C'était plus simple quand j'en portais un, murmura-t-elle. Et quand tu me laissais seule après.

— Pourquoi est-ce si difficile maintenant ?

— Parce que…

Elle déglutit et se dégagea. L'air frais frappa de plein fouet son corps nu privé de la chaleur d'Allegra.

— Je rentre, dit-elle.

Elle se leva, entièrement nue, et s'éloigna vers la maison. Il suivit des yeux sa silhouette parfaite se mouvant dans la clarté de la lune. Elle avait besoin de solitude, il le savait. Un gentleman la lui aurait accordée. Mais il n'en était plus à prétendre qu'il était un gentleman. Ce soir, il l'avait faite sienne, sans masque ni faux-semblant. Faire marche arrière n'était plus une option.

Allegra avait besoin d'un moment à elle. Seule. Ce qui venait de se passer avec Cristian n'avait rien à voir avec l'épisode du bal. Savoir que c'était lui, voir son visage, son expression, le regarder dans les yeux… Tout cela rendait l'expérience mille fois plus intime. S'il s'était mis à nu, l'inverse était vrai aussi. Elle s'était sentie exposée dans toute sa vulnérabilité, ses émotions à fleur de peau. Des émotions qu'elle cherchait désespérément à garder muselées.

Elle monta l'escalier quatre à quatre et se rua dans la salle de bains attenante à sa chambre. La douche était un modèle de luxe, tout en élégant marbre blanc percé d'une fenêtre donnant sur l'océan. Non qu'elle fût très sensible à la vue en cet instant. Elle ouvrit grand le robinet, dans l'espoir que le puissant jet d'eau brûlante rince la honte qui lui collait à la peau et apaise le tumulte de son cœur.

Elle avait besoin d'espace pour respirer. Pour mettre de

l'ordre dans ses idées. Autant dire mission impossible tant qu'elle resterait dans l'orbite de Cristian. Quelque chose chez lui court-circuitait sa raison et la transformait en quelqu'un d'autre. Mais le plus dérangeant était qu'elle réalisait, soudain, à quel point son mystérieux amant du bal et Cristian étaient semblables. Ils ne pourraient plus jamais être deux entités distinctes dans son esprit. Parce qu'il l'avait prise à visage découvert. Parce qu'elle avait vu le plaisir sur ses traits et tremblait encore sous le contrecoup de non pas un mais deux orgasmes.

Elle ferma les yeux. Si au moins elle parvenait à pleurer… Cela atténuerait un peu le poids sur sa poitrine. Hélas, aucune larme ne venait. Sous le jet d'eau chaude ruisselant sur sa peau, ses yeux restaient obstinément secs.

— Allegra ?

La porte de la salle de bains s'ouvrit. Cristian entra, visiblement à l'aise avec sa nudité. Elle le dévora des yeux à travers la vitre transparente. Il était le premier homme qu'elle voyait nu. Le moins qu'on puisse dire était qu'elle avait touché le gros lot. Cristian était à couper le souffle. Un torse athlétique, des abdominaux sculptés, des hanches étroites pointant vers son attribut viril entre tous… Tout en lui exsudait la puissance masculine. Allegra déglutit. Cristian gravitait dans sa vie depuis qu'elle était gamine. Elle l'avait toujours connu habillé. Maintenant, elle le connaissait nu. Elle le connaissait en elle, les traits déformés par le plaisir. Elle aurait volontiers disparu dans un trou de souris. Mais il ne lui laissait nulle part où se cacher.

— Tout va bien ? lança-t-il.

— Hum, je voulais seulement…

— Enlever la sensation de mon corps sur le tien ?

Son ton était dur, tranchant.

— Non, bredouilla-t-elle. Je… J'avais besoin de quelques minutes…

— Dans ce cas, tu ne vois pas d'inconvénient à ce que je me joigne à toi ?

Sans attendre sa réponse, il se glissa dans la douche.

— Je voulais dire, quelques minutes à moi, précisa Allegra en reculant.

— Pourquoi ?

— Parce que tu es le seul homme avec qui j'aie jamais couché. C'est seulement la seconde fois pour moi. Je me sens un peu… désorientée.

— Tu es la première femme avec qui je couche depuis Sylvia, dit Cristian. Si quelqu'un a besoin d'une minute, c'est moi.

Allegra écarquilla les yeux.

— Tu es sérieux ?

— Je n'ai fréquenté aucune autre femme depuis sa mort.

Allegra ne savait comment réagir à cet aveu. Découvrir que leur coup de folie était en réalité une habitude chez Cristian l'aurait meurtrie. Mais apprendre qu'elle n'était peut-être qu'un remède contre une démangeaison due à trois ans d'abstinence n'était pas vraiment plus agréable.

— Ce soir-là, au bal…

— Que s'est-il passé ? l'encouragea-t-elle. Tu as simplement perdu le contrôle ?

— Simplement ? Non, ce n'est pas si simple. Enfin, pour certains, peut-être. Pas pour moi. Je ne perds jamais le contrôle, Allegra.

Il enroula un bras autour de sa taille et l'attira contre lui. Le corps d'Allegra réagit instantanément.

— Avec toi, continua-t-il, je me demande quel contrôle j'avais à perdre. Et si je me mentais depuis toutes ces années ?

Sa main glissa le long de sa taille pour se poser sur sa hanche, sa pression à la fois troublante et étrangement réconfortante.

— Si, c'est simple, murmura-t-elle. Tu te prends pour une sorte de dieu. Mais tu n'es qu'un homme.

Elle promena les doigts sur son torse, brûlant sous le duvet rugueux. Cette combinaison typiquement masculine envoya un frisson le long de son échine. Le toucher était une erreur. N'était-elle pas censée avoir besoin de solitude ? Mais c'était plus fort qu'elle. Peut-être Cristian avait-il raison. Peut-être n'y avait-il jamais eu le moindre contrôle entre eux. Leurs actions avaient transcendé ce qui était « typique » de leur relation. Et elle ne regrettait rien. Elle en était incapable. Elle s'apprêtait à contracter un mariage temporaire, enceinte de cet homme qu'elle osait à peine regarder dans les yeux. Malgré cela, elle ne regrettait pas de s'être donnée à lui.

— Non, Allegra, cela n'a rien de banal, dit-il d'une voix rauque. C'est ton inexpérience qui parle. Tu n'as aucune idée du jeu dangereux auquel nous jouons.

— Alors ce qui s'est passé était spécial ?

Dieu ce qu'elle haïssait cette note désespérée dans sa voix ! Elle était si transparente…

— Oui, admit-il en lui caressant la joue. Mais cette force obscure en nous qui nous fait agir comme des animaux… Elle est trompeuse, Allegra. On se sent bien un moment, mais elle ne conduit qu'à la destruction.

— Tu crains que nous nous détruisions l'un l'autre ?

— Le mal est déjà fait.

Le cœur d'Allegra cognait à tout rompre. L'écho de ses battements se répercutait dans tout son être.

— Alors il n'y a plus rien à craindre, n'est-ce pas ?

Il brossait un tableau si sombre de leur situation. Comme si sa grossesse et l'obligation dans laquelle ils se trouvaient de se prêter à cette farce d'union étaient la pire chose qui puisse leur arriver. Si tel était le cas, pourquoi ne pas aller jusqu'au bout ? Pourquoi ne pas profiter du seul aspect agréable de cet arrangement ? Un frisson la parcourut. La perspective de lâcher prise et d'assouvir tous ses désirs la grisait autant qu'elle la terrifiait.

À vrai dire, c'était l'histoire de sa vie. La porte de la cage avait toujours été grande ouverte. Personne n'avait jamais vraiment réussi à la forcer à faire quoi que ce soit. C'était elle s'était toujours soumise, par peur de s'aliéner ses parents. De commettre une erreur. Même avec Cristian, tout à l'heure, elle avait pris la fuite, terrifiée à l'idée de trahir… Trahir quoi ? Elle n'osait même pas se l'avouer à elle-même. Elle n'était qu'une créature craintive, entièrement gouvernée par sa peur. Par son besoin de plaire, de suivre les règles, de ne jamais choquer ni contrarier. Mais, au fond, qui s'en souciait ? Cristian avait raison : elle avait tout gâché. Il était trop tard pour revenir en arrière.

— Si nous sommes vraiment au fond du fond, autant explorer les lieux, médita-t-elle tout haut.

— Si ma compagnie te satisfait…

— Que nous est-il arrivé, Cristian ?

Il lui souleva le menton entre le pouce et l'index, le regard chevillé au sien.

— C'est la destruction dont je te parlais, Allegra.

— Alors, dis-moi pourquoi je me sens mieux qu'avant.

Il rit et pressa un baiser au coin de sa bouche.

— C'est cela, le sexe, chérie. Un mensonge qui nous fait nous sentir bien et nous pousse à trouver mille excuses pour continuer.

— Est-ce ce qui nous arrive ?

— Je crois.

— Cela me va, annonça Allegra.

Elle le pensait.

— À moi aussi, dit Cristian.

Elle entrouvrit les lèvres et s'abandonna à son baiser. Très vite, elle le sentit durcir contre elle. Le même désir fleurit dans son bas-ventre. Elle le voulait, aussi longtemps qu'elle pourrait l'avoir, quelle qu'en soit la raison. Fini de s'inquiéter à propos de l'avenir ou de l'image qu'elle donnait. Désormais, elle se contenterait de ressentir sans plus réfléchir.

C'était toujours le même rêve. Il était allongé dans son petit lit, cerné par les murs de pierre du *castillo*. Il se sentait minuscule et impuissant. Bientôt, *il* arriverait, dans un brouillard de rage et d'alcool. Les coups pleuvraient sur lui. C'était allé si loin, la dernière fois, qu'un médecin avait dû être appelé. Comment un garçon de cinq ans s'était-il blessé de la sorte au milieu de la nuit ? Oh ! d'ingénieux mensonges coupaient court aux questions. Il était tombé dans l'escalier. C'est ainsi qu'il s'était cassé le bras. Qu'il s'était ouvert le front. Bientôt, *il* reviendrait et Cristian aurait un nouvel « accident ». Il n'était en sécurité nulle part. Pas même dans sa chambre.

Puis les murs du *castillo* se muaient en ceux de sa villa à Barcelone. Il se tenait devant la porte de sa chambre, la main sur la poignée. Sylvia était à l'intérieur. Non, elle était déjà partie. Il n'y avait plus rien à faire. Il avait beau savoir ce qui l'attendait, sa douleur n'en était pas atténuée pour autant. Et il devait toujours ouvrir cette fichue porte. Il tournait la poignée, le métal froid dans sa paume…

— Cristian !

Une voix transperça l'obscurité.

— Cristian, réveille-toi !

Il se redressa en sursaut et aspira une grande goulée d'air. La pénombre de la chambre le tranquillisa après les ténèbres de son rêve.

— Cristian, tout va bien ?

— Je rêvais, dit-il sans entrer dans les détails.

— Tu… tu criais. Cela m'a réveillée.

— Désolé.

Il serra les dents. Elle mentait, bien sûr. Il porta la main à sa joue et la trouva humide. Oui, elle mentait pour protéger son orgueil. Une étrange sensation lui noua l'estomac. L'air lui manquait, tout à coup.

— J'essayais seulement… Je ne voulais pas te fâcher, bredouilla-t-elle. Ai-je eu tort de te réveiller ?

— Non.

Il jeta un coup d'œil au réveil. 5 heures du matin. Il repoussa le drap et s'assit au bord du lit, pris de nausée.

— Je ne savais pas que tu faisais des cauchemars, dit Allegra en lui touchant l'épaule.

— Tout le monde en fait, de temps en temps.

Lui, c'était presque toutes les nuits. Ses cauchemars avaient empiré depuis la mort de Sylvia, devenus une sorte de montage implacable des événements les plus sordides de sa vie.

— C'est vrai, murmura la jeune femme.

— Je me lève. Le décalage horaire… Et puis, c'est bientôt l'heure, de toute façon.

— Moi aussi.

— Inutile, la dissuada-t-il avec brusquerie. Je suis désolé de t'avoir réveillée. Rendors-toi.

Même dans la pénombre, il discernait l'inquiétude dans les yeux d'Allegra.

— Ce n'était qu'un mauvais rêve, ajouta-t-il pour la rassurer. Ce n'est rien.

— Je ne crois pas, insista-t-elle.

— Les rêves ont le don de déformer de vieux souvenirs en scènes étranges, voire dérangeantes. Inutile de s'appesantir là-dessus.

— Cristian…

— Ça suffit, Allegra. Que cherches-tu ? Quelque chose d'humain en moi ? Quelque chose qui nous connecte ? C'est peine perdue. Je ne suis pas quelqu'un de gentil, tu le sais. Ne commence pas à te faire des idées.

Il promena une main sur son corps nu.

— Le sexe entre nous est fantastique. Puisque nous sommes contraints d'être ensemble, autant en profiter. Mais ne mets pas ton cœur en jeu, Allegra.

— Nous avons déjà touché le fond. Nous n'avons plus rien à craindre, tu as oublié ?

Elle avait l'air si jeune en cet instant ! Il avait l'impression d'être un vieillard à côté.

— Je n'ai pas oublié. Mais, comme je l'ai souligné, il est facile à un homme de trouver des excuses pour assouvir ses besoins physiques.

— Non, protesta-t-elle. Nous sommes dans le même bain.

— Si tu le dis.

Son commentaire dédaigneux la blessa. Il le lut sur ses

traits. Il ne s'en excusa pas. Ils s'aventuraient sur un terrain dangereux, pour elle plus que pour lui.

— Nous l'avons dit, persista-t-elle.

Du Allegra tout craché. Bornée jusqu'au bout des ongles ! Il y avait un tel feu en elle, une telle impudence ! Pourtant, à bien y réfléchir, toutes ces fois où ils s'étaient querellés, sa réponse avait toujours été tempérée. Il avait simplement perçu sa colère, bouillonnant sous la surface. Son anxiété chaque fois que ses parents évoquaient son futur mariage. Son rejet de cette vie décidée pour elle. Était-il le seul à l'avoir remarqué ?

— Rendors-toi, répéta-t-il.

Il se leva et se rappela qu'il n'avait aucun vêtement dans la chambre d'Allegra, où ils s'étaient repliés après leur douche à deux. Cela ne le gênait pas. Il sortit de la chambre, laissant Allegra seule. Une partie de lui se sentait coupable de la façon dont il l'avait traitée. Mais c'était la meilleure solution. Il avait commis de nombreux torts dans sa vie. Le plus grand d'entre eux envers Allegra. Pas question d'aggraver les dégâts en lui donnant à croire qu'il nourrissait des sentiments pour elle. La plus grande cruauté serait de la laisser tomber amoureuse de lui.

9

Allegra avait l'impression de subir une peine de prison. Dans une cellule avec vue sur la mer, surveillée par un gardien taciturne. Un gardien qui se métamorphosait en amant passionné la nuit, seulement pour reprendre ses distances au petit matin.

Cristian n'était plus le même depuis son cauchemar. Et il ne passait plus la nuit avec elle après lui avoir fait l'amour. Il quittait sa chambre, mais pas pour regagner la sienne. Elle avait vérifié. Elle en venait à se demander s'il lui arrivait de dormir.

Une chose était sûre : il dressait un mur entre eux. Cela la blessait profondément. Oh ! elle ne se faisait aucune illusion quant à leur situation. Ils allaient avoir un enfant ensemble. Un enfant dans l'éducation duquel il n'avait aucune intention de s'impliquer. Elle resterait sa femme le temps de tranquilliser ses parents autant que les médias. Ce qui se passait dans la chambre était une autre histoire. Une parenthèse purement physique, où les sentiments n'avaient pas leur place. Pourtant…

Dès sa toute première rencontre avec Cristian, une foule de sentiments avaient pris vie en elle. D'abord, il l'agaçait, sans raison particulière. Ou plutôt si, pour une ribambelle de raisons. Parce qu'il avait toujours l'air de se moquer d'elle avec ses haussements de sourcils sardoniques. Parce qu'il avait une mâchoire trop carrée, des lèvres trop captivantes. Plus tard, parce que l'alliance à son annulaire captait la lumière à chacun de ses gestes, si bien qu'elle ne voyait que cela à chaque dîner où il était présent : ce rappel constant qu'il appartenait à une autre femme et que cette femme était sienne. Une frustration inexplicable lui tordait les tripes, et elle sortait de table les nerfs à fleur de peau.

Ces sentiments avaient toujours existé dans leur relation. Et, maintenant qu'ils couchaient ensemble, qu'ils allaient se marier et avoir un enfant, elle ne devrait plus rien ressentir du tout ? C'était absurde !

Il avait raison : toutes les excuses étaient bonnes pour se complaire dans ce paradis charnel qu'ils s'étaient créé. Mais la réalité poignait derrière des excuses de plus en plus fallacieuses, dévoilant à sa lumière une vérité inconfortable…

Allegra ferma les yeux. Elle ne voulait pas y penser. Encore moins affronter cette vérité en face.

D'où vient ce maelström d'émotions que tu as toujours éprouvé en sa présence ? Pourquoi l'alliance à son doigt te vrillait-elle le cœur ?

Une larme roula sur sa joue. Elle l'essuya et prit une profonde inspiration. Peu importait ce qu'elle ressentait pour Cristian. Ce n'était pas réciproque. Son attirance pour elle était purement artificielle. S'il avait su qui elle était, au bal, rien ne se serait passé. Mais si elle, de son côté, avait su que c'était lui… S'il lui avait offert sa main à visage découvert…

Elle aurait pris cette main. Elle l'aurait suivi dans ce couloir désert et lui aurait offert sa virginité. À lui, Cristian Acosta. Elle avait attendu ce moment depuis toujours.

Pathétique. Alors c'était tout ce dont elle était capable ? Attendre ? Attendre que ses parents comprennent d'eux-mêmes qu'elle ne voulait pas d'un mariage arrangé. Attendre que Cristian prenne conscience qu'elle n'était plus une gamine. Attendre encore et encore, passivement. Et pour quel résultat ? Se sentir sans cesse rabaissée, ignorée, alors qu'elle n'avait jamais osé exprimer tout haut son opinion. *Excellente méthode, Allegra !* Sa vérité brûlait en elle telle une flamme, invisible aux yeux de tous. Et elle finirait par la consumer vivante. Était-ce vraiment ce qu'elle voulait ?

Bon, cela ne lui disait pas quelle attitude adopter vis-à-vis de Cristian…

— Nous devons partir sur-le-champ.

Quand on parlait du loup… Elle se redressa sur son transat et le vit qui s'avançait sur la plage, la mine sombre.

— Pardon ?

— Nous devons rentrer en Espagne sans délai. Il y a eu un incendie au *castillo*.

— Ton domaine familial ?

— Oui.

— Et les terres ? Et les fermiers qui y habitent ?

— Tout le monde va bien. Seul le château a été touché.

— Que s'est-il passé ? demanda-t-elle.

— Un problème électrique, apparemment, répondit Cristian. Le château est ancien. Certains fils dataient encore du début des années 1900. Je dois y aller et m'assurer que tout est sous contrôle. Nous ferons un détour pour te déposer à la villa.

Allegra fronça les sourcils.

— Non. Je viens avec toi.

— Il n'y a aucune raison pour que tu m'accompagnes.

— J'en ai envie, c'est tout.

Une expression féroce déforma les traits de Cristian.

— Tu crois vraiment que c'est le moment, Allegra ? Venir jouer les touristes dans ce qui pourrait bien n'être plus qu'un tas de ruines ?

— Je cherche seulement à t'apporter mon soutien, objecta-t-elle. Excuse-moi de me conduire en bonne…

Épouse ? Pas encore. « Fiancée » ne paraissait pas plus approprié.

— Il n'y a pas à discuter, l'interrompit-il.

— C'est vrai, où avais-je la tête ? Personne ne doit discuter tes ordres. Je n'ai qu'à obéir comme je l'ai fait toute ma vie, n'est-ce pas ?

— Je ne t'ai jamais considérée comme un modèle d'obéissance, Allegra.

— Tiens donc. Et pour quelle raison ? Quand me suis-je vraiment rebellée ? Toi et moi nous disputons souvent. Mais, en réalité, je ne me suis jamais opposée à la décision de mes parents. Je n'ai pas rejeté Raphael. Alors pourquoi persistes-tu à me croire rétive ?

— Je la sens, dit-il. Cette flamme qui brûle en toi…

Ces mots remuèrent Allegra jusque dans son âme. Il l'avait sentie ! Cristian avait vu en elle ce qui avait échappé à tout le monde.

— Cristian…

— Fais tes valises. Nous filons à l'aéroport. Et je te dépose à la villa.

Il tourna les talons et regagna la maison, la laissant seule avec ses réflexions. Le moment était peut-être mal choisi, mais sa résolution était prise. Terminé d'obéir en silence. Dorénavant, elle tiendrait tête à Cristian. Oh ! il n'apprécierait pas. Mais lui plaire était le cadet de ses soucis. Elle voulait simplement être là pour lui. Si cela signifiait défier ses règles et s'ouvrir sur ses sentiments, elle le ferait. Le temps où elle subissait sans rien dire était derrière elle.

La moitié du *castillo* s'était envolée en fumée. Le château vieux de plusieurs siècles, qui avait abrité plus d'un fantôme, n'était plus qu'une ruine sur tout un côté. Le reste s'élevait, intact, mais privé d'électricité.

Cristian franchit la porte d'entrée. À sa gauche gisait un amas de pierres encore fumantes. À sa droite, un escalier familier spiralait vers l'une des tours. C'était étrange de voir sa demeure d'enfance, cette maison de l'horreur, réduite ainsi en cendres. Il monta lentement l'escalier en faisant courir ses doigts sur ces murs de pierre qui hantaient encore ses rêves. Qui sait ? Le fantôme de son père avait peut-être brûlé lui aussi. On pouvait toujours espérer…

Il atteignit le sommet de la tour. Évidemment, sa chambre avait survécu. Quelle ironie ! Ces murs, cet escalier, cette pièce, n'avaient même pas eu la décence de brûler ! Ce sol où son petit corps s'était recroquevillé sous les coups, ces pierres qui lui rentraient dans le dos, dans les côtes… Tout cela tenait encore debout.

Il traversa la pièce et s'approcha du petit lit dans le coin. Étonnant qu'il fût toujours là. Il est vrai que personne n'avait eu l'usage de cette chambre depuis son départ. Le sommier craqua sous son poids comme il s'asseyait sur le bord. Il leva les yeux sur les murs de pierre gris, sur les lattes de bois au plafond. Exactement comme dans son rêve. Il resta assis là et attendit. Que surgisse une présence sinistre, une terreur familière. Rien ne vint. C'était peut-être la pire insulte : il n'y avait rien ici. Rien sur quoi passer sa colère.

Il était seul avec lui-même.

Il se leva et retroussa ses manches. Temps de se mettre au travail. Fouiller les décombres, rassembler ce qui avait survécu au feu, notamment les papiers et les bijoux conservés dans divers coffres-forts. C'est tout ce qu'il trouverait, ici. Des reliques. Pas de réponses.

Il passa plusieurs heures à trier ce qui méritait d'être sauvé de ce qui était bon à jeter. Il aurait pu faire appel aux services d'une équipe de nettoyage. La tâche serait allée plus vite. Mais le *castillo* était sa responsabilité. Il faisait partie de lui. De son titre. C'est à lui que revenait d'exhumer des ruines noircies ces vieux trésors de famille, ou ce qu'il en restait.

Il se leva, épuisé, et essuya du bras son front en sueur. Il pouvait dire adieu à son costume : il était couvert de cendre et de suie. Il commença à déboutonner sa chemise. Autant l'ajouter à la pile de déchets.

— Cristian.

Il se retourna. Allegra se tenait au milieu des ruines, délicieusement sexy dans une robe noire toute simple qui épousait sa silhouette, sa longue chevelure de jais cascadant sur ses épaules.

— Que fais-tu ici, Allegra ?

— Et toi ? demanda-t-elle, lui retournant la question.

— Je déterre de vieux trésors. Pourquoi es-tu là ? répéta-t-il.

— J'ai décidé de devenir l'enquiquineuse que tu es si convaincu que je suis.

— Puis-je savoir pourquoi ?

— Pour le plaisir d'être contrariante.

La brise fit voler sa robe légère. Cristian eut un choc. À la place de son ventre plat se dessinait à présent un léger arrondi sous le tissu, preuve de l'enfant qu'elle portait. Son enfant. Il n'avait rien à faire dans cet endroit abominable.

— Je t'avais ordonné de ne pas venir, gronda-t-il.

— Je ne suis pas une domestique, Cristian. Ni une enfant. Encore moins un chien. J'agis comme je l'entends.

Elle s'approcha de lui et fronça les sourcils en découvrant ses mains.

— Tu t'es blessé !

Elle les prit dans les siennes, caressant du pouce les jointures en sang. Cristian se dégagea. Sa douceur l'étouffait.

— Ce n'est rien.

— Cristian, ne sois pas ridicule.

Il eut un rire dénué d'humour.

— Personne ne m'a jamais qualifié de ridicule.

— Eh bien, quelqu'un aurait dû. Cela t'aurait sans doute rendu service.

— Je te retourne la remarque, Allegra.

— Tu ne t'en es jamais privé.

Elle croisa les bras, le menton levé.

— Tu es le seul, Cristian. Il n'y a jamais eu que toi.

— Exact. Il n'y a jamais eu que moi. Tâche de ne pas l'oublier.

Ses joues se colorèrent d'une délicate teinte rose comme son esprit s'imprégnait du sens érotique de ses paroles. Cristian sentit une soudaine tension dans son bas-ventre. Sans un mot de plus, il la dépassa pour se diriger vers la partie intacte du *castillo*.

10

Allegra prit son courage à deux mains et s'élança après Cristian. Elle slaloma entre les piles de pierre, de bois brisé et de mobilier calciné, jusqu'à la portion encore debout du château.

— Cristian !

Il se retourna, avec une expression féroce. Le cœur d'Allegra s'arrêta. Son visage, son torse, étaient barbouillés de suie. Il avait l'air d'un sauvage ainsi, torse nu, le front en sueur, les mains en sang. Ou d'un homme qui avait passé la journée à lutter pour sa vie.

— Où sont tes employés ? demanda-t-elle d'un ton radouci. Pourquoi n'as-tu pas fait appel à une équipe de nettoyage ? Et pourquoi ne voulais-tu pas que je vienne ?

— C'est mon héritage, répondit-il avec dureté. C'est à moi de m'en occuper.

— Pourquoi ? Ce n'est qu'une maison.

— C'est plus que cela. J'appartiens à une famille noble, titrée. Préserver cet endroit était mon devoir le plus important. Pendant des siècles, il a résisté contre vents et marées. Et il s'est écroulé sous ma responsabilité.

— Ce n'est pas ta faute, Cristian.

— Peu importe. Ces murs maudits auraient dû partir en fumée il y a bien longtemps. Je regrette qu'ils n'aient pas totalement brûlé.

Pourtant, il s'était précipité en apprenant l'incendie. Il avait passé la journée à fouiller les décombres fumants à mains nues. Quoiqu'il dise, Allegra devinait que ce n'était pas l'entière vérité.

— Pourquoi parles-tu de malédiction ? demanda-t-elle.

— Allons, Allegra, tu as entendu parler de mon père. Un soûlard débauché. S'il a épousé ma mère, c'est uniquement parce qu'elle était enceinte. Un vrai miracle qu'il n'ait pas semé des bâtards à travers tout le pays...

Il eut un rire amer.

— Je lui ressemble, je suppose.

— En quoi ?

— Tu portes mon enfant illégitime. As-tu vraiment besoin de poser la question ?

La honte envahit Allegra, supplantée par une bouffée de colère.

— Tu n'as pas fréquenté une seule femme en trois ans, lui rappela-t-elle. On a connu plus actifs, comme coureurs de jupons. Trois ans d'abstinence et une grossesse imprévue sont loin de faire de toi l'homme qu'il était.

— C'est en moi, Allegra. Tant que je n'aurai pas reçu la preuve du contraire.

— Où veux-tu en venir ? intervint-elle. Tu parles de débauche et d'enfants illégitimes. Nous avons pourtant trouvé un terrain d'entente. Qu'est-ce qui te fait croire que tu es comme lui ? De quoi as-tu peur ?

— Je t'ai caché la vérité, Allegra. Tu devrais m'en remercier.

Il la planta là pour s'engager dans l'escalier en spirale.

Allegra resta seule dans un silence de pierre, seulement troublé par le bruit décroissant des pas de Cristian. Le rejoindre ici lui avait paru une bonne idée sur le moment. Elle n'en était plus si certaine.

Non, tu recommences. Tu fléchis. Reprends-toi ! Ne te réfugie pas dans le silence.

Elle inspira profondément. Si elle était venue ici, c'était pour abattre ce mur qu'il avait érigé entre eux. Pas à Hawaï, non. Il y avait des années de cela. Elle s'approchait de la vérité et n'arrêterait pas avant de l'avoir atteinte. La contrepartie était qu'elle aussi devait cesser de se protéger, en acceptant de se dévoiler à lui. Cette perspective la terrifiait.

Mais elle commençait à y voir plus clair en elle. Elle ne voulait pas d'un mariage provisoire, ni d'une simple cohabitation. Elle ne voulait pas que leur enfant grandisse entre deux foyers et apprenne les liaisons de son père dans les tabloïds. Ce qu'elle voulait, c'était que leurs deux vies ne fassent qu'une. C'était rester à ses côtés pour toujours.

Parce qu'elle l'aimait.

Elle était amoureuse de Cristian Acosta depuis... Oh ! depuis leur première rencontre. Elle venait tout juste de le comprendre, mais ces sentiments avaient toujours été là. Là quand ses regards moqueurs la mettaient hors d'elle. Là quand elle fixait son alliance qui le liait à une autre femme. Là encore quand elle l'avait regardé descendre cet escalier, ce soir-là au bal. Son cœur l'avait reconnu. Son corps aussi. Seule sa raison s'était retranchée derrière d'inflexibles œillères. Mais elle savait, à présent. Ce soir, elle ne s'en cacherait plus.

L'électricité n'était toujours pas revenue au *castillo.* À la nuit tombée, Cristian alluma les bougies dans les candélabres gothiques, qui baignèrent la pièce de leur lumière dorée. Peut-être aurait-il dû hésiter, si tôt après l'incendie. À croire qu'une part de lui défiait l'univers de brûler le château pour de bon.

Il inspecta le salon des yeux. Son regard s'attarda sur la méridienne dans un coin, puis sur le bar à l'autre extrémité de la pièce. La réserve d'alcool personnelle de son père ? Si oui, personne n'y avait touché depuis des années. Seul son personnel habitait le *castillo.* Sa mère avait pris le large à la première occasion. Tout comme lui. Pour quelle raison seraient-ils restés ? Ils n'avaient que de mauvais souvenirs en ces lieux. Y revenir aujourd'hui constituait une expérience intéressante. Une façon de tester leur emprise sur lui en quelque sorte.

Cristian s'approcha du bar et sélectionna une très vieille bouteille de whisky, de qualité supérieure certainement. Il avala le premier verre comme il aurait bu un verre d'eau, savourant la brûlure de l'alcool dans ses entrailles. Alors qu'il s'en versait un second, la porte de la chambre s'ouvrit. Il leva les yeux et manqua lâcher son verre.

Allegra se tenait là, les épaules nues, la poitrine comprimée dans un étroit bustier dont ses seins semblaient déborder. La jupe bleu nuit flottait autour de ses jambes, qu'elle recouvrait entièrement — à son grand regret. Sa longue chevelure noire bouclait librement dans son dos. Mais c'était son visage qui le captivait le plus. Un loup doré le dissimulait en partie, semblable à celui qu'elle portait au bal de Venise. Ses lèvres étaient peintes de la même couleur sombre que sa robe. Elles évoquaient un exquis poison, sûres de l'intoxiquer s'il s'aventurait à les embrasser.

— Que fais-tu ? demanda-t-il.

— Si tu poses la question, c'est que je dois mal m'y prendre...

Elle glissa un bras dans son dos. Le bustier bâilla, avant de tomber sur ses hanches. Elle se dégagea du jupon de soie bleue telle une nymphe sortant des eaux. Elle était entièrement nue sous sa robe, sa silhouette mangée par les ombres. Elle avança d'un pas, puis d'un autre, jusqu'à ce que la lumière des bougies l'éclaire entièrement, s'enroule autour d'elle, enveloppant son ventre, ses seins, soulignant chaque relief de son corps voluptueux.

— Tu veux toujours que je m'en aille ? susurra-t-elle.

Il serra les dents.

— Non.

Les lèvres de la jeune femme s'incurvèrent.

— Tant mieux.

— Viens là.

Son sang-froid lui échappait. Il ne contrôlait plus rien du tout.

La voix d'Allegra tremblait légèrement lorsqu'elle répondit :

— Pas tout de suite. D'abord, j'ai besoin que tu enlèves ton masque.

— C'est toi qui en portes un, Allegra.

— Mais je suis nue devant toi, souligna-t-elle, écartant grand les bras. C'est ce qui m'est le plus difficile. Te montrer à quel point je te désire. Me tenir ainsi devant toi, sachant que tu pourrais me rejeter.

— Jamais.

— Comment le saurais-je ? Tu es toujours un inconnu pour moi. Autant que ce soir-là à Venise.

Elle effleura son visage du bout des doigts, en partant de l'arcade sourcilière pour s'égarer vers sa joue, puis vers le coin de ses lèvres.

— Je veux te voir, insista-t-elle. Tel que tu es vraiment.

Il enroula les doigts autour de son poignet et immobilisa sa main.

— Tu ne veux pas me voir sans mon masque, Allegra.

— Ce n'est pas à toi de le décider. C'est une chose qu'on ignore mes désirs quand je ne les exprime pas. Mais c'est fini. Je sais ce que je veux. Toi. Le vrai toi, pas celui que tu daignes me montrer.

— Et si, sous le masque, se cachait un monstre ?

Elle soutint son regard sans ciller.

— Alors j'accepterai le monstre.

Ces mots ébranlèrent son cœur gelé.

— Tu ne penses pas ce que tu dis…

— Arrête, le coupa-t-elle. Cesse de décider ce que je veux, ce que je pense et qui je suis. Je vais te dire qui je suis. Je suis Allegra Valenti et c'est toi que je veux. Toi sans masque.

Sa main s'enroula autour de sa nuque, où s'enfoncèrent ses ongles.

— Si je vais trop loin, prouve-le. Repousse-moi.

Cristian se raccrochait tant bien que mal au peu de sang-froid qu'il lui restait. Elle n'avait aucune idée de ce qu'elle réclamait. Il était bel et bien un monstre, détruisant tout ce qu'il touchait. S'il perdait le contrôle, ses ténèbres intérieures l'engloutiraient, elle aussi. Ses démons n'étaient jamais aussi puissants qu'ici, au *castillo*. Pourtant, en cet instant, rien ne semblait pouvoir la ternir. Une illusion créée par la lumière des bougies sans doute. Mais une illusion à laquelle il ne demandait qu'à croire.

— Prends-moi, souffla-t-elle, la voix rauque de désir.

Un désir égal au sien. Cette alchimie entre eux avait toujours existé. C'est pour cette raison qu'il l'avait d'emblée rejetée. Elle, et les sentiments qu'elle enflammait en lui. Cette fille, avait-il décidé, était un problème. Ce qu'il lui fallait, c'était une femme gentille, charmante, qui ne menace pas les défenses soigneusement érigées autour de son cœur.

Allegra n'était pas pour lui.

Mais face à la demande pressante sur ses lèvres, que faire à part s'y plier ? Il lui saisit les hanches sans ménagement. Son érection était telle qu'elle en devenait douloureuse. Il avait besoin d'être en elle, de ne faire plus qu'un avec elle. D'être entièrement enveloppé par son odeur, sa douceur.

Elle voulait le vrai lui ? Eh bien, elle l'aurait. Après ce soir, soit elle prendrait ses jambes à son cou soit elle resterait liée à lui à jamais. Dans un cas comme dans l'autre, elle réaliserait trop tard son erreur. S'il était quelqu'un de bien, il arrêterait tout maintenant…

Mais il ne l'était pas. Son apparente stabilité ne cachait en réalité qu'un abîme de noirceur. Si elle le voulait tel qu'il était, cette noirceur était tout ce qu'elle obtiendrait.

Il pressa le front contre le sien.

— Tu me veux sans masque, Allegra ? Tu veux le vrai moi ?

— Oui, murmura-t-elle dans un souffle.

— Tu tiens vraiment à partager mes ténèbres ?

Il espérait de tout cœur qu'elle dise « oui ». Même si, pour son bien, « non » était la seule réponse acceptable. Dès sa naissance, il avait gâché la vie de toutes les personnes auxquelles il tenait. Ce pouvoir destructeur était comme une ombre ayant pris la place de son âme, qui nouait ses doigts décharnés autour de quiconque l'approchait pour l'entraîner dans une spirale infernale. Son père, sa mère et sa femme comptaient parmi ses victimes. Pourquoi en irait-il autrement avec Allegra ? Pourtant, il la plaçait dans cette position…

Elle leva vers lui ses yeux lumineux.

— Si c'est ce qui m'attend, alors c'est ce pour quoi j'étais faite.

Ces mots s'insinuèrent en lui, comblèrent le vide qui y

béait. Il ne méritait pas un tel réconfort, lui qui n'avait rien à offrir en échange.

— Ne bouge pas, dit-il en reculant.

Il déboutonna sa chemise et la jeta par terre. Sans la quitter des yeux, il déboucla sa ceinture, qu'il fit glisser lentement dans les passants, avant d'abaisser sa braguette. Elle suivait attentivement chacun de ses gestes. La façon dont elle le regardait, dont elle guettait l'apparition de son membre viril avait quelque chose de grisant. Elle avait envie de lui autant que lui d'elle. Elle le voulait, même en sachant qu'il la mènerait à sa perte.

Et la perdre était bien son intention. Il ravagerait sa bouche. Serrerait ses hanches au point d'y imprimer l'empreinte de ses doigts. La pilonnerait jusqu'à ce qu'elle hurle de plaisir à en perdre la voix. Il se débarrassa de son pantalon et de son boxer. La jeune femme s'humecta les lèvres. Oh ! il savait exactement où ce délicieux rouge à lèvres laisserait sa première trace.

— Agenouille-toi, commanda-t-il d'une voix qui trancha le silence de la pièce.

Elle s'exécuta sans la moindre hésitation. Elle était magnifique, à genoux devant lui, soumise. Il n'était pas digne d'une telle offrande.

— Tu es devenue bien obéissante, Allegra.

— Je te l'ai dit. Je veux tout de toi. En échange, je te donne tout de moi.

— Tu ne devrais pas. Je prendrai tout jusqu'à ce qu'il ne reste rien.

— Très bien.

Il serra la mâchoire. Il avait envie de la pousser à la révolte, et que s'allume dans ses yeux cette étincelle qu'il connaissait bien. Il lui agrippa les cheveux en la toisant. Sous son loup doré, ses lèvres s'entrouvrirent d'anticipation.

— Prends-moi dans ta bouche, ordonna-t-il.

Sans baisser les yeux, elle se pencha en avant et effleura son érection du bout de la langue. Un feu se propagea dans ses veines, aussi dévastateur que celui qui avait ravagé le *castillo*, menaçant de le réduire à néant, lui aussi. Déjà, elle l'aspirait tout entier dans la caverne humide de sa bouche. Il resserra sa poigne sur ses cheveux sous couvert de guider ses mouvements. Mais c'est elle qui avait le contrôle. Elle qui le poussait dans ses retranchements par ses délicieuses succions. Il était captif, esclave des sensations qu'elle lui prodiguait.

Qui aurait cru cette adorable bouche capable d'infliger pareils tourments ? Elle ne lui accordait aucun répit. Sa langue allait et venait sur lui, sans que ses yeux ne quittent les siens une seconde. D'une main, elle commença à le caresser en rythme.

Allegra. C'était Allegra qui le touchait ainsi et lui faisait perdre la tête. Seigneur, il ne tiendrait plus très longtemps ! Il se cramponnait à ses cheveux comme à une bouée de sauvetage. Le plaisir le submergeait. L'orgasme était là, tout proche…

Non, pas encore.

Il la repoussa d'un geste abrupt.

— Ça suffit. Ce n'est pas ainsi que cela doit se terminer.

— Oh ! cela ne me dérangerait pas.

La diablesse.

— Je veux te pénétrer et sentir ta chair moite se resserrer autour de moi pendant que tu me supplies de te faire jouir.

Son exclamation étouffée lui plut. Il la releva en tirant sur ses cheveux et la plaqua contre lui. Elle devait entendre les cognements sourds de son cœur dans sa poitrine. Cela ne le dérangeait pas. Tant pis si elle devinait l'emprise qu'elle avait sur lui. Elle le voulait sans censure ? Eh bien, soit.

Il s'empara de sa bouche, tout en la poussant vers la méridienne. Puis il saisit l'extrémité de sa longue crinière qu'il enroula lentement autour de son poing, avant de tirer d'un coup sec. Allegra gémit, de plaisir ou de douleur. Peut-être les deux.

— Tu es à ma merci, susurra-t-il en caressant sa gorge de sa main libre.

— Cristian…

Il se pencha plus près et lui chuchota à l'oreille :

— Vas-tu me laisser le contrôle, maintenant ?

Elle tenta de hocher la tête, mais il tira sur ses cheveux.

— Bien. C'est toi qui as voulu cela, Allegra. J'espère seulement que tu ne le regretteras pas.

À vrai dire, si, c'était exactement ce qu'il espérait. Mieux valait qu'elle le fuie après cela, sans un regard en arrière.

Il la fit pivoter de manière à ce qu'elle soit face à la méridienne. Une main sur son ventre, il l'obligea à s'agenouiller dessus et se pencher en avant, les seins écrasés contre l'accoudoir en velours. Puis il se positionna derrière elle, à genoux lui aussi. Un petit cri échappa à la jeune femme lorsqu'il pressa son érection contre ses fesses.

— Je vais te prendre, maintenant, dit-il d'une voix rauque.

— Oui…

Il plaqua une main sur sa hanche. De l'autre, il empoigna son sexe durci et poussa contre ses lèvres intimes afin de tester leur humidité, tout en caressant son clitoris. Les petits gémissements d'Allegra l'excitèrent. Ce prélude à la pénétration était un supplice pour lui comme pour elle, mais un supplice exquis. Il aurait pu rester ainsi éternellement, en équilibre au bord du précipice, entre enfer et paradis. Son besoin d'Allegra, l'emprise qu'elle avait sur lui était son purgatoire. La posséder lui apporterait le salut. Mais ce salut serait le sien seul. Pour Allegra, il serait trop tard…

Les dents serrées, il poussa plus avant, happé par sa chair brûlante. C'était si bon ! Avec un juron, il balança les hanches et l'emplit tout entière. Elle étouffa un cri à cette invasion charnelle. Au début, il bougea lentement, en prenant son temps, jusqu'à ne plus pouvoir se contenir. Alors il accéléra le tempo, les entraînant ensemble dans un crescendo vertigineux.

— Tu aimes cela, pas vrai ? Tu aimes me sentir en toi.

— Oui, gémit-elle, la tête baissée, les reins cambrés.

Il fit courir ses doigts le long de son échine, entre ses fesses, la stimula là où leurs corps s'unissaient, satisfait de la sentir défaillir de plaisir.

— Je… Je ne peux pas, haleta-t-elle.

— Oh ! que si. Jouis pour moi, *querida*.

Il redoubla de vigueur et la caressa là où il savait qu'elle n'attendait que cela. Soudain, elle trembla violemment autour de lui, s'abandonnant à sa délivrance. Mais il n'en avait pas fini avec elle. Elle voulait tout de lui. Elle aurait tout.

Une main fermement calée sur sa hanche, il la pressa un peu plus contre l'accoudoir tandis que de l'autre, il capturait ses poignets pour les lui maintenir dans le dos. Il allait et venait en elle, impitoyable, ses doigts pareils à des menottes d'acier.

Mais elle ne lui demanda pas d'arrêter. Alors il continua. Il ne se lassait pas de la conquérir, de la posséder. Il continuerait jusqu'à ce qu'elle soit sienne, toute à lui et lui seul. Mais l'orgasme enflait en lui, se propageait dans ses veines. Sentant ses dernières miettes de self-control lui échapper, il augmenta la cadence. Le bruit de leur chair s'entrechoquant emplissait la pièce, auquel se mêlaient leurs grognements de plaisir dans cette course effrénée vers la jouissance. Le cri qu'elle poussa semblait lui avoir été arraché de la gorge. L'instant d'après, il la rejoignait dans l'extase, secoué par sa puissance, et l'inondait de sa semence. Il retomba sur elle, toujours enfoui dans sa chair. Leur respiration saccadée se répercutait dans le silence, telle une prière secrète destinée à eux seuls.

— J'aimerais toujours te prendre ainsi, sans barrière entre nous, dit-il d'une voix éraillée.

— Tu veux dire sans vêtements ?

Sa question était si innocente qu'elle lui tordit le cœur.

— Sans préservatif, clarifia-t-il, plus âprement qu'il n'en avait eu l'intention.

Il se retira d'elle et contempla le carnage érotique laissé autour d'eux. Leurs vêtements gisaient un peu partout, preuve de leur frénésie.

— Est-ce si différent ? demanda Allegra.

— Cela change tout.

— Oh. Si tu le dis.

Sa culpabilité monta d'un cran. Évidemment, elle ne savait pas. Il avait été son seul amant, et un amant des plus imprudents. Elle le fixait de ses grands yeux sincères, les lèvres enflées par leurs baisers. Le poids dans le creux de son ventre s'alourdit.

Non, ce n'était pas de la culpabilité. Ce qu'il avait pris pour sa mauvaise conscience était en réalité une intense satisfaction, telle qu'il n'en avait jamais ressenti avant. C'était cela, le pire — l'absence de culpabilité. Il était le seul homme à l'avoir possédée. Il l'avait marquée de son empreinte, indéniablement.

Il remarqua les marques rouges sur ses poignets. Les traces de rouge à lèvres sur son propre corps. Il était vraiment un salaud. Et il n'avait aucun regret.

La voix d'Allegra l'arracha à ses réflexions.

— Cristian… Pourquoi ne voulais-tu pas que je vienne ici ?

11

Cristian n'était pas d'humeur à discuter. Le sexe lui suffisait amplement. À quoi bon compliquer les choses avec des conversations à cœur ouvert ?

Allegra roula sur le dos et s'étira. Avec son loup toujours en place, ses courbes éclairées à la bougie, ses reins cambrés qui projetaient ses seins en avant, elle ressemblait à une œuvre d'art. Un chef-d'œuvre qu'il n'avait aucun droit de posséder.

— Enlève ton masque, si tu veux qu'on discute, lui enjoignit-il. Tu ne peux décemment pas le garder après m'avoir demandé d'ôter le mien.

Elle détacha le loup doré d'un geste nonchalant. Étendue nue devant lui, totalement exposée, elle semblait très à son aise.

— Pourquoi ne voulais-tu pas que je vienne ? répéta-t-elle.

— Je n'ai aucun bon souvenir ici.

Il n'avait jamais parlé de son enfance à qui que ce soit. Pas même à Sylvia. Lorsqu'elle l'avait questionné au sujet des cicatrices sur son corps, il avait éludé. Ces cicatrices étaient rares, à peine visibles. Seule sa femme, qui partageait une réelle intimité physique avec lui, était susceptible de les remarquer. Il lui avait pourtant toujours caché la vérité. Alors pourquoi la dévoiler à Allegra ?

Peut-être parce qu'elle lui avait demandé de se montrer tel qu'il était vraiment. De tomber le masque. Peut-être parce que le *castillo* n'était plus qu'une demi-ruine. Et si le moment était venu d'exorciser ses démons et de se libérer de l'emprise toxique de cet endroit ?

— Cela, j'avais cru le comprendre, répondit Allegra. Mais pourquoi n'y as-tu aucun bon souvenir ? Tout le monde rêverait de grandir dans un château.

— Tu sais comme moi que l'argent ne garantit pas la meilleure éducation, répliqua-t-il. Ne t'es-tu pas toujours sentie aliénée malgré l'opulence dans laquelle tu as grandi ?

— C'est vrai, murmura-t-elle.

— Mon père avait une personnalité magnétique, extravertie, toujours à séduire et plaisanter, continua Cristian. Il était aussi très porté sur l'alcool. Et boire lui faisait oublier toute prudence. C'est comme cela qu'une de ses maîtresses a fini par tomber enceinte. Il prenait de l'âge. Il était grand temps pour lui de se ranger. Alors il l'a épousée.

— Cette maîtresse… C'était ta mère ?

— Oui. Mais ma naissance a tout changé.

— C'est-à-dire ?

— Il est devenu violent avec elle. D'après ma mère, c'était comme si un démon avait pris possession de lui. Quelque chose chez moi le plongeait dans une rage folle.

— Mon Dieu, Cristian… C'est horrible !

— Oui. Mon père était un monstre de la pire espèce. Au début, il ne s'en prenait qu'à elle. Puis c'est moi qui suis devenu sa cible. Il me haïssait. J'avais chamboulé sa vie, altéré le corps de sa maîtresse… Quelles qu'en soient les raisons. Mais il avait besoin de moi, car j'étais l'héritier de son titre et de sa fortune. Il a continué à boire, de plus en plus.

— Cristian, que s'est-il passé, ici ?

— Dans cette pièce, spécifiquement ?

Il balaya le salon des yeux. Son regard se posa sur le bar.

— Là-bas, à la place du bar, il y avait un autre meuble, avant. Un meuble en marbre. Il m'a violemment jeté contre. Je n'ai rien eu de cassé, cette fois-là. Tout au plus quelques côtes abîmées.

Allegra porta la main à sa bouche, la mine horrifiée. Il la vit chercher ses vêtements des yeux. Ce n'était visiblement pas une conversation qu'elle se sentait capable d'avoir nue. Elle avait besoin de se protéger. De lui. De sa vérité. Comment le lui reprocher ?

— Ce soir-là, mon tort avait été d'être dans ses pieds, poursuivit-il. Mais, la plupart du temps, il explosait de rage sans raison. Il avait besoin d'un exutoire. Alors il buvait, puis me tirait du lit en pleine nuit pour me rouer de coups. Parfois, il me jetait dans l'escalier…

Allegra poussa un cri étranglé.

— Il a essayé de te tuer ?

Cristian émit un ricanement cynique.

— Non, il avait trop besoin d'un héritier. Mort, à quoi aurais-je servi ? Mais il y avait de la marge avant d'en arriver là.

— Je… Je ne peux pas, balbutia la jeune femme, une main sur sa poitrine tant le choc l'avait secouée.

— Je sais. C'est terrible d'imaginer quelqu'un capable de telles horreurs.

Il soutint son regard.

— Le plus grand service que m'ait rendu mon père a été de se soûler plus que d'habitude et de chuter dans l'escalier. Par accident. Mais c'est ce qui l'a tué. Ici même, quand j'avais dix ans.

— Cristian…

— Ma mère n'ose même plus me regarder en face. Je crois qu'elle s'en veut d'avoir attendu que mon père décède pour se décider à partir. Ou peut-être est-ce à moi qu'elle en veut.

— Pourquoi t'en voudrait-elle ? Tu n'étais qu'un enfant.

— C'est après ma naissance que le cauchemar a commencé.

— Cela n'excuse rien ! s'exclama Allegra.

— Mais c'est un fait.

Avec le temps, Cristian avait appris à se détacher de tout cela. Mais ici, au *castillo*, c'était plus difficile. Il lui semblait que les murs se refermaient sur lui. Que le passé le rattrapait, se substituait au présent. Il étouffait. Il fallait qu'il sorte.

Maintenant.

D'un bond, il se leva et quitta le salon, sans se soucier de sa nudité. Qui le verrait, ici ? Il n'y avait personne. Il dégringola les escaliers et sortit au milieu des ruines. À l'horizon se découpaient les montagnes, à peine visibles sur le ciel nocturne piqué d'étoiles. Un bruit de pas le fit se retourner.

— Tu n'aimes vraiment pas me laisser seul, n'est-ce pas ?

— Toi non plus, repartit Allegra en le rejoignant.

Il reporta son attention sur les ruines.

— C'est drôle. Cette partie du château est totalement exposée aux éléments. Cela pourrait devenir tendance, ajouta-t-il avec un rire forcé. Une façon de profiter au maximum de la vue…

— Cristian !

— Allegra, es-tu en train de me réprimander ?

— Tu m'esquives, dit-elle. La discussion n'est pas terminée.

— Elle l'est, assena-t-il. À quoi bon remuer le passé ? Je ne prétends pas être sorti indemne de tout cela. Personne n'y survivrait sans séquelles. Et je ne parle pas des séquelles physiques.

Elle resta silencieuse un moment, avant de reprendre la parole :

— Je suis surprise que tu… Je veux dire…

— Que j'admette avoir été traumatisé psychologiquement par les mauvais traitements de mon père ? Tu me crois donc à ce point dans le déni ?

— Il y a de quoi, non ?

— Peu importe, conclut-il. C'est du passé, tout cela. Le sujet est clos.

— C'est pour cela que tu me trouvais ingrate envers mes parents et m'en voulais de ne pas mesurer ma chance ? insista-t-elle.

Il passa une main dans ses cheveux et respira l'air à pleins poumons. L'odeur de fumée ne parvenait pas à supplanter totalement celle de la mer toute proche. S'il fermait les yeux, il détectait même la douce odeur féminine d'Allegra.

— C'était injuste de ma part, reconnut-il. Mon enfance difficile ne m'autorise pas à minimiser ce que tu as toi-même traversé.

— Personne ne m'a jamais jetée dans un escalier…

— Mais tu avais peur, n'est-ce pas ?

C'était une évidence. Comment ne l'avait-il pas réalisé ?

— C'est vrai, admit-elle. J'avais peur sans raison.

— Nos peurs ont toujours une raison, Allegra.

Elle vint se poster à côté de lui.

— C'est juste que… Mes parents se fâchaient souvent contre moi. Je n'étais pas comme Renzo, expliqua-t-elle. Renzo a un don pour charmer son entourage. Il attire les gens comme un aimant, et pas seulement les femmes. Il sait toujours comment se comporter en toutes circonstances. Tout l'inverse de moi. J'ai dû apprendre à me taire, à me tenir tranquille. C'était difficile, pour moi. Comme cette fois où je suis allée jouer dans la neige et suis revenue trempée, les joues rougies par le froid, alors qu'un bal était donné à la maison. Mes parents ne criaient jamais, ni ne levaient la main sur moi. Mais leur silence réprobateur me paralysait. Aujourd'hui encore, je le redoute.

— Serait-ce un si grand prix à payer si tu avais la possibilité de vivre à ta guise ? demanda Cristian.

Il s'était toujours imaginé que, parce que ses parents l'aimaient et la chérissaient, toute désobéissance à leur égard équivaudrait à une trahison. Mais après ce qu'elle lui avait raconté, après avoir entendu la peur dans sa voix, force lui était de réviser son jugement. Les parents d'Allegra n'étaient pas des gens cruels. Ils n'avaient certainement jamais eu l'intention de faire du mal à leur fille. Pourtant, sans le vouloir, ils l'avaient profondément meurtrie. Par peur de les perdre, elle avait été sur le point d'épouser un homme qu'elle n'aimait pas ! Sa famille était tout pour elle. Il le comprenait, à présent.

Allegra le confirma à demi-voix.

— Sans le nom de Valenti… Sans notre maison familiale et ses réceptions pourtant barbantes… Je ne saurais plus qui je suis, murmura-t-elle.

— Tu as pourtant affirmé haut et fort savoir qui tu étais et ne plus laisser personne dicter tes choix.

— Maintenant, oui. Mais à ce bal… C'est parce que j'ai rencontré cet inconnu masqué — toi — que je me suis laissée aller à la tentation d'oublier toute retenue. Juste pour un soir. Je voulais tester qui j'étais et ce que je voulais vraiment. Vérifier si cette Allegra-là ne méritait pas d'avoir son mot à dire.

— Et ?

Il voulait en savoir plus. Savoir ce qu'elle avait ressenti en se libérant de sa prison. En surmontant sa peur. Qu'est-ce qui lui avait donné cette force ?

— Quand tu m'as laissée seule dans ce couloir, j'ai compris que je ne pouvais pas épouser Raphael, raconta-t-elle. Même si je n'étais pas tombée enceinte, j'aurais annulé le mariage. Mais ma grossesse m'a fourni le meilleur des prétextes. Je n'avais plus à prendre l'initiative : le choix était fait pour moi. Je ne suis pas courageuse, tu sais. J'ai acquis ma liberté par hasard. Mais, maintenant que je l'ai, je comprends que tout n'a pas à être tout noir ou tout blanc. Rien ne m'empêche d'exprimer tout haut qui je suis et ce que je veux. Ne pas récolter la pleine approbation de tous ne signifie pas être rejetée.

— Je suis heureux pour toi, répondit Cristian.

L'étau qui lui enserrait la poitrine démentait ses paroles.

— Je suis certaine que nous pouvons trouver une solution, continua-t-elle.

L'étau se resserra.

— Nous l'avons déjà trouvée. Notre enfant sera légitime.

— Oui, grâce à notre mariage. Mais pourquoi ne serait-il que provisoire ?

Cette simple question fit à Cristian l'effet d'un tremblement de terre. La moitié restante du château n'y aurait pas survécu.

— Je te l'ai dit, Allegra. Je ne serai jamais le mari que tu désires.

— Tu recommences à décider à ma place, le sermonna-t-elle. Je sais que tu es un mari fidèle. Tu l'as été pour Sylvia.

— Vivre avec moi l'étouffait. C'est ma faute. Je n'aurais jamais dû épouser une femme si dépendante de ce que je ne pouvais lui offrir.

— Nous avons tous notre vécu, tous des obstacles personnels à surmonter. Peut-être était-ce ses propres problèmes qui l'étouffaient.

Il devait reconnaître qu'elle marquait un point. Mais cela ne changeait rien au fait que vivre avec lui avait été toxique pour Sylvia. Il n'avait pas su être le mari dont elle avait besoin. Un homme plus sensible, plus attentif, aurait peut-être été capable d'endiguer la dépression dans laquelle elle s'était enfoncée avant qu'il ne soit trop tard.

— Toujours est-il que je ne vois pas l'utilité de planifier notre divorce, reprit Allegra. De toute évidence, nous sommes compatibles sexuellement.

Ses joues se colorèrent lorsqu'elle prononça ces mots. Ce vestige d'innocence émoustilla Cristian.

— En effet, convint-il d'une voix rauque.

— Et il nous arrive même de nous entendre. Pourquoi provoquer un scandale ? J'allais de toute façon faire un mariage de convenance, et divorcer n'était pas une option.

— Ce n'est pas si simple, objecta Cristian. Le mariage implique que nous partagions notre vie, que nous ayons d'autres enfants…

Cette perspective le terrifiait. Il comptait d'ores et déjà mettre le plus de distance possible entre lui et son futur héritier. Non qu'il craignît de reproduire le comportement de son père. Mais il ne prendrait pas le risque d'empoisonner la vie de cet enfant. Car c'était ce qu'il était : un poison pour quiconque l'approchait. La preuve, c'était au tour d'Allegra d'en faire les frais. Quoi qu'il décide, rester son mari ou divorcer, elle en souffrirait.

— Nous ne sommes pas obligés d'avoir d'autres enfants, dit Allegra.

— Attendons de voir comment se passent ces deux premières années avant de prendre une décision. Qu'en dis-tu ?

— Alors nous allons vivre les deux années à venir avec cette épée de Damoclès au-dessus de nos têtes ?

— Le divorce serait le couperet ? Peut-être est-ce la prolongation de notre mariage qui portera le coup fatal. Ce sera à toi de le décider dans deux ans.

Lui connaissait déjà la réponse. Elle se lasserait de lui. Ou plus exactement, de sa vie avec lui. Il était incapable de donner. Allegra, elle, était un puits de générosité. Elle ne songeait qu'à faire plaisir. Comme elle avait cherché à plaire à ses parents au détriment de son propre bonheur. Elle sacrifierait sa liberté plutôt que blesser qui que ce soit. C'est parce qu'il le savait qu'il avait le pouvoir de la retenir captive, en jouant sur ses peurs et cet altruisme démesuré. Pour cette raison, il devait mettre les choses au clair dès maintenant. Réaffirmer que leur mariage ne mènerait nulle part et se terminerait dès que leur enfant serait pleinement légitimé aux yeux de tous. Après quoi, ils reprendraient leur vie chacun de son côté.

Alors pourquoi n'y arrivait-il pas ? Il méprisait cette faiblesse en lui. Son égoïsme, pareil à un trou noir, aspirerait tout ce qu'elle avait à offrir, sans rien donner en retour. Pour se protéger des coups, de la douleur, du sentiment d'abandon, il s'était enfermé dans une carapace, au point de ne plus savoir comment en sortir. Et il ne le désirait pas. Il ne connaissait que trop les souffrances qui l'attendaient au-dehors.

— Cela me va, conclut Allegra en réponse à sa proposition.

Au ton de sa voix, Cristian devinait qu'il n'en était rien.

— Parfait. Nous en reparlerons donc le moment venu. Demain, nous rentrons à Barcelone. J'enverrai une équipe s'occuper du *castillo*.

Qu'espérait-il trouver dans ces ruines ? Il avait passé la journée à les fouiller et n'en avait toujours pas la moindre idée. Seule Allegra lui avait apporté un peu de chaleur et de réconfort. Plus rien ne le retenait ici.

Elle posa une main apaisante sur son dos.

— Entendu, murmura-t-elle.

Ils se tenaient là, dehors, nus comme des vers au clair de lune. Il se retourna et enlaça la jeune femme. De l'autre main, il lui souleva le menton et prit sa bouche dans un baiser féroce.

— Espérons que tu ne regretteras pas d'être tombé sur moi, à ce bal, souffla-t-il en libérant ses lèvres.

Il était certain du contraire.

— Comment le pourrais-je ? dit-elle. Tu m'as délivrée de mon mariage avec Raphael.

— Pour te condamner à un mariage avec moi.

Elle encadra son visage de ses mains.

— Ce n'est pas une condamnation, Cristian. C'est une bénédiction.

Ces mots étaient le plus puissant des baumes. Sauf qu'il ne le méritait pas. Il n'avait rien à lui donner. Il ne pouvait que s'accrocher à elle, à ce qu'il y avait entre eux, jusqu'à en avoir aspiré toute la vie pour ne laisser derrière lui qu'une carcasse vide.

Il l'embrassa à nouveau. C'était le seul langage à sa disposition. Là, sur les pierres froides au milieu des ruines, il se perdit dans le corps d'Allegra. Il prit tout ce qu'elle avait à offrir, sans rien lui rendre en retour.

12

Alors que le mariage approchait à grand pas, Allegra n'aurait su dire si sa relation avec Cristian avait progressé. Pas une seule fois ils n'étaient revenus sur ce qu'ils s'étaient dits au *castillo*. Sur sa suggestion de prolonger leur mariage, qui équivalait à un aveu à demi-mot. Elle tentait de se persuader que la situation lui convenait, qu'elle n'avait pas besoin de plus. Elle se jetait à perdre haleine dans cette fuite en avant. Chaque nuit, il la serrait dans ses bras et lui faisait passionnément l'amour. La chambre était le seul endroit où ils se retrouvaient vraiment, dans un écho à cette alchimie anonyme, silencieuse, qui les avait réunis en premier lieu. Mais, le jour, c'est à peine s'ils échangeaient trois mots.

Aujourd'hui, Allegra essayait sa robe de mariée. Sa mère serait présente, ainsi que la couturière, ce qui la tracassait. Sa grossesse se remarquait, à présent. Quelles que soient les mensurations estimées par sa mère, elles seraient à coup sûr en deçà de la réalité. Ce qui ne manquerait pas de lui valoir une volée de reproches sur sa taille épaissie.

Sa nervosité se révéla justifiée. Sa mère n'avait pas plus tôt débarqué dans sa chambre qu'elle se retrouva debout sur un tabouret, en culotte et soutien-gorge sans bretelles, une crinoline fixée autour de la taille.

— Ce n'est pas parce que tu n'épouses pas un prince que tu ne dois pas ressembler à une princesse, décréta sa mère en italien.

— Je suppose.

Allegra remua, mal à l'aise, tandis que la couturière arrangeait les diverses couches de satin, serrant et desserrant selon les besoins. Elle fit la grimace en entendant une couture craquer.

— Tu as grossi, la tança sa mère.

— Je suis enceinte. Il fallait s'y attendre, répliqua Allegra.

— Cristian est bien le père du bébé au moins ? Ou cherche-t-il seulement à protéger ton honneur ?

Allegra manqua tomber de son tabouret à cette suggestion.

— Crois-moi, maman, mon honneur est le cadet de ses soucis, s'esclaffa-t-elle. Il a même mis un point d'honneur à le bafouer, ces derniers mois.

Sa mère haussa un sourcil réprobateur.

— Je me passerai de ce genre d'information, Allegra.

— Ne pose pas de question indiscrète si tu ne veux pas entendre la réponse.

Nouveau haussement de sourcil.

— Tu es bien effrontée aujourd'hui.

— Oh ! cela ne date pas d'aujourd'hui. D'où ma grossesse.

— Cristian est un bon choix, déclara sa mère, tandis que la couturière continuait à s'escrimer sur la robe.

— Oui, convint Allegra. Je regrette de ne pas avoir été plus franche dès le début.

En ce qui concernait ses fiançailles avec Raphael, mais aussi ses sentiments pour Cristian. Ils avaient toujours été là, logés dans son cœur, mais elle avait été trop lâche pour les reconnaître. Elle avait failli épouser un autre homme, alors que c'était Cristian qu'elle aimait ! Cette pensée lui donnait des sueurs froides.

— Peu importe, dit sa mère. Raphael ne se privait pas de papillonner de son côté. Princesse Bailey. A-t-on jamais rien entendu d'aussi ridicule ?

Allegra eut un peu honte de la façon dont elle-même avait comparé ce titre à un nom de caniche. Elle tenta de se rattraper :

— J'ai vu les photos. Elle est très belle.

— Mmm, oui. Et très enceinte, ajouta sa mère, les lèvres pincées.

— Moi aussi, remarqua Allegra. Si elle rend Raphael heureux, alors mon écart de conduite en valait la peine.

Elle sourit.

— Raphael et moi n'étions pas attirés l'un par l'autre. Tu savais qu'il ne m'avait même jamais embrassée ?

— Non. Et je ne tenais pas vraiment à le savoir.

On frappa à la porte. La voix de Cristian s'éleva de l'autre côté.

— Puis-je entrer ?

— Certainement pas ! tonna sa mère. Cela porte malheur de voir la mariée dans sa robe avant le mariage.

Allegra éclata de rire.

— Je ne te savais pas si superstitieuse.

— Mieux vaut éviter tout risque. Si ce mariage-ci échoue, tu n'es plus ma fille. Tu es prévenue.

Allegra leva les yeux au ciel. Soulevant sa jupe à deux mains, elle descendit du tabouret avant que la couturière ne l'aide à retirer sa robe. Puis elle enfila en hâte un T-shirt et un pantalon de jogging. Une vraie Cendrillon redevenue souillon.

— Maintenant, tu peux entrer, lança sa mère.

Le cœur d'Allegra s'emballa. Cristian était à tomber en T-shirt noir et jean assorti. En costume, en tenue décontractée ou nu comme un ver, il lui faisait toujours le même effet.

— Bonjour, *señora* Valenti, salua Cristian, s'adressant à sa mère comme il l'avait toujours fait.

— Cristian. Je ne t'ai pas revu depuis que tu as provoqué un scandale en mettant enceinte ma fille unique…

— Nous avons été très occupés, répondit-il d'un ton dégagé.

Allegra roula des yeux. Évidemment, lui ne se laissait pas impressionner par sa mère.

— Occupés ? À l'évidence, moins à préparer le mariage qu'à vous complaire dans la débauche, rétorqua celle-ci.

— Maman ! Je croyais que ce genre d'information ne t'intéressait pas !

— Notre dépravation nous occupe beaucoup, en effet, confirma Cristian, pince-sans-rire. C'est à peine si nous trouvons le temps pour autre chose.

La mère d'Allegra changea hâtivement de sujet.

— À propos, Cristian, j'ai appris pour le *castillo*. J'en suis désolée. Il aurait fourni un cadre parfait à votre mariage.

— Oh ! je ne crois pas que nous nous serions mariés là-bas, intervint Allegra.

Forcer Cristian à l'épouser dans ce lieu, théâtre de ses pires souvenirs, aurait été trop cruel. Pour lui comme pour elle.

— C'est absurde, commenta sa mère. Lorsqu'on dispose d'un château…

— Hélas, ce n'est plus le cas, l'interrompit Cristian. Le *castillo* n'est plus qu'un tas de ruines.

— En partie seulement, non ?

— Puis-je vous emprunter Allegra un moment, *señora* Valenti ?

— Pour vous rouler dans la luxure ?

— Rien d'aussi excitant, j'en ai peur.

Allegra n'en revenait pas. Cristian avait pourtant toujours su charmer ses interlocuteurs. Mais ces dernières semaines à ses côtés avaient été si intenses qu'elle avait oublié. Dans l'ensemble, il s'était montré plus taciturne que charmant avec elle.

— Entendu, céda sa mère. L'essayage est de toute façon terminé. Mais sois gentil de la ramener pour le dîner. Dans son état, elle ne devrait pas manquer un repas.

Il hocha la tête, prit la main d'Allegra et l'entraîna hors de la chambre. Son cœur battait la chamade. C'était la première fois qu'ils se tenaient la main. Ce geste tout simple avait quelque chose de très intime, plus que tous leurs ébats passionnés. Elle en fut inexplicablement remuée.

Elle n'était pas au bout de ses surprises. La pièce dans laquelle il la fit entrer n'était autre que sa chambre. Cela aussi était une première. Ils faisaient l'amour, mais toujours dans sa chambre à elle. Cristian tenait clairement à préserver son intimité. Cela commençait à faire beaucoup pour son cœur sensible.

— Que se passe-t-il ? demanda-t-elle.

— J'ai quelque chose pour toi, dit-il en s'approchant de sa table de chevet.

— Tu veux dire, en plus du mariage, de l'hébergement gracieux de ma mère et du bébé ?

À la mention du bébé, une ombre passa sur son visage. Il n'était pas à l'aise avec ce sujet. Contrairement à elle. Elle était enceinte de trois mois. Elle s'était habituée à l'idée qu'ils allaient avoir un enfant. Il était grand temps que Cristian en fasse autant. Néanmoins, elle préférait ne pas le brusquer.

— L'équipe de nettoyage a retrouvé ceci dans les décombres du *castillo*.

Il lui présenta un écrin de velours noir, qu'il ouvrit devant elle. Le souffle d'Allegra se suspendit devant le délicat collier de platine orné de pendentifs en diamants.

— Cristian, c'est magnifique !

— Il appartient à notre collection de famille, celle d'où vient déjà ta bague.

La main qu'elle tendait vers le bijou se figea. Effectivement, Cristian appartenait à une famille titrée où ce genre d'objet se transmettait de génération en génération. Ce collier et sa bague avaient été portés par d'autres avant elle. Sa mère. Sa femme. La jalousie lui mordit le cœur. Ce qu'elle pouvait être mesquine ! Elle n'avait aucun droit d'être jalouse. Quoi de plus naturel qu'il les ait offerts à Sylvia ? La femme qu'il avait choisie.

Allegra, elle, était celle qu'il épousait par devoir.

— Qu'y a-t-il ? s'enquit-il, son regard soudain pénétrant.

— Rien, répondit-elle avec une légèreté forcée.

— Si. Tu es contrariée. Ce n'est pas vraiment la réaction que j'attendais. Je devrais pourtant savoir que tu ne réagis jamais comme prévu.

— Si j'étais prévisible, tu ne m'apprécierais pas autant.

— Cela reste à prouver. Sois prévisible et nous verrons.

— Non, merci. Je préfère rester moi-même.

— Pourquoi es-tu contrariée, Allegra ?

— Je ne le suis pas, protesta-t-elle. Donne-moi mon collier.

Il ferma l'écrin d'un geste sec.

— Non. Pas tant que tu ne m'auras pas dit ce qui t'ennuie.

— Ce qui m'ennuie, c'est que tu refuses de me laisser porter mon cadeau !

— Très bien. Mais c'est moi qui l'attacherai à ton cou.

Il sortit le collier de l'écrin et se plaça derrière elle, le torse pressé contre son dos. La chaleur de son corps s'insinua en elle, embrasant ses sens. Seigneur ! Même en colère contre lui, elle le désirait. Et son instinct lui soufflait qu'il en serait toujours ainsi. Un frisson la parcourut lorsque le collier toucha sa peau. Le platine et les diamants pesaient sur sa poitrine. Elle avait l'impression de manquer d'air.

— À combien d'autres femmes as-tu offert ce collier ? Ou même ma bague ? demanda-t-elle.

Il suspendit brièvement son geste, avant d'attacher le fermoir.

— Aucune, répondit-il.

— Aucune ?

— J'ai été marié avant, Allegra. Tu le sais. Mieux vaut t'habituer au fait que tu ne seras pas la première à porter mon nom et mon titre. Je ne peux pas changer le passé, même si je le souhaite.

— Tu veux dire que si c'était à refaire, tu n'épouserais pas Sylvia ?

— Pour son bien, pas pour le mien. Et si cela te contrarie à ce point, sache qu'elle n'a jamais porté ces bijoux, ajouta-t-il.

— Pourquoi ne les lui as-tu pas offerts ? Pourquoi me les offrir à moi ?

Était-ce pathétique d'y voir une signification ? D'espérer être la seule femme à qui il ait jamais offert ces précieux bijoux ancestraux ?

— Sylvia aimait les accessoires modernes. Elle n'avait que faire de bijoux anciens, lui confia-t-il. Et puis, ils me font penser à toi. Notre relation a quelque chose de démodé, tu ne trouves pas ?

— Mis à part le sexe anonyme, observa-t-elle.

— Oh ! cela se faisait déjà à l'époque où ces bijoux ont été forgés. Si la femme tombait enceinte, le nécessaire était fait pour étouffer le scandale. Exactement comme pour nous.

Le cœur d'Allegra se serra. Les rares fois où il évoquait sa grossesse, c'était pour lui rappeler qu'elle était la raison derrière leur mariage imminent.

— Tu as sûrement raison.

— Il te va à ravir.

Elle effleura le collier du bout des doigts.

— Merci.

— Ma mère ne l'a jamais porté non plus, reprit-il. Mon père ne le lui a jamais offert. Il estimait qu'elle ne le méritait pas. C'est aussi pour cette raison que je tiens à ce qu'il te revienne.

Il marqua une pause.

— Mon père a mis ma mère enceinte. Mais il la considérait comme une femme légère, indigne de son titre. Comme si elle seule était responsable de sa grossesse. Elle n'était pas le genre de femme qu'il aurait choisi pour épouse.

— Moi non plus, murmura Allegra, la gorge nouée.

— Non. Je ne t'aurais pas choisie. Mais cela ne fait pas de toi quelqu'un d'indigne.

— Est-ce censé me réconforter ?

Il la fit pivoter sur ses talons et l'enveloppa de son regard insondable.

— Oui.

— Eh bien, c'est raté, rétorqua-t-elle. Aucune femme ne souhaite épouser un homme qui ne l'a pas choisie.

— Tu n'es pas obligée de rester mariée à moi, Allegra. Nous en avons déjà discuté. Pérenniser cette situation est une mauvaise idée. Tu le réaliseras tôt ou tard.

— À cause de ton passé ?

— Tu sais ce que j'ai traversé. Je ne suis pas en mesure de te donner ce que tu veux.

— Parce que tu sais ce que je veux ?

— Un homme capable de ressentir des émotions.

— Tu en es capable ! s'exclama Allegra.

Elle plaqua la main sur son torse, sentit son cœur battre sous sa paume.

— Il y a un mur en moi, indestructible, qui garde tout à

l'intérieur. J'ignore comment m'en libérer, soupira Cristian. À vrai dire, je ne suis pas sûr d'en avoir envie. Ce genre d'émotion débridée peut conduire aux pires excès. La seule fois où j'ai lâché prise, c'est avec toi.

Leurs regards se heurtèrent. Allegra en ressentit l'impact jusqu'au creux de son ventre.

— Et pourtant, tu ne m'aurais pas choisie, murmura-t-elle.

— C'est justement pour cette raison.

Ces mots firent l'effet d'une décharge électrique à Allegra. Un espoir jaillit en elle. Pourquoi ? Elle n'en était pas sûre. Elle sentait confusément que cet homme dur, inflexible, si semblable au *castillo* qu'il haïssait tant… Cet homme-là avait peur d'elle. D'une certaine façon, elle l'effrayait. Inflexible, oui, mais vulnérable. Un champ de ruines dissimulé derrière une façade fière, imposante — la seule part de lui qui tenait encore debout. Il ne l'aurait pas choisie parce qu'elle mettait en péril cette fausse stabilité. Le mur dont il parlait n'était pas indestructible. Elle était dangereusement proche de le faire tomber. Et cela le terrifiait.

— Savais-tu que c'était moi ? le défia-t-elle sans crier gare.

— Non.

Son ton était ferme, presque féroce.

— Menteur.

— Toi aussi, tu ignorais qui j'étais. Tu as dit toi-même que, si tu l'avais su, tu ne m'aurais jamais suivi.

— J'ai menti, avoua-t-elle. Je me suis surtout menti à moi-même, en me persuadant que je ne savais pas. Mais ce soir-là, quand je t'ai vu descendre cet escalier, mon monde s'est arrêté de tourner. C'était toi, Cristian. Bien sûr, ce ne pouvait être que toi.

— Pourquoi ?

— Parce que tu es le seul à m'avoir jamais fait cet effet-là. Pourquoi crois-tu que je te détestais ? Parce que tu me faisais ressentir des émotions face auxquelles j'étais désarmée. Je n'étais qu'une gamine. Tu étais plus âgé et marié. Je te désirais, tout en sachant que tu appartenais à une autre. Le fantasme d'adolescente par excellence !

— Tu ignorais que c'était moi, intervint Cristian avec brusquerie.

— Je le savais. C'est une évidence, maintenant. J'étais vierge, Cristian. Tu crois vraiment que je me serais jetée dans les bras d'un parfait inconnu ?

Une lueur de doute passa dans les yeux de Cristian. Son expression se radoucit.

— Bien sûr que non, poursuivit-elle. Tu le sais très bien. J'avais peur d'épouser Raphael, mais plus encore de causer un scandale et de perdre mes parents. J'avais accepté la vie sans passion qui m'attendait. Si c'était ce qui m'inquiétait, je me serais révoltée avant. Non, mon but n'était pas de gagner de l'expérience. Ce dont j'avais peur, c'était de ne jamais savoir ce que cela ferait si tu me touchais. Si tu m'embrassais…

— Peut-être t'es-tu convaincue que tu savais. Mais, de mon côté, je te garantis que j'ignorais qui tu étais, l'interrompit Cristian.

— Tu l'ignorais ? répéta-t-elle d'un ton railleur. Tu ignorais que la fille qui s'empiffrait de choux à la crème, qui a pris ta main sans hésitation et te regardait comme si tu étais son sauveur, était la même fille que celle assise en face de toi à chaque dîner chez mes parents depuis plus de dix ans ?

— Oui.

Elle s'accrocha à son cou et enfonça les doigts dans ses cheveux pour l'obliger à la regarder dans les yeux. Puis, lentement, elle approcha son visage et pressa les lèvres sur les siennes.

13

Il mentait. Allegra en était convaincue. Il se mentait à lui-même pour se protéger, exactement comme elle-même l'avait fait. Ce baiser était sa façon de le mettre au pied du mur. C'est pourquoi elle ne retenait rien et déversait toute son âme dans chaque caresse de sa langue.

Elle voulait tout de lui. Pas seulement son corps, ni une simple bague au doigt. Tout. Ruines incluses. Tant pis si elle s'y blessait. Pourquoi persistait-il à s'accrocher à son mensonge ? De son côté, elle avait fait un gros travail sur elle-même. Elle était enfin prête à ne plus se cacher et à se montrer telle qu'elle était. Et lui persistait à prétendre qu'il n'avait rien à donner. Qu'il ne l'avait pas reconnue, ce soir-là. Qu'elle ne signifiait rien de spécial.

Peut-être est-ce la vérité, lui souffla une petite voix. *Peut-être ignorait-il vraiment qui tu étais. Pourquoi serais-tu « spéciale » ?*

Allegra la fit taire en approfondissant son baiser. Elle sentit Cristian fléchir. Il l'écrasa contre lui, et le rapport de force s'inversa. C'était lui qui avait le contrôle, à présent. Lui qui la ravageait sa bouche. Lui qui la réduisait à une marionnette tremblante de désir entre ses bras. Chaque fibre de son être se consumait pour lui. Elle prendrait ce qu'il était prêt à lui donner, même si ce n'était pas assez. Elle accepterait la plus petite miette capable de satisfaire son besoin de lui.

Il lui enleva son haut, exposant ses seins nus qu'il moula de ses mains en taquinant du pouce ses mamelons. Ah, comme elle aimait cela ! Comme elle l'aimait, lui. Elle n'avait plus envie de se taire. Fini de jouer à la petite fille sage, obéissante, qui ne s'écartait jamais du droit chemin. Sans honte, elle manifestait à voix haute son plaisir. Pourquoi aurait-elle honte ? Elle était avec Cristian.

Il exhumait au grand jour ses facettes les plus secrètes et les rendait belles à ses yeux. Il lui donnait envie de s'accepter telle qu'elle était. Pourquoi craignait-il de la détruire quand il la rendait complète, au contraire ? Comment avait-elle pu avoir peur de se perdre et de gâcher sa vie en suivant sa passion ? Elle ne s'était pas perdue. Elle s'était trouvée. Elle vivait enfin en accord avec elle-même. Et c'était à lui qu'elle le devait.

Il baissa la tête et aspira un téton dans sa bouche. *Oh ! Seigneur !* Elle s'arqua contre lui, savourant chaque sensation. Puis il s'agenouilla et fit glisser son pantalon le long de ses jambes. Elle se tenait nue devant lui, offerte à son regard avide. Il promena les mains sur ses cuisses, avant de les refermer sur ses fesses pour la plaquer contre sa bouche. Allegra ne put retenir une plainte sous l'offensive experte de sa langue, qui la plongea en transe.

Cristian l'initiait à un plaisir dont elle n'aurait jamais soupçonné l'existence. Sous ses caresses, elle se surprenait à nourrir des fantasmes qui ne lui seraient jamais venus à l'esprit avant. Il la satisfaisait tout en lui donnant envie de plus. À croire qu'il lui avait jeté un sort. Elle ne serait plus jamais la même… et n'en avait aucune envie. L'Allegra d'avant était terne, insignifiante, façonnée selon l'image que les autres se faisaient d'elle. La nouvelle Allegra, née de sa passion pour cet homme, vivait pour un amour qui avait chassé toute peur en elle et, avec cette peur, tout faux-semblant.

Elle ondula des hanches, en rythme avec ses caresses, perdue dans le plaisir. Elle n'avait aucune honte. Dans les bras l'un de l'autre, ils s'exposaient sans crainte. Plus tard viendraient les mots. Ce serait une autre histoire. Mais, dans ces moments de passion, Cristian abandonnait toute retenue. Son corps ne mentait pas, et elle ferait preuve de la même sincérité.

Le plaisir montait en elle, plus intense de seconde en seconde. Si intense qu'elle avait la sensation d'être sur le point d'exploser en un millier de fragments. Mais, lorsque l'orgasme la submergea, c'est l'inverse qui se produisit. Loin de se disperser, elle se sentit envahie par un sentiment de plénitude. Elle était elle, totalement elle.

Cristian l'allongea sur le sol et se positionna entre ses cuisses. Il la pénétra d'un coup, profondément. Il l'étirait et l'emplissait tout entière. Il était au-dessus d'elle, en elle, autour d'elle. Tout en lui lui faisait perdre la tête : son odeur, le poids de son corps sur le sien, la flamme intense dans ses yeux… Il était, en cet instant, jusqu'à l'air qu'elle respirait.

Il se pencha et l'embrassa, comme si ce baiser ne devait jamais s'arrêter. C'était le baiser qu'ils n'avaient pas pu échanger ce soir-là. Pas sans se dévoiler. Il le lui offrait maintenant. Un baiser empli de promesses et d'une tendresse bouleversante, plus intime encore que la sensation de sa chair palpitant au creux de la sienne.

Il se mit à bouger en elle, sans aucune retenue. Enfin ! Elle voulait qu'il perde le contrôle, qu'il soit aussi désarmé qu'elle. Alors peut-être, le mur en lui se fissurerait assez pour s'écrouler. Comme elle, il devait cesser de vouloir se protéger à tout prix et recoller les pièces divisées de lui-même pour enfin redevenir complet.

Elle noua les jambes autour de ses hanches, tout en s'arquant contre lui. Cristian réagit à son invitation pressante. Il se perdait en elle, en eux. Elle sentit le moment exact où le contrôle lui échappa. Des spasmes agitèrent son corps puissant comme l'orgasme prenait le dessus. La vue de cet homme inébranlable, presque un roc, vaincu par elle suffit à la faire basculer à son tour. Ils se raccrochèrent l'un à l'autre, emportés ensemble dans une tempête de plaisir. Elle le garda serré contre elle jusqu'à pouvoir respirer à nouveau. Quand le brouillard se leva, tout était clair dans son cœur, et c'est tout naturellement que les mots jaillirent de ses lèvres :

— Je t'aime, Cristian.

Cristian eut l'impression d'avoir reçu un coup de pistolet. C'était à la fois son plus grand désir et sa plus grande peur qui se jouaient devant lui, alors qu'il était là, allongé par terre. Il n'avait même pas eu la patience de porter Allegra sur le lit. Quel genre d'homme cela faisait-il de lui ? Quel sort lui avait jeté cette petite sorcière ?

Cette question, il se la posait depuis le jour où, posant les yeux sur elle, il avait vu une femme et non plus une enfant. À partir de ce jour, il n'avait cessé de chercher quelque chose à critiquer en elle. Quelque chose qui le tienne éloigné de la vérité. Et cette vérité était qu'il n'y avait rien à critiquer. Elle était parfaite. Le genre de perfection capable de se jouer de ses défenses et de semer le chaos dans sa vie.

— Non, lâcha-t-il.

Il la repoussa et se mit debout.

— Comment cela, non ? Tu crois avoir le contrôle de mes sentiments ?

— Tu ne m'aimes pas, Allegra.

— Ce n'est pas à toi de le décider.

— Tu n'es qu'une enfant, la sermonna-t-il. Épouser un prince ne te satisfaisait pas. Alors tu t'es construit ce fantasme où tu faisais l'amour avec un inconnu qui se révélait être ton véritable prince charmant. Comme si ton faux pas était la clé qui t'ouvrait la porte d'une nouvelle vie. Tu ne comprends donc pas ? C'est un rêve de gamine !

Tout en parlant, il se demandait si ce n'était pas lui-même qu'il essayait de convaincre, plus qu'Allegra. Son explication tenait la route. Allegra refusait d'admettre qu'elle avait gâché sa vie en s'acoquinant avec lui. Alors elle s'était persuadé qu'elle était amoureuse de lui. Elle était jeune, à l'aube de la vingtaine. Elle ne connaissait rien à la vie, pas plus qu'elle ne le connaissait, lui. Pas vraiment.

— Quelle théorie fascinante, Cristian. Tu devrais te lancer dans l'écriture de romans, railla Allegra.

— Aucune gamine n'aime s'entendre appeler ainsi. Tu ferais pourtant bien de m'écouter.

— T'écouter pendant que tu me fais passer pour une folle, comme si ces dernières semaines n'avaient jamais existé ? Parle autant que tu veux. Rien de ce que tu diras n'effacera la conclusion à laquelle je suis parvenue.

— Une conclusion bien commode, non ?

— Je savais que c'était toi, persista Allegra.

Ces mots étaient comme une obscénité criée dans une église. Ils le choquaient, l'irritaient. Il ne les acceptait pas.

— Tu l'ignorais, réfuta-t-il. Tu essaies de transformer une situation qui échappe totalement à ton contrôle en conte de fées. Tu espères une fin heureuse. Avec moi, Allegra, il n'y en aura pas.

— Comment peux-tu en être si sûr ?

— Combien de tragédies dois-je subir avant que tu ne me croies ? Le mariage de mes parents s'est soldé par un désastre. Mon père s'est tué à force de trop boire. Ma mère préférait faire la fête à travers toute l'Europe pour échapper aux cris de son fils battu par son mari. Et Sylvia ? Une femme fragile, mariée à un homme qui brise tout ce qu'il touche. J'étais incapable de lui donner ce qu'elle voulait, et c'est ce qui l'a tuée.

— C'est faux, protesta Allegra. Tu as dit toi-même qu'elle était instable psychologiquement.

— D'autres vivent avec cela. Sylvia est morte. Pour quelle raison, à ton avis ? Parce que je n'ai pas su lui apporter le soutien dont elle avait besoin.

— Je vois que cela t'arrange bien d'être un martyr…

— Pardon ?

— Tu t'es persuadé que tu empoisonnais tout ce que tu touchais. Quelle bonne excuse pour ne laisser personne t'approcher. Ainsi, personne ne saura jamais que tu n'es, au fond, qu'un petit garçon terrifié.

Son expression s'adoucit.

— C'est normal, après ce que tu as vécu…

— Je ne suis pas un enfant perdu qui a besoin d'être sauvé, la coupa-t-il sèchement. J'ai grandi. Je me suis endurci. Et je ne le regrette pas. C'est ce qui m'a permis de survivre. En contrepartie, je suis devenu incapable d'être un bon mari. Encore moins un bon père. Le divorce est la seule option. Notre enfant mérite une meilleure figure paternelle dans sa vie.

— Tu veux qu'un autre homme partage mon lit et élève notre enfant ?

— Ce que je veux et ce qui est juste sont deux choses différentes.

Elle le scruta d'un regard pénétrant.

— Tu as raison, répondit-elle après un moment. Tu veux continuer à te cacher derrière ton masque, alors que le plus juste serait d'aller de l'avant. Avec moi. Avec notre enfant.

— Je remplirai mon devoir en donnant mon nom à l'enfant et un héritier au duché.

— Mais il est plus que cela ! s'écria Allegra. Plus qu'un simple réceptacle au sang des Acosta ! C'est notre enfant, Cristian. Un petit garçon ou une petite fille de chair et de sang qui aura besoin de son père.

— Pas si je suis le père en question.

Elle secoua la tête.

— Tu ne lui feras aucun mal. Tu en es incapable.

— On peut faire du mal à quelqu'un sans le battre, répliqua-t-il d'une voix sombre. À ton avis, quel effet produiront des années de froide négligence sur toi et sur le bébé ?

— Tu n'es pas froid, Cristian.

— Que sais-tu de moi, en dehors du sexe ?

— Au moins, quand tu me fais l'amour, tu es honnête envers ce que tu ressens.

— Tu confonds orgasme et émotion, Allegra. Ne sois pas embarrassée. Tu n'es pas la première vierge à commettre cette méprise.

La jeune femme tressaillit à ces mots, comme s'il l'avait giflée.

— Je suis un fabuleux amant, voilà tout, continua-t-il. Je ne ressens rien de plus pour toi que pour les autres femmes que j'ai faites miennes. Et, crois-moi, il y en a eu. Peut-être ai-je été abstinent, ces trois dernières années, mais j'étais loin de mener une vie de moine avant mon premier mariage…

— Arrête, lança la jeune femme. Un fabuleux amant ? Un fabuleux menteur, oui ! Tellement que tu sembles avoir fini par croire à tes propres mensonges. Mais, moi, tu ne me duperas pas.

Cristian serra les dents. Elle ne lui laissait aucune échappatoire. Si seulement c'était aussi simple qu'elle le supposait. Si seulement il lui suffisait de décider d'aller de l'avant pour y parvenir… Mais des chaînes invisibles le retenaient captif. Il avait beau se débattre, impossible de s'en libérer. Et il ne l'entraînerait pas dans cette prison obscure. Ni elle ni leur futur enfant. Il n'en avait pas le droit.

— Nous nous marierons la semaine prochaine, comme prévu. Et nous divorcerons sitôt après la naissance du bébé, décréta-t-il. Inutile d'attendre plus longtemps. L'essentiel est qu'il naisse durant notre mariage. Il n'y a rien entre toi et moi, Allegra. À partir de maintenant, nous cessons de partager le même lit. La discussion est close.

— S'il te plaît, Cristian, ne fais pas cela, l'implora la jeune femme. Nous savions tous les deux qui était l'autre. Depuis le début. Ce n'est pas obligé de se terminer ainsi. Si seulement tu avais le courage de…

— Du courage ? Sais-tu quel courage il m'a fallu, enfant, pour affronter mon père à la table du petit déjeuner après les nuits où il m'avait roué de coups ? tonna-t-il. Si c'était une question de courage, je serais libre depuis longtemps. Tu me demandes de ressusciter quelque chose qui est mort, Allegra. Mort et enterré. Et je ne le regrette pas.

Ces derniers mots étaient un mensonge. Mais elle n'en saurait rien.

— Ma décision est prise. Tu ne me forceras pas à prolonger un mariage que je ne souhaite pas.

— Aucun risque, murmura Allegra d'une voix à peine audible.

Elle leva vers lui des yeux noyés de larmes. Des larmes dont il n'était pas digne.

— Je ne veux pas d'un homme qui ne m'a pas choisie. Qui

ne m'aime pas sincèrement et sans réserve. J'ai déjà rejeté ce genre d'avenir une fois. Je le rejette une seconde fois.

— Parfait. Alors nous sommes d'accord.

Il tourna les talons.

— C'est une bonne chose qu'une affaire m'appelle à Paris, ajouta-t-il par-dessus son épaule.

Un autre mensonge. Il passerait néanmoins la semaine dans son appartement parisien afin de mettre de la distance entre eux.

— Dis à ta mère qu'elle est libre d'organiser le mariage comme elle l'entend. Cela devrait lui faire plaisir.

— Oui. Je suis sûre qu'elle, au moins, en sera très heureuse.

Le sous-entendu n'échappa pas à Cristian. Mais il s'était déjà résigné à ne jamais rendre Allegra heureuse.

— Rhabille-toi, ordonna-t-il avec une brusquerie involontaire.

L'expression d'Allegra s'altéra subtilement. Il eut le sentiment d'avoir commis une erreur, sans parvenir à mettre le doigt dessus.

— Comme tu veux.

Avec cette réponse, il comprit qu'il était trop tard pour s'extraire de la vie d'Allegra sans faire de dégâts. Le mal était fait. Alors qu'elle l'aurait défié auparavant, elle se contenta d'obéir sans broncher. Jamais leurs disputes ne lui avaient autant manqué.

14

C'était le jour de son mariage, et tout ce qu'éprouvait Allegra était une sensation de nausée. Pas à cause de sa grossesse, non. Parce qu'elle avait le cœur brisé. Exactement ce dont elle avait essayé de se protéger depuis qu'elle connaissait Cristian. Le moins qu'on puisse dire était qu'elle n'aurait pu s'y prendre plus mal. Elle s'était jeté tête la première dans cette liaison vouée à l'échec. En contemplant sa robe de mariée sur son cintre, elle se demandait si, ayant la possibilité de revenir en arrière, elle referait le même choix.

Être avec Cristian l'avait changée, de façon indélébile. Grâce à lui, elle n'avait plus peur d'être elle-même. Elle lui en était reconnaissante. Et c'est pourquoi la perspective de poursuivre sa vie sans celui qui lui avait tant apporté l'emplissait d'une indicible tristesse. Elle ne l'acceptait pas. Mais quelle autre option avait-elle ?

Elle épouserait Cristian, pour le bien de leur enfant, afin qu'il hérite de… de quoi ? D'un titre et d'un château à moitié en ruines ? Rien de tout cela n'avait jamais rendu Cristian heureux. Pourquoi transmettre à leur enfant ce qui n'avait été qu'un poids pour lui ? Et elle, pourquoi l'épousait-elle ? Pour éviter un scandale dont elle ne se souciait plus depuis longtemps ? Elle fixait sa robe de mariée et ne savait plus où elle en était.

Un coup à la porte la tira de ses réflexions.

— Prête ? lança Renzo en entrant dans la pièce.

À la vue de son frère, elle faillit fondre en larmes. Depuis des jours, elle s'efforçait de rester forte pour prouver à ses parents qu'elle avait pris sa décision et s'y tiendrait. Mais Cristian, dans sa diatribe avant son départ pour Paris, avait visé juste : et si elle essayait seulement de se convaincre que tout cela n'était pas une terrible erreur, par orgueil plus qu'autre chose ? Face à Renzo, la seule personne qui l'avait toujours soutenue et l'aimerait quoi qu'il arrive, elle craqua.

— Non, je ne suis pas prête, dit-elle en désignant son pantalon et T-shirt, puis la robe sur le cintre.

— Le mariage commence bientôt.

— Je sais.

— Cristian est là. Il ne s'est pas enfui, si c'est ce que tu craignais. Il sait que je le ramènerais par la peau du cou s'il osait.

— Ce ne serait pas nécessaire, répondit Allegra avec une fausse légèreté.

— En revanche, reprit Renzo, si c'était toi qui changeais d'avis, j'estimerais que tu as une bonne raison de le faire et ne chercherais pas à te ramener de force.

— Es-tu en train de suggérer que je plante ton meilleur ami devant l'autel ?

— Si c'est ce que tu veux…

— Pas vraiment, soupira Allegra.

— Tout ce qui m'importe est qu'il ne te fasse pas de mal, dit Renzo d'une voix bourrue.

— Je crains que ce ne soit trop tard.

— Je m'en doutais.

Il prit une grande inspiration.

— Nos parents, la société… Tout le monde attend beaucoup de toi, Allegra. Mais, toi, qu'attends-tu de ta vie ?

— Je suis enceinte, répondit-elle. Je ferai ce qu'il y a de mieux pour mon enfant.

— Foutaises, répliqua Renzo. Le bonheur d'un enfant ne serait pas lié à celui de sa mère ? Ridicule. Comment un enfant pourrait-il être heureux en sachant que sa mère a sacrifié son propre bonheur pour son prétendu bien ? En sachant qu'il est un fardeau pour elle ? Il n'y a pas plus malsain comme manière d'élever un enfant. Notre mère, elle, n'est pas une martyre.

Allegra éclata de rire.

— Non, elle ne l'est pas.

— Elle est forte, reprit Renzo. Bien qu'elle t'ait imposé certains choix qui t'ont parfois rendu la vie impossible, tu as perçu cette force chez elle. N'est-ce pas l'image que tu veux donner à ton enfant, toi aussi ?

Le ventre d'Allegra se noua.

— Si, sans doute.

— Sois forte, Allegra. Suis tes désirs. Tu ne voudrais pas que ton enfant pense qu'il a gâché ta vie, n'est-ce pas ?

Elle songea à Cristian, à la certitude qu'il avait de n'avoir été qu'un poids pour son père.

— Non, admit-elle. Ce n'est pas ce que je veux.

— Si tu n'épouses pas Cristian aujourd'hui, je ne te jugerai pas, Allegra.

— Tout le monde sera déçu. Maman a dit qu'elle me renierait.

— Elle bluffait. Et, même si elle le pensait, ce n'est pas une raison valable pour se marier, soutint Renzo. C'est toi et toi seule qui seras mariée à Cristian. Je le connais assez pour savoir qu'il n'est pas un cadeau.

— Peut-être est-ce une bonne chose que je ne le connaisse pas aussi bien que toi…

— Sans doute. C'est ta vie, Allegra. Fais ce qui te rendra heureuse.

Il marqua une pause. Une ombre passa dans ses yeux.

— Ne laisse pas nos parents décider pour toi, reprit-il. Ni eux ni personne. Ton avenir n'appartient qu'à toi. Si tu cèdes maintenant, tu le regretteras. Crois-moi.

Allegra hocha la tête. Renzo parti, elle contempla une fois de plus sa robe de mariée. Il avait raison : c'était sa vie. Pour ce qui était d'être heureuse… Le bonheur était une notion complexe, difficile à cerner. Elle n'arrivait pas à savoir si aimer Cristian la rendait vraiment heureuse. À certains moments, oui. Mais, à d'autres, cela faisait seulement mal. C'était une émotion plus intense, plus terrifiante que tout ce qu'elle avait connu dans sa vie. Et pourtant…

Vivre sans amour ? Cela lui était impossible. Elle était incapable d'épouser Cristian pour divorcer dans quelques mois. Incapable de cohabiter avec lui s'il refusait de la toucher. Irait-il chercher son plaisir ailleurs, comme il l'en avait menacée par le passé ? Était-elle censée rester et mener tranquillement sa grossesse à terme pendant qu'il papillonnait d'un mannequin à l'autre ? Cette idée était comme un poignard enfoncé dans son cœur.

Non, elle ne le supporterait pas. Aimer Cristian n'avait rien de simple. Malheureusement, elle ne pouvait cesser de l'aimer du jour au lendemain. En revanche, elle était libre de choisir ce qu'elle acceptait ou non de subir. Renzo avait raison : leur mère n'était pas lâche. Elle ne vivait pas la vie d'une sacrifiée. Elle avait toujours exprimé haut et fort ses exigences. Renzo et elle en avaient peut-être souffert, parfois. Mais une femme aussi forte qu'elle ne souhaitait certainement pas que sa fille prenne ses décisions en position de faiblesse.

C'étaient sa vie, ses sentiments. Quoi que les gens pensent, quoi que sa noblesse exige, elle n'avait pas la force d'échanger des vœux avec Cristian devant des centaines de personnes si les mots qu'il prononçait n'avaient aucune valeur pour lui. Elle l'aimait. Ses promesses, elle les tiendrait. Mais elle ne le laisserait pas lui mentir, pas même par sens de l'honneur. Sa décision était prise.

Avec un dernier regard à sa robe de mariée, elle tourna les talons et quitta sa chambre.

Elle ne viendrait pas.

Cristian, debout devant le maire, fixait l'allée déserte, où ne s'avançait aucune mariée en blanc. Son Allegra, qui surgissait toujours quand il ne le lui avait pas demandé, qui l'avait suivi jusqu'au *castillo*, qui n'avait eu de cesse de le défier, encore et toujours… Cette Allegra-là, aujourd'hui, ne viendrait pas.

Il se tourna vers son ami, qui affichait une expression un peu trop neutre pour être honnête.

— Il semble que ta sœur manque à l'appel. Tu ne serais pas au courant de quelque chose, par hasard ?

— Allegra est ma sœur. Comme moi, elle prend ses propres décisions, répondit Renzo.

— Que t'a-t-elle dit ?

Renzo haussa un sourcil.

— La bonne question serait plutôt : que lui as-tu fait ?

— J'ai simplement offert de l'épouser.

— C'est tout, tu en es sûr ? Parce que s'il y a une chose que je sais, Cristian, c'est que ma sœur t'aime. Elle s'est éprise de toi trop jeune pour comprendre son erreur. Pas grand-chose n'aurait pu l'inciter à disparaître le jour de votre mariage. Si elle l'a fait, c'est qu'elle doit avoir une bonne raison, et j'applaudis sa décision. Alors que lui as-tu fait ?

Cristian n'écoutait plus. Déjà, il s'élançait vers la sortie, sous le regard médusé de l'assemblée.

Dans la villa, il se rua comme un fou à l'étage, renversant un vase au passage. Une relique du *castillo*, sans doute, d'une valeur inestimable. Il n'en avait que faire.

— Allegra !

Elle ne répondrait pas, il le savait. Il criait son nom, dont l'écho se répercutait contre les murs de la villa déserte. Jamais elle ne lui avait paru aussi vide. Il ouvrit tout grand la porte de sa chambre. La robe de mariée pendait là sur son cintre, comme pour le narguer.

Allegra était partie. Renzo avait raison : c'était sa faute. Il l'avait fait fuir. La seule femme prête à l'accepter tel qu'il était avait finalement baissé les bras. Bien fait pour lui. Il ne l'avait jamais méritée. Malgré sa résolution de ne plus la toucher, il avait eu la ferme intention de consommer leur nuit de noces. Parce qu'il était faible. S'il était incapable de s'évader de la prison entourant son cœur, alors il l'y enfermerait avec lui. Il n'avait ni la force ni le courage de vivre sans elle. Il l'avait rabrouée lorsqu'elle l'avait accusé d'être lâche, mais elle avait raison.

Il se remémora ce bal à Venise. Sans filtre. Sans œillères. Alors qu'il descendait l'escalier, il s'était figé à la vue de longues boucles noires dansant sur de fines épaules dénudées. Il avait aperçu leur propriétaire de dos, et un éclair de reconnaissance l'avait traversé, qu'il avait inconsciemment déguisé en éclair de désir.

Il savait que c'était elle. Bien sûr qu'il le savait ! Chaque cellule de son corps avait réagi à sa présence. En trois ans d'abstinence, une seule femme lui avait fait cet effet-là. Allegra. Lorsque son sang s'échauffait à chacun de leurs échanges, il mettait cela sur le compte de l'irritation. Et lorsque cette même réaction l'avait assailli face à cette sublime créature, il l'avait attribuée à l'excitation de désirer une parfaite inconnue.

En réalité, il savait. Il n'y avait jamais eu qu'elle. Son innocence, sa jeunesse, sa fougue… Tout ce qu'il prétendait détester était précisément ce qui l'avait toujours attiré. Il se cachait derrière le mépris pour se préserver de la vérité.

La lumière se fit dans son cœur, avec, dans son sillon, un désespoir plus profond que tout ce qu'il avait connu.

Il l'aimait. Depuis toujours. Et il avait fallu que cet amour lui file entre les doigts pour qu'il trouve le courage de l'admettre. Il aimait Allegra Valenti, qui portait son enfant, qui aurait dû être sa femme à cette heure. Au lieu de quoi, il l'avait brisée, comme toutes les personnes auxquelles il avait tenu dans sa vie. Le mal était fait, et il était irréparable. Il n'y avait qu'un seul endroit où il avait envie d'être, en cet instant. Celui où tout avait commencé.

Une angoisse familière l'étreignit à mesure qu'il approchait du *castillo*. Qu'il le veuille ou non, les souvenirs liés à la vieille forteresse étaient gravés au fer rouge dans sa conscience. C'était drôle de la voir ainsi, à demi écroulée. C'était elle qui avait façonné l'homme qu'il était devenu. À son dernier passage, il avait décidé qu'elle n'avait aucune réponse à lui donner. Mais son emprise sur lui, quoique réduite de moitié, restait bien réelle puisqu'il l'autorisait encore à dicter ses choix.

Après avoir garé sa voiture, il se dirigea vers le site abandonné. Il n'y avait plus rien ici. Il le savait. Pourtant, une fois de plus, il retroussa ses manches et s'agenouilla au milieu des ruines. Il se mit à fouiller, à la recherche de quelque chose, n'importe quoi, qui lui apporte une piste. Il fouilla jusqu'à ce que ses mains saignent. Mais moins que son cœur.

Il ne trouva rien. L'équipe de nettoyage avait fait du bon travail. Pourtant, à force de persévérance, il finit par remarquer un morceau de papier dépassant sous une pierre. Impossible. Il aurait dû brûler. Il tira dessus, d'un geste si précipité qu'il se coupa la main sur un débris.

Le papier en question était une photo. Les coins en étaient roussis, repliés sur eux-mêmes. Elle représentait un petit garçon d'environ cinq ans, aux yeux aussi sombres que ses cheveux, avec un bleu sur la joue. Un bleu sans doute laissé par son père. Le cœur de Cristian se serra. C'était la première fois qu'il tombait sur une photo de lui enfant. Il se passait volontiers de ce genre de souvenirs immortalisant un passé qu'il préférait oublier.

Cristian scruta la photo. C'était donc lui, le petit garçon qui avait transformé son noceur de père en monstre, ruiné la vie de sa mère puis, devenu adulte, celle de sa femme ? Ce n'était qu'un enfant. Un enfant battu et maltraité par un adulte. Il ne comprenait pas. Tout ce qu'il voyait sur cette photo était un gamin innocent.

Ce fut une révélation pour lui. Pour la première fois, il voyait la vérité en face. Cette photo était celle d'une innocence corrompue. Une innocence qu'il n'avait jamais su s'attribuer à lui-même. Elle dévoilait qui était le véritable monstre de l'histoire. Si ce petit garçon n'en était pas un, alors peut-être l'adulte qu'il était devenu non plus.

Cet enfant lui fit penser au sien à venir. L'étau autour de son cœur se resserra. Il n'aurait jamais frappé son enfant, bien sûr. Mais il planifiait pourtant de le priver d'une figure paternelle à cause de ce que lui-même avait enduré enfant. De le punir pour les méfaits de son propre père, et Allegra avec lui…

Il était bel et bien un lâche. Parce qu'il se méprisait, il croyait leur rendre service en se tenant à l'écart de leur vie. En réalité, il ne faisait que les abandonner. Cette prise de conscience fut douloureuse, mais elle lui apporta une étincelle d'espoir. La première depuis bien longtemps.

Ils avaient besoin de lui. Son enfant. Allegra. Allegra le voulait dans sa vie. C'est ce qu'elle avait essayé de lui faire comprendre. Elle voulait tout de lui, du petit garçon meurtri d'autrefois à l'adulte dysfonctionnel qu'il était devenu. Et il avait été assez stupide pour la faire fuir ! Pour la convaincre que son besoin d'aimer et d'être aimé était mort depuis longtemps.

Oh ! il n'était pas mort, non. Loin de là. Il avait été tellement privé d'amour, enfant, qu'il en avait plus besoin que quiconque. Et la violence de ce besoin le terrifiait. Pour s'en protéger, il avait épousé une femme qu'il ne pouvait aimer, pas plus qu'elle ne pouvait l'aimer en retour. Il avait dressé un mur entre lui et la seule femme qu'il ait jamais convoitée.

Jusqu'à ce que le destin prenne les choses en main en lui fournissant l'excuse parfaite.

Il caressa la photo de son pouce ensanglanté. Il n'y avait jamais eu de monstre en lui. Il l'avait créé de toute pièce enfant, ce monstre plus terrifiant que celui qui rôdait entre les murs du *castillo*. Devenu adulte, il s'était raccroché à cette idée que quelque chose en lui semait la désolation dans son entourage pour ne pas affronter la douloureuse vérité : parfois, le malheur frappait sans qu'on n'y puisse rien. Il avait été aussi impuissant à sauver Sylvia qu'il l'avait été, petit, à se protéger. Il avait préféré accuser un monstre imaginaire en lui plutôt qu'admettre cette impuissance. Une défense efficace s'il en était : le monstre tenait les gens à distance et les empêchait de le blesser.

Mais le moment était venu de s'en séparer. Il avait davantage besoin d'Allegra que d'un monstre. Le comprendre porta le coup fatal au mur autour de son cœur, qui tomba en poussière. Un flot d'émotions déferla en lui — peur, regrets, doutes, amour. Le dernier plus puissant que tous les autres. S'il n'était pas trop tard, il mettrait tout en œuvre pour reconquérir la jeune femme.

Il était enfin prêt à tomber le masque.

15

Allegra se terrait dans l'appartement de son frère à Rome. Retour à la case départ. En plus, elle avait la nausée. Pas très glorieux, comme situation. Tous les paparazzis du pays la pourchassaient. Ce n'était pas tous les jours qu'une aristocrate rompait avec un prince, tombait enceinte du meilleur ami de son frère, pour ensuite abandonner l'ami en question devant l'autel. Un régal pour les tabloïds ! D'autant qu'elle était intimement liée aux événements secouant le pays de Raphael. Ce dernier s'apprêtait à épouser sa roturière, enceinte de son enfant. Difficile de ne pas rapprocher les deux scandales. Elle, enceinte d'un autre. Lui, ayant mis enceinte une autre femme…

Les « fiancés terribles », les surnommait-on. Si seulement les gens voulaient bien comprendre qu'elle et Raphael ne se souciaient nullement l'un de l'autre ! Peut-être s'intéresseraient-ils moins à toute cette histoire. Quoique… S'il s'agissait d'inconnus, elle aussi suivrait avec passion leurs aventures sentimentales. Mais c'était sa vie qui s'étalait dans tous les journaux du pays. Chaque article, chaque reportage, était comme une nouvelle écharde enfoncée dans sa poitrine.

Jamais elle n'aurait cru souffrir autant. Comme elle avait eu raison de chercher à protéger son cœur durant toutes ces années ! Son instinct avait été avisé. Quitter Cristian était peut-être la bonne décision, mais c'était la plus douloureuse qu'elle eût jamais prise. Elle avait l'impression de s'être arraché un membre. Ce n'est qu'en le quittant qu'elle avait réalisé à quel point il faisait partie d'elle.

Elle se sentait terriblement seule. Surtout la nuit. Être enlacée par ses bras puissants, l'écouter respirer, sentir son cœur battre contre sous sa paume… Tout cela lui manquait. Elle l'aimait. Elle avait beau savoir que ses sentiments n'étaient pas réciproques, elle l'aimait de toute son âme. Même si elle ne pouvait être avec lui, la force qu'il lui avait donnée demeurait en elle. C'était étrange, presque magique, la façon dont l'amour pouvait à la fois détruire et révéler quelqu'un.

— Magique… Tu parles, marmonna-t-elle tout haut.

Alors qu'elle se levait du canapé pour s'étirer, son reflet dans le miroir capta son attention. Elle portait un T-shirt large et un pantalon de survêtement. Sa grossesse commençait à se voir. C'était la seule chose qui lui redonnait le sourire : l'arrondi de son ventre, preuve de son amour pour Cristian. Sans doute sourirait-elle moins, bientôt, lorsqu'elle se démènerait seule pour élever cet enfant, avec lequel son père ne voulait rien avoir à faire. Mais, pour l'instant, ce bébé était son seul réconfort. Une lueur d'espoir dans un océan de ténèbres.

Un bruit de cavalcade lui parvint du couloir. Soudain, la porte de l'appartement s'ouvrit à la volée. Elle bondit, prête à se défendre contre un intrus armé.

Quelle ne fut sa stupeur en découvrant Cristian, complètement débraillé. Sa chemise blanche, ouverte au col, était toute froissée. Du sang en tachait une manche. Son pantalon noir avait connu de meilleurs jours. N'était-ce pas son costume de mariage, celui qu'il aurait dû porter deux jours plus tôt ? Quant à ses cheveux, combien de fois les avait-il repoussés en arrière pour qu'ils se retrouvent à ce point emmêlés ?

Elle remarqua le bandage autour de sa main et les nombreuses entailles sur ses doigts.

— Cristian, que t'est-il arrivé ? s'exclama-t-elle, rongée par l'inquiétude.

— Quoi ?

Il baissa les yeux sur sa main, comme s'il avait oublié à propos du bandage.

— Oh ! rien. Je me suis coupé.

— Tu vas bien ? questionna-t-elle. As-tu bu ?

— Non. Et non.

— Tu n'as pas bu, mais tu ne vas pas bien ?

— Non.

Il franchit l'espace qui les séparait pour se poster juste devant elle. Ses traits étaient plus prononcés que d'habitude, et une expression hantée habitait son regard.

— Comment pourrais-je aller bien depuis que tu m'as planté devant l'autel ?

Allegra se mordit la lèvre, mal à l'aise.

— Désolée. Ce n'était pas mon intention de t'embarrasser…

— M'embarrasser ? s'exclama-t-il. Quelle importance ? Au diable mon ego ! Je t'ai perdue, Allegra. C'est ce que je n'arrive pas à surmonter.

Un espoir traître envahit Allegra.

— Cristian, qu'essaies-tu de me dire ?

— J'ai été stupide, Allegra. Je savais que c'était toi. Comment aurais-je pu ne pas te reconnaître ?

— Mais je croyais…

— Je sais ce que tu aimes manger, continua-t-il sans l'écouter. Je sais où tu rêves de partir en vacances. Je reconnais cette moue imperceptible quand tu boudes en ton for intérieur.

— Je ne boude pas, protesta-t-elle dans un murmure.

— Si. Et tu es magnifique quand tu boudes. Magnifique quand tu réprimes un sourire. Et encore plus quand tu ne réprimes rien du tout. Bien sûr que c'était toi, répéta-t-il. Je te connais par cœur. Si ce n'était pas le cas, comment aurais-je déniché la robe parfaite pour notre tout premier dîner à la villa ? Comment aurais-je concocté le menu idéal, composé uniquement des plats que tu aimes ?

Allegra refoula ses larmes d'un battement de cils, submergée par l'émotion. Elle était une part de lui, comme il était une part d'elle. Elle l'avait toujours été. Il venait de lui en fournir la plus éclatante des preuves.

— Quand je t'ai aperçue à ce bal masqué, tout mon être a aussitôt réagi. C'était toi, depuis toujours. Mais j'étais trop lâche pour l'admettre. J'avais peur de mes sentiments, alors j'ai fait comme s'ils n'existaient pas.

— Cristian…

— Pourquoi crois-tu que je t'ai poussée dans les bras de Raphael ? poursuivit-il d'une voix grave. Pourquoi étais-je si impatient de vous voir mariés et te reprochais-je sans cesse ton attitude qui compromettait cette union ?

— Je pensais que c'était pour faire plaisir à mes parents.

— Tes parents comptent beaucoup pour moi. Mais c'est à toi, que je pensais, pas à eux. Te marier, c'était une façon de t'éloigner de moi. Je savais qu'un jour je risquais de céder à la tentation de te faire mienne…

— Adolescente, je regardais ton alliance et j'étais jalouse, murmura Allegra. Jalouse de celle à qui tu appartenais… Oh ! Cristian, je t'ai toujours aimé ! Il n'y a jamais eu personne d'autre.

— Avec Raphael, je croyais sincèrement te protéger, reprit Cristian. Mais c'était moi seul que je protégeais.

— Quand as-tu eu le déclic ? demanda-t-elle, émue par l'homme qui se tenait devant elle, vulnérable sans son masque.

— Je suis retourné au *castillo*. Je cherchais une réponse. Et je l'ai trouvée.

— Quelle réponse ?

— Une photo de moi, enfant. J'ai compris, alors…

Sa voix se brisa.

— J'ai compris que je n'étais pas un monstre. Je n'étais qu'un enfant. C'était mon père, le monstre. Pour me donner l'illusion que j'étais capable de lui tenir tête, j'ai inventé cette entité dangereuse en moi. Plus tard, j'en suis venu à me convaincre que je portais malheur. Mais je n'ai plus besoin de ces excuses. J'ai compris que tu m'aimais et que tu souffrais de mon attitude égoïste. Comment pourrais-je continuer à me considérer comme un bon à rien, puisque tu m'aimes ? J'ai tout gâché. Mais si tu acceptais de m'accorder une seconde chance… Si tu pouvais m'aimer à nouveau… Je serais le plus honoré des hommes.

Allegra eut la sensation que tout l'air venait d'être aspiré de ces poumons.

— Cristian, tu n'es qu'un idiot.

— Est-ce bon signe ?

— Je n'ai jamais cessé de t'aimer, dit-elle. Jamais. Je ne suis pas partie parce que je ne t'aimais plus, mais parce que je t'aimais trop, au contraire, pour t'épouser alors que ce n'était pas réciproque. Vivre ainsi était au-dessus de mes forces. Je ne veux plus rien refouler, Cristian. Je veux vivre mon amour et tout le reste au grand jour. C'est toi qui m'as appris à quel point il était important de suivre ses passions.

— Allegra…

Il l'attira dans ses bras et lui souleva le menton.

— Je l'ai toujours vu. Ce feu en toi…

— Tu détestais cela.

— Non. J'en avais peur, parce que je savais qu'il me consumerait. Mais je ne demande que cela, maintenant. Je t'aime, murmura-t-il. Je le ressens, ici…

Il posa une main sur son cœur.

— Je t'aime tellement que cela me fait mal.

— Oh ! Cristian.

Elle pressa un baiser sur ses lèvres.

— Je ressens la même chose.

— Deviens ma femme, Allegra. Pas pour des raisons pratiques, ni pour donner un titre à notre enfant. Deviens ma femme parce que je t'aime et que tu m'aimes aussi.

Allegra contempla cet homme, l'Ange de la Mort venu faucher son âme quelques mois plus tôt, aujourd'hui sa raison de vivre. Elle sourit.

— D'accord, dit-elle, je t'épouserai, pour une seule et unique raison. Je t'aime, Cristian. De tout mon cœur et de toute mon âme.

Épilogue

Cristian vivait le plus beau jour de sa vie. Aujourd'hui, la petite Sophia Acosta quittait la maternité pour découvrir son nouveau chez elle. Le *castillo* fraîchement restauré avait fière allure. Jamais il n'aurait cru s'installer un jour dans ce lieu qui abritait tant de souvenirs douloureux. À vrai dire, il peinait encore à croire à cette nouvelle vie qui commençait.

Avec Allegra et leur magnifique petite fille.

Une vie heureuse, libérée des chaînes du passé, dont il n'aurait jamais osé rêver. Il n'y avait plus aucun démon, ici. Plus de cauchemars. Rien d'autre qu'un rêve devenu réalité. Le sourire de sa femme était là pour le lui rappeler à chaque instant.

Il l'enlaça tendrement et contempla son visage radieux, puis celui de leur fille dans ses bras, dévoré par deux grands yeux sombres.

— Merci, murmura-t-il. Merci d'avoir eu le courage de prendre ma main à ce bal malgré ma lâcheté.

— « Lâcheté » est un bien grand mot, décréta Allegra. Quelque chose en toi, et en moi aussi, voulait que nous soyons ensemble. Ce quelque chose a été plus fort que la peur.

— Quelle est cette force, d'après toi ?

Elle se laissa aller contre lui, la tête sur son épaule.

— L'amour, Cristian. L'amour est plus fort que tout.

MAISEY YATES

La loi du royaume

INTÉGRALE

AU NOM DU ROYAUME

Traduction française de
ÉLISABETH MARZIN

SAGAS

HARLEQUIN

Titre original :
THE PRINCE'S PREGNANT MISTRESS

Ce roman a déjà été publié en 2018

1

La soirée avait été parfaite. Les guirlandes de Noël accrochées aux façades des immeubles de Vail faisaient scintiller la neige tout autour d'eux. Comme si les étoiles étaient descendues du ciel pour éclairer leur chemin.

Et bien sûr, Raphael aussi avait été parfait. Comme toujours.

Bailey avait du mal à croire qu'il était bien réel. Même au bout de huit mois, elle n'y parvenait toujours pas. Il semblait sortir tout droit d'un conte de fées. Pourtant, elle n'avait jamais cru aux contes de fées. Elle n'avait jamais imaginé qu'un jour un homme pourrait la rendre heureuse. Jusqu'au jour où elle l'avait rencontré.

Bien sûr, elle ne le voyait que de temps en temps, quand il venait dans le Colorado pour ses affaires, et jamais très longtemps.

Avec les hommes elle avait toujours été sur ses gardes. Mais avec Raphael… toute sa prudence s'était envolée. Elle s'était donnée à lui sans hésitation.

Avec lui, elle était une autre femme. Une femme amoureuse.

Quand il était là c'était toujours très intense. Et cette soirée n'avait pas fait exception à la règle. Après le dîner ils s'étaient promenés dans la ville, puis ils étaient rentrés à l'hôtel, où ils avaient fait l'amour.

Ce soir il avait été particulièrement passionné.

Bailey s'étira sur le lit avec volupté. D'ailleurs, elle ne s'en était pas encore tout à fait remise… Étouffant un petit rire joyeux, elle roula sur le côté et jeta un coup d'œil vers la salle de bains. Un rai de lumière filtrait sous la porte fermée. Vivement qu'il revienne se coucher !

Ce soir tout semblait différent. Très spécial.

Elle l'aimait tellement ! De tout son être. Elle n'aurait jamais cru qu'elle pourrait éprouver des sentiments aussi forts pour quelqu'un. Ni qu'ils pourraient être réciproques.

Elle était prête à tout avec lui.

La porte de la salle de bains s'ouvrit, et son cœur fit un petit bond dans sa poitrine. Elle en sourit. Il lui faisait vraiment un effet incroyable… C'était ridicule. Mais il était vrai qu'elle n'avait jamais eu une relation aussi intime avec un homme.

En tant que serveuse, Bayley était sollicitée par des hommes en permanence. Mais ils la laissaient tous complètement indifférente. Lorsqu'elle était partie de chez sa mère à l'âge de seize ans, elle avait déjà perdu toutes ses illusions à propos des hommes. Elle avait été le témoin de trop de souffrance. Trop de disputes.

Elle avait décidé de prendre sa vie en main et de construire son propre avenir. Résolue à attendre le bon moment, celui où elle serait prête, elle était toujours vierge à vingt et un ans.

Et puis elle avait rencontré Raphael. Ses amies doutaient de son existence. « Raphael ? Tu sors avec une tortue Ninja ? » Elle avait fini par ne plus en parler.

Il ne les avait jamais rencontrées parce qu'il était toujours très pris quand il venait. Et parce qu'elle le voulait pour elle toute seule.

— Bailey, tu ne devrais pas être en train de t'habiller ?

Elle plissa le front. Pourquoi disait-il ça ? Elle passait toujours toute la nuit avec lui.

— Je pensais…

Elle promena les mains sur son corps nu.

— Je suis prête à recommencer, si tu en as envie…

— Je reprends l'avion très tôt… Je croyais te l'avoir dit.

Il avait l'air sombre, tout à coup… Et c'était très angoissant.

— Non, je ne savais pas, répondit-elle avec un sourire contraint.

Mieux valait éviter de se quereller avec lui s'ils devaient se quitter dans quelques minutes.

— Tu dois rentrer en Italie ?

— Oui.

Il ramassa son pantalon et l'enfila.

— Bailey…

Il y avait une pointe d'irritation dans sa voix. Elle ne se rappelait pas l'avoir jamais vu irrité contre elle…

— Je suis bien, dit-elle en poussant un profond soupir.

Elle roula sur le lit et se leva.

— Voilà. Maintenant, je me sens moins bien. J'espère que tu es content.

Ondulant délibérément des hanches, elle traversa la chambre pour ramasser la robe qu'il lui avait arrachée un peu plus tôt.

— J'espère que ma robe est encore mettable.

— Si elle ne l'est plus, je la remplacerai.

— C'est surtout pour rentrer chez moi maintenant que ça poserait un problème. Tu reviens quand ?

— Je ne reviendrai plus.

Elle eut l'impression que tout son sang se retirait de son corps. Glacée jusqu'aux os, elle resta clouée sur place.

— Que veux-tu dire ?

— Je n'ai plus rien à faire à Vail. Le contrat est signé.

— D'accord, mais… moi je suis là.

Raphael laissa échapper un rire grinçant qui ne lui ressemblait pas du tout.

— Désolé, *cara,* ça ne suffit pas.

Elle était frappée de stupeur. Et elle s'en voulait terriblement de l'être.

— Je ne comprends pas… Nous avons passé une soirée fantastique et nous n'avons jamais été aussi… Je… Je ne comprends pas.

— C'était un adieu. Tu as été une distraction particulièrement agréable, mais rien de plus. J'ai une vie en Italie, et il est temps que je la reprenne sérieusement.

La stupeur vira à l'effroi.

— Une vie ? Es-tu… Raphael, es-tu marié ?

— Sur le point de l'être, répliqua-t-il d'une voix dure. Je ne peux plus me permettre de distractions.

— Tu es fiancé. Bien sûr.

Les mots s'échappaient de la bouche de Bailey sans qu'elle puisse les retenir.

— Je parie que… tu vis avec elle. Bien sûr. Tu ne viens ici que de temps en temps. Quelle idiote…

Elle se couvrit la bouche de la main pour étouffer un cri. Elle était trop furieuse pour craindre de s'humilier.

— J'étais… J'étais vierge, et tu le savais ! Je t'avais dit que c'était très important pour moi !

Des larmes de rage lui brouillèrent la vue puis ruisselèrent sur ses joues.

— Et j'ai apprécié le cadeau, *tesorina*. Notre liaison a duré huit mois. On peut difficilement considérer ça comme une passade.

— C'en est une si l'un des deux ne la prend pas du tout au sérieux !

Un sanglot la secoua tout entière.

— Si l'un des deux sait depuis le début que ça ne durera pas, parce qu'il couche avec quelqu'un d'autre !

Elle ramassa une de ses chaussures et la lui jeta à la tête.

Il l'esquiva en jurant en italien.

Elle recommença avec l'autre chaussure. Celle-ci l'atteignit en pleine poitrine. Il la rejoignit et la saisit par le poignet.

— Ça suffit. Arrête de te ridiculiser, Bailey.

— Tu es odieux, répliqua-t-elle d'une voix tremblante.

Elle enfila sa robe et alla chercher ses chaussures. Elle n'avait pas remis ses bas, mais quelle importance quand on venait de lui arracher le cœur ?

— Tu m'as menti, dit-elle en reniflant beaucoup moins discrètement qu'elle ne l'aurait voulu.

Elle mit son manteau en s'efforçant d'ignorer les tremblements qui la secouaient.

— Je ne t'ai jamais menti. Tu t'es juste raconté l'histoire à laquelle tu avais envie de croire.

Avec un cri étranglé, elle passa devant lui et quitta précipitamment la chambre. Quelle horreur ! Elle avait l'impression d'être une prostituée chassée de sa chambre au milieu de la nuit, vêtue de talons aiguilles et d'une belle robe qu'elle allait être obligée de brûler.

Ce fut seulement quand elle fut dehors dans le froid qu'elle s'effondra. Littéralement. Elle tomba à genoux dans la neige et sanglota jusqu'à en avoir la gorge en feu.

Elle avait le sentiment horrible que sa vie était finie.

Trois mois plus tard

« Je suis désolé, Bailey. Mais je ne peux pas garder une serveuse qui s'endort dans la cuisine en plein service. Et qui en plus grossit à vue d'œil. »

Les paroles de son patron poursuivaient Bailey, tandis qu'elle rentrait péniblement chez elle à pied. Elle ne s'était pas trompée, trois mois plus tôt, le soir où Raphael avait rompu avec elle. Sa vie semblait bel et bien finie.

Elle était tellement en retard dans ses cours qu'elle n'obtiendrait sans doute pas son diplôme, elle n'avait plus de travail, et elle était tellement malade et fatiguée qu'elle n'avait même plus la force de s'en inquiéter.

Et maintenant, elle allait devoir annoncer à Samantha qu'elle ne pouvait plus payer son loyer. L'humiliation suprême après toutes celles qu'elle avait subies au cours des derniers mois. Elle était devenue tout ce qu'elle s'était toujours juré d'éviter.

Lorsqu'elle était partie de chez sa mère, elle avait clamé haut et fort qu'elle allait se construire une vie meilleure. Une vie qui ne serait pas celle d'une victime perpétuelle des hommes.

Très tôt, alors qu'elle était encore beaucoup trop jeune pour penser à ce genre de choses, elle avait appris que les hommes étaient capables de raconter n'importe quoi pour coucher avec une femme. Parce qu'elle avait entendu les récriminations sans fin de sa mère chaque fois que celle-ci avait été quittée par un amant. Étant prévenue, elle s'était crue à l'abri de ce genre de déconvenue. Pendant longtemps elle s'était crue immunisée contre le charme des séducteurs.

Et puis un jour, elle avait rencontré Raphael. Et à présent elle était enceinte, célibataire et au chômage. Tout ça à l'âge de vingt-deux ans.

Elle marchait sur les traces de sa mère. Elle perpétuait l'erreur qu'elle s'était promis de ne jamais commettre. Et elle se retrouvait réduite au rang de statistique. Une triste statistique qui errait dans la fraîcheur du printemps naissant, sans avoir nulle part où aller.

Bailey s'immobilisa à la hauteur de la petite épicerie. Une sucrerie. Elle avait besoin d'une sucrerie. Puisqu'elle ne pouvait pas boire de vin. Fichue grossesse…

Elle traversa la rue, entra dans le magasin et se dirigea vers le rayon des confiseries. Alors qu'elle tendait la main vers une barre chocolatée, son regard se posa sur un tabloïd situé à proximité. Elle se figea.

L'homme sur la photo…

LE PRINCE RAPHAEL DESANTIS PLAQUÉ
PAR L'HÉRITIÈRE ITALIENNE ALLEGRA VALENTI
QUELQUES SEMAINES AVANT LE MARIAGE !

— Ça alors c'est un peu fort !

Sans se soucier des regards des curieux, elle prit le magazine et le feuilleta avec des doigts tremblants.

Raphael. Le *prince* Raphael.

Elle finit par trouver l'article sur le scandale qui ébranlait la principauté de Santa Firenze, un point minuscule sur la carte de l'Europe. Dont elle n'avait jamais entendu parler.

C'était bien lui. Il n'y avait aucun doute possible. Plus beau que jamais… surtout sur ces photos volées à la plage. Ce corps superbe… Ce corps qu'elle connaissait mieux que le sien…

— Oh ! mon Dieu…

Elle sortit un billet de dix dollars de son porte-monnaie et le lança sur le comptoir.

— Gardez la monnaie.

Elle sortit précipitamment avec le magazine et la barre chocolatée, parcourue de tremblements. Dans quel épisode de *La Quatrième Dimension* venait-elle de tomber ?

Le temps d'arriver à son appartement, elle était au bord de la nausée. Mais après tout, ces derniers mois c'était devenu une habitude. Ne pas vomir relevait souvent de l'exploit. Ce qui ne l'empêchait pas de grossir à vue d'œil, comme l'avait si élégamment souligné son ex-patron en la renvoyant.

Oh ! elle était pathétique ! Si pathétique qu'elle n'avait qu'une envie. Se jeter sur son lit et dormir jusqu'au lendemain.

Elle entra dans le salon. Samantha était assise sur le canapé, les yeux bizarrement écarquillés.

— Ça va ? demanda-t-elle, avant tout pour éviter qu'on lui adresse la même question.

— Tu as un visiteur.

— Qui ?

Un inspecteur du fisc venu lui annoncer un redressement fiscal ? Un policier venu l'arrêter à cause d'une contravention impayée dont elle ignorait l'existence ? Sûrement une mauvaise nouvelle, en tout cas. Pour continuer la série…

— *Il* est là, murmura Samantha d'un air hébété.

Bailey déglutit péniblement. Elle ne connaissait qu'un seul « il » dont la présence pouvait frapper une femme de sidération. Un bruit de pas lui fit tourner la tête. Et son regard rencontra celui du prince Raphael DeSantis, qui sortait de sa chambre.

Il était là. Dans son petit appartement miteux. Aussi peu à sa place qu'un lion au milieu de chatons. Elle resserra son manteau autour d'elle en faisant de son mieux pour cacher son ventre rond.

— Que fais-tu ici ? demanda-t-elle.

Prenant conscience qu'elle avait toujours le tabloïd à la main, elle jeta un coup d'œil à sa photo sur la couverture.

— Que fais-tu ici ? répéta-elle.

— Je suis venu te dire que je voulais renouer avec toi.

— Oh non, *par pitié !*

Cette exclamation venait d'échapper à Samantha, qui voyait Bailey inonder son oreiller de larmes depuis des semaines.

— Entièrement d'accord avec elle, approuva Bailey en croisant les bras.

— Pouvons-nous parler un moment en tête à tête ?

Sans attendre de réponse, Raphael la saisit par le bras et l'entraîna dans sa chambre. Il referma la porte derrière eux, et l'espace d'un instant elle fut subjuguée par sa présence, qui remplissait toute la pièce. Elle fut prise d'une envie irrésistible de se laisser aller contre lui et d'oublier la souffrance, la peur et le stress qui la minaient depuis des mois.

Il était si tentant de lui tomber dans les bas et de s'y abandonner.

Mais c'était impossible. Il… il lui avait menti. Encore bien davantage qu'elle ne l'avait cru.

— Mes fiançailles sont rompues, annonça-t-il comme si elle pouvait l'ignorer avec le magazine qu'elle tenait toujours à la main. Par conséquent, je ne vois pas pourquoi nous ne pourrions pas reprendre notre liaison.

— Notre… *liaison.* Tu veux dire que tu voudrais revenir me voir de temps en temps pour coucher avec moi ?

— Bailey, j'ai une certaine vie, certains projets…

— Ce genre de projets ?

Elle lui lança le magazine à la figure.

— Tu es un prince ? Dans quel conte de fées tordu suis-je tombée, Raphael ? Tu m'avais dit que tu étais dans les affaires.

— C'est toi qui as dit ça, Bailey. Tu ne t'en souviens pas ?

— Je…

Pourquoi le nier ? Elle se souvenait du soir de leur rencontre dans ses moindres détails. Le choc qu'elle avait ressenti quand leurs regards s'étaient croisés. Le décalage entre l'élégance de ce superbe inconnu et l'atmosphère sordide du restaurant dans lequel elle travaillait, où toutes les serveuses étaient en short, collant à paillettes, talons aiguilles et décolleté plongeant.

Son vol avait été retardé en raison du mauvais temps. Il était de passage pour affaires. Ils avaient engagé la conversation. Et elle avait fait quelque chose qu'elle n'avait encore jamais fait de sa vie. Elle l'avait suivi à son hôtel.

Ils n'avaient pas couché ensemble. Pas ce premier soir. Mais il l'avait embrassée, et… eh bien, elle avait découvert une signification entièrement nouvelle du mot « désir ». Au contact de ses lèvres et de ses mains, elle s'était enflammée tout entière. Ils avaient bavardé un moment, puis tout à coup elle s'était retrouvée allongée sur son lit avec lui.

— Je suis vierge, avait-elle dit.

— Nous ne sommes pas obligés de jouer à ce jeu, avait-il déclaré d'une voix rauque, les doigts enfoncés dans ses cheveux. À moins que tu en aies envie.

— Ce n'est pas un jeu. Je suis réellement vierge. Je n'ai jamais fait ça.

Il s'était redressé.

— Jamais ?

— Jamais. Mais tu me plais. Et… peut-être que si le temps est toujours aussi mauvais demain…

— Tu veux attendre, mais tu pourrais être prête demain ?

— Je ne sais pas.

— Nous attendrons, avait-il dit en déposant un baiser sur sa joue.

Il ne l'avait pas mise dehors. Il lui avait servi un rafraîchissement, et ils avaient continué à bavarder.

Elle ne l'avait pas fait attendre longtemps. Le lendemain soir elle avait fait de lui son premier amant tout en rêvant déjà que c'était pour toujours.

Ensuite… Eh bien, il s'était révélé être un crapaud. Sauf qu'en réalité c'était un prince. Ce qui était délirant.

— Bien sûr que je m'en souviens, acquiesça-t-elle d'un ton vif.

— Alors tu te rappelles que c'est toi qui m'as dit en riant : « Vous ne seriez pas un homme d'affaires ou quelque chose dans le genre ? » Et je ne t'ai pas contredite. En fait, Bailey, la plupart des choses que tu crois savoir sur moi c'est toi qui les as inventées.

— Tu insinues que c'est moi qui me suis raconté des histoires ? Et tu t'imagines que ça va me donner envie de renouer avec toi ? En tant que ta maîtresse intermittente du Colorado… Dis-moi, Raphael, où vivent tes autres maîtresses ?

— Je ne t'ai jamais considérée comme ça. Jamais.

— Les actes sont plus éloquents que les paroles. Tu m'as traitée comme une maîtresse intermittente. Et tu continues. Sortez de chez moi, Votre Altesse.

— Je n'ai pas l'habitude de recevoir des ordres. Comme tu le sais désormais, je suis un prince, *cara mia*. Et ce que je veux, je l'obtiens toujours.

— Eh bien, pas cette fois !

Raphael referma la main sur la nuque de Bailey et l'attira vers lui.

— Tu ne le penses pas réellement.

— Oh ! mais si !

Elle posa les mains sur son torse pour le repousser… et fut assaillie par une bouffée de nostalgie. Le contact de ce torse puissant était si familier… Il lui rappelait tout ce qui lui manquait cruellement depuis que sa vie avait plongé dans le chaos.

Comme il était très facile d'oublier que c'était lui qui avait provoqué ce chaos !

Il passa un bras autour de sa taille pour l'attirer tout contre lui. Et il plissa le front.

Aussitôt, elle fut brutalement ramenée à la réalité.

— Ne me touche pas, lui intima-t-elle en s'écartant de lui et en resserrant son manteau autour d'elle.

Elle n'avait pas envie qu'il voie qu'elle était enceinte. Parce que…

En fait, elle ne savait pas pourquoi. Elle s'était résignée à son sort de mère célibataire parce qu'il était censé être marié. Parce que le texto qu'elle lui avait envoyé pour lui dire qu'elle avait besoin de lui parler était resté sans réponse.

Mais aujourd'hui il était devant elle. Et c'était un prince, bon sang !

Sa mère et elle avaient connu de gros problèmes financiers parce que son père n'avait jamais été là. Raphael, lui, avait les moyens de prendre en charge l'éducation de leur enfant. De faire en sorte qu'il ne manque jamais de rien.

Le cœur battant à tout rompre, elle déboutonna son manteau.

— Je ne redeviendrai pas ta maîtresse, Raphael, dit-elle d'une voix tremblante.

Elle laissa tomber son manteau par terre, révélant son ventre qui commençait à être visible sous son pull moulant.

— Mais que tu le veuilles ou non, tu es le père de mon enfant.

2

Il était rare que le prince Raphael DeSantis reste sans voix. Mais il est vrai qu'il était rare également qu'on le rejette.

Or, c'était la deuxième fois que cela lui arrivait en l'espace d'une semaine.

S'il avait douté de lui-même il aurait pu être blessé. Cependant, il était le prince régnant de Santa Firenze, un homme né dans un monde de privilèges. Un homme qui dès sa naissance avait été vénéré par les nombreux domestiques du palais, uniquement parce qu'il existait. La vénération était un cadeau qui lui avait été accordé dès sa venue au monde. Et il avait passé sa vie à faire en sorte de conserver celle de son peuple.

Et voilà que cette petite serveuse venait de le rejeter. Avant de lui annoncer une nouvelle à laquelle il ne s'attendait pas du tout.

— Tu es sûre qu'il est de moi ?

Cette question ne risquait pas d'apaiser la colère de Bailey, mais il fallait qu'il sache. Cette femme, qui le regardait comme si elle avait envie de lui planter un couteau dans la poitrine, portait peut-être l'héritier de la couronne de son pays.

— Comment oses-tu me demander ça ?

— Ce serait négligent de ma part de ne pas le faire.

Raphael s'efforça d'ignorer la souffrance qui se lisait dans les yeux pervenche fixés sur lui. Cette nouvelle changeait tout. Bailey avait été une distraction qu'il n'avait pas recherchée. Et peu à peu il s'était surpris à apprécier la fiction qu'elle avait échafaudée autour d'eux. Qui faisait de lui un homme d'affaires venant à Vail de temps en temps pour assister à des réunions et passer un moment avec elle.

Elle ignorait visiblement qui il était. Il est vrai que pour conserver la vénération de son peuple il s'appliquait, entre autres, à ne pas faire la une des tabloïds. Même si récemment il avait échoué, ce qu'il devait à Allegra, son ex-fiancée...

Trois mois plus tôt, il avait mis fin à sa liaison avec Bailey, conscient qu'il ne pouvait pas la poursuivre jusqu'à la veille de son mariage. Il n'avait jamais touché Allegra et il ne l'aimait pas, mais il avait prévu d'être un bon mari. Un mari fidèle. Ou du moins discret, après avoir conclu un arrangement avec elle.

La rupture de leurs fiançailles avait fait de lui la cible des paparazzis. Son père, le précédent souverain de Santa Firenze en aurait été outré. Toute sa vie il avait méprisé les médias, considérant que l'objectif d'un souverain devait être d'entrer dans l'histoire et non pas de faire la une des tabloïds.

Un principe qu'il avait inculqué à son fils, en même temps que le sens du devoir. Raphael avait reçu une éducation très stricte, dont il mesurait les bienfaits à présent que ses parents étaient morts et qu'il avait un pays à gouverner.

En fait, c'était son sens du devoir qui l'avait poussé à se fiancer avec Allegra. Il avait prouvé qu'il était prêt à faire passer le bien de son pays avant son propre plaisir.

Bailey le rendait fou de désir, mais elle ne pouvait rien apporter à son pays. Alors qu'un mariage avec Allegra aurait scellé son alliance avec une des familles les plus anciennes d'Italie, tout en renforçant son influence dans le monde des affaires, via son père et son frère.

Il avait toujours considéré Bailey comme une parenthèse sans aucun lien avec sa vie à Santa Firenze. Elle n'était pas de son rang et ne pouvait être qu'une distraction. Que son père aurait vivement désapprouvée. Combien de fois l'avait-il mis en garde contre ce genre d'écart ?

Mais aujourd'hui, Bailey portait son héritier. Et c'était un détail qui ne pouvait pas être ignoré.

— Oui, Votre Altesse crétinissime, il est de toi. Étant

donné que tu étais mon premier amant, il me semble que ça coule de source.

— Il y a presque un an que nous nous sommes rencontrés, Bailey. Il aurait pu se passer des tas de choses depuis. Je n'étais pas là en permanence. Et ça fait trois mois que je t'ai quittée. Il n'est pas extravagant d'imaginer que tu te serais consolée avec un autre homme.

— Oui, c'est ça. Je n'arrête pas depuis que tu m'as plaquée. Je me suis dit pourquoi pas ? Après tout, ton sceptre royal avait ouvert la voie. Pourquoi ne pas donner sa chance à un roturier ?

— Arrête. Tu deviens vulgaire, et ça ne te va pas du tout.

— Si, ça me va très bien. Et c'est exactement le genre de chose que tu dois penser. Je ne suis pas le genre de femme que tu peux ramener dans ton pays. Je suis une serveuse. Une vulgaire serveuse que tu as rencontrée dans un restaurant sordide, plus connu pour la poitrine des serveuses que pour la poitrine de bœuf. Alors je trouve au contraire que la vulgarité me va comme un gant.

Raphael resta impassible. Elle vibrait de rage. Comme le soir où il avait rompu avec elle. Quand elle s'était mise à hurler et à lui lancer ses chaussures à la tête. Ce qui était exactement la réaction recherchée. Il avait voulu éviter à tout prix qu'elle soit tentée d'essayer de le retrouver. C'était pour cette raison qu'il avait rompu de manière aussi brutale.

Mieux valait lui laisser un mauvais souvenir que des regrets, avait-il décidé. Mais aujourd'hui, la situation avait radicalement changé.

— Tu portes mon enfant, déclara-t-il en promenant son regard sur elle.

Son ventre était à peine arrondi, mais ses courbes féminines étaient plus pleines.

— Tu es enceinte de combien ?

— Presque quatre mois. Je l'étais déjà quand tu m'as quittée, mais je ne l'ai su qu'après.

— As-tu essayé de me prévenir ?

Cette question raviva visiblement la colère de Bailey.

— Bien sûr ! Je t'ai envoyé un texto.

Le seul numéro qu'elle avait était celui d'un portable qui lui était réservé, se rappela-t-il. Il avait tenu à prendre toutes les précautions pour cloisonner sa vie. Surtout après avoir découvert qu'elle ignorait qui il était. Cette idée avait été extrêmement séduisante. C'était un grand plaisir pour lui de venir aux États-Unis pour y retrouver une femme qui n'attendait rien de lui. Avec qui il pouvait être lui-même comme nulle part ailleurs.

Et quand il avait rompu avec elle, il s'était débarrassé du téléphone. Pour se mettre à l'abri de la tentation. Il n'avait pas besoin de garder ses messages. Ni les quelques photos qu'il avait d'elles.

— Le numéro que tu avais n'est plus valable.

— Eh bien, quand tu romps avec une petite amie, tu ne fais pas les choses à moitié.

— De mon point de vue, tu n'as jamais été ma petite amie, Bailey.

En fait, il était très injuste avec elle, songea-t-il aussitôt. Avec la plupart des femmes, il mettait les choses au point dès le départ. Il n'avait pas cherché à rencontrer Bailey. Pas du tout. Il était venu à Vail pour visiter la résidence de tourisme d'un ami en vue d'un investissement éventuel. Et le blizzard avait retardé son départ.

Même un homme comme lui était impuissant face à une tempête.

Il avait marché jusqu'à un restaurant voisin de son hôtel et avait failli faire demi-tour en voyant quel genre d'établissement c'était. Puis il l'avait vue. Malgré le cadre sordide et l'uniforme épouvantable de vulgarité, elle rayonnait.

Une seule pensée s'était imposée à lui. « Je la veux. »

Or, tout ce qu'il voulait, il l'obtenait.

Quand elle avait émis des suppositions à son sujet, il ne l'avait pas détrompée. Il l'avait même encouragée. Et pour une fois il n'avait pas fait tout ce qu'il fallait pour que la relation reste strictement sexuelle. Mais il s'était dit qu'il ne la voyait que de temps en temps et qu'il n'y avait pas de raison de la garder enfermée dans sa chambre d'hôtel pendant tout le week-end.

Alors il était sorti avec elle. Il n'avait aucun lien avec Vail à part le premier séjour qu'il y avait effectué en vue d'un investissement éventuel. La presse ignorait tout de sa présence. Ce qui lui avait permis de jouir d'une liberté peu habituelle.

S'efforçant d'adoucir sa voix, il précisa :

— Ce que je veux dire c'est que je n'ai pas des petites amies mais des maîtresses. Mes relations avec elles sont purement sexuelles. C'est le problème quand on est un prince. On ne peut pas se permettre de se montrer en public avec une femme sans susciter des attentes. Je n'avais pas pour autant l'intention de vivre dans la chasteté.

— Tu avais une fiancée, rappela Bailey d'un ton cinglant.

— Allegra n'était qu'une fiancée de convenance. Elle appartient à une des plus grandes familles d'Italie. Pour un homme de mon rang c'était un choix raisonnable. Elle n'était pas ma maîtresse.

— Eh bien, je suppose que c'est déjà ça. À part ça, il faudrait que nous discutions pension alimentaire, non ? Je porte ton enfant. Si tu exiges un test de paternité, pas de problème. Je te détesterai pour ça, mais de toute façon je te déteste déjà.

— De quoi parles-tu ? Une pension alimentaire ?

— Je suppose que tu as un château. J'aimerais ne pas être obligée de vivre dans un taudis.

— Et tu veux donc de l'argent ?

Il secoua la tête. Elle était vraiment fascinante. Cette femme qui ignorait qui il était quand ils s'étaient rencontrés. Qui était vierge la première fois qu'ils avaient couché ensemble. Aujourd'hui, alors qu'elle avait à ses pieds un tabloïd dont il faisait la une, elle ne le menaçait pas de révéler leur liaison à la presse. Elle se contentait de demander une pension alimentaire. Elle n'exigeait ni des pied-à-terre dans plusieurs villes du monde ni quelques pièces des joyaux de la Couronne.

De toute évidence, elle n'avait pas conscience de la situation dans laquelle elle se trouvait.

— Je ne pense pas que ce soit déraisonnable, répliqua-t-elle. Ma mère était célibataire, et je n'ai jamais connu mon père. Je ne vais pas condamner mon enfant à ce genre d'existence si j'ai la possibilité de lui offrir mieux. J'ai des responsabilités envers lui. Et toi aussi.

— Il est indéniable que j'ai des responsabilités envers lui, mais je ne pense pas que tu aies une idée très juste de la situation.

— J'essaye de trouver la meilleure solution pour faire face à une grossesse imprévue. Et je voudrais juste que ton fils ou ta fille ne manque de rien puisque tu vis dans le plus grand luxe.

— Oh ! je n'ai pas l'intention de laisser mon enfant manquer de quoi que ce soit ! Mais si tu t'imagines que je vais te laisser l'élever seule dans le Colorado, tu ne comprends pas bien l'homme que tu as en face de toi.

— Tu refuses que j'élève mon enfant dans le Colorado ? s'exclama-t-elle d'une voix vibrante d'indignation. De quel droit ? Nous sommes en Amérique ! Et tu n'es sans doute pas citoyen américain.

Il balaya cette objection d'un revers de la main.

— Mon immunité diplomatique et le désir de préserver les relations avec mon pays joueraient sans nul doute en ma faveur au cas où tu envisagerais de porter l'affaire devant les tribunaux. Qui accorderait la garde d'un enfant à une serveuse alors qu'un prince est prêt à l'élever pour qu'il lui succède sur le trône ?

— Tu veux me prendre mon bébé ?

La voix de Bailey était devenue suraiguë.

— Il n'y a pas de raison d'en arriver là.

— Précise ta pensée. Parce que pour l'instant je ne te suis pas.

— Vous allez venir tous les deux à Santa Firenze.

— Je croyais que je n'étais pas assez bien pour que tu m'emmènes dans ton pays ?

Certes. Mais elle lui inspirait toujours un désir féroce. L'emmener à Santa Firenze semblait la meilleure solution… Sauf qu'un gouvernant était censé garder la tête froide. Il était censé se laisser guider par sa raison et son sens de l'honneur. Pas par un instinct aussi capricieux que le désir.

Qu'aurait fait son père à sa place ? Raphael réprima un soupir. Son père n'aurait jamais été assez stupide pour se mettre dans cette situation…

Que faire ? Ramener dans son royaume une femme qui n'avait aucune des qualités requises pour devenir son épouse… Cela ne semblait pas très opportun.

Mais l'honneur. L'honneur et le devoir passaient avant tout. Il ne pouvait pas faillir à son devoir envers son enfant.

— C'était avant que je sache que tu étais enceinte de mon héritier.

Il fit un pas vers Bailey, en s'efforçant d'ignorer le désir qui le taraudait.

— À présent tu viens avec moi, bien sûr. Mais pas en tant que ma maîtresse. Bailey Harper, tu vas devenir ma femme.

3

— Tu as un jet privé.

— Bien sûr, répondit Raphael en passant devant elle pour monter à bord de l'appareil.

— Tu étais venu en jet privé quand nous nous sommes rencontrés.

Il lança à Bailey un regard narquois.

— Je ne voyageais pas en classe économique.

— C'est juste que…

Elle s'interrompit. Il n'y avait pas grand-chose à dire. Il n'était pas l'homme qu'elle avait cru. C'était devenu apparent quand il lui avait brisé le cœur en lui annonçant qu'il y avait une autre femme dans sa vie. Aujourd'hui, elle découvrait que c'était un prince. Certains estimeraient peut-être qu'elle avait de la chance. Que l'homme dont elle était enceinte soit riche et puissant pouvait sans doute être considéré comme une aubaine.

Ce n'était pas du tout l'impression qu'elle avait.

Elle se sentait complètement dépassée.

Elle avait protesté contre sa décision de l'épouser et elle avait bien l'intention de continuer. Mais… que pouvait-elle faire ? Il était déterminé à lui disputer la garde de leur enfant, et l'idée qu'il pourrait obtenir gain de cause était insupportable.

Tu es sûre qu'au fond de toi tu n'as pas tout simplement envie de le suivre parce que ça paraît facile ?

Réduisant cette petite voix importune au silence, elle monta à son tour à bord du jet. Elle n'était rien. Personne. Juste une fille du Nebraska qui était partie dans le Colorado pour trouver des montagnes et repartir de zéro. Une fille élevée par une mère célibataire dans une maison datant des années 1920, pleine de courants d'air et de fissures au plafond.

Elle promena autour d'elle un regard interdit. C'était... Elle n'avait jamais rien vu de tel. Pourtant il lui était arrivé de regarder des photos sur des sites Internet consacrés au style de vie des gens riches et célèbres. Mais un tel luxe... Elle n'avait jamais vu ça. Quant à imaginer qu'un jour elle voyagerait à bord d'un jet privé... Cela ne lui avait jamais effleuré l'esprit, bien sûr.

— Il y a des chambres par là, déclara Raphael en indiquant l'arrière de l'appareil, au-delà du salon-bar dans lequel ils se trouvaient. Il y a également une douche.

— Une douche ?

— Oui, bien sûr.

Bien sûr... Comme si c'était tout naturel. Comme si sa question était stupide.

— Très bien, je m'en souviendrai si j'éprouve le besoin de me rafraîchir.

La porte de l'avion se ferma, et elle sentit son cœur s'affoler dans sa poitrine.

— Tu sais... nous ne sommes pas obligés de partir maintenant. D'ailleurs, je n'ai pas terminé mes cours.

— Tu me l'as dit pendant que tu faisais ta valise en tempêtant.

— J'avais des raisons de tempêter. J'ai travaillé dur pour payer mes études et si je ne termine pas ce trimestre, je n'aurai plus assez d'argent pour recommencer.

Raphael s'assit sur une des banquettes en cuir fauve et étendit les bras sur le dossier, dans une attitude aussi nonchalante que distinguée. Comment avait-elle fait pour ne pas se rendre compte que c'était un aristocrate ? Certes, n'ayant jamais rencontré aucun aristocrate avant lui elle n'avait aucun point de référence, mais c'était une évidence. Comment avait-elle pu penser que c'était un homme comme les autres ?

Tu n'as jamais pensé ça. Dès que tu l'as vu, le monde s'est figé.

— Allons, *cara mia,* le coût de tes études ne sera plus

jamais un problème. Je peux m'arranger pour que tu suives tes cours à distance. Ou bien tu pourras continuer ton cursus dans une des universités de Santa Firenze. Cependant, si tu choisis cette solution tu devras étudier à distance. Tu ne pourras pas aller sur le campus.

— Pourquoi ? demanda-t-elle en s'asseyant en face de lui.

— Les paparazzis s'en donneraient à cœur joie. Or, je n'ai pas l'habitude de faire la une des tabloïds. Celui que tu as trouvé aujourd'hui est une anomalie exceptionnelle. Ma famille a toujours été traitée avec discrétion et respect par les médias. Nous ne faisons pas partie de ces familles royales soi-disant modernes qui étalent leur vie sur les réseaux sociaux. Nous veillons à préserver le prestige de notre titre. Mon père y mettait un point d'honneur, et je perpétue la tradition. Si tu as ignoré pendant si longtemps mon identité c'est parce que je ne recherche pas la publicité. C'est le propre des people, et je n'en suis pas un. Je suis le prince régnant de mon pays.

Raphael poussa un profond soupir.

— Et la situation dans laquelle je me retrouve me déplaît fortement. Parce que tu… tu vas me poser un problème.

— Oh ! vraiment ? Parfait. Il faut espérer que ce problème sera épineux au point de te faire renoncer à cette idée stupide de mariage.

— Pas du tout. Vois-tu, *cara*, tu portes mon enfant. Autrement dit, l'héritier de la Couronne. Ce qui importe le plus c'est de préserver les droits de cet enfant. Or, pour cela il faut que tu sois mariée avec moi.

Bailey ouvrit de grands yeux.

— Sommes-nous au Moyen Âge ?

— Non, nous sommes à Santa Firenze. Et c'est le prix à payer quand on est prince.

— Heureusement que tu es riche. Parce que ce prix semble très élevé.

— Tu n'imagines pas. Mais sache que le financement de tes études n'est pas un problème. En fait, tu n'as plus de problèmes financiers.

Plus de problèmes financiers ? Elle avait du mal à le croire. Toute sa vie — depuis qu'elle avait fait l'expérience de la faim, depuis sa première nuit d'hiver sans chauffage parce que l'électricité avait été coupée — elle avait eu des problèmes d'argent. Entendre cet homme lui annoncer qu'elle n'en avait plus, c'était… surréaliste.

— Je… Je ne comprends rien.

— C'est simple, déclara-t-il alors que l'avion commençait à rouler sur la piste. Je suis un prince. Je ne peux pas avoir un enfant illégitime. J'aurais préféré une épouse plus appropriée, qui ait un titre ou qui appartienne à une grande famille. Mais il se trouve que c'est toi qui es enceinte de moi. Par conséquent, je suis obligé de faire avec.

— Merci. On ne peut pas être plus flatteur…

— C'est juste la réalité.

L'avion décolla, et Bailey sentit son estomac se nouer. La seule fois où elle avait pris l'avion c'était pour aller du Nebraska au Colorado sur un vol qui avait duré moins de quarante-cinq minutes. Mais au fait…

— Je n'ai pas de passeport ! s'exclama-t-elle, soulagée d'avoir une excellente raison de retarder son départ.

Mais Raphael se contenta de rire.

— Ce n'est pas un problème. Je peux t'en faire faire un.

— Pas d'ici notre arrivée dans ton pays.

— C'est justement *mon* pays. Personne ne t'en interdira l'accès si je décide que tu dois y entrer. Une fois là-bas nous ferons faire tous les papiers nécessaires pour tes déplacements ultérieurs. De toute façon, tu ne risqueras pas d'avoir des problèmes puisque tu voyageras avec moi.

Elle serra les dents. Ce qu'il pouvait être horripilant ! Il avait réponse à tout. Chacune de ses objections avait été balayée avec le même calme imperturbable.

— La situation ne te perturbe vraiment pas plus que ça ? demanda-t-elle. Tu dis que tu n'aimes pas faire la une des tabloïds, mais tu ne sembles pas réellement contrarié. Alors que de mon côté j'ai le sentiment que ma vie est en train de s'écrouler. J'ai l'impression de me retrouver dans un *reality show* de troisième zone.

— C'est insultant, commenta-t-il d'un ton pince-sans-rire. Il est de première classe, au contraire.

— Tout ça n'est qu'une plaisanterie pour toi ? Depuis toujours tu as une existence très privilégiée, d'accord. Il suffit de te regarder pour le comprendre. De mon côté, tout ce que je possède je l'ai obtenu en travaillant. Toute ma vie j'ai dû me battre pour m'en sortir. Tu dépenses plus en eau minérale pour une semaine que moi en épicerie pour un mois.

— C'est probablement exact. Mais à présent, tu as une nouvelle vie. Et à propos, ne t'inquiète pas pour ta colocataire. Je lui ai donné l'équivalent de plusieurs mois de loyer afin que tu ne lui manques pas trop cruellement, plaisanta-t-il.

Bailey eut à peine le temps d'être soulagée que Samantha ne soit pas pénalisée par son départ. Elle éprouva soudain un vif malaise.

— Je crois que je suis en état de choc, murmura-t-elle en s'affaissant contre le dossier de la banquette.

— Bailey. Tu arrives à respirer ? demanda-t-il d'un ton inquiet.

Elle renversa la tête en arrière, prise de vertige.

— Non…

Soudain, Raphael fut près d'elle et prit son visage entre ses mains. Des mains chaudes et douces. Ses mains d'autrefois…

— Bailey. Respire.

Sa vue se brouilla. Puis le noir…

La lumière revint, trop vive, aveuglante. Elle avait le cœur au bord des lèvres, le front trempé de sueur et les mains glacées.

— Que s'est-il passé ?

— Tu t'es évanouie, répondit-il.

Il semblait… Il semblait inquiet. Sincèrement. Mais était-ce pour elle ou pour le bébé ?

— Ne me touche pas, dit-elle en tournant la tête.

Il enleva aussitôt les mains de son visage. Pourquoi la troublait-il toujours autant ? se demanda-t-elle avec dépit. Pourquoi mourait-elle d'envie qu'il la touche, au contraire ? Comment pouvait-elle être aussi stupide ?

— Ça t'arrive régulièrement ?

— Non, répondit-elle en s'efforçant de ne pas le regarder, tandis qu'il se redressait puis qu'il se dirigeait vers le bar.

Pas question de céder à l'envie de le dévorer des yeux.

— J'ai eu une journée plutôt perturbante. En entrant dans une épicerie j'ai appris que mon ex-amant était un prince. Et que par conséquent j'attendais l'enfant d'un prince. Puis en arrivant chez moi, j'ai trouvé le prince en question dans ma chambre. Ensuite il m'a traînée dans un jet privé en menaçant de me prendre mon bébé si je ne l'épousais pas. Je pense que je subis juste le contrecoup de toutes ces émotions.

Il revint vers elle et lui tendit un verre d'eau gazeuse.

— J'ai découvert aujourd'hui que j'allais être père et je supporte plutôt bien le choc.

— Parce que tu es un robot, rétorqua-t-elle après avoir bu une gorgée d'eau.

— Je pense que tu es bien placée pour savoir que je ne suis pas un robot mais un homme, Bailey.

— Pas tout à fait. Tu sembles atteint du syndrome du bûcheron en fer blanc du *Magicien d'Oz*. Pas de cœur.

— J'aime mon pays. J'ai envers lui une loyauté sans faille. Et je ferai tout ce qui est nécessaire pour préserver mon héritier. Je n'ai aucune raison de paniquer à cause de la situation dans laquelle nous nous trouvons. Il est évident que je dois épouser la mère de mon enfant. Et même si le milieu auquel tu appartiens pose un problème, j'avais de toute façon prévu de me marier le mois prochain. En principe, peu de temps après ma femme aurait donné naissance à un enfant. C'est ce qui est prévu pour moi depuis toujours. En fait, seule l'épouse a changé.

— Si je comprends bien, pour toi les femmes et leurs bébés sont interchangeables ?

— Une épouse et un enfant sont des composants nécessaires

de ma vie, répliqua Raphael d'un ton dur. Essentiels pour la perpétuation de la dynastie et la prospérité du royaume. Leur importance est primordiale.

— Mais le choix de l'épouse…

— S'effectue selon trois critères. Le milieu social, l'engagement politique et la fertilité. Tu réponds à un critère sur trois.

Elle déglutit péniblement. Il disait ça avec un tel détachement… Comme si l'épouse était l'élément le plus accessoire du mariage. De toute évidence, pour lui se marier avec elle ou avec la brune sophistiquée qu'elle avait vue dans le tabloïd ne faisait pratiquement pas de différence.

— Tu es odieux. Absolument odieux. Comment ai-je pu croire pendant huit mois que tu étais le prince charmant ? Sans référence à ton titre réel, bien sûr.

— Nous croyons ce que nous voulons croire, Bailey. Tu avais envie de voir en moi quelque chose que je n'étais pas. Parce qu'au fond de toi ça t'arrangeait d'avoir un amant qui n'était là que de temps en temps.

— Ou peut-être que j'étais une petite idiote qui avait enfin trouvé un homme avec qui elle avait envie de coucher et dont le jugement était complètement faussé par le plaisir qu'elle y prenait.

À peine ces mots eurent-ils quitté ses lèvres qu'elle se maudit. Pourquoi avoir évoqué le plaisir qu'ils prenaient ensemble ? Elle aimerait tellement l'oublier… Malheureusement, son souvenir la hantait jour et nuit. Le jour elle se traînait péniblement, fourbue et le cœur brisé. La nuit c'était encore pire. Elle rêvait de Raphael. Au lit avec elle. L'embrassant, la couvrant de caresses, lui faisant l'amour. Et elle se réveillait seule. Terriblement seule. Accablée de nostalgie.

— Je regrette de t'avoir blessée, dit-il d'un ton sec. Ce n'était pas mon intention. Mais depuis ma plus tendre enfance je sais quelle doit être ma vie et quel genre de femme je dois épouser.

— Et je ne suis pas ce genre de femme.

— Non.

Il passa la main dans ses épais cheveux noirs.

— Il est important que je fasse les meilleurs choix possibles pour mon pays. Et un jour mon héritier fera de même. C'est un principe qui m'a été inculqué dès le début. Ma mère soutenait mon père. Elle avait été élevée pour devenir la femme d'un prince et elle savait quelle était sa place. C'est indispensable pour élever l'héritier d'un trône, Bailey. Tu dois comprendre que lorsque je dis que tu n'es pas une épouse appropriée ce n'est pas du snobisme de ma part.

— Je… Je ne sais même pas quoi dire.

— Tu devrais aller dormir. Tu as visiblement besoin de repos.

Elle se sentit soudain si épuisée que ses yeux se fermèrent d'eux-mêmes.

— Oui, en effet. J'y vais.

Elle gagna l'arrière de l'appareil, entra dans une chambre et referma soigneusement la porte derrière elle. Cette chambre était plus grande que celle qu'elle occupait dans son appartement. Avec un lit immense qui invitait à tout autre chose qu'à dormir. C'était absurde. Toute cette histoire était absurde.

Elle enleva ses chaussures et se jeta à plat ventre sur le lit comme une princesse de dessin animé en proie à une profonde détresse. Fermant les paupières, elle s'efforça de refouler ses larmes.

Ça ne pouvait pas être vrai. Elle était en train de rêver. Au réveil elle aurait les idées plus claires. Elle serait seule et enceinte. Son ex-amant ne serait rien d'autre qu'un homme d'affaires minable qui l'avait laissée en plan. Il n'aurait rien à voir avec le prince d'un royaume obscur. Et elle ne serait pas sur le point de devenir princesse. Le contraire était impensable.

À Santa Firenze, la voiture les attendait au pied de la passerelle comme Raphael en avait donné l'instruction. Il était inquiet pour Bailey. Ou en tout cas pour le bébé. Comment ne pas l'être ? Il avait déjà été frappé par sa pâleur lorsqu'elle était arrivée à l'appartement, et dans l'avion son teint était devenu encore plus cireux. Par ailleurs, il fallait bien reconnaître que son attitude le laissait perplexe. Elle ne semblait pas reconnaissante qu'il ait décidé de l'épouser. Ni particulièrement heureuse qu'il lui offre la chance de devenir princesse. Un statut très enviable, pour lequel la plupart des femmes seraient prêtes à se battre.

Mais dont ne semblaient pas vouloir les deux à qui il avait été proposé.

Mais Allegra était un autre problème.

— La voiture attend, dit-il à travers la porte de la salle de bains.

Bailey sortit quelques instants plus tard, les cheveux humides et l'air revêche, vêtue d'un sweat-shirt aux couleurs d'une université américaine et de leggings.

— Je vois que tu as utilisé la douche.

— Est-il fréquent de pouvoir prendre une douche à neuf mille mètres d'altitude ? Je me suis dit que je ne pouvais pas me permettre de laisser passer une telle occasion.

— C'est une occasion qui se représentera souvent.

— Tu sembles certain qu'il m'arrivera encore d'utiliser ton jet.

— C'est une évidence, puisque tu vas devenir ma femme. Viens, la voiture nous attend.

La prenant par le coude, il l'aida à descendre la passerelle.

— Ce n'est pas parce que tu décrètes que quelque chose est évident que ça l'est forcément.

Il ouvrit la portière et lui fit signe de monter en voiture. Elle le foudroya du regard, puis s'exécuta. Il monta à côté d'elle et claqua la portière en réprimant un soupir. Pourquoi persistait-elle à comprendre de travers tout ce qu'il lui disait ? Il avait l'impression de parler une langue étrangère.

— Tu ne sembles pas comprendre. Je suis le souverain de Santa Firenze. Personne dans ma famille n'a jamais eu un enfant illégitime. Personne. Personne n'a jamais divorcé non plus. Nous sommes une dynastie révérée. Je te propose d'en faire partie. Ton manque d'enthousiasme est scandaleux pour tellement de raisons que j'aurais du mal à toutes les énumérer.

— Je t'en prie, vas-y, donne-moi la liste.

— Le trajet jusqu'au palais n'est pas assez long.

— Le palais ?

— Le mot « prince » te pose un problème de compréhension ? Ma langue maternelle est l'italien, mais je parle couramment l'anglais. Pourtant, tu me fais douter de mes compétences linguistiques.

— Je m'en voudrais beaucoup de te faire douter, déclara-t-elle d'un ton narquois. Je suis sûre que tes compétences sont exceptionnelles.

— Apparemment non, puis que tu ne sembles pas comprendre un seul mot de ce que je te dis.

Il secoua la tête. À quoi bon discuter ? Elle comprendrait dès que le palais serait en vue. C'était le joyau de Santa Firenze. Niché au cœur des Alpes, entouré de montagnes escarpées, il donnait sur un des plus beaux lacs d'Europe. Oui, en le voyant elle comprendrait quel cadeau il lui offrait.

Mais pour l'instant, elle n'arrêtait pas de changer de position en soupirant ostensiblement…

— Ton mécontentement est noté.

— On ne dirait pas. Tu m'accuses de ne rien comprendre, mais je pense que c'est toi qui n'as pas compris que cette situation m'insupporte.

— Je t'offre le mariage. La légitimité pour ton enfant et la fin de ses problèmes financiers.

— Pourquoi ne m'as-tu pas proposé de mettre fin à mes problèmes financiers quand tu étais un soi-disant homme d'affaires et que je me tuais à faire des heures supplémentaires dans un restau sordide pour payer mes études ?

— Aurais-tu accepté mon aide ?

Après une hésitation, Bailey répondit sèchement :

— Oui.

— Tu mens très mal. Tu n'aurais jamais accepté l'aide de Raphael l'homme d'affaires. Et tu sembles encore plus remontée contre Raphael le prince.

— Parce que la première fois que Raphael le prince s'est montré sous son véritable jour, c'est quand il m'a jetée dehors en pleine nuit après ce que j'avais pris pour une soirée très romantique.

— Je voulais une rupture sans ambiguïté. J'estimais que c'était mieux pour nous deux.

— N'essaye pas de me faire croire que ça t'a empêché de dormir.

Justement si… Elle ne pouvait pas imaginer. Ça lui avait valu des nuits et des nuits d'insomnie, hantées par le souvenir du plaisir inouï qu'elle était la seule à lui donner. Elle l'avait ensorcelé dès qu'il avait posé les yeux sur elle, et il n'avait jamais été capable de s'expliquer pourquoi. Tout ce qu'il savait c'était qu'elle lui faisait un effet qu'aucune femme ne lui avait jamais fait avant elle. Et ça n'avait rien à voir avec l'expérience ou l'habileté.

Il se souvenait encore de la première fois où elle avait pris sa virilité dans sa bouche. De ses coups de langue d'abord hésitants. De la façon dont elle s'était enhardie peu à peu. De la ferveur avec laquelle elle l'avait honoré. Ce qui l'avait transporté ce n'était pas son habileté mais sa sincérité. Le plaisir flagrant qu'elle prenait à lui donner du plaisir.

Alors oui, il avait perdu le sommeil. Depuis qu'il l'avait rencontrée il n'avait plus jamais désiré une autre femme. Ce qui l'avait arrangé, puisqu'il avait décidé de ne pas coucher avec Allegra avant leur nuit de noces. À l'époque il avait eu beau tenter de se convaincre que sa fiancée était attirante, il n'avait jamais réussi. Allegra était belle, certes. Mais c'était Bailey qu'il désirait.

C'était ridicule. Il fantasmait sur une étudiante nommée *Bailey*… Princesse Bailey. Impensable.

Le sens du devoir lui imposait de l'oublier pour épouser l'héritière d'une des plus grandes familles d'Italie. Et tant pis pour lui si celle-ci le laissait complètement froid. Un chêne ne pliait pas dans la tempête. Le prince de Santa Firenze non plus.

Lorsqu'il était enfant et qu'il se faisait mal, son père empêchait sa mère et les domestiques de le réconforter. Il devait surmonter seul sa douleur. C'était le meilleur moyen pour un homme de s'aguerrir, lui avait expliqué son père. Si on apprenait à supporter une égratignure au genou, on devenait capable d'en faire autant avec les douleurs morales.

Plus tard, à l'adolescence, son père lui avait expliqué que c'était également utile pour maîtriser certaines pulsions. Il pouvait arriver qu'une femme inspire à un homme un désir impérieux. Mais si une liaison avec cette femme risquait de nuire au royaume, ce désir devait être réprimé.

Le prince de Santa Firenze pouvait obtenir tout ce qui lui faisait envie. C'était précisément pour cette raison qu'il devait être fort et savoir résister à la tentation.

Grâce à l'éducation que lui avait donnée son père, il avait toujours possédé cette force.

Jusqu'à ce qu'il rencontre Bailey.

Oui, c'était vraiment ridicule.

La limousine aborda le dernier virage, et les grilles du palais apparurent. Volutes en fer forgé ornées des armoiries familiales. Elles s'ouvrirent comme par magie, et la limousine remonta l'allée bordée d'arbres qui débouchait sur l'immense cour d'honneur du palais, dallée de pierre. Au centre se dressait une fontaine monumentale en forme de colonne, surmontée d'une statue en bronze doré. La base de la colonne ainsi que le bassin étaient entourés d'autres statues représentant les grands souverains du royaume. Toute la dynastie était gravée dans la pierre, devant le palais grandiose qui avait abrité plusieurs générations.

Raphael jeta un coup d'œil à Bailey. De toute évidence elle était enfin impressionnée, constata-t-il avec satisfaction. L'admiration se lisait dans le regard qu'elle promenait sur la façade en partie recouverte de lierre, et les tourelles au sommet desquelles flottaient les drapeaux bleu et blanc de son pays.

— Nous voici arrivés chez moi, déclara-t-il d'un ton délibérément solennel. Quand tu seras ma femme, tu seras également chez toi dans ce palais. Tout comme notre enfant quand il sera né. Tu penses toujours qu'il vaut mieux que tu l'élèves dans le Colorado, dans l'appartement que tu partages avec une colocataire ?

— Je… Je n'imaginais pas du tout…

— Il n'est peut-être pas si surprenant que tu n'aies jamais entendu parler de mon pays. Je fais en sorte qu'il reste prospère et à l'écart de la plupart des conflits qui affectent la planète. Il a très peu de raisons d'être mentionné dans les actualités parce que l'économie est florissante, la qualité de vie excellente, les conflits sociaux inexistants et les catastrophes naturelles rarissimes.

— C'est le monde magique de Narnia ?

— Si c'était ça, il suffirait de souffler sur les statues pour qu'elles prennent vie. Non, nous sommes bien dans le monde réel. Et les statues ne sont qu'en pierre.

— Dommage. Il me suffirait de rentrer dans l'armoire magique pour me libérer de toi.

Raphael réprima un soupir. Elle était d'humeur rebelle. Or, il n'avait pas l'habitude d'être confronté à la rébellion.

4

En pénétrant dans le hall du palais, Bailey s'efforça de ne pas promener autour d'elle un regard trop ahuri. Son cœur battait si fort qu'elle avait l'impression que les murs de marbre en répercutaient l'écho. Elle n'avait jamais rien vu de tel. C'était comme un décor de cinéma. Un décor somptueux dans lequel elle détonnait avec son sweat-shirt et ses leggings usés.

Les domestiques qui allaient et venaient évitaient de regarder Raphael, ce qui était visiblement la marque d'un profond respect.

Leur regard ne se posait pas sur elle non plus, mais elle avait le sentiment que le respect n'y était pour rien. Elle se sentait transparente. Comme si elle n'était qu'un paquet qu'il rapportait de son voyage.

— Il règne un calme impressionnant.

Elle eut beau prendre soin de murmurer, sa voix résonna autour d'eux.

— Il y a tellement de gens qui s'affairent dans le palais que ce serait une véritable cacophonie si tout le monde discutait, tu ne crois pas ? demanda Raphael. Sous le règne de mon père, les domestiques avaient pour règle de se montrer les plus discrets possible. Je souscris à cette règle, qui me convient parfaitement.

Pour sa part, il ne faisait aucun effort pour parler à voix basse, et l'écho de ses paroles, répercuté par les murs de marbre, ne semblait pas le gêner.

— Tu es un souverain très… traditionnel, n'est-ce pas ? dit-elle en le suivant à travers le hall.

— Bien sûr.

— C'est juste que… J'avais l'impression que les familles royales étaient un peu plus modernes, de nos jours. Le prince Harry est resté très proche de simples soldats, par exemple.

— Il a aussi été photographié nu dans une suite d'hôtel à Las Vegas.

— Ça aurait pu t'arriver à toi aussi, Raphael. Il se trouve juste que lorsque tu venais me voir dans le Colorado il n'y avait personne pour prendre des photos. J'aurais dû le faire. Imagine le pouvoir que ça me donnerait aujourd'hui.

Raphael plissa les yeux.

— Je vois que finalement tu n'exclus pas d'utiliser la presse contre moi.

— Pas du tout. Dans quel but ? Étaler nos différends ? Je n'ai pas envie que notre enfant puisse tomber plus tard sur des archives qui lui donneraient une image infamante de ses parents. Même si je parvenais à te discréditer en révélant des détails sordides de ton aventure avec une serveuse, c'est moi qui ferais l'objet des attaques les plus virulentes. Tu le sais aussi bien que moi, conclut-elle avec une pointe d'agressivité.

— Tu as sans doute raison, acquiesça-t-il en posant la main sur la rampe de l'escalier de marbre à double révolution. C'est souvent ainsi et c'est injuste. Mais il est inutile de t'emporter contre moi. Je ne suis pas responsable de cet état de fait. Je ne règne pas sur tout l'univers.

— Ton attitude pourrait pourtant le laisser croire. Et mes bagages ? demanda-t-elle en le suivant dans l'escalier.

— On va te les apporter. Mais je doute sincèrement qu'ils contiennent une seule tenue compatible avec ta nouvelle position.

Bailey fit la moue. Adepte des soldes et toujours à l'affût des bonnes affaires, elle était fière de ses tactiques de shopping et attachée à ses vêtements.

— Peut-être, mais elles me plaisent.

— Tu vas en avoir de nouvelles. Plus élégantes. Et ta garde-robe sera si bien garnie que tu auras l'embarras du choix.

— Je n'en vois pas l'intérêt.

— Je te rappelle que tu vas devenir ma princesse. Donc, il faut que tu t'habilles en conséquence.

Elle sentit son estomac se nouer.

— Je ne… Qu'est-ce que ça implique exactement de devenir princesse ?

— Tu as déjà vu à la télévision des souverains sur un balcon en train de saluer la foule ?

— Bien sûr. C'est un cliché.

— Eh bien prépare-toi à devenir un cliché.

— Tu n'es pas sérieux. Nous n'allons pas réellement… Tu ne vas pas… Tu n'as pas l'intention de me présenter à toute la nation ?

— Ne sois pas ridicule.

Elle poussa un profond soupir, mais son soulagement fut de courte durée, car il ajouta aussitôt :

— Je vais te présenter au monde entier.

— Au *monde entier* ? Le monde ne va pas s'intéresser à moi. Je suis juste… Bailey Harper du Nebraska. Et il y a deux jours j'étais serveuse.

— C'est justement pour ça que le monde va s'intéresser à toi. Bien davantage qu'il ne se serait intéressé à Allegra. Tu vas être examinée sous toutes les coutures. Les médias vont chercher dans ton passé tout ce qui pourrait faire scandale. Ils vont dévoiler que tu travaillais dans un restaurant où les serveuses étaient vêtues de manière à aguicher les clients. Que tu étais enceinte avant notre mariage. Ils vont sous-entendre que j'ai été obligé de t'épouser précisément pour cette raison. Ils vont passer ton enfance et ta famille au crible pour découvrir des informations susceptibles d'être utilisées contre toi. Parce que c'est ce que font les médias.

— Le tableau que tu fais de la situation est très réjouissant, ironisa-t-elle pour tenter de masquer son effroi.

— C'est juste la vérité. Voilà pourquoi j'ai toujours fait tout mon possible pour ne pas donner prise à la critique. Mais aujourd'hui je ne peux rien faire pour empêcher le scandale.

— Et si je rentrais dans le Colorado ? Si nous décidions d'oublier ce qui s'est passé ?

Raphael s'immobilisa au milieu de l'escalier et darda sur elle un regard étincelant.

— Je ne peux pas oublier ça. Jamais.

— Mais tu pourrais épouser une femme de ton rang. Et tu pourrais faire comme les souverains des siècles précédents. Tu sais, dédommager ta maîtresse et faire comme si ton enfant illégitime n'existait pas. C'est ce qu'ils faisaient, non ?

— Ce n'est pas ce que *moi* je fais. Je suis un homme capable d'assumer ses erreurs.

— Oh ! génial ! Je suis une erreur. Je suis la femme la plus chanceuse du monde !

— Que tu en aies conscience ou pas, c'est exactement ce que tu es. Tu vas devenir ma princesse. Est-ce dégradant à tes yeux ?

— Ce qui est dégradant à mes yeux, c'est d'être considérée comme une femme inférieure qu'il faut cacher comme un secret honteux et à qui il faut mentir sur son identité, répliqua-t-elle d'un ton cinglant. Une femme qu'on laisse tomber pour en épouser une plus digne de devenir princesse, mais qu'on finit par ramener dans son pays quand on apprend qu'elle est enceinte. Comment veux-tu que je sois flattée ?

Elle prit une profonde inspiration. Pourquoi était-elle aussi furieuse ? Après tout, elle devrait être heureuse de ne pas avoir à s'inquiéter pour l'avenir de son enfant et de pouvoir lui offrir une vie plus stable que celle qu'elle avait connue pendant son enfance. Sauf qu'elle était loin de jubiler. Parce que, en réalité, elle n'avait pas rompu le cycle. Elle avait reproduit l'erreur de sa mère. Il se trouvait juste qu'elle était tombée enceinte d'un prince au lieu d'un mécanicien. Elle avait juste eu plus de chance que sa mère. Ce qui ne l'empêchait pas de se sentir stupide.

— La discussion est close, décréta Raphael avant de reprendre la montée les marches.

Elle le suivit en soupirant.

— Cet escalier ne finit jamais ?

Il ne daigna pas répondre, et ils finirent par arriver à l'étage où ils parcoururent un large couloir. De chaque côté, entre les tableaux accrochés aux murs, étaient disposées des armures complètes, ce qui donnait au lieu des allures de musée.

— Voici ta chambre, déclara-t-il en ouvrant une porte à double battant.

En fait de chambre, c'était une véritable suite. Un vaste salon somptueusement décoré communiquait avec la chambre proprement dite. Le lit à baldaquin était si grand qu'il semblait destiné à recevoir un harem entier.

— Combien de personnes sont censées dormir dans ce lit.

De nouveau, Raphael ne répondit pas. Il se contenta de lui lancer un regard noir, et elle sentit son visage s'enflammer.

— Je ne…

— Tu as ta propre salle de bains, la coupa-t-il d'un ton neutre. Et cette porte communique avec ma chambre, ce qui sera très pratique.

Elle se figea.

— Comment ça « très pratique » ?

— Nous allons devenir mari et femme, *cara*. Cela implique certaines choses évidentes.

Elle resta un instant sans voix. Abasourdie. Outrée. Décidément, son arrogance n'avait pas de limites.

— Tu t'imagines vraiment que je vais coucher avec toi ?

— Tu l'as déjà fait, il me semble.

Elle serra les dents.

— Oui, en effet. À l'époque où je te prenais pour un homme normal. Un homme doté d'un cœur. Avec qui je pourrais éventuellement avoir un avenir.

— Tu en as un, puisque nous allons nous marier.

— Nous allons nous marier uniquement parce que ta fiancée t'a laissé tomber au dernier moment.

Elle fit un pas vers lui, vibrante de rage.

— Et parce que je suis enceinte de toi. Ce que tu ne saurais même pas si ta fiancée n'avait pas rompu. Parce que tu n'as jamais daigné répondre à mon texto.

— Je t'ai dit que le numéro que tu avais n'est plus valable. Tu étais la seule à l'utiliser, et je me suis débarrassé du téléphone.

— Un téléphone jetable… C'est ça, n'est-ce pas ? Tu m'avais donné le numéro d'un téléphone jetable. J'étais vraiment ton secret honteux, n'est-ce pas ?

Elle laissa échapper un rire nerveux. Ce n'était pas drôle, bien sûr. Mais soit elle riait, soit elle éclatait en sanglots…

— Eh bien maintenant, le monde entier va le connaître ce secret. La vie est ironique, tu ne trouves pas ?

— Je vais faire de mon mieux pour que ce soit le moins pénible possible pour tous les deux.

— Tu es un saint, Raphael, lança-t-elle avec mépris. Mais si tu t'imagines que tu es un saint qui va pouvoir de nouveau coucher avec moi, tu te fais des illusions.

— Je ne comprends pas où est le problème. Nous sommes attirés l'un par l'autre et…

— J'avais confiance en toi. C'est pour ça que j'ai couché avec toi alors que j'étais encore vierge. Je n'ai jamais connu mon père et je m'étais juré de ne jamais marcher sur les traces de ma mère. De faire de meilleurs choix. Mais je t'ai rencontré. Et à cause de toi je suis devenue comme ma mère. Je n'ai plus du tout confiance en toi.

À son grand dam, elle avait de plus en plus de mal à maîtriser le tremblement de sa voix.

— Je ne pense pas que je pourrai de nouveau te faire confiance un jour. Je vais t'épouser parce que je pense que c'est la meilleure solution pour notre enfant. Mais je ne serai pas réellement ta femme.

— Tu crois que je vais rester chaste jusqu'à la fin de ma vie ? demanda-t-il d'un ton glacial.

— Je me moque de ce que tu fais. Du moment que tu ne me touches pas.

— On verra.

— Il n'y a rien à voir ! Ma décision est prise. Et à moins que tu sois assez ignoble pour forcer une femme à coucher avec toi contre son gré, je peux t'assurer que tu ne me verras plus jamais dans ton lit.

— Je n'ai jamais forcé aucune femme à coucher avec moi. Surtout pas toi. Si j'ai dit : « on verra », c'est parce que je doute beaucoup de ta capacité à garder le contrôle de toi-même, *cara*. Le désir brûle toujours entre nous, et je suis certain que tu succomberas très vite à la tentation.

À son grand dam, elle fut envahie par une vive chaleur. L'ignorant résolument, elle releva le menton.

— Jamais.

Plongeant le regard dans le sien, il franchit la distance qui les séparait et glissa un bras autour de sa taille. Elle déglutit péniblement. Cet air impérieux… L'homme qu'elle avait connu à Vail avait laissé place au prince. Autoritaire, arrogant, et si attirant qu'elle avait du mal à respirer.

Plus rien n'existait que son bras autour de sa taille et le désir qui la consumait.

Avant qu'elle ait le temps de protester, il s'empara de sa bouche. Elle resta d'abord sans réaction, puis ce fut plus fort qu'elle. Ses mains se posèrent sur son torse et elle répondit à son baiser.

Trois mois.

Trois mois qu'elle était privée de ça. De lui. C'était mille fois mieux que dans son souvenir. Mille fois plus intense.

Il s'arracha à sa bouche et s'écarta d'elle.

— Comme je l'ai dit, on verra.

Puis il quitta la pièce, la laissant accablée de honte et vibrante de désir.

5

Le lendemain matin, Bailey ne se présentant pas au petit déjeuner, Raphael alla la chercher dans sa chambre. Elle ne s'y trouvait pas. Étonnant. Lorsqu'elle passait la nuit à l'hôtel avec lui dans le Colorado, elle faisait souvent la grasse matinée. Il se mit à arpenter les couloirs. Se serait-elle enfuie ? Mais dans quel but ? Elle devait bien se douter qu'il la retrouverait où qu'elle aille. Il n'y avait aucun endroit au monde où elle pourrait se cacher de lui. D'autant plus que les paparazzis étaient déjà à l'affût. Un tabloïd du matin suggérait en une qu'elle était sa maîtresse et se demandait si sa rupture avec Allegra était liée à leur relation. Bailey n'était plus anonyme. À peine arrivée à Santa Firenze, elle était déjà sous les projecteurs.

De son côté il disposait de ressources presque infinies pour la retrouver. Elle ne pourrait pas l'éviter très longtemps.

Surtout qu'elle n'avait pas de passeport, se rappela-t-il soudain avec un sourire satisfait. Elle ne pouvait pas quitter le pays.

Une domestique passa à proximité de lui, les yeux baissés.

— Où est Bailey ? demanda-t-il.

La jeune femme s'immobilisa et leva vers lui un regard serein.

— Mlle Harper prend son petit déjeuner dans la bibliothèque.

Bravo ! Non seulement elle connaissait le nom et le prénom de la nouvelle arrivante, mais elle savait aussi où elle se trouvait.

— Merci.

Il poursuivit son chemin et une fois arrivé devant les portes de la bibliothèque il les ouvrit d'un mouvement brusque. Bailey, qui était installée dans un fauteuil, un livre à la main, tressaillit.

— Comment sais-tu que je suis ici ?

— J'ai des domestiques.

— Oui, je sais bien. Ce sont eux qui m'ont servi mon petit déjeuner, répliqua-t-elle en soulevant sa tasse. Ils sont tous charmants. Au lieu de les ignorer, tu devrais peut-être prendre l'habitude de leur parler même quand tu n'as pas d'ordres à leur donner.

— Je ne les ignore pas. Ce sont eux qui gardent leurs distances par respect. Si je devais m'arrêter pour discuter chaque fois que j'en croise un, personne n'aurait jamais le temps de travailler dans ce palais, moi y compris. Je suis un souverain juste et un bon employeur. Ils n'ont pas besoin que je discute avec eux à la moindre occasion pour le savoir. De même que je n'ai pas besoin qu'ils me fassent des courbettes pour savoir qu'ils me vénèrent.

— Waouh ! Serais-tu un demi-dieu ?

— C'est très aimable à eux de t'avoir aidée à te cacher dans mon propre palais, poursuivit-il en ignorant cette remarque.

— Je ne me cache pas. Mais cet endroit a la taille d'une petite ville. J'aurais presque besoin d'un taxi pour le parcourir.

— Toujours prête à exagérer. J'ai pris la liberté de te commander une nouvelle garde-robe.

Bailey posa sa tasse.

— Toi… personnellement ?

— Ne sois pas ridicule.

— Ce qui est ridicule c'est ton insistance pour me fournir une garde-robe.

— Pas du tout. Par ailleurs, la conférence de presse est prévue pour aujourd'hui.

— Aujourd'hui ? Mais je suis encore sous l'effet du décalage horaire !

— Impossible de faire autrement. Le mariage doit être célébré le plus tôt possible. Je suis sûr que tu comprends ça.

— Mais… organiser un mariage, ça prend du temps, non ?

— Pas quand on est puissant et fortuné. À ce propos, il

faut que nous parlions de ton allocation mensuelle. Qui sera très généreuse, bien entendu.

— Je… Je ne sais pas comment réagir à ça.

— Naturellement, tu disposeras de ta propre carte de crédit. Pour faire du shopping. Dîner au restaurant avec des amis.

— Tu m'offres de l'argent de poche, comme à une enfant ?

— Non je t'offre une certaine indépendance.

— Avec ton argent. Du moins une somme que tu juges acceptable.

— Je peux te donner une carte de crédit sans plafond de paiement ni de retrait. Je ne te crois pas très dépensière. Tu ferais une piètre croqueuse de diamants, Bailey. Tu n'as pas eu conscience que tu avais séduit un prince. Quand tu l'as su, tu n'as pas cherché à vendre ton histoire aux tabloïds ; et quand je t'ai annoncé que tu disposais d'une nouvelle garde-robe, je n'ai vu aucune lueur de triomphe dans tes yeux. Tu semblais plutôt avoir envie de me tuer.

— Te tuer ?

Bailey eut une moue songeuse.

— C'est un peu trop radical. Non, je n'ai pas envie de te tuer. Te blesser gravement, plutôt.

— Eh bien, c'est rassurant… Cependant, je te conseille d'éviter ce genre de plaisanterie en présence du service de sécurité. Ses membres ont tendance à avoir un sens de l'humour très limité.

— Où étaient-ils quand tu venais me voir dans le Colorado ?

— Comme je te l'ai déjà dit, je fais en sorte de passer inaperçu. En général, une tenue décontractée et des lunettes de soleil font l'affaire.

— Je vois. Tu es un Clark Kent princier.

Raphael plissa le front avec perplexité.

— Pardon ?

— Personne ne reconnaît Superman avec ses lunettes noires.

Il se surprit à pouffer. C'était souvent ainsi avant qu'il rompe avec elle, se rappela-t-il. Elle avait le don de le faire rire. En général au moment où il s'y attendait le moins. Souvent il s'était dit que c'était d'autant plus surprenant qu'ils n'auraient rien dû avoir à se dire.

Elle lui avait plu au premier regard, et il avait décidé qu'il la voulait dans son lit. Mais il n'avait pas prévu qu'en plus de coucher avec elle ils passeraient des heures à discuter. Et qu'il y prendrait un grand plaisir.

Ils n'avaient aucun point commun, mais elle l'intriguait. Elle le surprenait. Et il se trouvait qu'il aimait beaucoup ça.

Ce qui était plutôt un avantage, puisqu'elle allait devenir sa femme.

— C'est vrai. Mais plus sérieusement, je n'avais pas annoncé officiellement que je me rendais aux États-Unis. J'étais allé dans le Colorado pour visiter une station de ski où un ami possédait une résidence de tourisme. En vue d'un investissement éventuel. Et comme tu le sais, le blizzard m'a empêché de repartir.

— Mais dis-moi, parmi tous les restaurants proches de l'aéroport, comment se fait-il que tu aies choisi le mien ?

— J'ai failli faire demi-tour quand j'ai vu le décor. J'avais beau être à peu près certain de voyager incognito, je ne pouvais pas prendre le risque d'être surpris par un journaliste dans un établissement de ce genre. Mais je t'ai vue et j'ai changé d'avis.

Les joues de Bailey se colorèrent.

— C'est à cause de moi que tu es resté ?

— J'ai eu envie de toi dès l'instant où je t'ai vue.

À la grande perplexité de Raphael, elle ne parut pas du tout flattée. À quoi s'attendait-il ? Il ne savait pas trop, mais certainement pas qu'elle fasse la moue. Elle avait décidément des réactions totalement imprévisibles…

— Tu parles comme si j'étais une montre.

— Il va falloir que tu précises ta pensée, dit-il d'un ton pince-sans-rire.

— Comme si j'étais un objet que tu as vu dans une vitrine et que tu as eu envie d'acheter.

Elle n'avait pas tort, reconnut-il intérieurement. Quand il voulait quelque chose, il l'obtenait. Que ce soit une femme, une montre ou une voiture, il faisait ce qu'il fallait pour qu'elles soient à lui. Il ne voyait pas en quoi c'était choquant.

— Les gens ne sont pas des choses, ajouta-t-elle avec véhémence.

Comme si elle avait lu dans ses pensées…

— Je le sais, répliqua-t-il.

— Je ne suis pas convaincue.

— C'est ton droit. Mais pour l'instant nous devons te préparer pour la conférence de presse. Nous avons trois heures. Quelqu'un va venir te coiffer et te maquiller. Il y aura également une couturière au cas où ta robe aurait besoin de retouches.

— Je… tout ça paraît un peu excessif.

— Absolument pas. Ta photo va être publiée dans les magazines du monde entier. Ainsi qu'à la une de tous les quotidiens.

Une lueur d'inquiétude s'alluma dans les yeux de Bailey.

— D'accord. Je crois que je peux accepter un peu d'aide.

— Pardon ? s'exclama-t-il en feignant la stupeur. Ai-je bien entendu ? Bailey Harper est « d'accord » avec une de mes propositions ?

— C'est uniquement par vanité. Ne t'imagine pas que ça va devenir une habitude.

— Je te verrai dans deux heures. Et j'espère que tu auras l'air d'une princesse.

Bailey venait de passer deux heures entre les mains d'une esthéticienne et elle se contemplait dans le miroir avec incrédulité. C'était du travail de professionnel, et il fallait reconnaître que le résultat était miraculeux.

Elle ne s'était fait maquiller qu'une seule fois auparavant. C'était à l'époque du lycée, et elle avait décidé de profiter d'une séance de maquillage offerte par le rayon parfumerie d'un grand magasin. Elle était repartie avec une tête épouvantable, les paupières outrageusement fardées de bleu électrique.

Aujourd'hui c'était tout l'inverse. Le fard gris fumée qui ombrait ses paupières rehaussait le bleu de ses yeux tout en les agrandissant. Ses lèvres étaient mises en valeur par une fine couche de vieux rose très subtil, et ses cheveux étaient relevés en un chignon impeccable qu'elle n'aurait jamais réussi à faire toute seule.

Quant à sa robe… Jamais elle n'aurait imaginé porter un jour une telle splendeur. De coupe sobre, elle était en soie rose pâle brodée de petites perles argentées, très concentrées au niveau de la taille et plus éparpillées sur le corsage et la jupe.

À chacun de ses mouvements, elle étincelait.

Elle aurait presque pu croire qu'elle était réellement une princesse.

C'était à la fois grisant et angoissant. Comme un rêve qui pouvait la combler de bonheur ou lui briser le cœur, selon qu'il se terminerait bien ou mal.

« Tu n'es qu'un boulet que je traîne depuis seize ans, Bailey. Ne t'imagine pas que je vais te regretter une seule seconde. »

Les paroles de sa mère résonnèrent aux oreilles de Bailey. Que dirait-elle si elle la voyait aujourd'hui ? La considérerait-elle toujours comme un poids alors qu'elle était sur le point de devenir princesse ?

Pour sa part, elle ne savait plus trop quoi penser de la situation, mais en ce moment précis elle se sentait plutôt bien…

On frappa à la porte de sa chambre. Sans doute une domestique qui venait la chercher pour la conduire auprès de Raphael.

— Entrez, dit-elle sans cesser de se regarder dans le miroir.

— Tu es prête.

La voix de Raphael la fit tressaillir, et son cœur fit un bond dans sa poitrine.

Il apparut derrière elle dans le miroir, et leurs regards se rencontrèrent.

— Oui. Les spécialistes qui se sont occupées de moi sont très efficaces.

Une lueur furtive s'alluma dans les yeux de Raphael.

— En effet.

— Je pensais que nous devions nous retrouver quelque part.

— Oui. Ici.

Elle déglutit péniblement. Elle ne voulait pas de lui dans sa chambre. Elle ne voulait pas qu'il la regarde de cette manière alors que son lit était tout proche…

— Il te manque la chose la plus importante pour être complètement prête, ajouta-t-il en sortant un petit écrin noir de la poche de sa veste.

Elle eut l'impression que son cœur cessait de battre.

— Que fais-tu ? demanda-t-elle en se tournant vers lui.

Il ouvrit l'écrin sur un diamant de taille princesse monté sur un anneau incrusté de minuscules pierres. À côté se trouvait un anneau nu, étincelant. Le souffle coupé, elle resta muette. Elle n'avait jamais vu d'aussi près des bijoux aussi précieux. Combien de mois de loyer représentaient-ils ? Combien de notes d'épicerie et de factures d'électricité ?

— C'est pour toi. Mais pour l'instant, tu ne vas porter que la bague de fiançailles, bien sûr.

Raphael sortit le diamant de l'écrin et le lui tendit. Elle cessa aussitôt de s'interroger sur sa valeur. C'était comme si une poigne d'acier venait de se refermer sur son cœur. Combien de fois avait-elle imaginé cet instant avant qu'il rompe brutalement avec elle ? Combien de fois avait-elle rêvé qu'il la demandait en mariage ?

La bague n'avait rien à voir avec celle-ci, et le décor était tout différent. Elle s'était dit qu'il allait peut-être le faire à la fin de cette soirée fantastique à Vail. Dans les rues enneigées, à la sortie du restaurant. Ou dans sa chambre d'hôtel, après l'amour. Dans son fantasme, il mettait un genou à terre, il levait les yeux vers elle et il lui disait qu'elle était belle. Qu'il l'aimait. Qu'il ne pouvait pas vivre sans elle.

Aujourd'hui elle se trouvait dans un palais, vêtue d'une robe sublime, et il lui offrait une bague somptueuse. Pourtant, cette réalité semblait bien terne par rapport à son modeste fantasme.

Raphael n'était plus le même homme. Il n'y avait plus rien d'humain chez lui. Plus rien de réel. Son visage était de marbre. Comme s'il se préparait déjà à prendre sa place parmi les statues de ses ancêtres.

Il ne lui demandait pas si elle voulait l'épouser. Il lui imposait le mariage. Il ne glissait pas la bague à son doigt. Il la lui tendait pour qu'elle le fasse elle-même.

Lorsqu'elle mit la bague, elle eut l'impression que son cœur se réduisait en poussière.

— Tu ne sembles pas satisfaite, Bailey. La bague n'est pas assez grosse à ton goût ?

Elle voulut répondre, mais les mots restèrent coincés au fond de sa gorge. Comment lui dire qu'elle n'avait jamais imaginé se fiancer avant de le connaître ? Puis qu'après leur rencontre elle n'avait plus cessé d'y penser ? Et que, malgré tout ce luxe, cet instant n'était qu'une pâle imitation de celui dont elle avait rêvé.

Elle n'avait pas imaginé la bague. Elle avait imaginé la joie qui gonflerait son cœur. Qui la transporterait à l'idée de construire sa vie avec quelqu'un alors qu'elle avait toujours pensé qu'elle ne connaîtrait jamais un tel bonheur.

Au lieu de ça, elle était en proie à une profonde tristesse. En manque de quelqu'un qui n'avait jamais vraiment existé… Et elle en voulait terriblement à cet inconnu qui se tenait devant elle. Elle avait le sentiment qu'il lui avait volé l'homme qu'elle aimait.

— Tu penses que c'est la taille de la bague qui pose un problème ? finit-elle par demander.

— Tu sembles contrariée.

— Oui. Ce moment devrait être le plus romantique de ma vie, mais ce n'est qu'une mascarade. Il n'y a pas de sentiments. Juste un diamant.

— La plupart des femmes se contenteraient d'un diamant. Et si ce n'était pas suffisant, elles se consoleraient avec le titre de princesse.

— Je n'ai jamais rêvé de ce genre de choses.

À vrai dire, elle n'avait jamais rêvé d'amour non plus. Du moins pas avant de le rencontrer…

— Toutes les femmes ne rêvent-elles pas d'être une princesse ?

— Non. Certaines femmes rêvent juste d'échapper à la

précarité. De faire des études. De travailler pour avoir une vie meilleure. Je n'ai jamais eu peur de travailler. En revanche, j'avais peur de compromettre mes chances de m'en sortir à cause d'un homme. J'avais peur de perdre la tête et de me retrouver dans la même situation que ma mère. C'est exactement ce que j'ai fait.

La voix de Bailey se brisa sur le dernier mot. À son grand dam. Pourquoi était-elle aussi vulnérable avec lui ? Pourquoi se dévoilait-elle encore davantage ? À Vail elle avait vécu une relation à sens unique. Elle s'était beaucoup confiée à lui, et il ne lui avait jamais rien donné en retour. Dommage qu'elle n'en ait pas pris conscience plus tôt…

Il était très doué pour discuter pendant des heures en orientant la conversation sur elle sans jamais se livrer lui-même. Il avait réussi à lui donner l'illusion qu'ils étaient proches, tout en maintenant entre eux une distance qu'il n'avait jamais eu l'intention de lui laisser franchir.

— Tu n'arrêtes pas de te comparer à elle. Pourtant, tu es dans un palais. Et tu vas te marier avec moi. Je ne vois pas ce que ta situation a de commun avec la sienne.

— Si tu n'étais pas un prince et si ta fiancée n'avait pas rompu avec toi, j'en serais exactement au même point qu'elle.

— Mais ce n'est pas le cas. Tu vas te marier et tu ne manqueras plus jamais de rien.

— Comme si ça résolvait tous les problèmes.

— C'est vrai que tu vas en avoir de nouveaux. Des problèmes terribles. Quelle voiture prendre pour aller faire du shopping, quel couvert utiliser pour manger le mets délicat qui se trouve dans ton assiette, comment t'habituer à ton titre de princesse…

— Ce sont des détails matériels. Rien de plus.

— C'est l'essentiel. Tu rêvais d'une vie meilleure. Tu l'as.

— Je me serais volontiers contentée d'un pavillon de banlieue et d'un mari qui soit juste un homme.

— Je suis un homme, Bailey. Comme tu le sais. À moins que j'aie besoin de te rafraîchir la mémoire ?

Le cœur battant à tout rompre, elle recula contre la coiffeuse tandis que Raphael se rapprochait d'elle. Elle ne savait pas ce qu'elle voulait…

C'était ça le plus insupportable. Elle était partagée entre la certitude qu'il fallait à tout prix résister à la tentation et l'envie irrésistible d'y succomber.

Elle voulait qu'il la touche.

Elle ne voulait pas qu'il la touche.

Il traça les contours de son visage du bout des doigts. Elle retint son souffle, vibrante de désir.

— Malheureusement, il va falloir attendre un peu, dit-il en laissant retomber la main. Il est temps de présenter sa nouvelle princesse à mon peuple.

6

Alors que Raphael l'entraînait à grands pas dans un couloir en la tenant fermement par le coude, Bailey vit une femme qui avait tout d'une assistante se diriger vers eux dans un claquement de talons. Visiblement crispée, celle-ci tendit un document à Raphael sans explication. Il le parcourut rapidement, le front plissé, puis le mit dans sa poche et adressa quelques mots en italien à la jeune femme avant de poursuivre son chemin.

Que se passait-il ? se demanda Bailey. Son italien se limitait aux grossièretés qu'il lui avait apprises au lit. Elle s'efforça de chasser ces souvenirs de son esprit tandis qu'ils arrivaient devant une imposante porte à double battant encadrée par deux gardes.

— Tu n'auras pas à parler, murmura Raphael à son oreille. Contente-toi de rester à côté de moi. Souris et salue de la main chaque fois que tu me vois le faire. Et pour l'amour du ciel, Bailey, essaye d'avoir l'air sereine.

Les battants de la porte s'ouvrirent, et elle se retrouva dehors, sur un balcon. Les sommets enneigés des montagnes toutes proches se découpaient sur un ciel d'azur, et les eaux du lac qui s'étendait à leur pied miroitaient au soleil. C'était un spectacle si extraordinaire qu'il semblait presque irréel.

Mais ce qui semblait encore plus irréel c'était la foule immense rassemblée dans la cour. Une foule silencieuse, recueillie, venue écouter son souverain. Jamais elle n'avait rien vu de tel, et c'était très impressionnant.

— Je suis conscient qu'une certaine confusion a régné

ces derniers temps au sujet de mon avenir et par voie de conséquence de l'avenir de notre pays, déclara Raphael dans un micro qui accentuait la solennité de sa voix profonde. Mes fiançailles avec Allegra Valenti ont été malencontreusement rompues. Et, comme vous avez pu le voir dans une certaine presse, cette rupture a donné lieu à de nombreuses rumeurs. Je ne nierai pas que celles-ci contiennent une part de vérité.

À quelles rumeurs faisait-il allusion ? Pour sa part, elle n'avait rien lu d'autre que le titre annonçant leur rupture. Bailey repensa au mot qui avait été transmis à Raphael dans le couloir. Concernait-il les rumeurs en question ? Si c'était le cas, le sang-froid de Raphael était encore plus admirable qu'elle ne le pensait.

— Allegra et moi nous pensions sincèrement avoir fait le bon choix, pour ce pays et pour nous-mêmes. Mais il s'est avéré que nous avions commis une erreur. Allegra est à présent avec quelqu'un d'autre. Et je ne nierai pas que c'est mon cas également. Il a fallu le courage d'Allegra pour que la vérité s'impose à moi. À présent que j'ai retrouvé ma lucidité, j'espère que vous continuerez à avoir confiance en moi et en mon dévouement pour mon pays.

Subjuguée malgré elle par la sincérité qui perçait dans le ton solennel de Raphael, Bailey était suspendue à ses lèves.

— Ce que je vous livre aujourd'hui, c'est mon cœur, poursuivit-il. Jusque-là je pensais que le cœur était incompatible avec la politique, mais j'ai confiance en mon peuple. Bailey Harper est le choix de mon cœur. Elle n'appartient pas à une famille riche. Elle n'est pas de sang noble. Mais elle va devenir ma princesse, et je suis sûr qu'avec le temps vous allez tous l'aimer comme je l'aime.

Elle était en train de rêver, songea Bailey. D'une minute à l'autre elle allait se réveiller dans sa chambre, dans son appartement du Colorado.

Mais au lieu de revenir à la normale, la situation devint encore plus insolite. Une immense clameur s'éleva de la foule. Accompagnée d'applaudissements. Les gens acclamaient

Raphael… et elle. Oui, pas de doute. La foule les acclamait tous les deux.

Raphael la prit par la taille et l'attira contre lui. Il lui prit le menton et plongea le regard dans le sien. Un regard étincelant qui fit courir un frisson le long de son épine dorsale.

Que faire ? Impossible de s'écarter de lui. Pas maintenant. Pas sous les yeux de son peuple. S'efforçant de masquer son trouble, elle resta immobile. Il fallait reconnaître que ce discours était d'une habileté diabolique. Soigneusement élaboré pour avoir un accent de sincérité, il constituait un argument imparable. Quiconque la rejetterait apparaîtrait comme malveillant. Étroit d'esprit. Mesquin. Comment ne pas être touché par la fable du prince qui, après avoir voulu se conformer à la tradition, finissait par écouter son cœur.

Oui, c'était très émouvant. Mais c'était une fable. Elle n'était pas le choix de son cœur. Elle avait juste été le choix temporaire de sa libido. Ce qui n'avait rien à voir.

Pourtant, son regard était si brûlant, si possessif qu'il était difficile de garder sa lucidité. D'autant plus qu'elle ne pouvait rien faire. Comment émettre le moindre signe de protestation alors que des dizaines d'objectifs étaient braqués sur elle ? Bailey ferma les paupières tandis que Raphael se penchait vers elle et effleurait ses lèves dans un baiser très doux. Aussi léger qu'un papillon.

Mais si lourd de symboles qu'elle crut qu'il allait la détruire.

Raphael se redressa et salua la foule. Elle l'imita, avec le sentiment de jouer un rôle dans une pièce de théâtre.

Puis très vite, il l'entraîna dans le palais.

— C'est tout ? demanda-t-elle.

— Je ne réponds jamais à des questions. Je fais des discours. Je ne justifie jamais mes décisions. Ma parole a force de loi.

— Waouh ! Tu devrais vraiment consulter pour ton ego.

— Mon ego n'est pas un problème pour moi.

— Il l'est pour ton entourage.

— Mon ego m'évite justement d'entrer dans ce genre de considérations.

Même quand il était ridicule à force d'arrogance, il restait fascinant. Irrésistible. Bailey secoua la tête. En principe elle aurait dû avoir envie de le gifler. Mais la seule chose dont elle était capable c'était de le dévorer des yeux. Il était si beau… Ces épais cheveux de jais dans lesquels elle aimait tant enfoncer les doigts. Ce regard pénétrant qui avait le pouvoir de la troubler jusqu'au plus profond d'elle-même. Ce superbe nez droit. Et ces lèvres… si douces quand tout chez lui était dur comme du granit.

— Que disait ce mot qu'on t'a donné ? demanda-t-elle avant tout par besoin de s'arracher à sa contemplation.

— Demain les journaux vont annoncer les fiançailles d'Allegra Valenti avec Cristian Acosta.

— Ton ex va se marier ?

— Et surtout, elle est enceinte. Information qui va être publiée demain également. Nous aurons de la chance si ta grossesse n'est pas mentionnée elle aussi. Apparemment des rumeurs circulent déjà, mais j'ai jugé préférable de ne pas en parler aujourd'hui.

— Chaque mot de ton discours avait été soigneusement pesé, je suppose.

— Bien sûr. Je sais ce que mon peuple a envie d'entendre.

— Très romantique…

— Tu sais parfaitement qu'il n'y a rien de romantique dans tout ça. Il s'agit juste de faire ce qui doit être fait.

Bailey fut assaillie par une bouffée de colère.

— Oh ! j'espère que nous pourrons faire graver ça sur mon alliance !

— Nous pourrions.

La perplexité se mêla à la colère. Décidément, dans son milieu naturel il devenait une créature des plus étranges. De toute évidence, il n'avait pas perçu son sarcasme.

— Non, merci. Je n'ai aucune envie de faire graver ça sur mon alliance. J'ai dit ça pour te mettre en boîte.

— Me mettre en boîte ?

— Oui. Comme je le faisais souvent à Vail.

— Je ne devais pas t'écouter très attentivement. La plupart du temps le désir me brouillait l'esprit.

Elle eut l'impression de recevoir un coup de poignard.

— Je vois. Le contenu de mon soutien-gorge était beaucoup plus intéressant que celui de mon cerveau, c'est ça ?

— Discuter avec toi n'a jamais été ma priorité. J'ai toujours su que notre relation serait temporaire.

— Et tu n'éprouvais aucun scrupule à coucher avec moi ?

— La plupart des gens partent du principe qu'une liaison est plus ou moins temporaire. À moins qu'on envisage le mariage. Mais très souvent celui-ci n'est pas éternel non plus.

C'était si logique. Si pragmatique. Et à vrai dire, pas tout à fait faux. Ça la rendait folle de rage. Bailey inspira profondément.

— Tu m'as menti.

— Par omission.

La colère lui fit perdre toute retenue, et elle se mit à trépigner dans sa robe de princesse.

— Tu m'as laissée croire tout ce que j'imaginais à ton sujet. Tu m'as laissée me raconter des histoires. Sans le moindre scrupule. Ton discours d'aujourd'hui reflète la même duplicité. Tu es très doué pour dire aux gens ce qu'ils ont envie d'entendre.

— Il me semble que c'est une qualité pour un chef d'État.

— Ce qui compte ce sont les actes. Bercer les gens d'illusions pour ensuite leur briser le cœur est odieux.

— Je regrette que tu aies souffert à cause de moi. Mais si tu t'es fait des illusions, je ne vois pas en quoi c'est ma faute.

— Oh ! je suis sûre que tu as beaucoup de mal à te considérer comme fautif ! Mais le fait d'être prince ne te donnait pas le droit de mentir sur ton identité.

— Tu me rendais fou de désir.

Raphael saisit Bailey par les bras et la plaqua contre le mur. Sa voix était devenue rauque, son ton pressant. Le prince avait disparu. En quelques mots elle avait réussi à faire réapparaître l'homme.

— J'avais tellement envie de toi que je ne pensais à rien d'autre. J'étais fiancé à une autre femme. Je savais qu'il n'y avait pas d'avenir pour nous, mais j'ai quand même couché avec toi parce que je ne pouvais pas imaginer de vivre sans avoir assouvi le désir que tu m'inspirais. Je suis un homme qui ne connaît pas l'échec. Un homme qui ne comprend pas le mot « non ».

— Alors tu t'es comporté avec moi comme un enfant qui fait un caprice devant un jouet ?

Avec un grognement rauque, il pressa contre son ventre sa virilité pleinement éveillée.

— Je ne suis pas un enfant, et ce n'était pas un caprice. Aujourd'hui encore, tu me rends fou de désir.

Il se pressa plus étroitement contre elle, et elle retint de justesse un gémissement. Sa virilité, son odeur, sa chaleur… C'était trop. Trop bon…

— As-tu déjà eu l'impression que ton sang bouillonnait comme de la lave en fusion ? Que tu allais mourir si tu ne pouvais pas assouvir ton désir ? C'est ce que j'ai ressenti quand je t'ai vue. Je ne peux pas l'expliquer. Peut-être que je me suis comporté comme un rustre. Peut-être que je suis fautif. Mais si c'était à refaire je n'hésiterais pas.

— Même en sachant que désormais tu ne coucheras plus jamais avec moi ?

Il se figea, l'air accablé.

— Je… Je ne vois pas comment je pourrais faire autrement.

Que lui arrivait-il ? Il tremblait…

À cause de Bailey.

Toujours Bailey.

Depuis le premier instant.

Elle était la seule à le faire trembler de désir.

Ça le hérissait et ça le galvanisait en même temps.

Parce qu'elle était inaccessible. Depuis toujours. Il avait juste réussi à vivre avec elle une parenthèse, loin de Santa Firenze. Des bribes de temps passées dans une ville des États-Unis, principalement dans une chambre d'hôtel, avec une femme qu'il savait ne pouvoir posséder que provisoirement.

Et puis contre toute attente, un caprice du destin l'avait ramené à elle. Mais aujourd'hui, elle refusait qu'il la touche. Elle avait été catégorique. Elle ne coucherait plus jamais avec lui et elle l'invitait à satisfaire sa libido dans les bras d'autres femmes. Mais il n'y avait pas d'autres femmes.

Il n'y avait plus d'autres femmes depuis qu'il l'avait rencontrée.

Jamais auparavant le prince Raphael DeSantis n'avait fait le moindre choix risquant de nuire aux intérêts de Santa Firenze. Jamais il n'avait pris pour maîtresse une femme qui vivait à des milliers de kilomètres. Il lui était arrivé souvent de rester chaste pendant plus d'un mois parce qu'il ne parvenait pas à se libérer pour aller dans le Colorado. Et parce qu'aucune autre femme n'éveillait son désir.

Aujourd'hui encore, son attirance pour elle était si forte qu'il en tremblait de la tête aux pieds. Mais de son côté, elle le repoussait. Comme si elle ne partageait plus ce désir qui le consumait.

— Je brûle pour toi, et tu restes de glace.

— Tu as éteint le feu en moi, Raphael. Il est trop tard pour le regretter. Une part de moi est morte la nuit où tu m'as jetée dehors. Je croyais en toi. Je croyais en nous. Et tu m'as privée de cette foi. Tu es un menteur. Un menteur qui sans un caprice du destin m'aurait laissée élever un enfant toute seule.

— C'est à cause d'un caprice du destin que nous nous sommes rencontrés, répliqua-t-il en lâchant ses bras pour poser les mains sur le mur. Comment nos retrouvailles auraient-elles pu être dues à autre chose ?

— Tu te comportes comme si tu contrôlais le monde entier et tu voudrais me faire croire que tu n'avais aucun contrôle sur ce qui s'est passé entre nous ?

— Si j'avais pu contrôler ce qui s'est passé entre nous, je ne t'aurais jamais touchée.

— Eh bien tu n'as qu'à t'en prendre au destin, Raphael.

Ou peut-être à toi-même, pour une fois. Mais moi, laisse-moi tranquille.

Elle tenta de s'esquiver, mais il se pressa plus étroitement contre elle. Des étincelles jaillirent de ses yeux pervenche. De toute évidence, elle était près de le gifler. Pas de problème. Il allait lui en faire passer l'envie. Refermant une main sur sa nuque, il s'empara de sa bouche. À sa grande satisfaction, ses lèvres s'ouvrirent d'elles-mêmes. Il le savait. Contrairement à ce qu'elle prétendait, le feu n'était pas éteint.

Elle s'agita malgré tout comme pour tenter de se dégager, mais il approfondit son baiser, mêlant la langue à la sienne avec une nonchalance délibérée. Il la sentit s'alanguir contre lui. Il sentit le moment précis où elle renonça à lutter contre cette force irrésistible qui les attirait l'un vers l'autre.

Il entendit des pas derrière eux. Des domestiques qui passaient dans le couloir, sans doute. Peu importait. Elle était à lui. Elle était sa princesse. Elle allait devenir sa femme. Elle portait son enfant.

Et contrairement à ce qu'elle disait, elle partagerait de nouveau son lit. Elle ne résisterait pas. Pour la bonne raison qu'elle en était incapable. Elle était aussi impuissante que lui contre ce feu dévastateur. Il n'était pas le seul à trembler. Cette femme qui prétendait ne plus vouloir de lui tremblait dans ses bras comme une feuille. Il pressa sa virilité contre son ventre, lui arrachant un gémissement qui le transporta.

Il quitta sa bouche pour parsemer son cou de baisers. Il pouvait dénuder ses seins ici, dans ce couloir. Aspirer leurs sublimes bourgeons rosés dans sa bouche et les déguster comme deux bonbons délicieusement sucrés. Il pouvait soulever sa robe, ouvrir sa braguette et plonger au plus profond d'elle.

Si un de ses domestiques était témoin de la scène, il n'en parlerait à personne. Ils étaient tous beaucoup trop discrets, et beaucoup trop satisfaits de leurs conditions de travail pour prendre le risque de perdre leur place.

Quant à lui, pourquoi serait-il embarrassé ? C'était son palais, après tout. S'il avait envie de prendre une femme dans un couloir, il avait le droit. Ce n'était encore jamais arrivé, bien sûr. Mais Bailey… il avait besoin d'elle. Comme il avait besoin d'air ou d'eau.

Il tira sur l'encolure de sa robe, dénudant un mamelon rosé. Bailey se dégagea vivement avec un cri étranglé. Interdit, il ne tenta pas de la retenir.

— Tu es fou ? s'exclama-t-elle en se rajustant. Il y a des gens…

Comme pour lui donner raison, une domestique passa à côté d'eux, tête baissée.

— Je suis ici chez moi et je fais ce que je veux. Les gens qui travaillent ici n'ont qu'une mission. Faire en sorte que ma volonté soit respectée. Si ma volonté est de te prendre dans un couloir, je ne vais pas me priver pour ménager la sensibilité des gens qui vivent pour me servir.

— Espèce de… Si tu te moques de ce que ressentent tes domestiques et si tu n'as aucune pudeur, tu pourrais au moins respecter la mienne ! Et de toute façon, je t'ai dit de ne plus me toucher.

— Libre à toi de donner des ordres, Bailey. Mais ça ne signifie pas que je vais les exécuter. Je suis la loi. Ce que je veux est à moi.

— Tu me l'as déjà dit, oui. Mais dis-moi, Raphael, suis-je à toi ?

Bailey releva le menton et plongea dans celui de Raphael un regard de défi. Il la considéra avec incrédulité. Personne ne l'avait jamais regardé comme ça. Comme s'il méritait le plus grand mépris.

— Non, répondit-elle elle-même. Je ne suis pas à toi.

Puis elle tourna les talons et s'éloigna à grands pas dans le couloir, le laissant cloué sur place, au comble de la frustration et de l'incompréhension.

Il l'avait installée dans son palais, il l'avait présentée à son peuple. Il avait éveillé son désir, il avait prouvé que le feu n'était pas éteint entre eux.

Pourtant, elle l'avait encore rejeté. Pourtant, il n'avait toujours pas atteint son objectif.

Il lui avait offert tout ce qu'il possédait, mais il n'avait pas réussi à la faire rentrer dans le rang.

Bailey Harper était une énigme. Or, il détestait les énigmes. Cependant, l'éclaircissement du mystère devrait attendre.

Un mariage princier devait être célébré dans quelques semaines. Et quoi qu'il arrive, ce mariage aurait lieu.

7

Les préparatifs du mariage ayant commencé depuis des mois, les invitations étaient parties avant la rupture entre Raphael et Allegra. Lorsque Bailey avait découvert qu'une simple note rectificative avait été envoyée aux invités pour leur annoncer que le nom de la mariée avait changé, elle avait eu envie de disparaître sous terre, de mourir, et de tas d'autres choses tout aussi théâtrales.

Se concentrer sur l'humiliation de n'être que la mariée de remplacement de Raphael était beaucoup moins déprimant que de penser à ce qui s'était passé dans le couloir deux semaines plus tôt.

Pourquoi le nier ? Raphael avait bien failli lui faire l'amour dans un lieu de passage. Il avait bien failli briser sa volonté.

Mais depuis qu'elle l'avait remis à sa place, il était distant. Circonspect, même. Ce qui était étrange. Raphael n'était jamais circonspect. Il avait la retenue d'une boule de démolition.

Bailey tressaillit lorsque Raphael arriva dans la salle à manger d'un pas décidé.

— Bonsoir, Bailey.

— Que fais-tu ici ?

— Est-ce une façon de me saluer ? Le savoir-vivre est décidément un art en déclin.

— Ça fait deux semaines que je ne t'ai pas vu au dîner. Et tout à coup, te voici. À quoi dois-je ce plaisir ?

— Nous avons un menu à composer.

— Ce n'est pas déjà fait ?

— Si. Mais d'après les indications d'Allegra. Elle avait choisi en particulier la décoration et les parfums du gâteau. Je me suis dit que tu apprécierais peut-être que tes goûts soient pris en considération.

— Je…

Non, en fait elle avait plutôt envie de ne rien avoir à faire avec tout ça. Elle préférerait qu'il reste distant. Elle préférerait pouvoir se sentir victime. Qu'il ait ce genre d'attention, qu'il semble la considérer comme un être humain et non comme un boulet… ça faisait naître au fond de son cœur un espoir dangereux.

— Veux-tu donner ton avis, oui ou non ? insista-t-il d'un ton impatient.

— Oui, d'accord.

Elle se laissa aller contre le dossier de sa chaise et croisa les bras. Il avait le don de tout gâcher.

— Entrez, lança-t-il.

Deux domestiques pénétrèrent dans la salle en poussant deux chariots chargés de plats couverts de dessus-de-plat. Ils s'immobilisèrent devant Bailey et soulevèrent les différents couvercles, révélant un assortiment d'entrées et de gâteaux miniatures.

Elle écarquilla les yeux, alléchée malgré elle.

— Une dégustation. Pour ton plaisir.

— Et pour toi ?

Comme en réponse à cette question, un troisième domestique arriva avec une assiette.

— Pour moi, steak.

Les domestiques s'éclipsèrent, laissant Bailey seule avec Raphael et plusieurs gâteaux colorés. En toute honnêteté, elle préférerait rester seule en tête à tête avec les gâteaux… Elle examina les entrées. Par quoi commencer ? Il y avait du saumon, du steak, du poulet et une sorte de ragoût de légumes.

— Option végétarienne, commenta-t-elle en plantant sa fourchette dans un morceau d'aubergine. Quelle ouverture d'esprit de ta part…

— Je suis très généreux et extrêmement moderne.

— Si tu le dis…

— Je suis obligé de le dire. Personne d'autre ne le fera à ma place.

— Ça ne me surprend pas.

Elle mordit dans l'aubergine et fut très agréablement surprise.

— D'accord, c'est meilleur que ce que j'escomptais.

— J'ai un des meilleurs chefs du monde à mon service.

— Très honnêtement, depuis quelques semaines j'ai des problèmes avec la nourriture. Tout ce que je mange a un goût bizarre. Je suis étonnée de trouver ça bon.

Elle mangea une bouchée de poulet, puis hésita devant le reste des plats.

— Je ne sais pas comment je suis censée choisir !

— Tu pourrais tout choisir.

Elle ne put s'empêcher de pouffer. C'était absurde…

— D'accord, je choisis tout.

— Adjugé.

Un des domestiques revint avec une carafe et deux tasses.

— Décaféiné pour toi, déclara Raphael en versant du café dans un mug qu'il fit glisser sur la table jusqu'à elle.

Un petit carton accompagnait chaque gâteau. Mousse au citron et gelée de framboise. Chocolat avec nappage de ganache. Noisettes et mascarpone.

— Quand j'aurai terminé, il faudra me faire rouler sur moi-même pour me sortir d'ici.

Elle prit une autre fourchette et hésita, ne sachant quel gâteau goûter en premier.

— Vas-y, dit-il.

Elle se mordit la lèvre, toujours indécise. Il se leva, fit le tour de la longue table et se percha sur le bord, juste à côté d'elle. Une vive chaleur la submergea. Ça faisait deux semaines qu'elle ne s'était pas retrouvée aussi près de lui.

Elle avait pris l'habitude de mesurer le temps en se basant sur les étapes de leur relation.

Deux semaines depuis qu'ils s'étaient embrassés. Depuis qu'il l'avait touchée.

Trois mois et demi depuis qu'ils avaient couché ensemble pour la dernière fois.

Tout ce temps parut soudain peser très lourd. Comme s'il l'écrasait, l'empêchant de respirer. Elle leva les yeux et rencontra le regard de Raphael. Il esquissa un sourire qui l'électrisa.

— Tu aimes le chocolat, dit-il en piquant sa fourchette dans le gâteau correspondant. Tu devrais commencer par celui-ci.

Le cœur battant à tout rompre, elle était parcourue de longs frissons.

— Tu n'as jamais entendu dire qu'il fallait garder le meilleur pour la fin ?

— Je suis pour choisir tout le temps le meilleur.

Il se pencha vers elle, le regard étincelant.

— Ouvre la bouche pour moi.

À ces mots, elle fut assaillie par des souvenirs brûlants. Combien de fois lui avait-il dit ça d'une voix rauque, alors qu'elle était agenouillée devant lui ? Alors qu'elle vibrait d'excitation à la perspective de déguster sa virilité pleinement éveillée ?

Elle ouvrit la bouche, et ce fut une explosion de saveurs. Dominante sucrée, très vite nuancée de notes amères. C'était comme une métaphore de leur relation. Délectable. Intense. Irrésistible.

Il posa la fourchette et lui tendit sa tasse de café.

— Pour te nettoyer le palais.

— Je ne suis pas certaine que le café soit très efficace pour ça, dit-elle en prenant malgré tout la tasse.

Ses doigts effleurèrent les siens, et une flèche de désir la transperça. Pourrait-elle un jour le toucher sans rien ressentir ? Ou bien s'enflammerait-elle toujours au moindre contact ?

Raphaël piqua un morceau du gâteau citron-framboise.

— Je pense que celui-ci est bon aussi. Et je trouve qu'il te va bien.

— Pourquoi.

— Parce qu'il est acide, répondit-il en glissant le gâteau entre ses lèvres.

— Moi, je suis acide ? demanda-t-elle après avoir avalé la bouchée.

— Oui. Tu ne me passes rien du tout. Tu voudrais que je rende des comptes pour chacune de mes actions, n'est-ce pas ?

— Tu considères que tu devrais en être dispensé ?

— Bien sûr, répliqua-t-il en esquissant un sourire malicieux. Personne n'a jamais attendu de moi que je rende des comptes pour mes actions.

— Quel genre d'enfance as-tu donc eue ?

— Comblée. Tous mes besoins et tous mes désirs étaient anticipés avant que j'aie le temps de les éprouver. Dès mon retour de l'hôpital après ma naissance, j'ai eu une armée de domestiques à mon service. Et avant cela, à l'hôpital, un étage entier avait été réservé à ma mère pour son accouchement.

— C'est une manière de commencer sa vie plutôt extravagante.

— En effet. J'ai une vie extravagante depuis l'instant où j'ai vu le jour.

— Ton père t'a-t-il présenté à la foule depuis le balcon ?

— Oui, quand j'avais trois jours.

— Et tu as été immédiatement adoré par tous.

Le sourire de Raphael se teinta d'arrogance.

— Bien sûr. Mais il ne faut pas croire que c'était la fête tous les jours. J'ai dû apprendre à être fort. Pour le royaume. Je ne pouvais pas me laisser aller. Mais toi, laisse-toi aller à la gourmandise. Goûte un autre gâteau.

Il coupa une tranche de gâteau aux noisettes et au mascarpone, puis la prit avec les doigts et murmura d'une voix rauque.

— Ouvre la bouche pour moi.

Il glissa le gâteau et les doigts entre ses lèvres, puis il retira ces derniers avec une lenteur délibérée. Électrisée, elle n'avait pas conscience du goût du gâteau. Rien d'autre n'existait que son désir pour lui. Ce moment qu'ils partageaient. Ce lien ténu entre eux qui lui faisait croire qu'elle le connaissait peut-être un peu. Ou du moins qu'elle pourrait le connaître. C'était difficile de se rappeler pourquoi elle était furieuse contre lui, alors qu'il lui donnait la becquée et que les étoiles scintillaient dans le ciel derrière la fenêtre.

Tous les deux en tête à tête dans cette salle à manger grandiose, devant un festin privé. C'était si intime qu'elle se sentait fléchir. Elle n'était pas loin de céder à la tentation à laquelle elle s'était promis de résister. Il était si attirant, là tout près d'elle. Et si attentionné. Il l'invitait à choisir le gâteau. Il faisait d'elle autre chose que l'objet d'une note rectificative sur les invitations. Comme s'il comprenait ce qu'elle ressentait. Comme s'il tenait à elle.

— Eh bien, je crois avoir prouvé que je ne suis pas le monstre d'égoïsme que tu vois en moi, dit-il en effleurant sa joue du bout des doigts.

Ces paroles la firent tomber du petit nuage sur lequel elle flottait.

— Pourquoi m'as-tu donné la possibilité de choisir le gâteau ? Pour me faire plaisir ou bien pour me donner une meilleure image de toi ?

— Si le résultat est le même, qu'est-ce que ça change ?

— Qu'est-ce que ça change ?

Elle se leva d'un bond.

— Ça change tout ! Chercher à me faire plaisir ou chercher à me manipuler ce n'est pas la même chose ! Tu es vraiment odieux.

Raphael eut un rire moqueur.

— Oh oui ! je suis odieux ! Je t'ai installée dans mon palais, je t'ai offert une garde-robe entière et je t'ai fait goûter tout un assortiment de gâteaux délicieux. Les mauvais traitements que je t'inflige sont vraiment intolérables.

— Je ne peux pas passer ma vie à être l'objet d'expériences de ta part dans le but de me ramener dans ton lit.

Il plissa le front avec une frustration manifeste.

— Je ne te comprends pas.

— C'est bien le problème. Et quand tu cherches à me comprendre c'est uniquement dans ton propre intérêt. Tu n'as pas organisé cette dégustation pour me faire plaisir, mais dans l'espoir que je serais mieux disposée à ton égard et que je te retomberais dans les bras.

— C'est faux. Je voulais te faire plaisir.

— Parce que tu croyais que ça me rendrais plus docile.

Il resta silencieux, la mâchoire crispée.

— C'est bien ce que je pensais, déclara-t-elle en soupirant.

— Pourquoi t'obstines-tu à être impossible ?

— Et toi ? Pourquoi persistes-tu à être hypocrite ? À être un prince ? À n'être absolument rien de ce que tu étais censé être ?

Elle pivota sur elle-même pour quitter la pièce, mais il la saisit par le bras.

— Au lieu d'aller te réfugier dans ta chambre comme une gamine qui fait un caprice, tu pourrais peut-être rester avec moi pour discuter comme une adulte.

— Je ne suis pas une gamine. Comme tu le sais parfaitement.

— Tu es très convaincante quand tu fais des caprices.

— C'est le seul pouvoir que j'ai.

— Tu me fais organiser une dégustation pour tenter d'obtenir de toi autre chose qu'une mine hostile et tu prétends que tu n'as aucun pouvoir ?

— Qu'est-ce que ça t'a coûté ?

Il resta silencieux, l'air impénétrable.

— C'est bien ce que je disais, commenta-t-elle en se dirigeant vers la sortie.

— Je ne comprends pas où tu veux en venir.

Elle se retourna.

— Tu parles comme si l'organisation de cette dégustation t'avait coûté de gros efforts, alors qu'en réalité ce sont tes cuisiniers qui ont tout préparé. Tu n'as rien eu d'autre à faire que de leur en donner l'ordre. Et en plus, tu ne l'as pas fait pour moi mais pour toi.

— Si tout ce qui t'importe ce sont mes motivations et non mes actions elles-mêmes, nous ne parviendrons jamais à nous entendre. Je n'ai pas de temps à perdre à justifier chacun de mes actes. J'ai des responsabilités. Je suis qui je suis.

— Un roc ? Sans la moindre sensibilité ?

— Peut-être. Mais un roc ça résiste à tout. Et c'est ce dont une nation a besoin. C'est ce dont notre enfant a besoin. Si tu es sans arrêt à la merci de tes émotions, il faut bien que l'un de nous deux soit ferme. Je suis bâti pour résister aux pires tempêtes et à tout ce qui pourrait arriver à mon pays. Je dois être prêt à accomplir mon devoir à n'importe quel prix. Je dois être prêt à me sacrifier. Si je suis dur c'est uniquement parce que c'est une qualité primordiale pour un chef d'État. Je suis exactement ce que je suis censé être. Et je ne te présenterai pas d'excuses.

— Parfait. De toute façon, je n'en voudrais pas. Parce qu'elles ne seraient pas sincères.

Bailey quitta la pièce à grands pas, tremblante de rage. Sa réaction était peut-être excessive, songea-t-elle confusément. Mais peu importait. Il n'avait pas cessé de la manipuler depuis leur rencontre. Si bien qu'à présent tout ce qu'il faisait était suspect. Toutes les choses qu'il lui avait dites depuis son arrivée au palais formaient une boule compacte qui restait bloquée dans sa gorge et l'empêchait de respirer.

Elle n'était pas une épouse appropriée. Elle était d'un rang inférieur.

Tu le rends fou de désir.

À son grand dam, elle fut envahie par une chaleur intense. Non, il ne fallait pas penser à ça. Surtout pas. Il fallait absolument réussir à garder le contrôle de la situation. Sinon il n'aurait aucun mal à la manipuler.

Deux semaines. Dans deux semaines elle serait sa femme. Ça semblait sans appel. Irrévocable. Bien sûr il y avait le divorce, mais dans sa position ce serait sûrement très difficile.

De toute façon elle était déjà liée à lui. Il ne la laisserait jamais partir. Elle alla jusqu'au bout du couloir et regarda par la fenêtre. La vue était splendide. Le paysage était si beau, si grandiose… Il lui donnait le sentiment qu'elle pourrait peut-être s'y fondre, disparaître. Mais c'était impossible. Il avait une armée, elle n'avait rien. Même pas un passeport. Elle ne parviendrait pas à quitter le pays pour rentrer chez elle.

Écrasée par un profond sentiment d'impuissance, Bailey sentit sa gorge se nouer. Qu'elle le veuille ou non, elle allait se marier. De toute façon, elle était déjà enchaînée. Le mariage ne changerait pas grand-chose.

Elle deviendrait juste une princesse enchaînée.

8

Le matin du mariage, le temps splendide accrut le désarroi de Bailey. C'était comme si le soleil avait décidé de la narguer…

Elle n'avait qu'une envie. Prendre la fuite et se réfugier dans la montagne. Inenvisageable, bien sûr. La seule chose à faire c'était essayer de reprendre le dessus. Se dire que ce mariage n'était qu'un arrangement. Elle ne serait pas réellement la femme de Raphael. Sur ce point elle ne céderait pas. Elle avait sa fierté. Et son cœur à protéger.

Par ailleurs, elle ne pourrait pas rester toute la journée à ne rien faire. S'occuper de son enfant lui prendrait certainement une bonne partie de son temps, mais elle pourrait peut-être trouver également d'autres occupations.

Elle avait entrepris des études de gestion en se disant que cela lui permettrait de travailler dans différents secteurs et, dans l'idéal, de créer sa propre entreprise. Que pouvait faire une princesse avec un diplôme de gestion ? Elle n'en avait aucune idée. Et de toute façon, pour l'instant elle ne se voyait pas terminer son année.

Elle vivait dans une telle anxiété depuis son arrivée au palais qu'elle n'avait pas eu la tête à étudier. Ni à chercher une solution pour continuer à suivre des cours. Elle était en mode survie. Les examens n'avaient pas de place dans son planning. Plus tard, peut-être.

Les esthéticiennes qui s'étaient affairées autour d'elle ce matin-là étaient encore plus nombreuses que le jour où elle avait été présentée au pays. Elle avait d'abord eu droit à un nettoyage de peau destiné à lui donner un visage rayonnant, et il fallait reconnaître que le résultat était probant.

Elle avait ensuite été maquillée et coiffée avec art. Son chignon était un véritable chef-d'œuvre. Était venu enfin le moment du dernier essayage, avec pour objectif de faire onduler habilement sa robe à partir de la taille, afin de ne pas trop attirer l'attention sur son ventre de plus en plus arrondi.

Sa grossesse ne serait annoncée qu'après le mariage. Il ne serait pas question de cacher qu'elle était déjà enceinte avant, mais la nouvelle serait sans doute accueillie avec plus de sérénité une fois qu'elle serait officiellement devenue princesse.

Mettre les gens devant le fait accompli était visiblement la méthode favorite de Raphael… Non. En fait c'était sa seule méthode. S'il lui était arrivé de lui laisser le choix à un moment où à un autre, elle ne s'en souvenait pas.

Menteuse.

Elle se remémora le premier soir à Vail. Ils s'étaient embrassés, et la passion lui avait presque fait perdre la tête. Elle avait failli coucher avec lui quelques heures seulement après l'avoir rencontré. Elle ne lui avait pas caché la vérité. Elle lui avait avoué qu'elle était vierge et terriblement nerveuse.

Il lui avait laissé le choix. Il n'avait pas tenté de faire pression sur elle.

Ce soir-là, il était très différent. Certes, il y avait déjà une pointe d'arrogance dans son attitude, mais celle-ci était beaucoup moins marquée que maintenant. Bailey promena le regard sur sa chambre, tandis que les femmes qui avaient été engagées pour la préparer pour le grand jour fignolaient sa coiffure, ajoutant quelques fleurs dans ses boucles et aussi dans le bouquet qu'elle avait dans les mains. À Vail, il n'était pas un prince. Enfin si, il l'était déjà, bien sûr. Mais incognito. Ici, c'était très différent. Sa famille gouvernait le pays depuis des générations, et il avait un immense respect pour l'héritage légué par ses ancêtres qui avaient habité ce palais avant lui. Il en était fier et il tenait à se montrer à la hauteur. Il était odieux et il avait le plus souvent une attitude inadmissible, mais Bailey ne doutait pas un seul instant de son dévouement pour son pays.

Alors qu'une des femmes qui s'occupait d'elle lui mettait un collier, elle eut soudain l'impression d'avoir un poids écrasant sur la poitrine.

Bailey Harper, originaire du Nebraska, s'apprêtait à entrer dans cette famille où quelqu'un comme elle n'avait pas sa place. Une anomalie dont Raphael avait une conscience aiguë. Il avait un arbre généalogique vieux de plusieurs siècles. De son côté, elle ne pouvait même pas dire qu'elle en avait un. Tout ce qu'elle pouvait dire de ses ascendants c'était que sa mère avait couché avec un inconnu rencontré dans un garage perdu au milieu de nulle part.

Elle se sentait petite. Sans racines. À la dérive.

Et pas du tout à la hauteur de la situation. Ce n'était pas tant le fait de devenir la femme de Raphael, mais celui de devenir un symbole pour ce pays dont elle ignorait encore l'existence un mois plus tôt.

Pas étonnant qu'au départ il ait choisi une autre épouse ! Il avait toutes les raisons de vouloir que leur relation soit clandestine et temporaire. Bailey prit une profonde inspiration. Mieux valait éviter ce genre de pensées. Aujourd'hui il fallait arborer un visage serein… La porte de la chambre s'ouvrit.

— Êtes-vous prête, princesse ?

C'était un des assistants les plus proches de Raphael. Et c'était la première fois qu'il l'appelait « princesse ».

Non, elle n'était pas prête. Elle ne le serait sans doute jamais. Ce qui n'empêcherait pas le mariage d'avoir lieu.

— Oui.

Elle déglutit péniblement.

— Je suis prête.

Comme prévu, la foule débordait de l'église. Des milliers de personnes étaient venues voir le prince de Santa Firenze s'unir enfin avec sa princesse.

Debout devant l'autel, Raphael embrassait le décor du regard. Ses ancêtres s'étaient mariés dans cette église, de génération en génération. Beaucoup de ces unions avaient scellé des alliances stratégiques. Ce qui aurait dû être le cas de son mariage avec Allegra, par lequel il se serait lié avec une des familles les plus anciennes d'Italie. Il était toujours judicieux d'entretenir de bonnes relations avec les États voisins.

Aujourd'hui, il s'apprêtait à devenir le premier DeSantis à se marier pour des raisons qui n'avaient rien à voir avec la politique. Peut-être Bailey avait-elle raison. Peut-être y avait-il eu d'autres enfants illégitimes, cachés et rejetés. Malgré tout, dans la longue histoire de la dynastie DeSantis, chaque mariage avait été un événement d'une grande portée politique.

Sauf le sien.

Que penserait son père s'il était encore vivant ? Serait-il déçu ? Raphael préféra écarter cette hypothèse. Son père comprendrait que c'était la solution la plus opportune. À une époque où tout le monde pouvait publier des informations via Internet, il devenait très difficile de cacher l'existence des enfants illégitimes. Bailey n'aurait eu aucun mal à faire savoir au monde entier qu'elle était enceinte de l'héritier de la couronne de Santa Firenze.

Oui, son père comprendrait ce mariage. Ce n'était pas une décision dictée par l'émotion mais par la nécessité. Et de toute façon, même sans Bailey son mariage avec Allegra n'aurait pas eu lieu.

Lorsque les portes de l'église s'ouvrirent, le rythme cardiaque de Raphael changea en même temps que la musique.

Elle ressemblait à un ange. Un ange avec une bouche faite pour le péché. Sa robe en mousseline de soie flottait souplement autour de ses courbes, mais cela ne suffisait pas à masquer l'arrondi de son ventre. Et ses seins étaient plus pleins que quelques mois auparavant… Mais tout le monde n'était sans doute pas aussi conscient que lui des changements subtils de sa silhouette. En fait, personne ne pouvait l'être. Il était le seul à la connaître assez intimement pour les remarquer. Il remarquait tout chez elle. Même si ces deux dernières semaines il avait fait de son mieux pour ne pas la remarquer du tout…

Ils s'étaient à peine adressé la parole. C'était tout juste s'ils s'étaient regardés les rares fois où ils s'étaient croisés dans le couloir. Elle avait semblé satisfaite de cette situation, et de son côté il n'avait pas voulu être celui qui romprait le silence. Sa fierté lui interdisait de céder.

Lui que toute une nation révérait n'allait tout de même pas s'incliner devant une petite blonde.

Pourtant, alors que Bailey avançait lentement vers lui, une seule pensée occupait l'esprit de Raphael. Toujours la même.

Je la veux.

À partir d'aujourd'hui elle serait vraiment à lui, songea-t-il avec satisfaction. Elle serait liée à lui juridiquement, bien sûr, mais pas seulement. Elle prononcerait des vœux aussi anciens, sinon plus, que l'église dans laquelle ils se trouvaient. Elle prendrait des engagements envers lui, dans ce lieu où tous les bébés de sa famille avaient été baptisés, ou tous les couples princiers avaient été mariés.

Il était quelqu'un de rationnel, et rien ne le prédisposait au mysticisme. Cependant, il avait le sentiment que les vœux prononcés entre ces murs, témoins d'innombrables cérémonies solennelles, avaient un grand poids.

Bailey avançait la tête haute, le menton relevé, et ses yeux brillaient. De toute évidence, elle était au bord des larmes. Bailey, sa Bailey, était très émotive. Fougueuse. Lunatique. Et si sincère qu'il était difficile de lui en vouloir.

Chacune de ses paroles était prononcée avec une exaltation dont il était incapable.

Mais ce n'était pas d'exaltation que son pays avait besoin. C'était d'un chef qui savait garder la tête froide. Il avait toutes les qualités requises pour diriger le pays au mieux. Ce qui n'empêchait pas Bailey d'être très critique à son égard. Alors que jamais personne d'autre n'émettait la moindre réserve à son sujet.

Elle était la seule à ne pas le vénérer.

Il rencontra son regard. Pas de vénération dans ses yeux bleus. Pas de déférence. Du défi. Une volonté de fer. Une colère qui refusait de s'éteindre. Et un désir incandescent.

Il avait devant lui une femme qui était sans aucun doute un atout pour son pays. Assez forte pour être son épouse. Assez forte pour gouverner. Comment avait-il pu penser un seul instant qu'elle n'avait pas l'étoffe d'une princesse ? C'était une femme de conviction. Profondément humaine et douée d'un sens moral à toute épreuve.

Elle ferait preuve du même dévouement que lui pour son pays. Il le savait. Elle était même capable d'en faire plus que lui. Pour le plaisir de lui faire honte. Elle avait l'opiniâtreté nécessaire. C'était ce qui faisait sa force. Lorsqu'il l'avait rencontré elle travaillait avec acharnement pour gagner sa vie tout en étudiant. Et elle lui avait expliqué qu'elle avait toujours été obligée de lutter pour s'en sortir.

Comment avait-il pu considérer qu'elle avait une position sociale moins honorable que la sienne ? Lorsqu'elle arriva à sa hauteur il lui prit la main et se concentra sur les paroles du prêtre, qui commençait la célébration.

Quand vint le moment de l'échange des consentements, il parla d'une voix ferme. Il n'était pas romantique, mais quand il prenait un engagement il ne le faisait pas à la légère. Il était un homme de parole.

— Je te reçois comme épouse et je me donne à toi pour t'aimer fidèlement, corps et âme, jusqu'à ce que la mort nous sépare.

Il vit les joues de Bailey se colorer, tandis que ses paroles résonnaient au plus profond de lui-même. Il était sincère. Il ne toucherait plus jamais une autre femme. D'ailleurs, depuis leur rencontre elle était déjà la seule.

De même qu'elle était à lui, il était à elle et rien qu'à elle.

Elle prononça les mêmes mots que lui, d'une voix sourde, les yeux baissés. De toute évidence, ils n'avaient pas pour elle la même valeur que pour lui. Ce qui était inconcevable. Elle était à lui. À lui et à personne d'autre.

Le prêtre annonça qu'il pouvait embrasser la mariée.

Glissant un bras autour de sa taille, il l'attira contre lui et lui prit le menton. Puis il lui donna un baiser impérieux destiné à la marquer de son sceau. Lorsqu'il y mit fin, elle avait les yeux brillants et le souffle court. Il plongea dans le sien un regard pénétrant.

Puis, tandis que la foule les applaudissait, il se pencha vers elle et lui murmura à l'oreille :

— Tu es à moi. Et je n'ai pas l'intention de renoncer à ma nuit de noces.

Ce gâteau au chocolat qu'elle avait choisi elle-même, elle ne parvenait pas plus à l'apprécier que tous les plats qui l'avaient précédé. C'était tout juste si elle arrivait à sourire aux invités qui défilaient pour lui dire à quel point ils étaient heureux qu'elle soit devenue leur princesse.

Chaque voix était sourde, chaque mot indistinct. Chaque plat insipide. Parce que les paroles que Raphael lui avait murmurées d'une voix rauque à l'oreille dans l'église tournaient en boucle dans son esprit, accaparant toute son attention.

Il n'avait pas l'intention de renoncer à sa nuit de noces.

Ce n'était pas du tout ce qu'elle avait prévu. Elle avait au contraire décidé ne plus jamais partager son lit. Et elle pensait qu'il l'avait compris. Après tout, ils s'étaient à peine adressé la parole au cours des deux dernières semaines. Quelle raison aurait-il de penser qu'elle avait changé d'avis ?

Elle était… En fait, elle ne savait pas ce qu'elle ressentait. Elle ne savait pas quoi penser. Elle avait juste envie que cette réception interminable soit réellement interminable. Qu'elle ne finisse jamais. Que le moment de se retrouver en tête à tête avec son mari n'arrive jamais.

Son mari…

Devant tout un pays, ou plutôt devant le monde entier, elle venait de prendre envers cet homme un engagement qu'elle ne pourrait jamais rompre.

Elle était sa prisonnière. Et ce depuis qu'elle était montée à bord de son jet privé. Ou peut-être même depuis qu'elle avait pris sa main à la sortie du restaurant où elle travaillait et qu'elle avait accepté d'aller à son hôtel, le soir de leur rencontre.

Le mariage n'était qu'une simple formalité.

Comment avait-elle pu s'imaginer un seul instant qu'elle était en mesure d'imposer sa volonté ? Qu'il était d'accord pour s'en tenir à une relation chaste ? S'il avait gardé ses distances pendant deux semaines, c'était sans doute une ruse pour l'endormir. Pour éviter des querelles et des protestations quotidiennes…

Bailey jeta un coup d'œil à Raphael, et son regard croisa le sien. Aussitôt, son cœur s'affola dans sa poitrine. Comme un oiseau en cage qui cherche à s'échapper… Au moins, si son cœur pouvait s'envoler loin de cet homme il ne risquerait plus rien. Si elle parvenait à protéger son cœur, le reste ne poserait peut-être plus de problèmes. Après tout, faire l'amour avec Raphael était agréable.

Agréable ? Elle réprima une moue de dérision. Le mot était faible. Existait-il un mot assez fort pour qualifier le plaisir que lui donnait Raphael ? Sans doute pas. D'autant plus que ce qu'elle éprouvait dans ses bras allait bien au-delà du plaisir physique.

Dès l'instant de leur rencontre elle s'était sentie étroitement liée à lui. Si elle s'était donnée à lui dès le deuxième soir c'était parce qu'elle l'aimait déjà. Sincèrement. Éperdument. Dès le début, elle avait été prête à passer sa vie avec lui. Pendant des mois elle avait vécu un véritable conte de fées. Puis il lui avait brisé le cœur. Et pour finir il l'avait amenée dans ce palais, où elle avait découvert un souverain pratiquement tout-puissant et pris la véritable mesure du fossé qui les séparait.

Elle avait aimé l'homme qu'elle avait rencontré à Vail, un soir de tempête. Elle ignorait ce qu'elle éprouvait pour le prince qu'elle venait d'épouser. Cet inconnu qui n'avait rien à voir avec l'homme de ses rêves. Cet amant fantasmé, dans les bras duquel elle avait connu le bonheur au rythme d'un long week-end de temps en temps… Comment avait-elle pu éprouver des sentiments aussi profonds pour un homme qu'elle voyait si peu ? Il fallait vraiment être idiote pour tomber amoureuse d'un fantasme. Et se retrouver aujourd'hui mariée à un inconnu bien réel, qui ne l'aimerait jamais…

Tandis que la réception se poursuivait, ils continuèrent à parler avec tout le monde sans s'adresser la parole. Puis arriva le moment de faire leur sortie, salués par une haie d'honneur. Bailey tenta de sourire. Elle tenta d'arborer un visage rayonnant comme il se devait pour une jeune mariée. Mais c'était au-dessus de ses forces.

Ils sortirent dans l'air frais de la nuit et regagnèrent le palais. Lorsqu'ils eurent franchi les lourdes portes de chêne, Raphael s'immobilisa dans le hall et darda sur elle un regard pénétrant.

— Ce palais est ta maison, à présent. Tu es ici chez toi.

— Et dire que mon rêve le plus fou c'était de posséder peut-être un jour une maison dans un quartier agréable, plaisanta-t-elle d'un ton qu'elle espérait léger.

— Eh bien, considère qu'habiter ici présente au moins un avantage appréciable. Ça te dispense de faire partie d'une association syndicale de propriétaires.

— J'aurai juste affaire à une armée de domestiques et à un mari qui pense qu'il gouverne le monde.

— Non, seulement un pays.

Raphael se pencha vers elle avant d'ajouter d'une voix rauque :

— Allons au lit.

— Je t'ai dit que je n'étais pas… que nous n'étions pas…

Des étincelles jaillirent dans les yeux noirs de Raphael.

— Je sais ce que tu as dit. Mais j'ai échangé des vœux avec toi devant mon peuple. Devant mes ancêtres. Et pour ma part j'ai bien l'intention d'y être fidèle. Que tu aies ou non envie que je sois ton mari, je vais faire de toi ma femme.

Sur ces mots, il la souleva de terre et la tint fermement contre lui. Le souffle coupé, elle en resta sans voix. Il traversa le hall à grands pas en direction de l'escalier.

Il avait pris sa décision, et elle n'avait aucune chance de le faire changer d'avis… Déglutissant péniblement, elle se cramponna à lui. Autant éviter de prendre le risque de tomber. À l'étage il se dirigea vers sa chambre, dans laquelle elle n'était encore jamais entrée. Il ne la reposa sur ses pieds qu'après lui avoir fait franchir le seuil en la portant, comme n'importe quel jeune marié.

Il referma les portes puis il se tourna vers elle, le regard brûlant.

— Et maintenant, chère épouse, je te veux.

9

Elle scruta son visage. L'homme qu'elle avait devant elle n'était pas celui qu'elle avait rencontré dans son restaurant à Vail, et il n'était pas non plus le prince.

C'était à la fois un étranger et quelqu'un qui lui était familier.

Il avança vers elle. Dans ses yeux de jais on pouvait lire un mélange étonnant d'émotions. La rage. Le désir.

La peur.

Avait-il peur de lui-même ou bien d'elle ?

Elle l'ignorait, mais ça n'avait pas grande importance. Même si elle avait la réponse à cette question, ça ne changerait rien à ce qui se préparait. Elle recula contre le mur.

Il tendit la main, referma les doigts sur l'encolure de sa robe de mariée et tira d'un coup sec. Le tissu vaporeux se déchira et laissa apparaître son soutien-gorge bandeau en dentelle.

Avec un petit cri étouffé, elle se recroquevilla contre le mur.

— C'est comme ça que tu me regardes, à présent ? Comme si j'étais ton ennemi ?

Il posa la main sur sa joue et effleura sa peau du bout du pouce.

— Comme si tu ne savais pas qui je suis ? Comme si je ne connaissais pas ton corps dans ses moindres recoins ?

— Ça, c'était avant, dit-elle d'un ton crispé. Aujourd'hui je ne te connais plus. Je ne t'ai jamais vraiment connu, d'ailleurs. L'homme que j'ai rencontré dans le Colorado, l'homme pour lequel je te prenais n'existe pas. Et je n'ai pas l'intention de coucher avec un étranger.

— Un étranger ?

Il eut un petit rire sans joie. Puis il se pencha pour déposer un baiser dans son cou. Elle fut électrisée par le contact de ses lèvres brûlantes.

— Un étranger saurait-il que s'il te touchait là…

Il referma délicatement la main sur un de ses seins.

— … tu te mettrais à trembler ?

À son grand dépit, elle fut incapable de réprimer la réaction qu'il venait de décrire. Pourquoi son corps la trahissait-il ? Pourquoi échappait-il à son contrôle ? Cet homme avait sur elle un pouvoir diabolique et il le savait.

— Un étranger saurait-il que s'il faisait ça…

Il fit courir sa langue le long de son cou.

— … tu t'enflammerais tout entière ?

Elle retint de justesse un gémissement. Oui, il avait le pouvoir de l'enflammer en un quart de seconde. À quoi bon le nier ?

— Ça ne veut pas dire que j'ai confiance en toi.

— Je me moque de ta confiance, *amore mia*. Ce qui m'intéresse, c'est ça…

Il effleura le coin de sa bouche du bout de la langue, et une flèche de désir la transperça. Fermant les yeux, elle détourna la tête.

— Non.

Il l'agrippa par les bras et plongea le regard dans le sien.

— Que faut-il que je fasse ? Je me suis déjà abaissé à reconnaître que tu me rends fou de désir. Que je ne suis plus le même depuis l'instant où je t'ai vue dans ce restaurant. Je t'ai avoué ça, mais ça ne suffit pas. Que faut-il que je fasse ?

— Rien, prétendit-elle. Il n'y a rien que tu puisses faire.

— Tu veux que je te supplie ? lança-t-il d'un ton méprisant. C'est ça que tu veux ? Ma chère épouse serveuse, penses-tu vraiment être digne de mes supplications ?

— J'estime que je ne mérite rien de moins qu'un repentir sincère de la part de l'homme qui m'a abandonnée. L'homme qui n'aurait jamais su qu'il allait être père si sa fiancée ne l'avait pas laissé tomber.

— Pas de repentir sans contrepartie. Peut-être pourrais-tu me rappeler ce qui m'a plu chez toi. Parce que pour le moment je dois dire que j'ai un peu de mal à m'en souvenir.

— Ou peut-être pourrais-tu plutôt aller te coucher seul. Je ne suis pas un objet dont tu peux te servir ou te débarrasser selon tes envies. Je suis une femme.

Raphael se mit à genoux devant elle tout en tirant sur sa robe déchirée, qui tomba par terre.

— Tu veux donc que je te supplie.

Elle déglutit péniblement.

— Je n'ai pas dit ça.

Il tira sur sa culotte et la fit tomber à ses pieds.

— Considère ça comme ma supplication.

— Raphael…

La voix de Bailey s'éteignit. Il venait de refermer les mains sur ses hanches et d'enfouir son visage entre ses cuisses.

— J'ai rêvé si souvent de ça, murmura-t-il d'une voix rauque. J'ai rêvé si souvent de toi…

Il promena la langue sur sa fleur déjà ruisselante, et elle fut transpercée par mille petites flèches de plaisir. Vacillante, elle s'agrippa à ses épaules.

Était-elle donc si faible ?

Tandis qu'il approfondissait son exploration, elle eut envie de pleurer. Parce que c'était trop bon. Parce qu'elle n'avait aucune volonté. Il avait suffi qu'il la touche pour qu'elle oublie ses résolutions.

Fermant les yeux, elle le lâcha et plaqua les mains contre le mur derrière elle pour s'y appuyer. Comme si cela pouvait rendre sa défaite un peu moins humiliante. Sans interrompre les caresses de plus en plus appuyées de sa langue, Raphael enfonça un doigt dans le cœur de sa féminité. Depuis qu'il l'avait quittée, elle vivait dans la chasteté la plus totale. Son corps endormi pendant de longs mois renaissait à la vie. Le plaisir qui montait en elle s'annonçait prodigieux.

— Raphael…

— Oui, jouis pour moi, Bailey.

Elle n'eut pas le temps de se dire que cet ordre était d'une arrogance suprême. Submergée par un raz-de-marée, elle sombra dans une fosse abyssale. Tout son être n'était plus que plaisir pur. Elle flottait dans un océan de sensualité et elle se sentait merveilleusement libre. Pour la première fois depuis que sa vie avait été brisée, elle se sentait libre.

Comme si elle était redevenue elle-même.

Les yeux fermés, elle savourait les ondes de volupté qui la parcouraient quand la bouche de Raphael s'empara de la sienne dans un baiser vorace. Puis il la souleva de terre et la porta jusqu'à son lit. Fascinée, elle le dévora des yeux tandis qu'il se déshabillait avec des gestes impatients. La lumière tamisée mettait en valeur les muscles du corps sublime qui se dévoilait sous ses yeux. Le cœur battant, elle était de nouveau en proie à un désir ardent, comme si elle n'était pas encore comblée.

Toute prudence était oubliée. À quoi bon se protéger ? Garder ses distances avec Raphael lui éviterait peut-être le risque d'avoir de nouveau le cœur brisé, mais ce serait renoncer à être elle-même. Se condamner à une vie qui ne serait pas vraiment la sienne.

Le souffle court, elle le regarda déboucler sa ceinture. Elle leva les yeux et rencontra son regard. L'éclat de ses yeux noirs lui transperça l'âme. Comme si être maître de son corps ne lui suffisait pas. Comme s'il exigeait le pouvoir absolu sur tout son être.

Qu'attendre d'autre de la part de Raphael ? Son arrogance n'avait pas de limites.

Elle baissa les yeux. La vue de sa virilité qui se dessinait nettement sous son pantalon décupla son désir et la transporta. Obsédée par le pouvoir qu'il avait sur elle, elle en avait oublié celui qu'elle exerçait sur lui. Il n'y avait pourtant rien de plus grisant.

Il y eut comme un déclic en elle. Se mettant à genoux sur le lit, elle dégrafa son soutien-gorge, le jeta par terre et resta ainsi, offerte à son regard. Plus jamais elle ne se sentirait inférieure.

Plus jamais elle n'aurait honte.

Ça n'avait rien à voir avec lui. Ça ne concernait qu'elle. Toute sa vie avait été conditionnée par la peur de l'échec. La peur de reproduire les erreurs de sa mère. Inconsciemment, elle avait toujours été persuadée que désirer un homme la rabaisserait et la conduirait fatalement à sa perte.

En fait, tout ça provenait d'un excès d'orgueil alimenté par le mépris qu'elle éprouvait pour le comportement de sa mère. Or, l'orgueil l'avait enfermée dans la solitude. L'orgueil ne lui apporterait jamais le bonheur. Peut-être que Raphael non plus ne lui apporterait pas le bonheur. Peut-être qu'il lui briserait de nouveau le cœur.

Mais elle le désirait. Et c'était réciproque.

C'était tout ce qui comptait pour l'instant.

— Tu m'as fait attendre trop longtemps, dit-il d'une voix rauque.

D'un même mouvement, Raphael baissa son pantalon et son slip. Elle eut le souffle coupé. Il y avait beaucoup trop longtemps qu'elle ne l'avait pas vu nu. Bien sûr, des tas d'images étaient gravées dans sa mémoire. Des images qui n'avaient cessé de la poursuivre malgré tous ses efforts pour les oublier.

Mais ce n'était pas la même chose que de l'avoir là tout près devant elle. De pouvoir le toucher. Le déguster... Elle avança jusqu'au bord du lit, referma la main sur son épaule et déposa un baiser sur son torse. Il tressaillit, comme s'il avait été brûlé.

Oh oui ! elle avait du pouvoir !

Elle remonta jusqu'à son cou, qu'elle parsema de baisers, remonta encore et glissa la langue entre ses lèvres. Avec un grognement sourd, il glissa un bras autour de sa taille et la renversa en arrière sur le lit. Il l'embrassa avec une impétuosité qui la transporta. Il n'y avait pas la moindre tendresse dans son baiser, mais cela lui convenait parfaitement. Elle n'avait pas envie qu'il soit tendre. Elle voulait qu'il soit passionné. Qu'il ait du mal à se contrôler. Comme c'était d'ailleurs le cas depuis leur arrivée dans sa chambre. Parce que ça prouvait qu'il n'y avait aucun calcul dans son comportement. Contrairement au soir de la dégustation, il ne cherchait pas à la manipuler. S'il était là avec elle en train de l'embrasser c'était parce qu'il ne pouvait pas faire autrement. Parce qu'il avait perdu le contrôle de lui-même.

Cette pensée attisa encore son désir.

— J'ai envie de toi, dit-elle contre sa bouche. J'ai envie de toi maintenant.

Laissant échapper un nouveau grognement, il prit place entre ses cuisses et commença à entrer en elle avec précaution, comme il l'avait fait la première fois. Subitement émue, elle sentit sa gorge se nouer. Pourquoi tant de douceur ? Elle ne voulait pas qu'il soit doux ! Elle l'agrippa par les fesses tout en se cambrant. Il s'enfonça au plus profond d'elle d'un coup de reins puissant.

Oui ! Voilà ce qu'elle voulait !

Elle le regarda. À en juger par la crispation de ses traits, il devait faire appel à toute sa volonté pour garder le contrôle de lui-même. Elle fut assaillie par une bouffée d'exaltation.

Il lui avait menti. Il avait trahi sa confiance.

Mais en ce moment il ne trichait pas. Elle n'était pas certaine de le connaître. Elle ignorait quelle était la part du prince en lui et celle de l'homme dont elle était tombée amoureuse à Vail.

Le connaîtrait-elle vraiment un jour ? Elle ne le savait pas. Mais une chose était sûre. Ce désir partagé, cet élan qui les poussait l'un vers l'autre était authentique. Sincère. C'était le même que lorsqu'ils s'étaient rencontrés.

Le cœur en fête, elle se laissa emporter dans un tourbillon de sensualité brûlante au sein duquel son corps et celui de Raphael n'en formaient plus qu'un. Le rythme endiablé de leur danse lascive s'accéléra encore et encore. L'explosion qui la secoua fut d'une telle violence qu'elle lui coupa le souffle. Tandis que le plaisir déferlait en elle, vague après vague, Raphael la rejoignit avec un cri rauque qui acheva de la combler.

10

Quand Raphael se réveilla le lendemain matin, il y avait une femme blottie contre lui, un bras autour de sa taille. Depuis combien de temps cela n'était-il pas arrivé ? Il ouvrit les yeux, et son regard tomba sur une robe de mariée déchirée, qui gisait sur le sol.

La mémoire lui revint. Il avait plaqué Bailey contre le mur. Il avait déchiré sa robe. Il avait dévoré sa féminité ruisselante avec toute la rage et la frustration qui le tenaillaient.

Il se redressa, et Bailey se réveilla. Lorsqu'elle ouvrit les yeux, son regard embrumé de sommeil fit naître en lui une nostalgie étrange. Que lui arrivait-il ? Elle était là dans son lit, nue contre lui. Il n'avait aucune raison d'être nostalgique. Il avait tout ce qu'il voulait.

Cette femme, qui était désormais *sa* femme, ce palais et son royaume. Il n'avait besoin de rien d'autre. Alors pourquoi ce sentiment de vide ? Pourquoi cette mélancolie qui lui étreignait le cœur ?

— Bonjour, murmura-t-elle

— Est-ce vraiment un bon jour ? marmonna-t-il.

Il se dégagea de son bras, se leva et traversa la chambre. Il s'agenouilla devant la robe pour examiner les dégâts qu'il avait causés.

— C'est un peu tard pour avoir des regrets, commenta-t-elle en s'asseyant dans le lit, le drap remonté sur sa poitrine.

Ses joues étaient plus roses qu'à l'accoutumée, et ses lèvres légèrement gonflées. Combien de fois avait-il fait l'amour avec elle au cours de la nuit pour tenter d'assouvir le désir fiévreux qui le rongeait ?

Elle portait les marques de sa passion. De sa rage égoïste. Comme sa robe…

— Je n'étais pas moi-même, hier soir, déclara-t-il, plein de remords.

— Si. Tu étais complètement toi-même. Tu estimais avoir droit à quelque chose qui t'avait été refusé et tu as réagi en conséquence.

— Tu m'as dit que tu avais envie de moi.

— Oui, c'est vrai. J'ai eu envie de toi dès l'instant où je t'ai revu quand tu es revenu à Vail. Mais ce n'est pas la question.

— Quelle est la question ? demanda-t-il, des lambeaux de robe dans les mains. Parce que pour quelqu'un qui avait envie de moi depuis des semaines, tu m'as résisté avec une efficacité redoutable.

— Je ne veux pas être un baume pour ton ego blessé. Ni un trophée pour orgueil de mâle. Tu es un homme habitué à obtenir tout ce qu'il désire. Je ne veux pas être une de tes possessions parmi d'autres. Je veux avoir plus de valeur que ça.

— Tu voudrais que je fasse des efforts pour toi, n'est-ce pas ? L'autre jour tu m'as dit que la dégustation de gâteaux était un geste sans valeur parce que son organisation ne m'avait coûté aucun effort.

— Ma rencontre avec toi m'a coûté bien des souffrances, Raphael. Je ne pense pas qu'il soit très égoïste de ma part de souhaiter que notre mariage te coûte quelque chose également.

— Tu penses qu'il ne me coûte rien ? J'ai fait le serment de ne jamais toucher une autre femme.

— C'est la moindre des choses quand on se marie, il me semble.

— Je suis le premier prince de la dynastie à faire un mariage qui ne présente aucun intérêt politique pour mon pays. En t'épousant j'ai rompu avec une tradition séculaire. Tu n'as pas de relations qui puissent être utiles à mon pays. Ce que j'ai fait, je l'ai fait pour notre bébé. J'aurais pu te cacher. J'aurais pu acheter ton silence à prix d'or, mais ce n'est pas ce que j'ai voulu. J'ai voulu avoir mon enfant ici. Avec moi.

— Et moi ?

Il laissa tomber la robe par terre et se dirigea vers le lit. Il plongea le regard dans le sien, mais elle détourna les yeux. Il lui prit le menton pour l'obliger à le regarder.

— Je n'ai pas touché d'autre femme depuis le jour de notre rencontre. Après avoir rompu avec toi, je me suis efforcé de me rapprocher d'Allegra. Nous n'avions aucune affinité, et nos relations étaient toujours restées très distantes. Nous avons passé plusieurs fois des vacances ensemble avec toute sa famille, mais ni elle ni moi n'avons jamais été tentés de nous retrouver en tête à tête. En d'autres termes, elle était l'épouse idéale.

— Comment une femme qu'on ne désire pas peut-elle être une épouse idéale ?

— Parce qu'elle ne risque pas d'être… une distraction. Un obstacle. J'espérais… J'espérais sincèrement qu'après avoir rompu avec toi je finirais par éprouver un certain désir pour elle. Il était impensable que je passe ma vie à désirer une autre femme que mon épouse.

— Et comment ça s'est passé ?

— J'avais décidé que la première fois que je la reverrais après notre rupture, je l'embrasserais.

Il s'éclaircit la voix.

— Un vrai baiser. Pas un baiser sur le front. Mais quand je l'ai vue… je n'ai pas pu. Tu me manquais tellement que ça devenait obsessionnel. Et même quand tu es là, le désir que tu m'inspires nuit à ma concentration. C'est tout à fait inopportun.

— Alors je ne suis pas un élément négligeable de ce mariage ?

— J'ai dit que tu n'avais rien à apporter à mon pays, mais c'est faux. En te regardant avancer vers moi dans l'église, j'ai pris conscience que ta force représente un atout précieux. Pour moi et pour Santa Firenze. Tu n'as peut-être pas de relations dans le monde politique, mais tu es quelqu'un d'admirable. Tu as travaillé très dur pour arriver où tu es, et je ne connais pas beaucoup de gens qui peuvent en dire autant.

— Toi-même tu travailles très dur, Raphael.

— Bien sûr. Mais tout m'a été donné dès le départ. C'est toute la différence.

Comment n'en avait-il pas pris conscience plus tôt ? se demanda-t-il. Son pouvoir lui avait été légué par son père, qui lui avait transmis par la même occasion son arrogance. L'éducation qu'il avait reçue avait ancré en lui la certitude que rien de ce qu'il désirait n'était inaccessible tout en lui inculquant un principe fondamental. Rien n'était plus important que le bien de la nation.

— Ton dévouement pour ton pays n'en est que plus méritoire, répliqua Bailey. N'ayant pas été obligé de lutter pour arriver au pouvoir, tu pourrais ne pas lui accorder la valeur qu'il mérite et prendre tes responsabilités à la légère. Par conséquent, j'estime que le sens du devoir dont tu fais preuve est remarquable.

— Tu as subitement des mots aimables pour moi, Bailey ? Que t'arrive-t-il ? Ne me dis pas que tu as reçu un coup sur la tête au cours de la nuit.

Elle eut un sourire qui fit naître en lui une émotion étrange. Ce n'était pas désagréable de la voir pour une fois bien disposée envers lui. Jusque-là il se disait que son hostilité le laissait indifférent et que seul son refus de coucher avec lui le contrariait. Il se disait que seul son corps lui manquait. Que la complicité qui les unissait dans le Colorado n'était qu'une illusion de sa part. Une impression due au fait que c'était la première fois de sa vie qu'il avait une liaison avec une femme qui ignorait qui il était.

Mais son sourire lui faisait tellement chaud au cœur qu'il était difficile de continuer à croire ça.

Il avait envie de faire quelque chose pour elle. Mais quoi ? Après tout, il l'avait épousée. Il avait fait d'elle une princesse. Que pouvait-il faire de plus ? Lui proposer une lune de miel, peut-être.

— Es-tu déjà allée à Paris ?

— Non. Mais je n'ai toujours pas de passeport.

— Tu es la princesse de Santa Firenze. Le palais va s'occuper de tes papiers.

À sa grande joie, elle rosit de plaisir.

— L'idée d'aller à Paris te plaît ?

— Bien sûr. J'ai souvent rêvé d'y aller, mais sans croire un seul instant que ça pourrait m'arriver. Mes espoirs les plus fous se limitaient à l'obtention d'un emploi qui me mettrait à l'abri de la pauvreté. Voyager à travers le monde n'en a jamais fait partie.

— Eh bien, voyager à travers le monde est désormais l'une de tes principales obligations professionnelles.

— Quelle chance ! Et je suis sincère. Ne vois aucun sarcasme dans ce commentaire.

— Aucun sarcasme ? s'exclama-t-il d'un ton faussement surpris. J'ai vraiment du mal à croire que tu ne t'es pas cogné la tête cette nuit.

— Tu m'offres Paris. Il me semble que je te dois au moins d'être un peu sincère.

Le cœur de Raphael se serra. Pourquoi avait-il soudain le pressentiment d'un danger imminent ?

— Je serais toi je ne me sentirais pas trop redevable. Mais je vais prévenir les domestiques afin qu'ils préparent tes bagages.

— Nous partons tout de suite ?

— Paris t'attend depuis trop longtemps.

11

La première vision qu'elle eut de la ville émerveilla Bailey. Tout était si ancien… Comme à Santa Firenze, d'ailleurs. C'était d'autant plus frappant qu'aux États-Unis les villes étaient relativement récentes. À Paris, l'histoire était omniprésente. Dans chaque pierre de chaque monument, dans chaque rue, dans l'atmosphère elle-même.

La voiture roula le long de la Seine, dont l'eau grise reflétait le ciel nuageux. Sur la rive opposée se dressait une longue succession d'immeubles anciens qui semblaient monter la garde.

L'appartement avec terrasse que Raphael avait loué au dernier étage d'un immeuble regorgeait de détails d'un luxe inouï, depuis les moulures au plafond jusqu'à la robinetterie en or dans la cuisine et la salle de bains. Un plateau de fromages les attendait à leur arrivée, ainsi qu'une bouteille de champagne que son état lui interdisait de goûter.

Dans la chambre, l'armoire était déjà pleine de vêtements. Des tenues choisies spécialement pour elle par un *personal shopper*, précisa Raphael. Parmi elles, une splendide robe de soie verte qui ne cacherait rien de sa grossesse.

— Quand suis-je censée porter ça ? demanda Bailey en caressant le tissu fluide.

— Ce soir.

— J'ignorais que nous avions quelque chose de prévu.

— Il y a une soirée privée au musée d'Orsay. Visite de l'exposition, suivie d'un dîner. J'ai pensé que ce genre de soirée devrait te plaire et que l'organisateur de l'événement se réjouirait de la présence d'un couple princier, bien qu'étant prévenu au dernier moment. Sur ce dernier point je ne m'étais pas trompé. J'espère avoir vu juste en ce qui te concerne également.

Bailey fut touchée par l'espoir perceptible dans la voix de Raphael. C'était si inhabituel de le sentir peu sûr de lui… Pour une fois, il n'y avait pas la moindre arrogance dans son attitude.

— Bien sûr. J'ai très envie d'aller à cette soirée. Une robe magnifique, des œuvres d'art, un dîner fin. Comment pourrais-je ne pas être tentée ?

Visiblement soulagé, Raphael sourit.

— C'est vrai, tu as raison. Nous partirons dans deux heures.

— Je crois que je vais aller faire un tour. Pendant une petite heure.

Raphael plissa le front.

— Tu ne peux pas faire ça.

— J'ai envie de me promener dans Paris.

Elle avait également besoin de prendre un peu de distance… Redevenir soudain si proche de Raphael était très déstabilisant. Il fallait qu'elle se protège.

— Tu es une princesse. Tu ne peux pas te promener toute seule dans les rues.

— Tu crois vraiment que quelqu'un risque de me reconnaître ?

— Ces derniers jours tu as été plus d'une fois à la une de la presse internationale, *cara*. Je suis sûr que tu serais reconnue dès que tu mettrais le pied dehors.

Elle soupira.

— Bon, eh bien dans ce cas je vais me préparer pour ce soir. Comment pourrais-je avoir envie de faire autre chose que me maquiller alors que je viens d'arriver à Paris ?

La mine de Raphael s'assombrit.

— Je ne cherche pas à gâcher ton séjour. Je suis juste réaliste.

Elle réprima un nouveau soupir.

— Excuse-moi. C'est moi qui ne suis pas très raisonnable. Je vais me préparer.

Deux heures plus tard, prête à partir, elle s'examina une dernière fois dans le miroir. Ce soir, personne ne pourrait ignorer qu'elle était enceinte…

— Tu es conscient que cette soirée sera celle de l'annonce de ma grossesse ? demanda-t-elle en arrivant dans le salon.

Raphael leva les yeux de son journal et la considéra d'un air interdit.

— Oh !

— Ce qui veut dire ?

Il se leva, la rejoignit et s'immobilisa devant elle.

— Allons, Raphael, dis quelque chose. Sinon je retourne dans la chambre et je me mets en jogging.

— Pas question. Tu es parfaite. Superbe.

Ravie, elle souligna :

— Je me suis maquillée sans l'aide de personne.

Elle enroula une mèche de cheveux autour de son doigt.

— Et je me suis coiffée toute seule.

— Ça te va bien. Peut-être parce que c'est vraiment toi, commenta-t-il avant de déposer sur son front un baiser d'une tendresse inhabituelle, qui la toucha en plein cœur.

Puis il s'empara brièvement de sa bouche avec une gourmandise qui fit courir des frissons le long de son épine dorsale.

— Nous ferions mieux d'y aller, murmura-t-il. Sinon je vais t'enlever cette robe et nous n'arriverons jamais au musée.

— Ma grossesse ne va pas passer inaperçue. Tu n'as rien dit à ce sujet.

— Je suis fier que tu sois enceinte. Et je suis ravi de le faire savoir à tout le monde.

— C'est exactement ce que je voulais entendre, approuva-t-elle en se hissant sur la pointe des pieds pour l'embrasser.

— Il y a une première fois pour tout, commenta-t-il avec un sourire amusé.

Lorsqu'ils arrivèrent au musée, le maquillage de Bailey était encore intact, ce qui tenait du miracle vu les baisers passionnés que lui avait donnés Raphael pendant le trajet en voiture. Des hommes en smoking et des femmes en robes couvrant toutes les couleurs de l'arc-en-ciel déambulaient dans les grandes salles en discutant et en regardant les œuvres exposées.

Les hors-d'œuvre qui garnissaient le buffet étaient très alléchants, mais Bailey était plus intéressée par l'exposition. Elle dut faire preuve d'ingéniosité pour fausser compagnie aux femmes qui s'étaient précipitées sur elle dès son arrivée, tout excitées à l'idée de rencontrer une princesse. Quelle sensation étrange d'être soudain le point de mire… Il y avait seulement quelques semaines, elle était une serveuse. Aujourd'hui elle était une princesse. Une invitée d'honneur. Il y avait de quoi avoir le vertige. Elle avait besoin d'un peu de calme pour reprendre ses esprits…

Elle gagna l'espace dédié à la sculpture et admira plusieurs statues de marbre dont la force d'expression était telle qu'elles semblaient sur le point de s'animer. Elle s'attarda devant une femme agenouillée, d'une finesse et d'une élégance admirables.

— Tu es là.

Elle se tourna vers Raphael, et un long frisson la parcourut. En smoking il était plus séduisant que jamais…

— Tu médites sur le destin cruel de Jeanne d'Arc ?

Elle jeta un coup d'œil à la plaque située sur le socle de la statue.

— Oui.

— Te sentirais-tu des affinités avec elle ?

— Parfois j'ai le sentiment d'avoir un destin cruel, en effet.

— Mais comme elle, tu es une femme très courageuse, Bailey Harper.

— Princesse Bailey DeSantis, s'il vous plaît, rectifia-t-elle en prenant un air faussement hautain.

— Veuillez accepter mes humbles excuses pour cette grave erreur, princesse.

Raphael se rapprocha d'elle.

— Tu apprécies la visite ?

— Oui. Je n'ai jamais rien vu de tel. Je suis déjà allée dans des musées, bien sûr. Mais je n'ai jamais vu des œuvres aussi exceptionnelles. C'est… c'est fantastique.

— Tu sais que seul cet étage est ouvert, ce soir.

— Oui.

— Je me suis arrangé pour que nous puissions accéder à un des étages supérieurs. J'ai pensé que tu aimerais voir des Manet.

— Je… Oui, bien sûr, j'aimerais beaucoup. Mais nous ne sommes pas censés…

— Je suis le prince Raphael DeSantis. Les règles imposées au commun des mortels ne s'appliquent pas à moi.

Elle ne put s'empêcher de pouffer.

— Excuse-moi. Par moments, j'oublie que je suis mariée à un demi-dieu.

— Tu me vexes. Seulement demi ?

— Oh ! pardon ! Jupiter réincarné ?

— Je préfère ça, commenta-t-il avec un sourire malicieux.

Puis il lui offrit son bras.

— On y va ?

Ils prirent un ascenseur puis un escalier pour arriver à un étage où régnait un silence qui contrastait avec le brouhaha du rez-de-chaussée. Raphael resta silencieux, tandis qu'elle contemplait les tableaux. Curieusement, devant *Le Déjeuner sur l'herbe*, elle s'identifia à la femme nue assise en compagnie de deux hommes habillés. Pourquoi éprouvait-elle une telle compassion pour cette femme qui ne semblait pas à sa place ? La gorge nouée, elle sentit une larme rouler sur sa joue. Elle tenta de l'essuyer discrètement, mais Raphael comprit qu'elle pleurait.

— Qu'est-ce qui ne va pas ? demanda-t-il.

— Rien. Tout va bien. C'est juste que… tout ça est si beau… C'est tellement extraordinaire d'être ici et de pouvoir admirer tous ces chefs-d'œuvre… J'ai du mal à croire qu'il ne va pas se passer quelque chose d'horrible.

Une détresse insurmontable l'étreignit. Elle se trouvait dans cet endroit mythique où elle n'aurait jamais imaginé pouvoir mettre les pieds un jour, en compagnie d'un homme sublime dont elle n'aurait jamais osé rêver. Elle était une princesse.

Elle allait être mère. Cette vie était-elle vraiment la sienne ? Comment y croire ?

— Et si je me réveille tout à coup ? Si je m'aperçois que tout ça n'est qu'un rêve ?

Debout derrière elle, Raphael posa les mains sur ses épaules et les fit glisser sur ses bras nus. Puis elle sentit son souffle chaud sur sa nuque.

— As-tu l'impression que mes mains sont un rêve ?

— Non.

— Pourquoi as-tu peur d'être en train de rêver ?

— Quand j'étais enfant, il m'arrivait souvent d'aller au lit sans avoir mangé à ma faim. Une fois endormie, je rêvais que j'étais bien au chaud dans un endroit confortable, sur le point de me mettre à table devant un bon repas. Quand je me réveillais j'avais toujours aussi faim. Et je me mettais à pleurer. Je découvrais que les rêves n'avaient rien à voir avec la réalité. Qu'il valait mieux éviter de rêver si on ne voulait pas être cruellement déçu.

Elle prit une profonde inspiration.

— Quand je t'ai rencontré, j'ai recommencé à rêver pour la première fois depuis mon enfance. Et puis je me suis réveillée. Tu n'étais pas plus réel que les rêves de mon enfance.

Elle eut un sourire contraint.

— Et ce soir j'ai du mal à croire que je ne vais pas me réveiller une fois de plus et me retrouver sans rien.

Il enroula le bras autour de sa taille et posa la main sur son ventre rond.

— Je suis là. Je suis ton mari. J'ai pris des engagements envers toi et je les tiendrai.

Elle hocha la tête, la gorge trop nouée pour parler.

— Tout ici est si beau…

Elle essuya une nouvelle larme.

— Si beau que ça m'a fait pleurer. Si parfait… que j'ai du mal à y croire.

Elle se tourna vers lui. Son visage était un objet d'art de plus dans cette salle remplie de chefs-d'œuvre… Et elle lui appartenait corps et âme, comprit-elle soudain. Inutile de chercher à se protéger, ça ne servirait à rien. Ça n'avait jamais servi à rien.

Elle l'aimait. De toute son âme et pour toujours.

— Tu es prête à redescendre pour dîner ?

— Oui.

Alors qu'ils se dirigeaient vers l'ascenseur, elle s'arrêta devant une horloge monumentale dont le cadran transparent offrait une vue à couper le souffle sur les lumières de la ville. Elle s'accouda à la balustrade qui empêchait les visiteurs de s'approcher trop près de la façade et contempla ce spectacle avec émerveillement.

— Tu as toujours l'impression de rêver ? demanda Raphael derrière elle.

— Je… Oui. J'ai toujours du mal à croire que tout ça est bien réel.

— Un musée prestigieux en visite privée ? Une des plus belles vues au monde ? Tout ça me semble bien réel. Mais toi… toi tu as tout d'un rêve.

Elle sentit son cœur s'affoler.

— Moi ? Je croyais que je m'apparentais plutôt à un cauchemar.

— Bailey…

Il posa la main entre ses omoplates et fit courir les doigts le long de son épine dorsale. Parcourue de longs frissons, elle étouffa un gémissement lorsqu'il se mit à lui caresser les fesses en faisant glisser la soie sous sa paume.

— Tu as tout d'un rêve, mais heureusement tu es bien réelle, murmura-t-il contre sa nuque avant d'y déposer un baiser. Tout est bien réel…

Elle ferma les yeux puis les rouvrit aussitôt, s'efforçant de les garder fixés sur la vue tandis qu'il remontait sa robe jusqu'à la taille. Lorsque sa main entra en contact avec sa peau, elle fut électrisée. Il lui caressa de nouveau les fesses, puis ses doigts se glissèrent entre ses cuisses, sous l'élastique de sa culotte.

— Raphael… On risque de nous surprendre…

— Personne n'a l'autorisation de monter jusqu'ici, répondit-il en explorant sa fleur ruisselante. Et même si des gens montaient, je leur ordonnerais de faire demi-tour.

— Mais ils nous auraient vus.

— Et alors ? Tu es ma femme.

Elle laissa échapper un gémissement, tandis qu'il approfondissait son exploration.

— Et ma parole a force de loi.

— Oui, mais… J'ai besoin… de savoir, dit-elle d'une voix entrecoupée.

— Savoir quoi, *cara* ?

— Je suis ta femme, mais… suis-je un fardeau pour toi ? Un devoir ?

— Tout ce qui fait ma vie m'a été légué. C'est cet héritage qui est un devoir. Mais toi… je t'ai choisie.

Le cœur de Bailey se gonfla de joie. Quel soulagement ! Elle ne supporterait pas d'être un boulet pour lui. Pas après en avoir été un pour sa mère…

Il fit glisser sa culotte sur ses hanches, et ses doigts redoublèrent de dextérité. Le souffle court, elle se cramponna à la balustrade. Les lumières de la ville s'estompaient sous ses yeux embués de plaisir, et la vue prenait des allures de tableau impressionniste. Un petit cri étranglé lui échappa lorsque les doigts de Raphael laissèrent place à sa virilité.

— Penche-toi en avant, lui intima-t-il en l'agrippant par les hanches.

— Nous ne pouvons pas faire ça ici…

Il s'enfonça imperceptiblement en elle.

— Tu en as envie ?

— Oui…

— Alors nous pouvons.

Il plongea au plus profond d'elle d'un coup de reins vigoureux. Puis il la mit au supplice en adoptant un rythme d'une nonchalance extrême. Visiblement décidé à la torturer sans merci, il la maintenait au bord du gouffre, vacillante, parcourue d'ondes qui ne se transformaient jamais en vagues. Ondulant des hanches, elle avait beau tenter de l'entraîner dans un tourbillon de passion, il résistait. N'y tenant plus, elle finit par le supplier, encore et encore, avec des mots de plus en plus crus. Jusqu'à ce qu'il soit pris à son propre jeu. Perdant soudain toute retenue, il accéléra le rythme en lui parlant dans sa langue, sans qu'elle ait besoin de connaître les mots pour les comprendre. Le raz-de-marée qui les balaya leur arracha un même cri rauque, qui se répercuta tout autour d'eux dans cet espace dédié à l'art.

Non, tout ceci n'était pas un rêve, songea-t-elle confusément, les bras de Raphael étroitement resserrés autour d'elle tandis que les vagues de plaisir se succédaient sans relâche dans leurs deux corps confondus. C'était réel. Merveilleusement réel.

— Tu as toujours envie de descendre dîner ? demanda-t-il au bout d'un moment en s'écartant d'elle pour remonter sa culotte et baisser sa robe avant de se rajuster lui-même.

— A-t-on le choix ?

Avec des gestes très doux, il cala ses cheveux derrière ses oreilles et effaça du bout du pouce une tache de rouge qui avait débordé de ses lèvres.

— Si nous allions nous promener dans les rues ?

Une fois au rez-de-chaussée, il l'entraîna vers la sortie avec une telle autorité que personne n'osa les approcher. Le cœur battant, elle vibrait d'une joie indicible. Son bras autour de ses épaules était si possessif et si protecteur… Quel bonheur c'était d'avoir la certitude qu'il tenait à elle !

— Tu n'appelles pas ton chauffeur ? demanda-t-elle lorsqu'ils arrivèrent dehors.

— Non. Nous allons marcher.

Il enleva le bras de ses épaules pour lui prendre la main, et ce geste tendre la ravit. Malgré l'heure tardive, les rues étaient encore très animées. Elle poussa une exclamation en voyant la tour Eiffel illuminée qui se découpait sur le ciel obscur.

— Je n'aurais jamais imaginé que je la verrais un jour de mes propres yeux !

— La tour Eiffel.

— C'est surréaliste. Je l'ai vue dans tellement de films… et voilà qu'elle est là devant moi.

— Je crois que ce que j'ai en tête va te plaire.

Il l'emmena dans un petit café situé à proximité de la tour. Installés dans un box d'où ils pouvaient la contempler, ils mangèrent des sandwichs au jambon et au fromage en buvant du café. C'était beaucoup moins raffiné que le dîner prévu au musée, mais tellement plus romantique… Elle n'avait jamais été aussi heureuse.

Les heures passèrent aussi vite que des minutes, et il fut bientôt temps de rentrer. Il était tard, et elle avait mal aux pieds mais elle ne voulait pas prendre la voiture. Elle voulait continuer à marcher. Elle voulait prolonger cette nuit à l'infini. Raphael était redevenu l'homme dont elle était tombée amoureuse à Vail, et elle n'avait aucune envie qu'il se transforme de nouveau en prince arrogant.

Ils arrivèrent à l'appartement beaucoup plus vite qu'elle ne l'aurait voulu, mais il fut aussitôt manifeste que la soirée n'était pas terminée. Raphael mit presque autant de temps à la déshabiller qu'elle en avait mis à se préparer pour sortir. Lorsqu'elle fut entièrement nue, il l'allongea sur le lit et honora chaque parcelle de son corps avec sa bouche. Il recommença avec les mains, puis il lui fit longuement l'amour. Ils basculèrent ensemble dans le gouffre du plaisir, et dans le tourbillon qui l'emportait elle fut assaillie par des images de la soirée mêlées à des souvenirs de Vail. Des images qui formaient le tableau d'une réalité mille fois plus belle que ses rêves. Son bonheur était si parfait que les mots quittèrent ses lèvres sans qu'elle cherche à les retenir.

— Je t'aime.

Plus tard, les mains crispées sur la balustrade de la terrasse, Raphael regardait la ville scintiller dans la nuit. L'aveu de Bailey le poursuivait. Il avait gardé le silence, et elle s'était endormie presque aussitôt. Mais tôt ou tard, il faudrait réagir. Or, il ne pourrait pas lui donner la réponse qu'elle attendait.

S'il avait appris une chose de ses parents, c'était qu'il ne pouvait pas y avoir d'attachement plus profond que l'attachement à la nation.

Bien sûr, un prince se devait de prendre soin de sa femme et de ses enfants. Mais l'amour était réservé à son peuple et à son pays. C'était un principe que lui avait inculqué son père, par son comportement et par les règles qu'il imposait, comme celle qui limitait le temps que sa mère avait le droit de passer avec lui quand il était enfant.

Malgré tout, il allait être obligé de dire quelque chose à Bailey.

Lui dire qu'il l'aimait ? Il ne l'avait jamais dit à personne et il n'avait pas envie de commencer maintenant, surtout quand ce n'était qu'une formule vide de sens, uniquement destinée à la rassurer.

Non, il fallait trouver autre chose.

Il sortit son téléphone de sa poche et composa le numéro du palais à Santa Firenze.

— J'ai besoin qu'on me livre plusieurs choses à l'appartement de Paris à la première heure demain matin. Une rivière de diamants, des fleurs — suffisamment de bouquets pour garnir toutes les pièces — et un petit déjeuner somptueux. Les meilleurs croissants que vous pourrez trouver, de la viande, du fromage. Et une boisson sans alcool pour la princesse.

Il raccrocha et se retourna vers la baie vitrée donnant sur le salon. Ça devrait suffire. Il allait la rendre heureuse. Il avait du pouvoir et de l'argent. Tout ce qu'elle désirait, il le lui offrirait.

Au musée, elle avait été tellement émerveillée par les tableaux qu'elle en avait pleuré. Oui, il continuerait à lui offrir des moments de joie. À prolonger ce rêve qu'elle avait tellement peur de voir se terminer.

Avec lui elle n'aurait jamais faim. Elle n'aurait jamais froid. Elle ne manquerait jamais de rien.

À condition qu'elle ne lui demande pas de l'aimer.

12

Quand Bailey se réveilla le lendemain matin, Raphael n'était pas dans le lit. Elle se leva et enfila une chemise de nuit en soie qu'elle trouva dans la penderie.

Pourquoi avait-elle le sentiment confus d'avoir oublié un détail important de la soirée ? Haussant les épaules, elle sortit de la chambre et s'immobilisa sur le seuil du salon, stupéfaite. Il y avait des roses rouges partout. Absolument partout. Comme dans une comédie romantique quand le héros a décidé de sortir le grand jeu…

Et ce n'était pas tout, constata-t-elle en avançant dans la pièce. Sur la table basse devant le canapé, il y avait une cafetière et un plateau de viennoiseries. Son estomac se mit à gargouiller. Un son agréable après toutes les fois où elle s'était réveillée avec la nausée ces derniers temps !

Cependant, il y avait toujours ce détail oublié qui la tracassait…

Mais la mémoire allait sûrement lui revenir dès qu'elle aurait mordu dans un pain au chocolat.

— Ah ! tu es réveillée !

Raphael fit son apparition, un grand écrin de velours noir à la main.

— Oui. Mais que se passe-t-il ? À moins qu'une livraison matinale de fleurs et de viennoiseries soit de la pure routine pour toi… Ce qui après tout est une tradition qui pourrait bien me plaire.

— Tant mieux, parce que tout est pour toi, *cara*. Comme ceci.

Il ouvrit l'écrin, et elle resta sans voix. Jamais elle n'avait vu — même en photo ! — un collier aussi somptueux… Des brins d'or blanc tressés parsemés de minuscules diamants qui scintillaient comme des gouttes de rosée sous les premiers rayons du soleil. Et au centre, un énorme diamant en poire qui brillait de mille feux.

Tout à coup la mémoire lui revint. Cette nuit, elle lui avait dit qu'elle l'aimait. Et il n'avait pas réagi.

Sa réponse c'était ce collier.

— C'est… c'est beaucoup trop.

— Ça ne peut pas être trop puisque c'est pour toi.

— Merci…

Pourquoi était-elle déçue ? Qu'attendait-elle ? Il n'allait pas lui faire une grande déclaration. Pas aujourd'hui. Peut-être fallait-il juste faire preuve d'un peu de patience.

— Ça ne semble pas te faire plaisir.

Il lui tendit l'écrin.

— Si, bien sûr, répondit-elle en le prenant. Qui n'aimerait pas recevoir des diamants ?

— Tu veux le mettre ?

— Non, merci. Je suis encore en chemise de nuit. Ce serait un peu ridicule.

— Comme tu veux. Au fait, nous faisons les gros titres, ce matin, ajouta Raphael d'un ton léger.

— Oh ! Ils sont très critiques ?

— Un ou deux journaux ont osé insinuer que je t'avais visiblement épousée par obligation. Mais beaucoup d'autres ont indiqué que nous paraissions très amoureux à la soirée. Et certains ont même publié des photos de nous au café en soulignant que si nous choisissions de nous isoler dans des endroits discrets, ça prouvait que nous ne passions pas du temps ensemble uniquement pour soigner notre image dans les médias.

Le cœur de Bailey se serra. Cette promenade romantique dans les rues de Paris était-elle moins romantique qu'elle ne l'avait cru ? Était-ce un calcul de la part de Raphael pour manipuler les médias ? Elle s'efforça de chasser ces questions de son esprit. Quelle importance ? Quand il lui avait fait l'amour dans le musée, devant l'horloge, ce n'était pas par calcul. C'était un moment destiné à eux seuls.

C'était donc bien une preuve.

Bien sûr. Ça prouve qu'il avait besoin de satisfaire sa libido.

Elle s'empressa de faire taire cette petite voix moqueuse. Non, c'était bien plus que ça.

— Je suis heureuse que nous ayons donné une bonne image, déclara-t-elle d'un ton neutre, toujours en proie au doute malgré ses efforts.

Comment interpréter le fait que sa seule réponse à sa déclaration d'amour avait été un bijou ?

— Si on doit faire les gros titres autant qu'ils soient favorables, précisa-t-il. Mais en réalité, quand on dirige un pays on ne devrait apparaître dans les médias que pour sa politique. Jamais à titre personnel.

— C'est intéressant, venant de l'homme le plus arrogant que j'aie jamais rencontré.

Il haussa les épaules.

— Tu me trouves peut-être arrogant, mais j'estime qu'il serait très négatif pour mon peuple d'avoir un monarque qui ne serait pas sûr de lui en toute circonstance. Pourquoi les gens me feraient-ils confiance si je n'avais pas confiance en moi ?

— Parfois, reconnaître qu'on a besoin d'aide est un signe de force.

— Non. C'est un mensonge que se racontent les gens qui refusent de s'avouer qu'ils sont faibles. Mon père n'a jamais fait preuve de faiblesse, et sous son règne Santa Firenze a connu une longue période de stabilité et de prospérité. Sans jamais être affecté par les nombreuses guerres et crises financières qui secouaient le monde. Devrais-je m'y prendre autrement que lui ?

— Je suppose que non.

Difficile d'émettre la moindre objection alors que le seul être dont elle avait jamais été responsable était un poisson rouge, reconnut-elle intérieurement.

— Le pays tout entier me fait confiance. Et toi aussi tu peux.

La voix de Raphael s'était radoucie, et ces paroles la réconfortèrent. Après avoir été assaillie par le doute, c'était exactement ce qu'elle avait besoin d'entendre. À défaut de : « Je t'aime »…

— Si tu le dis.

— Je te le dis. Et ma parole a force de loi.

— Oh ! Raphael !

Profondément émue, elle se leva et posa la main sur son torse.

— Je t'aime vraiment.

Elle le sentit se raidir. Ce n'était pas grave, décida-t-elle. Il ne l'aimait peut-être pas encore. Mais il l'avait *choisie*. Il le lui avait dit, et elle le croyait. Elle allait donc continuer à l'aimer sans s'en cacher. De toute façon, elle n'avait pas le choix. Elle n'avait aucune envie de cacher ses sentiments pour lui.

— Y a-t-il des choses particulières que tu as envie de voir, aujourd'hui ?

Elle eut un pincement au cœur, qu'elle s'empressa d'ignorer. Il ne réagissait pas à cette nouvelle déclaration ? Et alors ? Elle ne s'attendait pas à autre chose.

— Si tu me surprenais ? suggéra-t-elle en souriant.

À sa grande joie, il parut très heureux de cette marque de confiance.

— Pas de problème.

La semaine à Paris passa beaucoup trop rapidement, et à leur retour au palais Raphael s'absorba dans la gestion des affaires de l'État. C'était inévitable, pensa-t-elle. Il avait délégué ses pouvoirs pendant quelques jours, mais il y avait sans aucun doute des problèmes que seul le prince était à même de régler.

Elle s'efforça de se convaincre qu'elle ne se sentait pas seule. Que sa compagnie ne lui manquait pas. Qu'elle pouvait se contenter de le voir la nuit, quand il la rejoignait dans sa chambre et lui faisait l'amour avec passion.

Et surtout, que s'il ne lui disait pas : « Je t'aime », ce n'était pas grave.

Oh ! bien sûr, il veillait à ce qu'elle ne manque de rien ! Elle avait plus de vêtements qu'elle ne pourrait jamais en porter, surtout si on considérait que dans quelques mois elle ne pourrait plus mettre ses tenues de grossesse. Il lui avait offert des bijoux, des livres. Et même, une aile entière du palais. Rien que pour elle.

Un jour il était arrivé avec une jeune femme qui avait plusieurs livres sous le bras.

— Dans le Colorado, nous avons parlé de ton souhait de terminer tes études. J'ai engagé un professeur pour t'aider, annonça-t-il. Elle t'a préparé un programme, et tu pourras étudier à distance dans une université dont les diplômes sont reconnus par l'État.

La jeune femme avait souri en jetant un coup d'œil au ventre de plus en plus rond de Bailey.

— Bien sûr, nous adapterons votre emploi du temps aux circonstances, avait-elle déclaré d'un ton bienveillant. Je ne voudrais pas que vous vous surmeniez, princesse.

Jamais personne ne s'était préoccupé de savoir si elle était surmenée quand elle allait à l'université dans le Colorado, avait songé aussitôt Bailey. Personne ne s'était jamais demandé non plus si ce n'était pas trop fatigant de continuer à travailler comme serveuse quand on était enceinte.

Ça faisait un drôle d'effet d'être soudain l'objet de tant de sollicitude. Tous les employés du palais étaient aux petits soins avec elle. Quant aux médias, ils ne cessaient de chanter ses louanges.

Elle était devenue une icône en matière de mode pour femmes enceintes. Sauf qu'elle n'y était pour rien. Raphael avait engagé une styliste qui la conseillait pour chacune de ses sorties.

Jamais on ne s'était autant occupé d'elle. Jamais. Et pourtant, elle se sentait… vide. Parce que toutes ces attentions n'avaient rien à voir avec l'amour. Même si Raphael prenait admirablement soin d'elle, le doute continuait de la ronger.

Aujourd'hui le médecin était venu, et sa visite avait abouti à des résultats qui devraient réjouir Raphael. Le bébé était un garçon. Le genre d'héritier que les hommes comme lui appréciaient le plus. D'après ce qu'elle avait entendu dire.

Curieusement, elle eut du mal à trouver le bon moment pour lui annoncer la nouvelle.

— Tes études se passent bien ? demanda-t-il en arrivant dans la chambre cette nuit-là.

— Très bien. Le professeur Johnson est très patiente et elle m'aide beaucoup. Avec elle je n'ai aucun mal à rattraper le retard que j'ai pris.

— Parfait. Et que comptes-tu faire avec un diplôme de gestion ?

— Quand j'étais dans le Colorado, j'avais le projet de créer un jour mon entreprise. Et je me disais qu'en attendant le diplôme me permettrait de trouver des emplois plus intéressant et mieux payés.

— Et maintenant ?

— Je trouve qu'il est intéressant de comprendre le fonctionnement d'une entreprise et, de façon plus générale, celui de l'économie. Il me semble que ça peut être utile pour une princesse.

— Je suis sûr que tu sauras mettre à profit tes connaissances. Il y a des tas d'associations caritatives qui pourraient en bénéficier. Mais à mon avis, tu as bien d'autres choses beaucoup plus précieuses qu'un diplôme à leur apporter.

— Quoi donc ?

— Une détermination à toute épreuve et un grand pouvoir de persuasion. Je suis certain que tu seras en mesure d'accomplir de grandes choses. Une volonté de fer est un atout précieux.

— Je suis heureuse que tu apprécies ma volonté de fer.

— À vrai dire, je l'apprécie beaucoup plus depuis que tu t'en sers moins souvent contre moi.

Bailey pouffa.

— Je ne peux pas te promettre que ça va durer.

Le silence s'installa. Un silence étrangement embarrassé. Sans doute à cause du non-dit, songea-t-elle. Pour sa part, elle disait tous les jours à Raphael qu'elle l'aimait. Il n'y avait jamais de réponse. À part des cadeaux toujours plus nombreux.

— J'ai un emploi du temps très chargé, demain, annonça-t-il soudain.

— Ça veut dire que je ne te verrai pas ?

— Sans doute.

— Je ne te vois pas beaucoup depuis quelque temps.

— Je suis très pris, répliqua-t-il avec une pointe de dureté. Il faut que tu t'y habitues. Au début, je me suis rendu disponible par courtoisie envers toi, parce que tu venais d'arriver dans un univers inconnu et que nous avions un mariage à organiser. Et à Paris, nous avons passé beaucoup de temps ensemble, bien sûr. Mais ça ne peut pas durer. Mais tu trouveras des tas d'occupations.

— C'est pour ça que tu m'encourages à terminer mes études ? Et que tu m'as demandé ce que je comptais faire avec mon diplôme ?

— Oui, en partie. Il faut que tu trouves une occupation. Quelque chose qui te permette d'être utile au pays.

— Je vais également élever notre enfant.

— Oui, bien sûr. Mais cette responsabilité incombera avant tout à des nurses.

— Certainement pas, protesta-t-elle avec force.

— Tu as des devoirs envers le pays, Bailey.

— J'ai avant tout des devoirs envers notre bébé. J'étais prête à l'élever seule, Raphael. Je m'étais préparée à réorganiser toute ma vie pour m'occuper de cet enfant. Et j'ai toujours l'intention de lui consacrer l'essentiel de mon temps.

— Mais ce n'est pas ce qui est prévu. Non seulement parce que nous aurons tous les deux de nombreuses obligations, mais aussi et surtout parce que notre enfant doit être éduqué comme un prince héritier dès sa naissance. Comme je l'ai été moi-même.

— Élevé exclusivement par des membres du personnel ? À la fois vénéré et délaissé ?

— Je n'ai jamais été délaissé, objecta-t-il sèchement. J'étais le centre de l'attention. L'héritier du trône. Ce sera la même chose pour notre enfant. Toute son éducation aura pour objectif de le préparer à devenir le prince ou la princesse de Santa Firenze. C'est comme ça depuis toujours et ça ne changera pas.

— Je me moque de ce qui se fait depuis des siècles. Je suis la première roturière à être épousée par un prince de Santa Firenze et j'ai l'intention de m'y prendre différemment.

— Ton enfance a été idyllique, peut-être ?

— Non. Elle a été horrible, et tu le sais parfaitement. Ma mère m'a toujours considérée comme un boulet. Aujourd'hui nous n'avons plus aucune relation, parce qu'elle m'en veut toujours de mon existence. Elle a passé sa vie à regretter de m'avoir donné le jour.

— Alors pourquoi considères-tu ta présence comme indispensable au bonheur de notre enfant ? s'exclama Raphael, visiblement exaspéré.

— Tu ne comprends pas. Quand j'ai découvert que j'étais enceinte, je me suis retrouvée dans la même situation que ma mère. Sauf que j'ai décidé de ne pas suivre son exemple. D'aimer mon enfant au lieu de lui en vouloir. De l'aimer plus que mon propre confort. Je veux m'en occuper, passer du temps avec lui. L'idée de m'engager dans des associations me plaît, mais je refuse de laisser à d'autres le soin d'élever mon enfant.

— Peut-être, mais c'est la règle.

De toute évidence, la patience de Raphael était à bout. Il n'admettait toujours pas — après tout ce temps passé avec elle — que quelqu'un conteste son autorité.

— Tu n'as pas envie de passer du temps avec notre enfant ?

Il balaya cette objection d'un revers de la main.

— Ce n'est pas une question d'envie mais de responsabilité. C'était ainsi pour mes parents et ce sera la même chose pour moi. Tu parles de l'amour comme s'il avait des pouvoirs magiques. Comme s'il pouvait déplacer des montagnes et assurer la stabilité d'un royaume. C'est faux. L'amour risque de détourner un monarque de son devoir. De l'empêcher de prendre les bonnes décisions pour son pays. Je ne peux pas prendre ce risque. Mon père ne l'a jamais fait, et il n'est pas question que je le fasse.

— Tu considères vraiment l'amour comme un ennemi ?

— Je le considère comme un danger. J'estime qu'un homme dans ma position doit aimer son pays avant tout.

Elle eut l'impression qu'une poigne d'acier lui broyait le cœur. Comme à Vail, la nuit où il avait rompu avec elle, il était inflexible. Rien ne pourrait l'ébranler.

— Alors tu ne m'aimeras jamais.

Ce n'était pas une question mais une affirmation. Et comme ces mots étaient douloureux à dire !

— Tu n'aimeras jamais que ton pays. N'aimeras-tu même pas ton propre enfant ?

Elle était prête à supporter qu'il ne l'aime pas. Mais accepter qu'il refuse son amour à son enfant ? C'était beaucoup plus difficile à envisager.

— Je t'ai déjà dit que cet enfant comptait pour moi. C'est d'ailleurs pour lui que je t'ai épousée.

— L'aimeras-tu ?

— Je n'ai jamais parlé d'amour à personne. Ça n'a jamais été important pour moi.

— Aujourd'hui ça l'est, Raphael. C'est important pour moi.

— Ne t'ai-je pas prouvé amplement que je tenais à toi ? s'écria-t-il, visiblement outré. Ne t'ai-je pas donné tout ce que tu peux désirer ? Mais à t'entendre, ce n'est pas assez.

— Raphael…

— Non. Tu es une serveuse que j'ai accueillie ici, dans mon palais, et à qui j'ai donné tout ce que je pouvais donner. Et pourtant, tu te comportes comme si j'étais indigne de toi. Tu m'accuses d'être arrogant, mais je trouve que tu me bats sur ce point. Ne t'ai-je pas donné toute une aile du palais qui appartient à ma famille depuis des générations ? N'ai-je pas fait de toi une princesse DeSantis ? Tu vivais dans un taudis, et je t'ai offert une vie dont tu n'aurais même pas osé rêver. Et c'est comme ça que tu réagis ?

— Tu me reproches de ne pas me sentir honorée par les miettes que tu m'as données ?

Elle vibrait de rage et elle ne maîtrisait plus tout à fait sa pensée ni ses paroles. Mais tant pis. Elle avait trop envie de le blesser comme il l'avait blessée si souvent depuis cette nuit où il l'avait jetée dehors à Vail.

— Parce que ce ne sont que des miettes, insista-t-elle. Tu crois pouvoir m'amadouer avec de la poudre d'or. Des choses qui brillent dont je n'ai jamais eu envie. Tu estimes avoir droit à ma reconnaissance. Mais tout ça c'est très facile, Raphael. Si facile pour un homme comme toi de m'offrir une aile de ton palais. Il est si grand que tu ne pourrais pas le parcourir tout entier en un après-midi. Comment quelques pièces pourraient-elles te manquer ? Tu me couvres de cadeaux extravagants tout en me faisant bien comprendre qu'ils ne risquent pas d'ébrécher le trésor de la Couronne. Et tu te comportes comme si tes largesses étaient un grand honneur pour moi. Mais combien de colliers peut porter une femme ? Combien de robes peut-elle porter ?

— Ce n'est pas la question.

— Si, c'est la question. Toutes ces choses… elles sont facilement remplaçables. Et elles ne coûtent rien à un homme comme toi. Mais l'amour ? C'est… c'est très rare. Très beau. Ça coûte des efforts et ça peut causer de la déception. Tu crois que je n'ai pas été cruellement déçue chaque fois que je t'ai dit que je t'aimais sans jamais recevoir de réponse de ta part ? L'amour est un cadeau inestimable, et tu n'en as même pas conscience. Tu n'es pas conscient de tout ce que je t'ai donné de mon côté. Mon corps, mon âme, mon cœur. Pour te suivre jusqu'ici j'ai renoncé à mes rêves d'indépendance, même s'ils étaient modestes, même si tu les considérais comme médiocres.

— Et regarde tout ce que tu as reçu en retour. Ne me demande pas de te plaindre. Ne me dis pas que tu n'as pas aimé notre escapade à Paris. Que tu n'as pas apprécié les cadeaux extravagants.

— Bien sûr que je les ai appréciés. Je suis humaine. Mais

ce ne sont que des biens matériels. Il suffirait d'une crise financière, d'une catastrophe naturelle ou d'une guerre pour les détruire. Si le monde prenait feu, ils brûleraient avec. Et que resterait-il ? Juste toi et moi. Or, sans ces symboles de richesse tu ne sais pas communiquer avec moi. Tu ne sais même pas qui tu es vraiment.

— Mais rien de tout ça n'arrivera.

— Il faut l'espérer. Mais tu ne comprends toujours pas le problème. Toutes ces choses sont éphémères. Elles ne sont pas vraiment réelles. Contrairement à tout ce que je t'ai donné. Ce que je ressens pour toi ? C'est douloureux. J'en souffre comme je respire. Ça détruit mon amour-propre, petit à petit, jour après jour, chaque fois que je te dis que je t'aime et que tu ne réponds pas. Alors que toi, tout ce que tu m'as offert, qu'est-ce que ça t'a coûté ? Franchement ?

— C'est vraiment une obsession ! lança-t-il d'un ton méprisant. Le coût ! Tu as envie de m'empoisonner l'existence ?

— Non. J'ai juste envie de ne pas être la seule à faire des sacrifices. J'ai envie d'être autre chose qu'un de tes biens parmi d'autres, que tu peux utiliser ou pas selon ton humeur.

La colère de Raphael explosa.

— Tu demandes l'impossible ! Tu veux contrôler ce que je ressens ! Tu pars du principe que mes actes ne signifient rien. Mais si j'éprouvais des sentiments pour toi sans agir en conséquence, à quoi ça t'avancerait ? Si je t'avais dit que je t'aimais tout en te laissant croupir dans ton taudis ? Tu penserais sans doute qu'en réalité je ne t'aimais pas puisque je n'aurais rien fait pour le prouver.

— C'est vrai, reconnut-elle, contrite. Je pense que les paroles et les actes doivent former un tout pour signifier quelque chose.

— Tu étais comme ça quand tu étais enfant ? Jamais contente ? Impossible à satisfaire ? Ta mère s'occupait de toi, mais tu lui en voulais parce qu'elle ne te donnait pas de preuves d'amour, c'est ça ?

Cette attaque lui fit l'effet d'une gifle, mais elle refusa de se laisser déstabiliser. Pas question de culpabiliser parce qu'elle avait envie qu'on l'aime !

— C'est un coup bas, commenta-t-elle d'une voix vibrante d'indignation. Même venant de toi, c'est un coup très bas.

— Ça mérite réflexion, en tout cas.

Sur ces mots il pivota sur lui-même et se dirigea vers la porte.

— Tu t'en vas ?

— Cette discussion ne mène à rien. Je refuse de la poursuivre.

— Et ta parole a force de loi.

Il se retourna.

— En effet. Et tu ferais bien de t'en souvenir.

— Sinon quoi ? Tu me renverras dans mon taudis ? À quoi bon rester ensemble si tu refuses de me laisser élever notre enfant ? Si je ne représente rien pour toi ?

— Je veux que tu restes avec moi.

— Pourquoi ? Tu viens de me rappeler que je n'étais qu'une serveuse indigne de toi. Tu ne m'aimes pas et tu ne m'aimeras jamais. Tu estimes n'avoir pas besoin de moi pour élever notre enfant. Pour quelle raison veux-tu me garder auprès de toi.

Il revint vers elle à grands pas, le regard étincelant.

— Parce que j'ai envie de *toi*.

Il la prit par la taille et la serra contre lui. Contre son corps puissant qu'elle aimait tant. Son corps qui attirait le sien comme un aimant. Mais aujourd'hui il fallait lui résister. Il le fallait à tout prix.

— Ça ne suffit pas. Le désir fait partie des choses qui partent en fumée.

— Jamais, gronda-t-il en l'embrassant dans le cou.

— Si. Après l'accouchement, mon corps aura changé. Et le temps n'arrangera rien. Je ne ressemblerai plus à la femme que j'étais le jour où tu m'as rencontrée. Je serai une vieillerie de plus parmi toutes celles qui encombrent ce palais sans que personne n'y prête plus attention. Et ça, je ne m'y résoudrai jamais.

— Ne t'ai-je pas dit que ta force était précieuse pour moi ?

— Si. Mais ça ne suffit pas.

Il la lâcha et s'écarta d'elle.

— Tu ne seras pas satisfaite tant que tu n'auras pas exactement ce que tu veux ?

— En effet. Je t'ai donné tout ce que je suis. Tout ce que je serai. Je t'ai abandonné mon avenir. En retour, je veux tout de toi. Je veux ton amour, je veux ta colère, je veux tout ce qui est mauvais en toi, tout ce qui est imparfait. Je ne veux plus de cette arrogance, de cette superbe, de cette obstination à te proclamer au-dessus de tout le reste. Je veux les voir disparaître.

— C'est hors de question.

D'un mouvement vif, elle franchit la distance qui les séparait, prit son visage entre ses mains et l'embrassa avec toute la rage accumulée en elle. Avec tout son égoïsme, tout son désir. Son manque de confiance en elle et sa peur. Et toujours, même à cet instant, avec tout son amour.

— Ne te cache pas de moi, murmura-t-elle contre sa bouche.

— Il n'y a rien à cacher, répliqua-t-il le regard vide.

— Menteur.

Elle s'empara de nouveau de sa bouche. Il lui avait avoué plus d'une fois qu'elle le rendait fou de désir. Que personne n'avait jamais eu un tel pouvoir sur lui.

Eh bien, c'était le moment où jamais de lui faire perdre la tête.

13

Il fallait la repousser, se répétait Raphael. Il ne pouvait pas la laisser prendre le pouvoir sur lui. Il était le prince Raphael DeSantis, et aucune femme ne pouvait le manipuler.

Mais comment s'arracher à sa bouche pulpeuse ? Comment lutter contre le feu qui les consumait tous les deux ?

Il allait lui prouver que leur désir mutuel était suffisant. Qu'il n'était pas éphémère, qu'il transcendait la beauté. Dès qu'il l'avait vue il avait été foudroyé. Jamais il n'avait ressenti ça avec aucune autre femme. Il allait lui faire comprendre que c'était déjà beaucoup. Que c'était suffisant.

Enfonçant les doigts dans les cheveux de Bailey, il prit le contrôle de leur baiser.

L'amour.

Ils n'avaient pas besoin d'amour. Cela n'avait aucune importance, pour un homme dans sa position, l'amour était impossible. Il n'en avait jamais eu besoin. On lui avait toujours donné tout ce dont il avait besoin.

Mais jamais d'amour. Par conséquent, il pouvait en conclure qu'il n'était pas nécessaire. Pas pour un homme comme lui. Sinon, ses parents lui en auraient donné. Mais ils ne l'avaient jamais fait. Ils lui avaient donné une éducation irréprochable, une armée de nurses qui prenaient soin de lui, une pièce remplie de jouets. Plus tard il y avait eu les précepteurs, les voitures et les costumes sur mesure.

Contrairement à Bailey, il n'avait jamais eu froid ni faim. Il n'avait jamais manqué de rien. Comment cette petite sorcière osait-elle insinuer qu'il avait des manques ? Comment osait-elle déclarer sans valeur tout ce qui avait toujours été important pour lui ? Comment osait-elle avoir un tel dédain pour tout ce qu'il lui avait offert ? Plus jamais il ne la laisserait le déprécier ainsi.

Au comble de l'excitation, il couvrit Bailey de caresses fiévreuses. Elle avait un corps si parfait, si sensuel… Et son désir pour lui était si flagrant… Oui, voilà ce dont il avait besoin. Sentir la force de son désir pour lui. Relevant sa jupe, il glissa les doigts sous l'élastique de sa culotte. Le contact de sa fleur ruisselante l'électrisa. Oui… Même furieuse contre lui, elle le désirait.

— Tu veux tout ce qui est mauvais en moi ? gronda-t-il d'une voix rauque. Tu veux que je perde le contrôle de moi-même ?

Il allait lui faire payer tous ses reproches, tout son mépris pour ce qu'il était…

Il enfonça un doigt dans le cœur brûlant de sa féminité, savourant le gémissement extatique qu'elle laissa échapper. Oui, il la voulait comme ça. Folle de désir pour lui. Comme il était fou de désir pour elle. Jour après jour. À chaque instant. Il voulait qu'elle comprenne à quel point il avait besoin d'elle. Comme si jamais rien ne pourrait apaiser sa faim d'elle. C'était ça sa vie avec elle. Il fallait qu'elle le sache. Qu'elle le comprenne.

Il n'avait jamais été en proie à une telle frustration. Il avait toujours eu tout ce qu'il désirait. Sauf elle. Elle persistait à rester hors d'atteinte. Inaccessible. À dénigrer tous ses efforts. Jour après jour, elle le mettait en pièces.

Il allait lui rendre la pareille.

— C'est ça que tu veux ? demanda-t-il en enfonçant un deuxième doigt en elle tout en caressant du bout du pouce son bourgeon gorgé de désir. Tu veux me faire perdre tout contrôle ?

— Je t'ai toujours fait perdre tout contrôle, rétorqua-t-elle d'une voix hachée. Depuis le début. Mais tu refuses d'admettre ce que ça signifie.

— C'est du sexe. Notre entente sexuelle est exceptionnelle. Voilà ce que ça signifie.

Il retira les doigts de sa féminité, la souleva de terre et la porta jusqu'au lit. Puis il l'embrassa avec toute sa rage et toute sa passion.

— Non, dit-elle quand il finit par s'arracher à sa bouche. Ce n'est pas seulement sexuel. Tu m'as choisie. Tu me l'as dit. Et ça, ça compte.

Réprimant la souffrance étrange que ces mots déclenchaient en lui, il resta silencieux. Avec des gestes fébriles, il remonta sa jupe et lui enleva sa culotte avant de se débarrasser de son pantalon. Et sans plus attendre, il plongea au plus profond d'elle. Un même cri étouffé leur échappa. Oui, elle était folle de désir et elle était à lui…

Elle l'aimait, d'accord. Libre à elle. Mais pourquoi ne pouvait-elle pas se contenter de ce qu'ils vivaient ensemble ? Il ne comprenait pas.

Vraiment ? Tu ne comprends pas ?

Ignorant résolument cette petite voix qui le narguait, il se concentra sur les sensations qui l'assaillaient de toutes parts. La chaleur moite de Bailey, ses ongles enfoncés dans sa peau, ses gémissements, son souffle dans son cou, son halètement révélateur… Comme lui, elle était emportée dans un tourbillon irrésistible. Le plaisir était tout proche. Voilà sa vérité. Leur plaisir partagé. Il n'avait besoin de rien d'autre. Ni maintenant ni jamais.

Elle t'aime. Elle te donne tout. Et toi, que lui donnes-tu en retour ?

Serrant les dents, il redoubla d'ardeur, s'abandonnant au rythme endiablé sur lequel ils étaient les seuls à pouvoir danser avec un tel brio. Le tourbillon s'accéléra. Il n'y résista pas. Le séisme qui le secoua l'ébranla jusqu'au tréfonds de son être. Presque aussitôt, la jouissance de Bailey se mêla à la sienne, la prolongeant encore et encore.

C'était toujours comme ça avec elle…

Ce que ça signifiait… Non. Pas question de le reconnaître. Ces mots menaçaient sa vie tout entière. Ils représentaient un danger mortel pour tout ce qu'il était, tout ce en quoi il croyait. Ils l'anéantiraient.

Impossible. Il ne pouvait pas se permettre de les prononcer.

Il s'arracha aux bras de Bailey, se leva et se mit à arpenter la chambre en se passant nerveusement les doigts dans les cheveux.

— Je t'aime, dit-elle.

Il se retourna, déchiré par une souffrance intolérable.

— Non !

Tandis que son hurlement résonnait dans la pièce, il vit la peur se peindre sur le visage de Bailey. Parfait. Il fallait qu'elle prenne bien conscience qu'elle n'obtiendrait jamais ce qu'elle voulait. Que c'était tout simplement impossible.

— Mais moi je t'aime.

— Il ne faut pas. Personne ne m'a jamais aimé. Pourquoi m'aimerais-tu ?

— Un pays entier t'aime.

— Pour mon titre, ma fonction. Pas pour moi-même.

— Je t'aime, répéta-t-elle avec son obstination habituelle.

Bailey, si forte et si rebelle… Comment avait-elle décidé qu'elle l'aimait ? Comment avait-elle décidé qu'elle était capable d'aimer ? Avec la vie qu'elle avait eue, comment en était-elle arrivée à la conclusion que l'amour signifiait quelque chose ? Il pourrait lui poser la question, bien sûr. Mais les mots refusaient de franchir ses lèvres.

À quoi bon, de toute façon ? Cette histoire était une fiction depuis le début. Un rêve.

Bailey lui avait souvent parlé de rêves. De sa peur de les confondre avec la réalité et d'être déçue. De son côté, il menait depuis toujours une existence conçue pour avoir l'apparence d'un rêve. Le genre de vie qui l'empêchait d'avoir des aspirations étrangères à son devoir.

Il ignorait ce que c'était de rêver. D'avoir des envies. Des espoirs qui dépassaient le cadre de ce qui était prévu depuis toujours.

Bailey était son premier rêve. Sa première incursion dans un territoire inconnu qui s'étendait au-delà du devoir et s'ouvrait au rêve. Stop ! Les pensées de ce genre étaient dangereuses. À bannir absolument.

Bailey représentait tout ce contre quoi son père l'avait mis en garde. Une faiblesse qui risquait de le détourner de son devoir. De le rendre esclave. De transformer radicalement tout ce qu'il était, tout ce en quoi il était censé croire.

Elle finirait par occuper la première place dans son cœur et dans son esprit, au détriment de Santa Firenze. Ce qui était inconcevable.

— Je ne t'aime pas, déclara-t-il d'un ton brusque. Je ne t'aimerai jamais.

Sur ces mots il tourna les talons et quitta la pièce, laissant derrière lui une part de lui-même dont il avait toujours ignoré l'existence jusque-là. La part la plus essentielle de son cœur. Mais c'était pour le mieux. Il ne pouvait pas faire autrement.

La porte de la chambre de Bailey s'ouvrit derrière lui. Il se retourna. Bailey darda sur lui un regard étincelant.

— Je ne sais pas à quelle réaction tu t'attends de ma part. Mais si tu t'imagines que je vais accepter de poursuivre cette relation factice, uniquement parce que tu l'as décidé et que ta parole a force de loi, tu te trompes. Je m'en vais.

— Tu ne peux pas.

— Si tu m'en empêches, j'appellerai l'ambassade des États-Unis pour leur dire que tu me retiens prisonnière.

— Après notre mariage ? Après notre séjour à Paris, où nous avons fait les gros titres ? Le monde entier sait que tu portes mon enfant. À qui veux-tu faire croire ça ?

— Je trouverai un moyen de m'échapper. Parce qu'il le faut. Parce que tu as fini par anéantir l'espoir que je nourrissais depuis des mois. Et je ne te donnerai pas une autre chance. Si tu souhaites participer à la vie de notre enfant, tu pourras. Mais tu devras venir nous voir dans le Colorado. Parce que c'est là-bas que je vis. C'est mon monde. Et même si tu ne comprends pas pourquoi j'y tiens, c'est la vie que je me suis construite. Elle n'est pas médiocre. Et moi non plus.

Elle prit une profonde inspiration avant de poursuivre.

— Je n'ai jamais été seulement une serveuse. Je suis depuis toujours Bailey Harper. Je me suis débrouillée seule en ne faisant appel qu'à ma seule volonté et je ne te laisserai pas dénigrer mes efforts. Cette vie sera assez bien pour mon enfant, parce que c'est celle que j'ai choisie. Et il y aura de l'amour dans ma maison. Si ton sens du devoir est assez puissant pour te pousser à venir nous voir, je n'y verrai pas d'inconvénient. Mais je doute sincèrement qu'autre chose que l'amour puisse inciter quelqu'un à faire ce genre d'effort. Par conséquent, je ne compte pas sur toi.

— Tu ne peux pas faire ça. Mon enfant est mon héritier. L'héritier de la Couronne. Il doit être élevé ici. Il doit connaître et assumer son héritage.

— Un héritage dépourvu d'amour ? Non. Ce n'est pas la vie que je veux pour notre enfant. Et je pense qu'un jour tu finiras par comprendre que j'ai raison. Quand ton fils sera prêt à devenir un chef d'État plus humain que toi. Quand il deviendra le mari que tu as eu peur d'être.

— Mon fils ?

— Oui. J'ai vu le médecin, aujourd'hui. Je voulais te l'annoncer, mais nous avons commencé à nous quereller.

— Tu es en train de me dire que tu portes mon fils et que tu as l'intention de me l'enlever ?

— C'est toi-même qui te prives de lui, Raphael. Tu n'as pas vraiment envie de le garder auprès de toi.

— Si.

Il le voulait de toutes ses forces. De tout son être. Que lui arrivait-il ? Pourquoi avait-il l'impression d'avoir reçu un coup d'épée ? D'être sur le point de mourir ?

— Tu aimes l'idée d'avoir une femme. Tu aimes l'idée d'avoir un fils que tu pourrais façonner à ton image. Mais tu nous tiendrais toujours à distance. Et ça, je ne peux pas l'accepter. Si tu le voulais, tu pourrais abattre ce mur qui est en toi et qui t'empêche de m'aimer. Mais tu ne veux pas. Tu es trop fier.

— Quelles sont tes exigences ?

— Prépare un jet pour me ramener aux États-Unis et prends les dispositions nécessaires pour que je ne sois pas refoulée à l'arrivée, et je ne provoquerai pas de scandale. Mais si tu refuses, je te promets de réduire ton orgueil en miettes par tous les moyens. Parce que je sais que c'est la seule chose à laquelle tu tiens vraiment.

Raphael resta cloué sur place, muet, anéanti. Puis l'évidence s'imposa à lui. Il n'y avait qu'une chose à faire, et ça n'avait rien à voir avec l'orgueil. Il comprenait enfin les griefs de Bailey. Il avait disposé d'elle à sa guise. Il s'était servi d'elle sans jamais s'interroger sur ses motivations profondes. Parce que ça l'aurait obligé à admettre certaines vérités très dérangeantes le concernant.

Oui, s'il voulait pouvoir continuer à vivre sans se haïr, il n'y avait qu'une chose à faire.

— Je donne les instructions pour le jet. Tiens-toi prête à partir tôt demain matin.

Sur ces mots, il pivota sur lui-même et s'éloigna. Pas question d'aller jusqu'à assister à son départ.

14

Comment un palais abritant autant de monde pouvait-il paraître aussi vide ?

Raphael errait dans les couloirs de cet endroit où il avait été ridiculement fier d'amener Bailey. Comme si elle allait se prosterner devant lui, vibrante de gratitude, parce que c'était un palais et que sans lui elle n'aurait jamais pu connaître à un tel luxe.

Comment avait-il pu être aussi stupide et insultant à la fois ? Elle travaillait pour gagner sa vie. Pour financer ses études. Pour payer le loyer de cet appartement qu'il avait traité de taudis. Alors que de son côté, il n'avait jamais eu à travailler pour acquérir le pouvoir et les richesses dont il était si fier…

Dio mio !

Il était aussi arrogant et odieux qu'elle le lui avait dit.

Mais tous ses privilèges constituaient le seul rempart entre lui et le vide béant dont il s'efforçait désespérément de nier l'existence.

Aujourd'hui, il ne pouvait plus se voiler la face. Il était obligé de reconnaître la vacuité de toute son existence. Ce qui l'amenait à se poser des questions sur son éducation. Pour la première fois de sa vie, il remettait en cause les principes que lui avait inculqués son père. Il avait toujours voulu préserver l'image d'un homme qui gouvernait son pays avec une efficacité remarquable. Il avait toujours aspiré à suivre ses traces.

Sauf qu'il avait été un père épouvantable, et un mari plus terrible encore.

Serrant les dents, Raphael baissa la tête et s'appuya contre le mur. Le personnel du palais continua d'aller et venir dans le couloir comme si de rien n'était. Sans s'arrêter, sans lui adresser la parole. Parce qu'ils respectaient la tradition qu'il avait perpétuée. Pas d'échanges. Pas de relations personnelles. Rien qui puisse entraver la bonne marche du palais. De la déférence plutôt que de la chaleur humaine. L'efficacité avant tout…

Il était en train de s'effondrer et il n'avait personne à qui parler. Personne qui aurait l'idée de s'arrêter pour lui demander ce qu'il avait.

Oh ! Bien sûr, les membres des services secrets étaient prêts à prendre une balle dans la tête pour lui. Mais jamais ils ne bavarderaient avec lui.

Parce que c'était la règle instaurée par son père. Une règle qui lui avait été inculquée depuis sa plus tendre enfance et qu'il n'avait jamais songé à contester.

Il n'avait pas protesté non plus la nuit où son père avait fulminé contre sa mère parce qu'elle était restée auprès de son fils malade au lieu d'assister à une réception. Une scène qu'il avait surprise sans que son père en ait conscience.

— J'avais besoin de ta présence ce soir, et tu n'étais pas là ! C'était déplorable pour mon image !

— Ton fils était malade, avait répliqué sa mère. Il fallait que je reste auprès de lui.

— Nous avons du personnel pour ça. Un personnel hautement qualifié. L'enfant ne manque de rien. Moi, en revanche, j'ai perdu la face devant les ambassadeurs. Toutes les épouses étaient là, sauf toi. Tu savais à quoi tu t'engageais en m'épousant. Santa Firenze doit être ta priorité absolue. Tout le reste ne sert qu'à te détourner du devoir.

Le lendemain, il avait reçu un nouveau jouet. Un cadeau de son père. La seule façon qu'avait son père de communiquer avec lui quand il était malade. À partir de ce jour, sa mère était devenue encore plus distante avec lui. Sur ordre de son père, parce qu'il fallait habituer l'héritier de la Couronne à ne dépendre de personne.

Et de son côté, il avait fait de son mieux pour ne pas détourner ses parents de leur devoir. Il s'était fixé comme objectif de devenir le même genre d'homme que son père. Et il avait tout fait pour éviter à sa mère de subir la colère de son père à cause de lui. Jamais il n'avait remis en cause le comportement de son père. Comment aurait-il pu douter de ce grand homme qui avait tant fait pour son pays ?

Et à quinze ans, quand sa mère était morte et que son père était resté de marbre devant sa tombe, il avait adopté la même attitude.

— Le chagrin est un obstacle, Raphael, lui avait dit son père plus tard. Une faiblesse que seuls les autres peuvent se permettre. Il n'y a rien que tu doives aimer davantage que ton pays. Jamais.

— C'est ton cas ? avait-il demandé.

— Oui. Et heureusement, parce que le pays ne va pas faire une pause à cause de la perte de ta mère. Je ne peux donc pas me le permettre non plus.

Sous-entendu : « et toi non plus. » C'était la leçon sous-jacente de cette conversation. Cette perte ne pouvait pas toucher des hommes comme eux. Parce que se laisser guider par ses sentiments conduisait à l'instabilité. Il avait compris la leçon.

Mais aujourd'hui, il estimait que même si son père n'avait pas entièrement tort, il n'avait pas raison non plus. La froideur et l'insensibilité finissaient par être destructrices. D'ailleurs, il était brisé. Depuis le départ de Bailey, qui avait été la première étincelle d'imprévu dans une vie grise et sans surprise.

Le devoir sans l'amour n'avait aucun sens. La vie sans amour était désespérément vide. À présent il en était conscient.

Quand on se protégeait derrière le mur du pouvoir, en gardant sa femme et ses enfants à distance et en les couvrant de cadeaux pour les apaiser… l'amour était totalement absent.

Le cœur serré, Raphael repensa aux funérailles de sa mère. Il aurait tout donné pour que son père le serre dans ses bras ce jour-là. Mais son père était bien trop orgueilleux pour avoir ce genre de geste. Sur le moment, il avait pris son attitude pour de la force. Mais aujourd'hui, il voyait les choses sous un autre jour. La véritable force aurait été de s'autoriser un moment de faiblesse. Pour réconforter un fils qui pleurait sa mère.

Mais son père s'était contenté de lui offrir une énième voiture le lendemain. Partager un moment d'émotion avec son fils lui aurait coûté bien davantage. Alors que pour lui, partager son deuil avec son père aurait été mille fois plus précieux qu'une voiture.

Les cadeaux avaient toujours été vides de sens, mais il avait voulu croire qu'ils en avaient un. Il avait voulu croire son père, pour pouvoir se dire qu'il était aimé.

Tu as été aimé dès le début par Bailey Harper, mais comme ton père tu as refusé cet amour.

Raphael porta la main à sa poitrine, comme s'il avait la moindre chance d'empêcher son cœur de saigner. Il avait refusé le plus beau cadeau qu'on lui avait jamais offert.

Il promena son regard autour de lui. Sa vie n'était que vide et vanité… Il ne lui restait plus qu'une chose à faire.

Son rêve était fini.

Ce fut la pensée qui s'imposa à Bailey lorsque le jet atterrit dans le Colorado. Puis qui continua de tourner en boucle dans son esprit dans la voiture que Raphael avait commandée pour elle et qui la conduisit dans un quartier qui ne lui était pas familier.

— Ce n'est pas ici que j'habite, dit-elle au chauffeur lorsqu'il s'arrêta devant une maison entourée d'une pelouse bien entretenue, qu'elle n'avait jamais vue auparavant.

— Voici les clés, répondit-il. J'ai reçu l'instruction de vous amener ici et de vous les donner. M. le prince a dit que vous trouveriez une explication à l'intérieur de la maison.

Le cœur battant, elle prit les clés, remonta l'allée jusqu'à la maison et ouvrit la porte. Elle prit une profonde inspiration et entra. C'était une maison pleine de charme. Modeste, elle n'avait rien d'un palais. Mais c'était exactement le genre d'endroit dans lequel elle avait rêvé de pouvoir habiter un jour.

Une enveloppe à son nom était posée sur le comptoir de la cuisine. Elle l'ouvrit et lut le mot qu'elle contenait.

Je sais que tu ne vas pas vouloir accepter ce cadeau. Je sais qu'il va blesser ton amour-propre. Malgré tout, considère-le comme faisant partie de mon aide financière pour notre enfant. Je suis un prince, après tout. Tu sais que j'en ai les moyens. C'est un des rêves dont tu m'as parlé plus d'une fois. Une maison dans un quartier agréable. Je tenais à te l'offrir. À l'offrir à notre enfant.

Pas de signature, mais c'était superflu. Il était arrogant, même quand il offrait des maisons comme cadeau de rupture. Le cœur serré, elle promena le regard autour d'elle. Oui, elle avait rêvé d'une petite maison comme celle-ci. Mais aujourd'hui ça ne semblait plus suffisant. Et ça n'avait rien à voir avec le fait qu'elle venait de vivre pendant un mois dans un palais. Non, le problème c'était que pendant le mois en question elle avait partagé le lit de Raphael. Et qu'il n'y avait pas de place pour lui dans cette petite maison. Dans cette petite vie.

N'aurait-elle pas dû se contenter de ce qu'il lui avait offert ? Avait-elle eu raison de demander plus ? Ce n'était pas la première fois que ces pensées lui traversaient l'esprit, mais elle les chassa très vite.

Non, elle avait fait le bon choix. Pour elle et pour son bébé.

De toute façon, il était trop tard pour le remettre en question. Mais ce geste, ce dernier geste, par lequel il lui offrait non pas un manoir géant mais une maison qui n'avait rien d'extravagant, était le premier signe indiquant qu'il l'avait réellement écoutée. Qu'il accordait de la valeur à son rêve. Qu'il en appréciait la beauté.

C'était peut-être un peu tard, mais elle allait l'accepter, ce cadeau. Peut-être commençait-il à la comprendre. Peut-être y avait-il encore de l'espoir.

Ou peut-être que c'est juste ce que tu as envie de croire

parce que tu as passé tout le vol à pleurer, avec le sentiment d'avoir reçu un coup de poignard en plein cœur.

Oui. C'était un fait. Elle avait l'impression d'avoir reçu un coup de poignard dans le cœur.

Les jours se succédèrent. Elle allait en cours et rentrait chez elle. Elle ne travaillait pas parce qu'elle acceptait que Raphael l'aide financièrement. C'était peut-être une erreur, mais après tout il était le père de son bébé, et toujours son mari pour l'instant. Ils ne divorceraient qu'après la naissance du bébé. Ils ne communiquaient que par l'intermédiaire de ses assistants, et elle ne voyait aucune raison de protester contre ça. De toute façon, elle n'en avait pas la force. La fin du sixième mois de grossesse était proche, et elle commençait à manquer d'énergie. Cependant, elle soupçonnait que c'était dû avant tout à son cœur en miettes…

Un après-midi, en rentrant de l'université, elle lança son sac sur le canapé en soupirant, puis le rejoignit presque aussitôt. Elle commençait à se sentir chez elle dans cette maison. Vu que c'était un cadeau de Raphael, elle ne devrait peut-être pas. Cependant, il fallait reconnaître que c'était un des rares points positifs de sa vie.

Un bruit de pas la fit se redresser, le cœur battant à tout rompre. Aurait-elle des hallucinations ? Elle jeta un coup d'œil vers la chambre. Son cœur s'affola de plus belle. Debout sur le seuil, vêtu d'un de ses costumes impeccablement coupés, Raphael était aussi arrogant et séduisant que jamais… Elle se pinça.

— Que fais-tu ? demanda-t-il.

— Je vérifie que je ne suis pas en train de dormir.

— Non, tu es bien réveillée, confirma-t-il en avançant vers elle.

Contrairement à ce qu'elle avait d'abord cru, il n'avait pas son visage habituel. Les yeux cernés, les cheveux ébouriffés comme s'il n'avait pas cessé d'y passer nerveusement la main, il semblait épuisé. Et très affecté. Comme elle.

— Que fais-tu ici ? demanda-t-elle. J'ignorais qu'en m'offrant une maison tu t'arrogeais le droit d'y entrer à ta guise.

— Ça n'a jamais été mon intention, répliqua-t-il d'une voix rauque. J'avais décidé de te laisser tranquille. De ne pas chercher à te revoir. Mais depuis ton départ je vis un enfer et je… J'avais besoin de te voir.

— Pour que nous puissions recommencer à nous quereller ? À nous déchirer ?

— Non. Pas du tout.

— Pourquoi es-tu ici ?

Il tomba à genoux et l'enveloppa d'un regard torturé.

— Je suis venu me soumettre.

— Te… ?

Le cœur de Bailey se remit à cogner à grands coups. Cette fois elle devait vraiment être victime d'une hallucination. Cet homme fier et arrogant, à genoux devant elle ?

— Tout le monde me fait des courbettes depuis ma naissance. Tout m'a été donné dès l'instant où je suis venu au monde, pour la seule raison que je suis un DeSantis. Je ne me suis jamais incliné devant personne. Mais je suis prêt à ramper sur du verre pilé pour que tu me reviennes, Bailey. Je suis prêt à passer le reste de ma vie à genoux devant toi s'il le faut.

Elle resta un instant sans voix.

— Raphael… Il n'a jamais été question que tu fasses ce genre de choses. Je n'ai jamais attendu ça de toi.

— Pourtant, je le mériterais. J'ai été épouvantable. J'en suis conscient à présent. Mais si j'étais inflexible c'est parce que j'avais peur de m'effondrer. Ce qui m'est arrivé de toute façon quand tu es partie. J'ai passé ces semaines à m'interroger sur les raisons de mon attitude. À me demander pourquoi tes déclarations d'amour me hérissaient. Pourquoi j'étais incapable d'y répondre. Pourquoi je n'avais jamais… Pourquoi je n'avais jamais entendu ces mots auparavant. Pourquoi je ne les avais jamais dits à personne.

— Oh ! Raphael…

Tout à coup, elle comprit. Il ne s'était jamais senti aimé

lui non plus. Jamais choisi. Dès sa naissance son destin était écrit, mais personne ne l'avait jamais choisi. Elle qui venait de nulle part, et lui dont l'arbre généalogique remontait à plusieurs siècles, ils avaient souffert du même manque. Elle avait dissimulé sa souffrance derrière sa fierté et sa détermination. Et lui derrière l'arrogance et la solitude inhérentes à sa position.

Mais cela ne les avait pas empêchés de souffrir.

— Mon père m'a inculqué qu'un chef d'État devait aimer son pays plus que tout le reste. Il me l'a répété jour après jour. Il me l'a dit chaque fois qu'il n'avait pas le temps de passer un moment avec moi. Chaque fois que ma mère et lui étaient en déplacement à l'étranger le jour de mon anniversaire. Chaque fois que je dînais seul. Et pour compenser l'absence de mes parents, j'étais couvert de cadeaux. J'avais tout ce qu'un petit garçon pouvait désirer.

— Voilà pourquoi tu attaches autant de valeur aux cadeaux…

Bailey se maudit. Pourquoi n'avait-elle pas compris que pour lui les cadeaux signifiaient quelque chose ?

— Raphael, je suis désolée. Je ne savais pas…

— Tu ne pouvais pas savoir. Il fallait que les cadeaux signifient quelque chose, puisque c'était tout ce que j'avais. Avec l'injonction de rester fort en toute circonstance. Mon père me disait que je ne devais pas laisser l'amour ou le chagrin me détourner de mon devoir. Même aux funérailles de ma mère.

Effarée, elle secoua la tête.

— Non. Je… Quel âge avais-tu ?

— Quinze ans.

— Il n'a pas tenté de te réconforter ?

— Il m'a acheté une voiture.

— Pour remplacer ta mère.

Raphael secoua lentement la tête.

— Parce que c'était tout ce qu'il était capable de donner, je pense. J'ai donc appris à accorder de la valeur aux cadeaux. Et à mon titre. Après la mort de mon père, j'ai décidé de diriger le pays d'une manière dont mon père pourrait être fier. De devenir invulnérable pour que rien ne puisse me détourner de mon devoir. Or, tout ce que tu me disais me rendait vulnérable. En contestant la signification de mes cadeaux, tu m'as fait prendre conscience du vide de mon existence. Mon père ne m'a jamais dit qu'il m'aimait, mais j'avais réussi à me persuader que les cadeaux étaient des preuves d'amour. Tes réactions à mes cadeaux ont ébranlé cette conviction.

Bailey déglutit péniblement.

— Je suis sûre que ton père t'aimait.

C'était faux, songea-t-elle aussitôt. Elle n'était pas sûre que sa propre mère l'avait aimée. Comment pourrait-elle parler pour son père ?

Raphael se releva en secouant la tête.

— Je ne pense pas. Mais ça m'est égal, à présent. Je l'ai accepté. Et je ne t'en veux plus de m'avoir ouvert les yeux. Bien au contraire. Tu m'as obligé à reconnaître ce manque qui me rongeait depuis toujours. Ce besoin d'amour que j'étais incapable d'admettre. En me disant que tu m'aimais, tu m'as fait prendre conscience que personne ne me l'avait jamais dit avant toi, et que je ne l'avais jamais dit à personne. Or, c'est une réalité douloureuse. Très déstabilisante. D'où ma colère contre toi au début. Mais aujourd'hui, je te suis reconnaissant, bien sûr. Tu m'as fait un double cadeau inestimable. Tu m'as dit des mots que personne ne m'avait dits avant toi. Et tu m'as donné la force et l'humilité nécessaires pour les dire à mon tour.

— Raphael…

Elle le rejoignit et referma les bras sur lui.

— Je t'aime.

Un sanglot étouffé secoua le corps puissant de Raphael.

— Je t'aime, répondit-il.

Elle l'étreignit avec ferveur.

— Je suis très honorée d'être la première personne à entendre ces mots de ta bouche.

— Et tu ne seras pas la dernière. Je les dirai à notre fils. Je les lui répéterai tous les jours. Je ne priverai pas mon fils de l'essentiel.

Il secoua la tête.

— Quand je pense à quel point j'étais furieux contre toi… Je ne supportais pas l'idée que tu m'avais révélé sur moi-même quelque chose que je n'avais jamais vu.

— Moi, une simple serveuse, plaisanta-t-elle.

— Ne dis pas ça ! protesta-t-il avec feu. Tu as poussé un prince à se mettre à genoux devant toi. Comment pourrais-tu être simple ?

— Si je comprends bien, tu restes la référence par rapport à laquelle se mesure la grandeur des autres.

— Naturellement.

Elle eut un sourire attendri.

— Je suis heureuse de constater que ton arrogance n'a pas complètement disparu. Elle s'est juste légèrement atténuée.

— Je suis toujours moi.

— Oui. Et ça me réjouit, parce que c'est toi que j'aime.

L'impossible se produisit de nouveau. Il s'agenouilla devant elle.

— Je veux que tu sois ma femme.

Bouleversée, elle avait du mal à respirer.

— Je le suis déjà…

— Mais cette fois je ne te l'impose pas. Je te le demande. Cette fois je suis conscient de ne pas être un cadeau somptueux avec mon titre et mon palais. C'est toi le cadeau, Bailey. Tu m'as changé. Tu as changé ma vie.

Une larme roula sur la joue de Bailey. Elle s'agenouilla en face de Raphael et prit son visage dans ses mains. Une telle joie gonflait son cœur qu'il semblait sur le point d'exploser.

— Je n'aurais jamais imaginé qu'une fille comme moi pourrait vivre un conte de fées. Mais te voilà devant moi, mon prince charmant. Et sais-tu ce qui est le plus merveilleux ?

— Quoi donc ? demanda-t-il d'une voix rauque.

Les yeux humides, elle déposa un baiser sur ses lèvres.

— Nous allons vivre heureux et nous aurons beaucoup d'enfants.

Épilogue

La naissance du fils aîné du prince et de la princesse de Santa Firenze fut saluée par une foule en liesse. Raphael ayant le sentiment de ne pas avoir autant de mérite qu'on lui en accordait, il le fit savoir à tout le monde.

Si certains furent surpris par ce brusque accès d'humilité, ils n'en laissèrent rien paraître.

Après tout, il était toujours le prince Raphael DeSantis.

Lorsque Bailey et lui ramenèrent leur fils au palais, il refusa que le personnel fasse des courbettes devant lui. Il préféra donner une fête en son honneur.

Il y eut un assortiment de gâteaux chaudement approuvés par Bailey, des rires, de la musique et une allégresse qui n'était peut-être pas appropriée pour un homme qui aurait un jour sa statue dans la cour d'honneur du palais. Mais quelle importance ? L'amour était plus important que la tradition.

Plusieurs membres du personnel prirent le petit prince dans leurs bras et le cajolèrent comme Raphael ne l'avait jamais été.

Ce spectacle lui fit chaud au cœur et le remplit d'espoir. Il devrait être capable de donner à son fils tout l'amour indispensable à son épanouissement.

Après la fête, en regardant Bailey donner le sein à leur fils dans la chambre, il fut étreint par une émotion si intense qu'il tomba à genoux devant eux, éperdu d'amour et de tendresse.

MAISEY YATES

Vengeance pour un milliardaire

INTÉGRALE

AU NOM DU ROYAUME

Traduction française de
ÉLISABETH MARZIN

SAGAS

HARLEQUIN

Titre original :
THE ITALIAN'S PREGNANT VIRGIN

Ce roman a déjà été publié en 2018

1

— Je vous assure que je suis enceinte, monsieur Valenti.

Renzo Valenti, héritier de la fortune immobilière de la famille Valenti, séducteur notoire et fêtard invétéré, examina l'inconnue qui lui faisait face dans le hall de sa villa. Il n'avait jamais vu cette femme de sa vie. Il en était certain à 99 %.

Elle n'avait rien à voir avec ses maîtresses habituelles. Le visage écarlate comme si elle avait marché sous le soleil de Rome au lieu de s'offrir un taxi, elle n'était ni maquillée ni coiffée. De longues mèches brunes s'échappaient d'un chignon qui ne ressemblait à rien. Quant à sa tenue…

Elle était vêtue comme ces étudiantes américaines qui envahissaient la ville en été. Débardeur noir moulant, jupe longue tombant jusqu'aux chevilles et sandales plates poussiéreuses. S'il l'avait croisée dans la rue il ne lui aurait pas accordé un seul regard. Or, elle venait de prononcer des mots qu'il n'avait plus entendus depuis l'âge de seize ans.

S'imaginait-elle vraiment qu'il allait la croire ?

— Félicitations… ou condoléances. C'est selon.

— Vous ne comprenez pas.

— Non, en effet. Je ne comprends pas pourquoi vous avez forcé ma porte en disant à ma gouvernante que vous deviez à tout prix me parler.

— Je n'ai pas forcé votre porte. Luciana me l'a ouverte très aimablement.

Renzo réprima un soupir. Il ne renverrait jamais sa gouvernante, et celle-ci le savait, malheureusement. Si elle avait laissé entrer une mythomane chez lui, c'était sans doute pour le punir de son comportement envers le sexe opposé, qu'elle n'approuvait pas du tout.

Ce qui était injuste. Cette… *créature*, qui semblerait plus à sa place assise avec une guitare sur un trottoir du quartier hippie de San Francisco, était peut-être enceinte. Mais certainement pas de lui.

— Peu importe. Vous abusez de ma patience.

— Je suis venue vous parler de votre bébé.

Il s'esclaffa. C'était la seule réaction possible face à une déclaration aussi extravagante. Et le seul moyen de dissiper l'émotion qui l'étreignait. Il savait pourquoi il était affecté par ces paroles, alors qu'il n'avait aucune raison de l'être.

En aucun cas il ne toucherait une petite hippie aussi ridicule. Et de toute façon, il venait de consacrer les six derniers mois au mariage le plus grotesque du monde.

Or, si Ashley ne s'était pas privée de tomber dans les bras d'autres hommes durant leur union, il était pour sa part resté fidèle.

Alors, qu'une gamine dont le ventre se devinait à peine sous son haut moulant prétende être enceinte de lui, c'était tout simplement absurde !

Ces six derniers mois il n'avait rien vécu d'autre que des scènes de ménage, au cours desquelles sa femme semblait s'évertuer à démentir la réputation de calme et d'amabilité des Canadiens. Des scènes qui alternaient avec des périodes de câlins bêtifiants, comme s'il était un animal domestique qu'elle tentait d'apprivoiser de nouveau après chaque raclée.

Alors qu'il n'était pas du tout le genre d'homme susceptible d'être apprivoisé. S'il avait épousé Ashley, c'était uniquement pour défier ses parents. Dieu merci, depuis hier il était divorcé. De nouveau libre, enfin.

Libre de faire tout ce qu'il voulait avec cette petite routarde s'il en avait envie.

Sauf que sa seule envie c'était de la mettre dehors.

— Ça, c'est impossible, *cara mia*.

L'inconnue écarquilla les yeux, visiblement stupéfaite et peinée à la fois. Que s'était-elle imaginée ? Qu'il allait être dupe de sa ruse grossière ? Qu'elle allait trouver en lui une planche de salut ?

— Je comprends comment vous en êtes arrivée à vous dire que je pourrais représenter la meilleure solution à votre problème, poursuivit-il en s'efforçant de garder son calme. J'ai une réputation de séducteur. Mais il se trouve que ces six derniers mois j'étais marié et fidèle à mon épouse. Alors quel que soit l'homme qui vous a mise enceinte dans un bar grouillant de touristes avant de disparaître dans la nature, ce n'est pas moi. Inutile de vous fatiguer, vous n'avez aucune chance de me faire croire le contraire.

— Ashley, dit-elle d'une voix pressante. Ashley Bettencourt.

Il la considéra avec perplexité. Le nom de sa femme n'était pas un secret. Il n'y avait donc rien d'étonnant à ce qu'elle le connaisse. Mais si elle savait qu'il était marié, pourquoi n'avait-elle pas choisi une cible moins problématique ?

— Bravo ! je vois que vous avez bien lu la presse people.

— Non, je *connais* Ashley. C'est elle que j'ai rencontrée dans un bar grouillant de touristes. Et c'est elle qui m'a mise enceinte.

Il resta un instant sans voix.

— Pardon ? Ce que vous dites n'a aucun sens.

L'inconnue crispa les poings avec un grognement de dépit.

— Je… J'essaye de vous expliquer. Mais je pensais que vous saviez qui j'étais !

— Pourquoi le saurais-je ?

— Je croyais… Oh ! je n'aurais jamais dû l'écouter ! Mais j'ai été… Je suis aussi stupide que le pense mon père !

Il arqua les sourcils. Il fallait reconnaître que cette petite comédienne ne manquait pas d'imagination. Mais elle commençait vraiment à le fatiguer…

— Je partage l'avis de votre père, *cara*. Et je continuerai tant que vous ne m'aurez pas donné une explication moins stupide. Comment voulez-vous me faire avaler que c'est mon ex-femme qui vous a mise enceinte ?

— Ashley a loué mes services. Je travaille dans un bar près du Colisée, et nous avons commencé à discuter. Elle m'a parlé de votre mariage et des problèmes que vous rencontriez pour avoir un enfant…

L'estomac de Renzo se noua. Ashley et lui n'avaient jamais tenté d'avoir un enfant. Avant même qu'ils aient le temps de discuter de l'éventualité de concevoir un héritier pour son empire, il avait déjà décidé qu'il ne pouvait pas la garder comme épouse.

— Je trouvais bizarre qu'elle me fasse ce genre de confidences, mais elle est revenue le lendemain, puis le surlendemain. Nous en sommes arrivées à parler des raisons qui m'avaient amenée en Italie et de mes problèmes d'argent…

L'inconnue déglutit péniblement.

— Alors elle m'a demandé si j'accepterais de devenir sa mère porteuse.

Suffoqué, Renzo en oublia tout son anglais. Un flot de jurons en italien lui échappa.

— Je n'en crois pas un mot ! C'est un coup tordu que cette garce a monté de toutes pièces.

— Je vous assure que non. J'ignorais que vous n'étiez pas au courant. C'était tellement… Tout ce qu'elle m'avait dit semblait tellement… logique. Elle m'avait expliqué que ça ne poserait pas de problème. Juste un voyage éclair à Santa Firenze, où la gestation pour autrui est légale, et ensuite je n'aurais plus qu'à… faire office de four, en quelque sorte. Je devais être payée pour fabriquer le pain et ensuite… le donner à la personne pour qui je l'avais fait. Quelqu'un qui désirait un bébé au point d'avoir recours à une étrangère pour le porter.

Renzo fut submergé par une vague de panique. Ce que cette fille racontait était impossible. Forcément impossible.

Sauf que…

Ashley était totalement imprévisible. Et Dieu seul savait comment cela pouvait se manifester. Surtout depuis qu'elle était folle de rage à cause du divorce, facilité par le fait qu'ils s'étaient mariés au Canada, son pays d'origine. Elle le soupçonnait d'avoir tout prévu assez tôt. Et elle avait raison, bien sûr.

Mais elle ne pouvait pas avoir fait ça. Elle n'avait tout de même pas pu être allée jusque-là…

— Et ça ne vous a pas étonnée qu'elle prétende avoir un mari que vous ne voyiez jamais ?

— Elle m'avait dit que vous ne pourriez pas prendre le risque de venir à la clinique. Qu'elle-même pourrait le faire avec un chapeau et de grandes lunettes de soleil, mais que vous étiez trop facilement reconnaissable. Elle m'avait dit que vous étiez très grand. Ce qui est vrai. Et vous n'êtes pas du genre à passer inaperçu. Même avec des lunettes de soleil… Vous le savez bien.

— Je ne sais rien du tout. Depuis quelques minutes je m'aperçois que j'en sais beaucoup moins que ce que je croyais ! Cette vipère a réussi à vous convaincre de… Combien vous a-t-elle payée ?

— Eh bien… Pour l'instant elle ne m'a pas encore tout donné. Et elle dit qu'elle ne veut plus le bébé. À cause de… De vos problèmes de couple.

— Nos problèmes ? s'exclama-t-il avec incrédulité. Elle parlait du divorce ?

— Je… Je crois.

— Vous croyez ? Vous n'avez pas cherché à vous renseigner plus précisément sur nous ?

— Je n'ai pas Internet à l'auberge de jeunesse.

— Vous logez dans une auberge de jeunesse ?

La jeune femme devint encore plus rouge.

— En principe j'étais juste de passage à Rome. Mais je me suis trouvée à court d'argent, alors j'ai pris un job dans un bar et je suis ici depuis plus longtemps que prévu. J'ai rencontré Ashley il y a environ trois mois.

— Vous êtes enceinte de combien ?

— Huit semaines seulement. Je… Ashley a décidé qu'elle ne voulait plus du bébé, mais je ne veux pas… Je ne veux pas interrompre la grossesse. Et même si elle m'a dit que vous ne vouliez vous occuper de rien… J'ai préféré venir vous voir. Je voulais en avoir le cœur net.

— Pourquoi donc ? Vous vous imaginez que vous allez élever le bébé si je n'en veux pas ?

Elle eut un rire nerveux.

— Non ! Je n'ai pas du tout l'intention d'élever un bébé. Ni maintenant ni jamais. Je ne veux pas d'enfants. Je ne veux pas de mari. Mais j'ai accepté ce marché. Et je me sens… Je ne sais pas. Comment pourrais-je ne pas me sentir responsable ? Ashley est presque devenue une amie. Je veux dire, c'est une des rares personnes à m'avoir parlé depuis longtemps, à m'avoir fait des confidences sur sa vie. Elle voulait que je sache à quel point elle désirait ce bébé… Maintenant elle a changé d'avis, mais ce que je ressens de mon côté n'a pas changé.

— Que ferez-vous si je vous dis que je ne veux pas de ce bébé ?

— Je le confierai à l'adoption, répliqua-t-elle comme si c'était une évidence.

— Je vois.

Les pensées se bousculaient dans l'esprit de Renzo. Tout ce que lui disait cette femme dont il ignorait encore le nom lui donnait le vertige.

— Et Ashley prévoit-elle de vous payer le reste de la somme prévue si vous décidez de mener la grossesse à terme ?

La jeune femme baissa les yeux.

— Non.

— Vous devez donc vous assurer que vous serez quand même payée. Est-ce la raison pour laquelle vous êtes venue me voir ?

— Non. Je suis venue vous parler parce que ça me paraissait important. Et que votre manque d'implication commençait à m'inquiéter.

Renzo crispa la mâchoire. Contenir sa colère devenait de plus en plus difficile.

— Laissez-moi vous brosser un tableau exact de la réalité. Mon ex-femme a loué vos services derrière mon dos. Je ne comprends pas comment elle a réussi à vous manipuler, le médecin et vous. Et cela à mon insu. Je ne comprends pas davantage quel était son objectif, étant donné qu'elle fait visiblement marche arrière. Peut-être que, ayant compris qu'elle n'obtiendrait pas un centime de moi, elle n'a pas envie de se retrouver avec mon enfant sur les bras pour le reste de son existence, par ailleurs très superficielle. Après tout, elle est tout à fait capable d'avoir pris cette décision sur un coup de tête en se disant que ce serait une bonne surprise pour moi, comme chaque fois qu'elle m'a présenté la facture d'un nouveau sac à main. Mais comme pour les sacs à main, elle s'est lassée de cette lubie et elle est déjà passée à autre chose. Quelles que soient ses motivations, le résultat est le même. J'ignorais tout de ses manigances. Je n'ai jamais voulu cet enfant, et ne souhaite pour le moment pas connaître les détails techniques, merci !

Visiblement abattue par cette déclaration, l'inconnue rentra brièvement la tête dans les épaules avant de relever le menton.

— Très bien. Si vous changez d'avis, je suis à l'auberge de jeunesse Americana. Vous me trouverez là-bas, ou bien au bar où je travaille de l'autre côté de la rue.

Sur ces mots, elle tourna les talons et se dirigea vers la porte. Avant de la franchir, elle ajouta :

— Vous affirmez que vous n'étiez au courant de rien. Je voulais juste que vous n'ayez plus cette excuse.

Bon débarras ! songea-t-il lorsqu'elle eut disparu. Il allait s'empresser de la chasser de ses pensées, comme son ex-femme.

Ça le poursuivait… Impossible d'y échapper. Depuis trois jours, il tentait d'oublier cette visite, mais pas moyen. Il ignorait le nom de cette fille et il ne savait même pas si elle lui avait dit la vérité. Ou si c'était encore un des petits jeux tordus de son ex-femme…

Connaissant Ashley, c'était sans doute ça. Juste un jeu. Une tentative pour l'attirer de nouveau dans sa toile. Elle avait accepté beaucoup trop facilement la dissolution de leur union.

Surtout après l'amertume qu'elle avait manifestée au départ, lorsqu'elle lui avait reproché d'avoir tout prévu depuis le début, et d'avoir choisi de célébrer leur mariage à l'étranger parce qu'en Italie le divorce était trop compliqué.

Elle avait sans doute voulu prendre sa revanche. Et la GPA étant illégale en Italie, elle avait pris soin d'accomplir les formalités dans l'État voisin de Santa Firenze.

Dommage que sa sœur, Allegra, ait rompu son accord avec le prince de ce pays pour épouser le duc espagnol Cristian Acosta… Il se trouvait que Cristian était son meilleur ami, mais dans la situation présente il ne lui serait d'aucun secours.

Renzo soupira. Il ferait mieux de ne plus y penser. Cette fille mentait probablement. Et même si ce qu'elle lui avait dit était vrai… en quoi devrait-il se sentir concerné ? À cette pensée il sentit son cœur se serrer douloureusement. Allons bon, de toute évidence il n'avait pas assez bu… Il saisit la bouteille de whisky, mais ce geste lui rappela soudain ce que l'inconnue lui avait dit avant de partir.

Elle travaillait dans un bar. Près du Colisée. Et s'il voulait la trouver, il n'avait qu'à se rendre là-bas… Il déboucha la bouteille. S'il voulait la trouver. Mais il ne le voulait pas. Il n'avait donc aucune raison de partir à la recherche d'une femme qui, selon toute vraisemblance, ne cherchait qu'à lui soutirer de l'argent.

Malgré tout… C'était plus fort que lui. Cette histoire le poursuivait. Il ne parvenait pas à la chasser de son esprit. À cause de Jillian. À cause de ce qui était arrivé avec Jillian.

Serrant les dents, il reposa la bouteille. Puis il prit une paire de chaussures dans la penderie et les enfila. Il allait trouver cette femme dans ce bar et lui parler. Ensuite, il pourrait rentrer, se coucher et dormir tranquillement, avec la certitude que c'était une menteuse. Qu'il n'y avait pas de bébé. Il prit une profonde inspiration. Peut-être se montrait-il trop prudent. Mais vu son histoire, il ne pouvait pas faire autrement.

Il avait déjà perdu un enfant. Il n'en perdrait pas un autre.

2

Esther Abbott débarrassa la dernière table de son service en poussant un soupir de lassitude. Avec un peu de chance le montant total de ses pourboires serait correct, et elle pourrait se reposer l'esprit tranquille. Elle avait horriblement mal aux pieds. Et sa grossesse était sans doute encore trop récente pour en être la cause.

Le problème c'était tout simplement qu'elle venait de travailler pendant dix heures d'affilée. Mais comment faire autrement ? Renzo Valenti l'avait mise dehors. Quant à Ashley Bettencourt, elle ne voulait plus entendre parler d'elle ni du bébé. Si elle avait eu un peu de bon sens elle aurait avorté, comme le lui avait demandé cette dernière. Mais elle n'avait pas pu s'y résoudre.

Apparemment, elle manquait totalement de bon sens. En revanche, elle débordait de sensibilité. Ce qui rendait cette situation douloureuse et très difficile à assumer.

Elle était venue en Europe pour conquérir son indépendance. Pour voir le monde. Pour tenter d'acquérir un point de vue personnel sur la vie, loin de la poigne de fer de son père. Ce mur avec lequel toute discussion était impossible.

Dans le monde de son père, une femme n'avait pas besoin de faire des études. Elle devait se contenter d'apprendre à tenir une maison. Elle n'avait pas besoin non plus de savoir conduire, puisque son mari était censé l'accompagner partout où elle allait. Dans le monde de son père, une femme ne pouvait ni penser par elle-même ni prétendre à l'indépendance. Or, elle rêvait de l'un et de l'autre depuis toujours.

C'était ce rêve qui était à la source de ses problèmes. Qui avait conduit son père à la chasser de la communauté. Oh ! bien sûr, elle aurait sans doute pu l'éviter ! Il aurait suffi de renoncer aux objets « immoraux » qu'elle affectionnait. Ses livres et ses disques. Mais elle avait refusé.

Faire le choix de quitter l'endroit où elle vivait depuis toujours avait été très dur. Parce qu'en réalité c'était bien son choix, même si son père lui avait lancé un ultimatum.

La communauté regroupait des gens qui s'accrochaient à leur version de traditions qu'ils avaient dénaturées pour qu'elles servent leurs intérêts propres. Si elle était restée plus longtemps, sa famille l'aurait mariée. En fait, elle aurait déjà été mariée depuis longtemps si elle n'était pas le genre de fille qu'aucun parent ne voulait voir épouser son fils.

Le genre de fille que son père avait finalement été obligé d'excommunier, pour faire un exemple. Sa version de l'amour…

Esther étouffa un petit rire nerveux. S'ils la voyaient aujourd'hui ! Enceinte, seule, travaillant dans un lieu de perdition et vêtue d'un débardeur qui laissait voir une mince bande de peau au niveau du ventre… Tout cela lui vaudrait une vive réprobation.

À vrai dire, elle n'était pas certaine d'approuver elle-même sa situation…

Pourquoi avait-elle écouté Ashley ? En fait, elle savait exactement pourquoi. À cause de l'argent. Elle voulait faire des études. Elle voulait continuer à voyager en Europe et elle trouvait que gagner sa vie comme serveuse était épouvantable.

Il n'y avait rien de très romantique à jouer les routardes. À loger dans des auberges de jeunesse miteuses.

Cependant, ça n'avait pas été sa seule motivation. Ashley paraissait très vulnérable lorsqu'elles s'étaient rencontrées. Elle lui avait décrit un couple déchiré par ses vaines tentatives pour concevoir un enfant qu'il désirait ardemment.

Cet enfant, ils l'aimeraient de tout leur cœur. Ashley avait insisté sur ce point en lui expliquant tous leurs projets pour leur bébé. Et elle qui n'avait jamais été aimée de cette manière, elle avait eu envie de jouer un rôle dans cette belle aventure. Même secondaire.

Découvrir que le tableau idyllique brossé par Ashley n'était qu'un mensonge était ce qui l'avait le plus déçue… Elle secoua la tête avec un petit rire désabusé. Son père lui dirait que c'était sa punition pour sa cupidité. Pour sa désobéissance. Et il penserait sans doute que cette mésaventure allait la pousser à rentrer à la maison en courant. Mais ça, il n'en était pas question. Jamais.

Elle ne regrettait rien. Ce serait peut-être difficile d'aller au bout de sa grossesse sans aucune aide, mais elle y parviendrait. Et ensuite elle s'assurerait que l'enfant soit confié à une famille qui prendrait soin de lui.

Cependant, ce n'était pas son bébé. C'était celui de Renzo Valenti. Renzo Valenti et Ashley. Ses responsabilités ne s'étendaient pas au-delà de la gestation. Elle en était bien consciente.

Tout à coup, les petits cheveux sur sa nuque se hérissèrent, et un long frisson la parcourut. Redressant les épaules, elle se retourna lentement. À l'autre bout du bar, malgré la lumière tamisée, on ne voyait que lui parmi la foule.

Grand, vêtu d'un costume visiblement taillé sur mesure, les mains dans les poches, ses cheveux bruns coiffés en arrière. Renzo Valenti.

Le père de son bébé. L'homme qui l'avait mise à la porte sans ménagement trois jours plus tôt. Après avoir affirmé qu'il ne voulait rien avoir à faire avec le bébé. Et qu'il ne croyait même pas son histoire. Elle ne s'attendait pas du tout à le revoir. Et pourtant…

Son cœur se gonfla d'espoir. Pour le bébé. Et aussi pour elle-même, il fallait bien le reconnaître. Peut-être allait-elle être payée pour sa grossesse, comme convenu au départ.

Essuyant les mains sur son tablier, elle traversa la salle en faisant un signe de la main. Renzo Valenti tourna la tête dans sa direction, et son regard plongea dans le sien.

Autour d'elle, tout ralentit.

Des sensations étranges l'assaillirent. Un flot de chaleur se répandit entre ses cuisses, les pointes de ses seins se dressèrent, sa respiration devint hachée. Ces yeux noirs d'une profondeur insondable la clouaient sur place, comme un de ces papillons épinglés que collectionnait son frère.

Elle tremblait. Pourquoi ? Elle n'en avait aucune idée. Très peu de choses l'impressionnaient. Depuis qu'elle avait tenu tête à son père devant toute la communauté, en refusant de renier les choses « mauvaises » qu'elle avait apportées de l'extérieur, elle ne craignait plus rien ni personne. Elle s'était cramponnée à ses rêves, défiant son père et tous les principes qui lui avaient été inculqués depuis l'enfance, ce qui lui avait valu d'être expulsée du seul foyer qu'elle avait jamais connu. Depuis, tout le reste lui paraissait dérisoire.

Le monde se révélerait peut-être aussi dangereux que son père et sa mère le lui promettaient, mais elle avait osé courir le risque pour se trouver elle-même et trouver sa liberté. Une fois sa décision prise, elle s'était sentie en paix avec elle-même. Prête à affronter tout ce qui pourrait lui arriver.

Et voilà qu'aujourd'hui elle tremblait. Elle était intimidée. Elle avait peut-être même un peu peur.

Il commença à avancer vers elle, et ce fut comme s'il y avait un lien entre eux. Comme si elle avait autour de la taille une corde qu'il tenait dans ses mains. Et même si c'était lui qui se rapprochait, elle avait l'impression d'être attirée vers lui. Lorsqu'il parla, sa voix domina nettement le brouhaha qui régnait dans le bar. Puissante, cuivrée, excessivement claire.

— Je pense que nous devrions discuter un peu, vous et moi.

— Nous avons déjà essayé, répliqua-t-elle d'une voix hachée qu'elle ne reconnut pas. Ça ne s'est pas passé exactement comme je l'avais prévu.

— Vous avez fait irruption chez moi et vous avez lâché une bombe. Je ne sais pas à quoi vous vous attendiez.

— J'ignorais que ma visite ferait l'effet d'une bombe. Je pensais que vous étiez au courant.

— Malheureusement pour vous, ce n'était pas le cas. Mais si ce que vous m'avez dit est vrai, il faut que nous parvenions à un arrangement.

— Ce que je vous ai dit est vrai. J'ai tous les documents à l'auberge.

Renzo Valenti plissa les yeux.

— Et je suis censé les considérer comme des preuves ?

Elle ne put s'empêcher de rire.

— Je serais bien incapable de falsifier des documents médicaux de ce genre.

— Je n'ai aucune raison de vous croire sur parole. Je ne sais pas qui vous êtes. Je ne sais rien de vous. Tout ce que je sais c'est que vous êtes venue chez moi pour me raconter la plus invraisemblable des histoires. Pourquoi vous croirais-je ?

Elle baissa les yeux sur ses sandales.

— Eh bien… Vous êtes ici.

Elle releva les yeux et déglutit péniblement en croisant son regard furieux.

— Je suppose que ça veut dire que vous pensez que cette histoire pourrait être vraie. Et dans ce cas, pourquoi ne le serait-elle pas ? Pourquoi vous prendrais-je pour cible ? C'est juste… Faites-moi confiance. Je n'aurais jamais pu inventer ça toute seule.

— Emmenez-moi à votre auberge.

— Je viens juste de terminer mon service. Il faut que je note mon temps dans le registre.

Il la saisit par le bras, et elle reçut une décharge électrique. Que se passait-il ? Il fallait qu'elle réfléchisse… Avait-elle déjà eu un contact physique de ce genre avec un homme ? À part les médecins et les membres de sa famille, non, elle ne voyait pas… Était-il normal qu'un geste aussi anodin déclenche des sensations d'une telle intensité ? Elle avait si chaud qu'elle avait l'impression d'être sur le point de fondre…

— Je parlerai à votre patron plus tard s'il le faut. Mais vous venez avec moi maintenant.

— Je ne peux pas.

Il sourit, et son sourire n'avait rien d'aimable. Rien de rassurant.

— Mais vous allez venir quand même, *cara mia.*

Avant d'avoir le temps de réagir, elle se retrouva dans la rue grouillante de monde. Le temps était lourd, et la chaleur qui se dégageait du corps de Renzo Valenti n'arrangeait rien. Tandis qu'il l'entraînait à grands pas à travers la foule, elle sentait ses cheveux et son débardeur coller à sa peau humide de sueur.

— Vous ne savez pas où je loge.

— Si. Je suis parfaitement capable de trouver le nom et l'adresse d'une auberge de jeunesse. Et je connais bien la ville.

— Ce n'est pas le bon chemin, objecta-t-elle avec un besoin viscéral d'exercer un minimum de contrôle sur la situation.

— Si.

À son grand dépit, ils arrivèrent à destination beaucoup plus rapidement que s'ils avaient pris le chemin qu'elle suivait d'ordinaire. Le front plissé, elle ne parvint pas à masquer son irritation.

— Inutile de me remercier, déclara-t-il en poussant la porte avec un air arrogant qui la hérissa.

— Pour quoi donc ?

— Je viens de vous montrer un raccourci. Ça devrait vous faire gagner du temps à l'avenir. Tout le plaisir est pour moi…

Serrant les dents, elle le précéda dans l'étroit couloir au fond duquel se trouvait sa chambre. Sur les quatre lits superposés, trois étaient occupés en comptant le sien. C'était tout à fait vivable, mais plus sa grossesse avançait plus elle avait envie d'intimité.

Elle enleva ses sandales et se dirigea vers le lit inférieur sur lequel elle rangeait une partie de ses affaires dans la journée. N'entendant aucun bruit derrière elle, elle se retourna. Renzo Valenti s'était immobilisé sur le seuil. Lorsqu'il entra dans la pièce, elle eut l'impression qu'il occupait soudain tout l'espace.

— Bienvenue, dit-elle d'une voix morne.

— Merci.

Il y avait un tel dédain dans ce simple mot que c'était presque comique. Sauf qu'elle n'avait pas spécialement le cœur à rire… Elle ouvrit son sac à dos et fouilla dedans pour récupérer les papiers qui étaient soigneusement pliés au fond.

— Tenez, dit-elle en les lui tendant.

Il les prit, et elle constata avec inquiétude qu'elle était déçue. Avait-elle vraiment espéré que ses doigts allaient effleurer les siens ?

— Qu'est-ce que c'est ? demanda-t-il en dépliant les documents.

— Le dossier médical complet, plus l'accord conclu entre Ashley et moi, comportant nos deux signatures. Je suppose que si la signature de votre femme était fausse vous le verriez. Et vous admettrez que les chances que j'aie pu l'imiter sans la connaître sont pour ainsi dire nulles.

Il plissa le front tout en prenant quelques instants pour parcourir les documents.

— Il est possible en effet que vous disiez vrai.

— Appelez Ashley. Vous verrez. Elle est furieuse contre moi. Je suis sûre qu'elle se fera un plaisir de vous le dire.

— Ashley veut que vous avortiez ?

Déglutissant péniblement, Esther hocha la tête.

— Je ne peux pas. Même si le bébé n'est pas à moi, sans moi il ne serait pas là. Je ne peux pas me résoudre à interrompre la grossesse.

— S'il est bien de moi, je ne le souhaite pas non plus.

— Vous voulez le bébé ?

Elle scruta le visage de Renzo Valenti. Impossible de deviner ce qu'il pensait. Non qu'elle soit particulièrement douée pour lire dans les pensées. Après avoir vécu pendant des années en vase clos, le monde était une perpétuelle découverte. Il y avait tant de choses nouvelles à voir. Tant de sons et d'odeurs. Tant de voix et d'accents différents. Tant de manières d'exprimer la joie, la tristesse.

Cependant, elle se demandait parfois si elle ne déchiffrait pas un peu mieux les autres que les gens qui n'étaient pas obligés de prêter autant d'attention à ce qui les entourait.

Elle avait constamment l'impression que si elle relâchait sa vigilance, même une seule seconde, elle se noierait dans cet océan d'humains.

Mais le visage de Renzo Valenti restait impénétrable. Comme s'il était gravé dans le granit.

— J'assumerai mes responsabilités envers l'enfant, déclara-t-il.

Ce n'était pas la même chose que vouloir l'enfant. Mais après tout, ça n'avait pas grande importance.

— Eh bien… Je suppose que c'est…

Elle n'avait aucune envie de parler d'argent. Et en même temps, elle en avait terriblement besoin…

— Mais avant tout, il faut vous sortir de ce…

Il promena autour de lui un regard légèrement dégoûté.

— De cet endroit. Vous ne pouvez pas rester ici. C'est incompatible avec le fait que vous portez l'héritier de la fortune des Valenti.

Elle écarquilla les yeux. Le bébé qu'elle portait était l'héritier d'une grande fortune ? Bien sûr, elle savait que Renzo Valenti était riche. La suite qu'Ashley avait réservée dans un palace lors de leur séjour à Santa Firenze ne laissait aucun doute sur le style de vie auquel était habituée la jeune femme.

Mais apparemment, Renzo Valenti était encore plus riche qu'elle ne l'imaginait…

— J'étais bien ici, ces derniers mois.

— Peut-être. Cependant, je soupçonne que nous n'avons pas du tout les mêmes critères en matière de confort. Pour commencer, vous allez quitter votre travail dans ce bar. Et vous allez venir avec moi. Dans ma villa.

Esther eut l'impression de recevoir un coup de poing dans l'estomac.

— Mais… Si je ne veux pas ?

— Vous n'avez pas le choix. Une clause de l'accord stipule qu'Ashley peut l'annuler à tout moment si elle change d'avis. C'est ce qui s'est passé. Ça signifie que si vous ne vous pliez pas à mes exigences, vous ne toucherez pas un centime et vous n'aurez aucun recours. Je vous verserai une somme supérieure à celle que vous a promise ma femme, mais uniquement si vous faites exactement ce que je vous dis.

Esther fut prise de vertige. Si elle ne s'asseyait pas, elle allait tomber… Ses jambes se replièrent d'elles-mêmes, et elle se retrouva assise au bord du lit. Le bruit de la rue qui entrait par la fenêtre ouverte ajoutait à la confusion qui régnait dans son esprit.

— D'accord, finit-elle par dire, incapable de trouver une raison de refuser.

Bien sûr, elle prenait un risque. Après tout, elle ne connaissait pas Renzo Valenti. Elle ne savait presque rien de lui en dehors du fait que c'était un homme d'affaires prospère.

Et qu'il avait été marié à Ashley. Ashley qui s'était révélée indigne de confiance. Manipulatrice et, à l'en croire, menteuse. Qu'il l'ait épousée était sans doute révélateur de son propre caractère.

Mais elle n'avait pas d'autre solution que de s'en remettre à lui. La perspective de vivre sa grossesse sans bénéficier d'aucun soutien n'avait rien de réjouissant… Assaillie par un vif sentiment de culpabilité, elle s'efforça de l'ignorer. Elle s'était trop souvent sentie coupable. Chaque fois qu'elle avait rapporté clandestinement dans la communauté un livre ou un CD interdit. Lorsqu'elle avait été chassée, après la découverte de ces objets « immoraux », elle avait décidé de commencer à vivre sa vie comme elle l'entendait. De se délecter sans honte de musique pop, de sucre et de comédies sentimentales. De lire tous les livres qu'elle aurait envie de lire, même s'ils contenaient des mots et des scènes obscènes. Toujours sans éprouver la moindre honte.

Mais aujourd'hui, comment ne pas éprouver de la honte ? Elle avait saisi une occasion de réaliser ses rêves. De faire des études. De continuer à voyager. D'oublier toutes les contraintes qui lui avaient été imposées pendant si longtemps. Elle était tellement déterminée à ne jamais retourner dans sa famille qu'elle n'avait pas réfléchi aux problèmes posés par cet arrangement. Aujourd'hui, elle ne pouvait plus les ignorer. Impossible de prendre à la légère le fait qu'elle portait un enfant. Non seulement cette grossesse représentait une énorme responsabilité, mais elle allait avoir sur elle des répercussions physiques et psychiques considérables. Et si elle ne se conformait pas aux exigences de Renzo Valenti… Il y avait de grandes chances pour que cette décision prise à la légère ruine la force qu'elle avait pourtant réussi à acquérir. Et tout ça pour quoi ? Pour de l'argent qu'elle ne toucherait même pas.

Avec résignation, elle referma son sac à dos, enfila ses sandales et se tourna vers Renzo Valenti.

— D'accord, je viens avec vous.

3

Au volant de sa voiture, Renzo était en proie à une vive agitation. Partagé entre la colère et l'anxiété, il ne parvenait pas à maîtriser les battements de son cœur et il avait l'impression que son sang bouillonnait dans ses veines.

Un bébé. Esther Abbott, routarde américaine, était enceinte de lui. Bien sûr, il faudrait vérifier son histoire, mais il était obligé de la croire. Même si en réalité, il n'avait aucune raison de le faire.

Aucune raison, à part son instinct. Il faillit laisser échapper un rire, incrédule. Depuis quand se fiait-il à son instinct ? D'ordinaire il se fiait à son intelligence, qu'il s'autorisait à considérer comme irréprochable.

En affaires, elle ne lui faisait jamais défaut. Lorsqu'on le consultait sur la viabilité d'une entreprise ou qu'il était chargé de superviser la mise en œuvre d'un projet immobilier, il ne commettait jamais d'erreurs.

Mais de toute évidence, dans d'autres domaines son jugement était loin d'être aussi infaillible. Il manquait même totalement de discernement. Son ex-femme en était une des preuves indiscutables.

Jillian en était une autre.

Les femmes. De toute évidence, il avait tendance à être stupide en ce qui concernait les femmes. Il avait beau ne jamais s'impliquer sentimentalement, il semblait avoir le chic pour tomber sur des femmes qui arrivaient à le piéger par d'autres moyens.

Il jeta un coup d'œil à Esther Abbott. Au moins, avec elle il n'aurait pas ce genre de problème. Elle était tout à fait quelconque. Pas vraiment laide, peut-être même mignonne, mais elle ne faisait rien pour se mettre en valeur. Ses yeux noisette n'étaient pas maquillés, et elle ne s'épilait pas les sourcils. Ses lèvres pulpeuses, d'un beau brun sombre, étaient sans doute ce qu'elle avait de plus séduisant. Cependant, il fallait reconnaître qu'elle était plutôt bien faite. Ses seins n'étaient pas très volumineux, mais ronds et fermes malgré l'absence manifeste de soutien-gorge sous son débardeur noir.

Mais ses seins n'avaient aucune importance. La seule chose qui comptait c'était son ventre. Dans lequel se trouvait un enfant de lui, ou pas.

Il tourna dans son allée, laissant la grille grande ouverte. Puis il pila devant la villa, descendit de voiture, en fit le tour par l'avant et ouvrit la portière passager d'un geste brusque.

— Bienvenue dans votre nouvelle demeure, déclara-t-il en ayant bien conscience que son ton n'avait rien d'accueillant.

Se mordant la lèvre inférieure, Esther Abbott prit son sac à dos et descendit à son tour en serrant ce dernier contre sa poitrine. Puis elle promena autour d'elle un regard impressionné.

— Vous êtes venue il y a quelques jours, commenta-t-il. Ce n'est pas la peine de prendre cet air intimidé.

— Eh bien… Vous êtes intimidant. Et une maison comme celle-ci… qui ressemble à un château… C'est très intimidant.

Elle prit une profonde inspiration.

— Je sais bien que je suis déjà venue. Mais ce n'était pas la même chose. J'étais venue pour vous parler, pas pour m'installer.

— Vous n'allez tout de même pas prétendre que vous préféreriez rester à l'auberge de jeunesse ? Vous avez accepté de porter un enfant pour de l'argent. Il est donc inutile de faire semblant de ne pas être intéressée.

Elle secoua la tête.

— Je ne le suis pas. Pas dans le sens où vous l'entendez. Je veux aller à l'université.

Renzo plissa le front avec perplexité.

— Quel âge avez-vous ?

— Vingt-trois ans.

Il réprima un juron. L'âge de sa sœur, Allegra. Elle avait peut-être quelques mois de moins. S'il avait été capable d'éprouver de la compassion pour des inconnus, il en aurait peut-être éprouvé pour elle. Mais il y avait très longtemps qu'il avait été privé de cette capacité…

— Vous n'avez pas pu obtenir de bourse ?

— Non. J'ai été obligée de payer pour passer l'examen d'entrée à l'université. Je ne suis pas vraiment allée au lycée. Mais mes résultats sont assez bons pour m'ouvrir les portes de quelques universités. J'ai juste besoin d'améliorer un peu ma situation financière.

— Vous n'êtes pas allée au lycée ?

Elle eut une moue désabusée.

— J'ai effectué ma scolarité à la maison. Plus ou moins. Enfin bref, si je voulais de l'argent ce n'était pas pour m'acheter un yacht. Et même si c'était le cas, aucune femme n'accepte d'être mère porteuse pour une inconnue gratuitement.

Il haussa les épaules.

— Sans doute. Venez.

Il la conduisit dans la villa, soudain un peu perdu. Sa gouvernante s'était déjà retirée dans ses appartements, et voilà qu'il se retrouvait avec une gamine des rues dont il devait s'occuper.

— J'imagine que vous êtes fatiguée.

— J'ai surtout faim.

Il serra les dents.

— La cuisine est par là.

Il l'entraîna à travers la villa, construite depuis des siècles, mais dotée de tous les équipements les plus modernes. Dans la cuisine, il ouvrit le grand réfrigérateur en inox. Il ne mangeait pas souvent chez lui, mais sa gouvernante laissait toujours dans le congélateur des plats qu'elle avait préparés, au cas où.

Il trouva une barquette de pâtes, qu'il déposa devant Esther Abbott.

— Tenez, vous pouvez réchauffer ça si vous voulez. Sinon,

n'hésitez pas à fouiller dans le réfrigérateur et les placards, si vous avez envie de cuisiner autre chose.

Sur ces mots, il quitta la cuisine et monta l'escalier quatre à quatre pour gagner son bureau. Après avoir arpenté la pièce pendant quelques instants, il décrocha le téléphone et appela son ex-femme.

Ashley répondit au bout de deux sonneries.

— Renzo, dit-elle d'un ton las. À quoi dois-je le plaisir ?

— Me parler risque de ne pas être un plaisir pour toi quand tu entendras ce que j'ai à te dire.

— À vrai dire il y a déjà plusieurs mois que te parler n'est plus un plaisir.

— Nous avons été mariés pendant six mois seulement. J'espère que tu exagères.

— Pas du tout. Pourquoi crois-tu que j'ai été obligée de trouver d'autres hommes pour me satisfaire ?

— Si tu parles de satisfaction émotionnelle, j'ai plusieurs réponses. Mais si tu insinues que je ne te satisfaisais pas physiquement, je vais être obligé de te traiter de menteuse.

— Il n'y a pas que le sexe dans la vie.

— En effet. Il y a par exemple le petit problème de la femme qui se trouve dans ma cuisine en ce moment.

— Nous sommes divorcés, lui rappela Ashley d'un ton cinglant. Qui se trouve ou pas dans ta cuisine — ou dans ton lit — ne me concerne pas.

— En l'occurrence, si. Parce qu'il s'agit d'Esther Abbott. Une femme qui prétend avoir passé un accord avec toi. Selon lequel elle doit porter *notre* enfant.

Il y eut un silence. Laisser Ashley sans voix était pourtant très difficile, songea Renzo. Même surprise au lit avec un autre homme, elle s'évertuait à parler, à crier et même à pleurer pour tenter de s'en sortir. Elle voulait toujours avoir le dernier mot.

Aujourd'hui, son silence était révélateur. Mais de quoi ? De sa surprise ou bien de son dépit à l'idée d'avoir été découverte ? Il n'en savait rien.

— Je pensais que ça pourrait peut-être sauver notre couple,

finit-elle par dire. Mais c'était avant… Avant que le divorce soit inéluctable. Avant que tu découvres l'existence des autres.

— Les cinq autres hommes avec qui tu couchais pendant notre mariage ?

Ashley émit un petit rire.

— Sept, je pense.

Quelle importance ? Cinq, sept ou seulement celui avec qui il l'avait surprise, ça ne faisait aucune différence pour lui. Et il avait le sentiment que la vérité n'avait pas d'importance non plus pour Ashley. L'objectif était uniquement de marquer des points.

— Alors c'est vrai, commenta-t-il sèchement.

— Oui.

— Comment ?

Elle émit un petit rire agacé.

— Eh bien, chéri, la dernière fois que nous avons couché ensemble, tu as utilisé un préservatif. Je… Je l'ai juste récupéré après que tu l'as jeté. C'était suffisant pour le médecin.

Il jura. Contre elle. Contre lui-même.

— Tu ne recules donc devant aucune bassesse ?

— Ça, c'est l'avenir qui le dira. Ma vie est loin d'être terminée. Mais ne t'inquiète pas, Renzo, tu n'en feras plus jamais partie. La réponse à cette question ne te concerne donc pas.

— Cette femme est enceinte de *notre* enfant, lui rappela-t-il pour en revenir au point essentiel.

— Parce qu'elle n'en fait qu'à sa tête. Je lui ai dit de mettre fin à la grossesse. Je l'ai même prévenue que je refusais de payer le reste de la somme convenue.

— Je sais. J'ai discuté avec elle. Je t'appelle uniquement pour en avoir la confirmation.

— Que vas-tu faire ?

Bonne question. Excellente question. Il allait élever l'enfant, bien sûr. Mais comment allait-il l'expliquer ? À ses parents. Aux médias… Il allait y avoir des gros titres, que son enfant lirait un jour. Il avait deux solutions. Soit dire la vérité sur les manigances d'Ashley, soit inventer l'histoire d'une mère ayant abandonné son enfant.

Non, pas question.

La gestation pour autrui n'était pas légale en Italie. L'accord conclu entre Ashley et Esther Abbott n'était donc pas valide dans le pays. Détail qu'il allait tourner à son avantage…

— Il n'y a rien à faire, répliqua-t-il. Esther Abbott est enceinte de moi. Et je vais assumer mes responsabilités.

— Renzo, que comptes-tu faire ? demanda-t-elle d'un ton vif.

Il le savait. Il n'y avait pas d'autre solution. Il s'était déjà trouvé dans la même situation. Mais à l'époque il n'avait pas eu voix au chapitre. C'étaient ses parents, ainsi que la femme concernée et son mari, qui avaient décidé de tout. Son aventure avec Jillian — la femme avec qui il avait perdu son pucelage — lui avait coûté cher.

À seize ans, il était devenu père pour la première fois. Mais il avait été privé de tout contact avec l'enfant. Une histoire habilement construite, destinée à préserver le mariage de la mère et sa réputation, avait reçu l'approbation de tous.

Sauf la sienne.

Il était hors de question que cela se reproduise. Cette fois, il n'accepterait pas d'être mis sur la touche. Il n'y avait qu'une solution.

— Je vais faire ce que n'importe quel homme responsable ferait dans cette situation. Je vais épouser Esther Abbott.

Esther n'avait jamais vu une cuisine comme celle de Renzo Valenti. Il lui avait fallu plus de dix minutes pour comprendre comment fonctionnait le micro-ondes. Mais apparemment elle n'avait pas tout compris, puisque certaines pâtes étaient encore gelées et d'autres lui brûlaient la langue. C'était quand même un des meilleurs plats qu'elle avait jamais mangés. Sans doute parce qu'elle était épuisée et qu'elle n'avait rien avalé depuis de longues heures. Cependant, parmi les nouveaux aliments qu'elle avait découverts depuis son départ de la communauté, les pâtes faisaient partie de ses préférés. Les seules qu'elle connaissait auparavant étaient les vermicelles que sa mère mettait dans le potage.

Découvrir de nouveaux mets était jusque-là ce qu'elle appréciait le plus dans le fait de voyager. Scones à la crème en Angleterre, macarons en France. C'était vraiment un de ses plus grands plaisirs. Même si le pain noir et le ragoût de sa mère lui manquaient parfois.

Une bouffée de nostalgie serra soudain le cœur d'Esther. Ce n'était pas habituel, mais cela lui arrivait malgré tout de temps en temps. Dans la communauté la vie était pénible et ne ressemblait en rien à celle dont elle rêvait. Mais elle s'y sentait en sécurité. Et elle n'avait rien connu d'autre pendant la majeure partie de son existence.

Pour surmonter le mal du pays, elle savoura une nouvelle bouchée de pâtes. Au même instant un bruit de pas se fit entendre, et Renzo Valenti entra dans la cuisine. Ses yeux noirs dissipèrent ses dernières bribes de nostalgie. Il n'y avait plus de place en elle pour autre chose que le trouble qui l'envahissait.

— Je viens de parler à Ashley.

Les pâtes prirent soudain un goût de sciure de bois.

— J'imagine qu'elle vous a confirmé ce que vous n'aviez pas envie d'entendre.

— En effet.

— Je suis désolée. Mais tout ce que je vous ai dit est vrai. Je ne suis pas venue vous trouver dans l'intention de profiter de vous en vous racontant des histoires. Et de toute façon, j'aurais été bien incapable de falsifier des documents médicaux. Avant qu'Ashley m'emmène à la clinique, je n'étais jamais allée chez le médecin.

Devant l'air interloqué de Renzo Valenti, elle se mordit la langue. Apparemment, elle venait de dire quelque chose qui indiquait qu'elle n'était pas tout à fait comme les autres. Cela lui arrivait souvent. Pour la bonne raison qu'elle ne savait pas exactement ce qui la différenciait des autres. Il y avait des différences entre les cultures, après tout. Les gens ne pouvaient-ils pas penser que si elle était différente c'était uniquement parce qu'elle était américaine ?

Sauf qu'elle était également différente des Américains typiques.

— J'habitais dans une petite ville, prétendit-elle avec le plus grand naturel.

Elle avait pris très tôt l'habitude de mentir. Essentiellement pour ne pas contrarier ses parents quand ils lui demandaient si elle était satisfaite.

— Une ville si petite qu'il n'y avait pas de médecin ?

— Il y en avait un, mais il faisait uniquement des visites à domicile.

Ça c'était vrai. Il y avait un médecin dans la communauté.

— Quoi qu'il en soit, il semble que vous ne m'avez pas menti.

— Je vous l'ai dit.

— C'est vrai. Et vous vous trouvez dans une situation peu enviable. À moins que vous ne pensiez le contraire. Dites-moi, quelles sont vos aspirations ?

C'était une question étrange. Que personne ne lui avait encore jamais posée. Ses parents lui avaient souvent parlé de son avenir, mais en lui expliquant quels étaient ses devoirs de femme. Sans jamais lui demander si elle pensait pouvoir s'épanouir en les accomplissant. Personne ne lui avait jamais demandé quelles étaient ses aspirations.

Sauf Renzo Valenti. Elle en était profondément touchée. Et cela lui donnait envie de lui répondre.

— Je veux voyager. Et aller à l'université. Je veux faire des études.

— Quel genre d'études ?

— Que voulez-vous dire ?

— Que comptez-vous étudier ? La gestion ? L'histoire ? L'art ?

— Tout.

Elle haussa les épaules.

— Je veux juste apprendre.

— Apprendre quoi ?

— Tout ce que je n'ai pas appris jusqu'à maintenant.

— C'est vaste. Mais ça devrait être possible. Existe-t-il une meilleure ville au monde pour étudier l'histoire que Rome ?

— Paris et Londres pourraient avoir un avis différent, mais je vois ce que vous voulez dire. Et je reconnais que le seul fait de séjourner à Rome peut me permettre d'apprendre des tas de choses. Mais ça ne me suffit pas.

Renzo Valenti se mit à arpenter la pièce avec l'élégance d'un grand félin.

— Vous n'avez aucune raison de vous contenter de ça. Regardez autour de vous, déclara-t-il avec un grand geste de la main. Je suis un homme qui possède presque tout. Pour quelle raison ? Uniquement parce que je suis né dans une famille riche. Ce qui ne m'empêche pas de faire tout ce qui est en mon pouvoir pour me montrer digne de ma position sociale. J'ai repris la barre de l'empire familial et je veille à assurer sa prospérité.

— C'est très bien pour vous, commenta-t-elle parce qu'elle ne voyait pas quoi dire d'autre.

— Ça pourrait l'être pour vous également, précisa-t-il en plongeant le regard dans le sien.

Un long frisson la parcourut.

— Vraiment ?

— Je ne vais pas tourner autour du pot. Je suis milliardaire, mademoiselle Abbott. Mes ressources sont sans limites. Ashley n'a pas été aussi généreuse avec vous qu'elle aurait pu l'être. Pour ma part, j'ai l'intention de vous offrir le monde.

Elle sentit ses joues s'enflammer. S'éclaircissant la voix, elle cala nerveusement une mèche de cheveux derrière son oreille.

— C'est très attentionné. Mais je n'ai qu'un sac à dos. Je ne suis pas certaine qu'il puisse contenir le monde entier.

— C'est justement la condition.

— De quoi parlez-vous ?

— Vous devrez renoncer au sac à dos.

— Je ne comprends pas…

— J'ai du pouvoir. C'est évident, il me semble. Malgré tout

j'ai également quelques contraintes. Liées d'une part à mon image et d'autre part aux idées très conservatrices de mes parents. Ces derniers n'ont pas ménagé leurs efforts pour que je devienne l'homme que je suis aujourd'hui.

Les traits de Renzo Valenti semblèrent se crisper légèrement, et il fit une pause imperceptible avant de poursuivre.

— Et même si j'ai un peu bousculé les convenances en épousant Ashley, je l'ai épousée. Mariage, enfants, voilà ce qu'on attend de moi. En revanche, un scandale lié à une affaire de gestation pour autrui serait très mal vu. Le fait que mon épouse a conspiré contre moi ne doit en aucun cas s'ébruiter. Je ne permettrai pas que le nom des Valenti soit ridiculisé, Esther.

C'était la première fois qu'il l'appelait par son prénom, nota-t-elle avant de déclarer :

— Je ne comprends pas en quoi ça me concerne. Il vaut mieux que vous soyez très direct, parce que par moments j'ai l'esprit un peu lent.

Il plissa le front.

— La ville d'où vous venez, elle est vraiment très petite ?

— Très, très petite.

— Mais après tout, la taille de la ville ne fait peut-être pas de différence. Il faut reconnaître que la situation dans laquelle nous nous trouvons est inédite. Ce qui ne m'empêche pas de savoir exactement où je veux en venir.

— Éclairez-moi, je vous en prie.

Il la regarda. Ce n'était pas la première fois. Quoi de plus naturel que de regarder quelqu'un à qui on parle ? Sauf que cette fois c'était différent. Pourquoi ? Elle n'en avait aucune idée, mais c'était vraiment différent. Comme s'il cherchait à voir qui elle était vraiment. Et son regard pénétrant semblait transpercer ses vêtements… À cette pensée, elle fut assaillie par les sensations étranges que ces yeux noirs avaient déjà déclenchées en elle dans le bar. Flot de chaleur entre les cuisses, pointes des seins dressées, respiration hachée… Que lui arrivait-il ?

Soudain au bord des larmes, elle prit une profonde inspiration. Pourquoi avait-elle envie de pleurer ? Pourquoi une émotion aussi intense ? Jamais elle n'avait rien ressenti de tel.

— Esther Abbott, vous allez devenir ma femme.

4

Esther eut l'impression de se détacher de son corps. Comme si elle regardait la scène d'en haut. Comme si ce qui était en train de se passer arrivait à quelqu'un d'autre… Parce qu'il était impossible qu'elle soit réellement dans un hôtel particulier au cœur de Rome, en face de l'homme le plus beau qu'elle avait jamais vu et que cet homme vienne de prononcer les mots qui résonnaient dans ses oreilles…

Non. « Beau » n'était pas le terme approprié. Les traits de Renzo Valenti étaient trop durs. Pommettes saillantes, mâchoire taillée à la serpe, son visage était dur. Quant à ses yeux noirs, ils n'exprimaient pas la moindre douceur non plus. Cet homme était peut-être encore plus inquiétant que séduisant.

Mais à quoi pensait-elle ? Elle était ridicule. Que lui prenait-il de s'attarder sur le physique de Renzo Valenti alors qu'il venait de lui annoncer son intention de faire d'elle sa femme ? *Sa* femme.

C'était son pire cauchemar. Redevenir la propriété d'un homme. Elle ne pourrait pas le supporter. Jamais. Oui, Renzo Valenti était différent de son père. Et ce n'était pas du tout la même situation. Mais pour elle ça revenait au même. Elle avait l'impression qu'un nœud coulant lui serrait la gorge. Que la pièce rétrécissait. Que les murs se rapprochaient d'elle…

— Non, dit-elle, en proie à une panique insurmontable. C'est impossible. Je ne peux pas. J'ai des aspirations. Des objectifs. Totalement incompatibles avec le fait de devenir votre… Non.

— Il n'y a pas un seul de vos objectifs que je ne puisse pas vous aider à atteindre avec plus de facilité.

Elle secoua vigoureusement la tête.

— Vous ne comprenez pas ? Ce n'est pas la question. Je ne veux pas rester à Rome. Je veux voir le monde.

— Vous avez commencé à le voir, non ? Auberges de jeunesse, bars sordides. Très romantique ! J'imagine qu'il est difficile de faire du tourisme quand on doit trimer toute la journée pour gagner un peu d'argent.

— J'ai du temps libre. J'habite en ville. J'ai ce que je souhaite. Vous ne comprenez peut-être pas, mais comme vous me l'avez expliqué tout ce que vous possédez, vous en avez hérité. Moi, je n'ai pas d'héritage. J'ai grandi dans une cabane minuscule perdue dans la montagne. Qui appartient à mon père et qui ne me sera jamais léguée. Ni à aucune de mes trois sœurs. Elle reviendra à un de mes six frères. Oui, vous avez bien entendu. Six frères et trois sœurs. Mais dans ma famille les filles n'ont aucun droit. Toutefois, je ne suis pas certaine que la situation des garçons soit plus enviable.

Elle prit une profonde inspiration.

— Je suis fière de ma vie telle qu'elle est aujourd'hui. Je ne vous permettrai pas d'insinuer qu'elle est médiocre.

— Et pourtant elle l'est, *cara*. Si elle ne l'était pas vous ne chercheriez pas à l'améliorer. Vous avez envie de faire des études. D'apprendre des choses. De voir le monde. Entrez dans le mien. Je vous garantis qu'il est beaucoup plus vaste et plus riche que celui dans lequel vous pouvez espérer entrer en ne comptant que sur vous-même.

Ces paroles résonnèrent au plus profond d'Esther. Cette promesse, son instinct lui criait de ne pas l'écouter, de la fuir. Sauf qu'elle restait immobile. Clouée sur place comme lorsqu'il était entré dans le bar. Comme si une part d'elle-même était tentée. Avait envie de rester. Il y avait quelque chose chez lui qui lui faisait cet effet insensé. Une force mystérieuse, qui semblait beaucoup plus efficace que son instinct.

— C'est de la folie. Je n'ai pas besoin de vous. J'ai juste

besoin de l'argent qui m'avait été promis au départ. Une fois que je l'aurai, je pourrai commencer à améliorer ma vie, sans l'aide de personne.

— Pourquoi vous contenter d'une infime partie de ma fortune alors que vous pouvez disposer de la totalité ?

— Je ne saurais pas du tout quoi en faire. Très franchement, avoir des choses qui m'appartiennent est une expérience toute nouvelle. Ce dont vous parlez me dépasse un peu.

— Ah ! mais vous n'avez aucune raison d'être dépassée ! objecta-t-il d'une voix profonde qui la fit frissonner.

Sa mère avait raison. Le diable n'était pas laid. Pour soumettre les gens à la tentation il ne fallait pas être laid. Le diable était beau. Le diable — elle en était de plus en plus convaincue — c'était Renzo Valenti.

— Je pense que vous êtes sans doute fou. Je crois que je comprends pourquoi votre femme vous a quitté.

Il pouffa.

— C'est ce qu'elle vous a raconté ? Un mensonge parmi tant d'autres. C'est moi qui ai jeté cette furie avide dehors, après l'avoir surprise au lit avec un autre homme.

Esther s'efforça de ne pas avoir l'air choquée. De ne pas paraître aussi inexpérimentée et embarrassée qu'elle l'était. Pour elle, qu'on puisse rompre son engagement avec une telle désinvolture était impensable. Dans la tradition dans laquelle elle avait été élevée, les liens du mariage étaient sacrés. Une raison supplémentaire pour laquelle la proposition de Renzo Valenti était inacceptable.

— Elle vous trompait ?

— Oui. De mon côté, comme je vous l'ai dit, j'étais fidèle. Je ne vais pas prétendre que j'ai épousé Ashley par amour, mais au début nous nous entendions bien. Du moins dans certains domaines.

Elle sentit son visage s'enflammer. Nul doute qu'il faisait allusion à des domaines très… intimes.

— Eh bien, c'est… Je ne… Je ne suis pas l'épouse qu'il vous faut.

Elle n'avait pas une idée très précise de ce à quoi il faisait allusion, mais une chose était certaine : elle ne pourrait jamais avoir ce genre de relation avec lui.

Elle n'avait même jamais été embrassée. Alors devenir une épouse… Elle n'avait vraiment aucune expérience dans ce domaine. Et en plus, elle n'avait aucune envie de se marier. Oh ! Elle finirait sans doute par avoir envie d'être avec quelqu'un. Un jour. Dans très longtemps.

Le sexe était une curiosité pour elle. Elle avait lu des scènes d'amour dans des livres, elle en avait vu dans des films. Mais elle savait qu'elle n'était pas prête pour ça. Pas tant physiquement que psychologiquement. Pour l'instant elle était trop occupée à apprendre à se connaître elle-même pour envisager de nouer des liens étroits avec quelqu'un. Elle n'avait jamais vu un mariage dans lequel l'homme n'était pas dominateur. Dans tous les couples qu'elle avait côtoyés, l'homme imposait sa volonté à la femme.

Elle ne se résoudrait jamais à vivre ça. Jamais.

— Pourquoi donc ? demanda Renzo Valenti. Parce que vous caressez le rêve puéril de faire un mariage d'amour ?

— Non. Pas du tout. J'envisagerais plutôt de ne jamais me marier. Quant à l'amour, je n'ai jamais vu aucun exemple de celui auquel vous faites allusion. Autour de moi je n'ai vu que des relations basées sur la domination et l'autorité. Or, je ne veux pas de ça.

— Je vois. Vous êtes exactement celle que vous semblez être. Quelqu'un toujours en mouvement, qui se laisse porter par le vent.

Son ton méprisant la piqua au vif.

— Oui. Et je n'ai jamais prétendu être quelqu'un d'autre. Je n'ai aucune obligation envers vous ni envers personne. Je suis libre, et c'est ainsi que j'aime vivre. Ce qui ne m'empêche pas d'avoir des principes. J'ai choisi d'accepter l'arrangement proposé par Ashley, mais j'ai toujours eu l'intention de me comporter avec intégrité. J'ai tenu à m'assurer que vous étiez au courant pour le bébé, afin que vous puissiez agir en conséquence.

— Et vous n'avez pas eu l'idée de venir me trouver plus tôt ?

Elle poussa un profond soupir.

— J'aurais dû, je sais. Mais quand Ashley m'a annoncé qu'elle ne voulait plus du bébé, je suis venue aussitôt. Après tout ce qu'elle m'avait dit sur votre désir d'enfant, que je ne pouvais pas croire que vous aviez subitement changé d'avis.

— Très convaincante quand elle ment, mon ex-femme.

— En effet. Mais je ne veux pas être mêlée à tout ça. Je veux juste donner naissance au bébé, puis reprendre mon chemin.

— Ça… Il faudra en discuter. Mais en tout cas, nous allons vous présenter officiellement à la presse comme ma maîtresse. Ce qui se passera après la naissance du bébé peut être négocié, mais d'ici là nous nous comporterons comme si nous étions fiancés.

— Je ne comprends pas… Je ne veux pas…

— Je suis un homme très influent. Estimez-vous heureuse que je ne vous traîne pas de force jusqu'à l'église la plus proche, où je n'aurais aucun mal à convaincre le prêtre de nous marier. Ça prouve que je suis assez magnanime avec vous. Par ailleurs, je reconnais que je n'ai pas particulièrement envie de replonger dans le mariage après tout ce que je viens de vivre. Alors c'est décidé. Vous allez feindre d'être ma fiancée, au moins jusqu'à la naissance de l'enfant. Ensuite, votre liberté et votre compensation financière pourront être négociées.

— On va parler de nous dans les journaux ? demanda-t-elle, l'estomac noué.

Si ses parents la voyaient en compagnie de cet homme… Cette idée était terrifiante.

— Dans la presse people et la presse à sensation, essentiellement. Peut-être quelques articles dans la rubrique « Société » de certains journaux respectables. Mais ça devrait se limiter à l'Europe.

Elle poussa un soupir de soulagement.

— D'accord. Ce n'est peut-être pas trop grave, alors.

Il plissa le front.

— Vous vous cachez de quelqu'un ? Il faut que je le sache.

Il faut que je sache tout ce qui risque de mettre mon enfant en danger, *cara*.

— Je ne me cache de personne et je ne suis pas en danger. Enfin si… On peut dire que je me cache. Mais pas parce que j'ai peur que quelqu'un soit à ma poursuite. Mes parents sont très… stricts. Ils n'approuvent pas du tout mon choix de vie. Je voudrais éviter qu'ils me voient en photo dans le journal en compagnie d'un homme. Surtout enceinte et pas mariée.

Elle avait renoncé depuis longtemps à l'espoir de plaire à ses parents, bien sûr. Elle était consciente que sa décision de partir équivalait à rompre définitivement avec eux. Pourtant, elle ne pouvait s'empêcher d'éprouver de la honte.

— Ils sont traditionalistes, si je comprends bien.

— Vous n'imaginez pas à quel point. Ils ne m'autorisaient même pas à me maquiller.

— Eh bien, c'est un interdit que vous allez devoir transgresser.

— Pourquoi ?

À présent elle était libre de s'habiller comme elle le souhaitait, mais elle ne s'était pas encore acheté de produits de maquillage. Il n'y avait eu aucune occasion l'incitant à le faire.

— Parce que les femmes que je fréquente ont un certain style.

Une image s'imposa aussitôt à l'esprit d'Esther. L'image d'un *certain* genre de femmes. Dont sa mère parlait souvent. Les femmes « de mauvaise vie ».

Difficile de s'imaginer en photo dans le journal vêtue et maquillée avec le même raffinement que ce genre de femmes. Et au bras d'un homme comme Renzo Valenti… Non par honte. Mais parce que c'était une éventualité qui n'aurait jamais pu lui traverser l'esprit.

— Vous… Vous sortez beaucoup, je suppose.

— En effet. Comme je vous l'ai dit, je vais vous ouvrir les portes d'un monde qui vous serait inaccessible sans moi. Si vous avez envie de faire des expériences nouvelles, vous allez en faire dont vous n'auriez même pas eu l'idée de rêver.

Ces paroles firent courir un long frisson dans le dos d'Esther.

— D'accord, dit-elle précipitamment.

Il valait mieux ne pas prendre le temps de réfléchir. Sinon, elle allait prendre ses jambes à son cou.

— Je vais le faire.

Renzo Valenti plongea le regard dans le sien.

— Faire quoi, exactement ?

— Jouer le rôle de votre fiancée jusqu'à la naissance du bébé. Ensuite… je m'en irai.

Il fit un pas en avant et lui prit le menton. Au contact de ses doigts, elle eut l'impression que tout son corps prenait feu.

— Parfait, Esther. Vous avez un fiancé.

Il allait falloir faire preuve d'une extrême prudence au cours des prochaines semaines, songea Renzo. C'était une de ses rares certitudes. Toute sa vie était soudain bouleversée. Une gamine des rues échevelée occupait une de ses chambres d'amis, et il allait devoir la présenter comme sa fiancée. Très bientôt. Le plus tôt serait le mieux. Avant qu'Ashley ait le temps de distiller son venin dans les médias.

Il avait déjà pris les dispositions nécessaires pour acheter son silence. Dès que le jour se lèverait au Canada, il lui offrirait une somme très généreuse, par l'intermédiaire de leurs avocats respectifs. Elle l'accepterait sans prendre le risque de le défier. Pour la bonne raison qu'à part ça elle ne toucherait pas un sou de lui, en raison du contrat de mariage qu'ils avaient signé.

Ashley aimait faire parler d'elle, certes. Mais ce qu'elle aimait par-dessus tout, c'était l'argent.

Il y avait ensuite le problème de ses parents. Qui n'était pas le moindre… Toutefois, indépendamment des circonstances, apprendre qu'ils allaient devenir grands-parents devrait leur faire plaisir. Et savoir qu'Ashley était hors jeu devrait mettre à son comble leur joie.

Restait à résoudre le problème Esther Abbott.

À contrecœur, il décrocha le téléphone et composa le numéro de sa mère. Elle répondit après la première sonnerie.

— Renzo. Tu ne m'appelles pas assez souvent.

— Je sais. Tu me le dis chaque fois que j'appelle.

— Et chaque fois c'est vrai. Alors, dis-moi ce qui me vaut l'honneur de ce coup de téléphone. Parce que quand tu appelles c'est toujours pour une raison précise.

Il ne put s'empêcher de rire. Sa mère le connaissait beaucoup trop bien…

— Eh bien, je me demandais si tu avais quelque chose de prévu pour le dîner.

— Bien sûr. J'ai tous les jours quelque chose de prévu pour le dîner. Ce soir nous mangeons de l'agneau, des légumes et du risotto.

— Parfait. Mais as-tu de la place à ta table ?

— Pour ?

— Moi.

Réprimant un sourire, il fit une pause avant d'ajouter :

— Et une petite amie.

— Déjà ? Si tôt après ton divorce ?

— Oui, mère. En fait, c'est bien plus qu'une petite amie. J'aimerais vous présenter ma fiancée, Esther Abbott.

Il y eut un long silence. Un silence beaucoup plus inquiétant qu'une grande tirade indignée.

— Abbott ? finit par dire sa mère. Qui sont ses parents ?

Au souvenir de ce qu'elle lui avait dit sur la cabane minuscule perdue dans la montagne, où elle avait grandi en compagnie de très nombreux frères et sœurs, Renzo faillit pouffer.

— Tu ne les connais pas et tu n'en as jamais entendu parler.

— S'il te plaît, dis-moi que tu n'as pas choisi une autre Canadienne, Renzo.

— Non, rassure-toi. Elle est américaine.

Comme il s'y attendait, un petit cri étranglé se fit entendre à l'autre bout du fil.

— C'est encore pire !

— Quoi qu'il en soit, la décision est prise.

Il eut un instant d'hésitation. Devait-il annoncer la grossesse dès maintenant ? Non. C'était le genre de chose que sa mère n'aimerait pas apprendre par téléphone. Elle ne s'était jamais remise d'avoir appris les fiançailles de sa sœur avec Cristian dans le journal.

— Comme d'habitude, tu n'en fais qu'à ta tête.

Le ton de sa mère n'était pas particulièrement réprobateur. Cependant, cette réflexion lui rappela un temps où il n'en faisait pas encore qu'à sa tête. Une époque où il avait accepté que les autres prennent les décisions pour lui. Crispant la mâchoire, il s'efforça de ne pas penser à Jillian. Ni à sa fille, qui était élevée par un autre homme. Sa fille qu'il apercevait parfois de loin dans des réceptions.

C'était l'une des nombreuses raisons pour lesquelles il s'appliquait à boire beaucoup dans ce genre de soirées. Plus le souvenir qu'il en avait le lendemain était vague, mieux il se portait.

Il avait seize ans quand ses parents l'avaient poussé à prendre cette décision. Il ne leur en voulait pas. Ils avaient estimé que c'était la meilleure solution pour tout le monde. Ce en quoi ils n'avaient pas eu tort. Il avait largement prouvé par la suite qu'il n'était pas prêt à devenir père. Mais aujourd'hui il l'était.

— Comme d'habitude, acquiesça-t-il. Mais serons-nous les bienvenus à votre table ce soir ?

— Cela ne nous arrange pas du tout. Nous allons être obligés de refaire des courses.

— Quand tu dis « nous », tu parles de ton personnel, que tu payes grassement. Je suppose que deux couverts supplémentaires ne poseront pas trop de problèmes, non ?

— Bien sûr que non. Soyez là à 20 heures. N'arrivez pas en retard. Parce que je n'attendrai pas. Et s'il y a une chose que tu ferais mieux d'éviter, c'est que je sois en avance sur toi d'un verre de vin.

— Ça, je n'en doute pas un seul instant, mère.

Il raccrocha, puis il appela la *personal shopper* qui s'occupait de sa mère depuis des années pour lui demander d'annuler tous ses rendez-vous et de venir chez lui avec une garde-robe complète, ainsi qu'une équipe de coiffeurs et de maquilleurs.

Esther Abbott ne ressemblait en rien aux femmes qu'il

fréquentait d'ordinaire, mais elle n'était pas vilaine. Il devrait être possible de lui donner un nouveau look qui rende leurs fiançailles crédibles.

Il descendit au rez-de-chaussée et la trouva dans la salle à manger, assise par terre devant la baie vitrée, le visage levé vers le soleil, un bol de céréales dans les mains. Pas de doute. Il avait eu raison de convoquer une équipe entière de spécialistes…

— Que faites-vous ?

Elle tressaillit et renversa quelques gouttes de lait par terre.

— Je profite de cette belle matinée.

— Il y a une table à laquelle vous pouvez vous asseoir.

— Je sais. Mais j'avais envie d'être devant la baie vitrée. J'aurais pu prendre une chaise, mais elles sont très lourdes et je n'avais pas envie d'érafler le sol. De toute façon, je suis très bien par terre.

— Nous dînons chez mes parents, ce soir. J'espère que là-bas vous ne mangerez pas assise par terre.

À cette idée, il faillit pouffer. Sa mère le prendrait très mal. Mais il était vrai qu'il l'avait prévenue qu'Esther Abbott était américaine. Elle ne serait peut-être donc pas très surprise.

Il examina Esther Abbott. Comme hier, elle avait relevé ses cheveux dans un chignon très approximatif. Elle avait changé son débardeur noir contre un marron, et sa jupe longue contre une autre, de couleur plus vive.

— Bien sûr que non, répliqua-t-elle en plissant le front.

Hier son visage sans fard lui avait paru terne, mais aujourd'hui il lui trouvait une espèce de… fraîcheur. Oui, un naturel rafraîchissant. Comme si elle avait poussé dans un jardin au lieu d'être née comme n'importe quel autre humain.

Curieux… Aucune femme ne lui avait encore inspiré une pensée aussi… originale. D'ordinaire, lorsqu'il voyait une femme il se demandait à quoi elle ressemblait sans ses vêtements et si elle était prête à les enlever pour lui. Puis, une fois qu'elle les avait enlevés, comment se débarrasser d'elle en douceur.

— Tant mieux. Mes parents ne sont pas particulièrement conciliants. Ni très accueillants. Ils appartiennent l'un et l'autre à de très vieilles et très riches familles italiennes. Ils en sont très fiers, comme ils sont fiers de notre nom. Je les ai informés que nous allions nous marier. Et que vous êtes américaine. Aucune de ces nouvelles ne les réjouit. Ou plutôt, elles ne réjouissent pas ma mère, et mon père se rangera à son avis.

Renzo fut surpris de voir l'inquiétude se peindre sur le visage d'Esther Abbott. Jamais il n'aurait cru que quelqu'un comme elle puisse se soucier de ce que pensaient les gens.

— La soirée ne s'annonce pas très agréable, finit-elle par dire après un long silence.

— Oh ! passer une soirée avec mes parents n'est jamais très agréable ! Mais ce n'est pas non plus infernal.

— Je ne supporte pas d'être jugée, déclara-t-elle d'un ton crispé.

— Oh ! moi j'adore ça ! Je trouve ça très libérateur de décevoir l'attente des autres.

— Je ne vous crois pas. Personne n'aime ça. Tout le monde a envie de plaire à ses parents.

Elle plissa le front avant d'ajouter.

— Si ce n'est à ses parents, au moins à quelqu'un.

— Pourtant, vous avez quitté vos parents. Et vous m'avez dit qu'ils n'étaient pas particulièrement contents de vous. De toute évidence, vous ne cherchiez pas particulièrement à leur plaire.

— Mais si. J'ai essayé pendant très longtemps. Et si j'y ai finalement renoncé, c'est par nécessité. Je n'aurais jamais eu la moindre liberté si je n'avais pas pris mes distances.

Ces paroles résonnèrent étrangement en Renzo, mais il décida de l'ignorer.

— À ce propos, il y a du travail à faire avant de pouvoir vous présenter à mes parents ce soir.

— Du travail ? De quoi parlez-vous ?

À en juger par son air perplexe, elle ne voyait pas du tout de quoi il voulait parler… Il était debout devant elle, d'une élégance irréprochable en costume sur mesure, et elle était assise par terre en tailleur en jupe longue, dans le plus pur style hippie. Le décalage qui existait entre eux sautait aux yeux, et pourtant elle ne semblait pas en avoir conscience. Ou plutôt, elle semblait n'y attacher aucune importance. C'était décidément une bien étrange créature…

— De vous, Esther.

— De moi ? Quel est le problème ?

— Comment comptez-vous vous habiller pour dîner chez mes parents ?

Elle baissa les yeux sur sa jupe.

— Comme ça, je suppose.

— Vous ne voyez pas une légère différence entre nos tenues respectives ?

— Vous voulez que je mette un smoking ?

— Je ne suis pas en smoking mais en costume. Ce n'est pas la même chose.

— Intéressant. Et bon à savoir.

Il réprima un soupir. Elle semblait s'en moquer éperdument…

— J'ai pris la liberté de commander quelques tenues pour vous.

Il consulta sa montre.

— Elles devraient être livrées d'une minute à l'autre.

Au même instant, sa gouvernante arriva dans la pièce, l'air inquiet.

— Monsieur Valenti, Tierra est là.

— Excellent.

— Dois-je lui dire de monter à l'étage avec tout ce qu'elle a apporté ?

— Oui. Mais dans la chambre d'Esther, s'il vous plaît.

Celle-ci écarquilla les yeux.

— Qu'avez-vous commandé pour moi ?

— Des vêtements qui n'ont pas l'air de sortir d'un bac de soldes d'invendus.

Elle plissa le front.

— Est-ce une façon détournée de dire que ce que je porte pose un problème ?

— Pour être très clair, ce que vous portez est tout à fait inapproprié. Sauf bien sûr, si vous avez l'intention de continuer à être serveuse dans un bar miteux. Si en revanche vous voulez vous faire passer pour ma fiancée, c'est une tenue inacceptable. Surtout pour votre première rencontre avec mes parents.

À ces mots, la colère crispa les traits de sa gouvernante, et elle lui dit en italien ce qu'elle pensait de la situation.

— Elle est enceinte de moi, expliqua-t-il. Il n'y a rien d'autre à faire.

— Vous êtes devenu un homme mauvais, lança-t-elle en anglais avant de quitter la pièce.

— Pourquoi est-elle en colère contre vous ? demanda Esther Abbott.

— Sans doute parce qu'elle croit que j'ai engrossé une pauvre touriste américaine pendant que j'étais encore marié. Vous avez vu à quel point elle désapprouve ce genre de conduite.

— Oui, mais… Ne travaille-t-elle pas pour vous ?

— Luciana faisait pour ainsi dire partie de la maison, que j'ai achetée il y a plus de dix ans. Il est difficile de dire qui travaille pour qui.

Elle plissa le front.

— Et maintenant ? Vous allez… m'acheter des nouveaux vêtements ?

— Exactement. Et brûler les vieux.

— Ce n'est pas très gentil.

Il arqua les sourcils en prenant un air faussement surpris.

— Vraiment ? Moi qui fais tellement d'efforts pour être gentil…

— J'en doute beaucoup.

— Ne soyez pas insolente, s'il vous plaît. Et n'oubliez pas que vous êtes censée être ma fiancée. Devant Luciana et devant Tierra. D'ailleurs, à partir de maintenant, il va falloir prendre l'habitude de nous tutoyer.

Elle fit la moue, mais elle se leva, déposa son bol de céréales sur la table et le précéda hors de la pièce. Dans l'escalier il observa le balancement de ses hanches. Il fallait reconnaître que lorsqu'elle était en mouvement son accoutrement semblait moins ridicule. L'effet était même assez gracieux, à vrai dire…

Elle possédait une qualité très particulière, qu'il ne parvenait pas à définir. Elle était très jeune, mais par moments elle semblait très âgée. Comme un être étrange venu d'ailleurs, qui connaîtrait mal le mode de vie des humains tout en possédant une immense sagesse qu'aucun d'eux ne pourrait acquérir en une vie entière.

Décidément, elle faisait vagabonder son imagination d'une manière tout à fait inhabituelle… Mieux valait se concentrer sur les courbes de ses hanches, décida-t-il. C'était un terrain beaucoup plus familier.

Lorsqu'ils arrivèrent dans la chambre, Tierra s'affairait autour d'un portant chargé de vêtements.

— Ça alors ! murmura-t-elle lorsqu'elle vit Esther Abbott. Nous avons du pain sur la planche.

5

Au grand soulagement d'Esther, Renzo Valenti la laissa seule avec Tierra. Dès son départ, cette dernière la déshabilla et lui fit essayer des dessous, des robes et des chaussures.

Esther n'avait jamais senti des tissus aussi fluides sur sa peau. Elle ne s'était jamais vue dans des tenues aussi seyantes. Depuis son départ de chez ses parents elle multipliait les expériences, mais elle ne s'était pas encore penchée sur le problème des vêtements, du maquillage ou de la coiffure. Elle n'avait tout simplement pas assez d'argent pour explorer le monde de la mode.

Mais après deux heures passées en compagnie de Tierra, elle avait le sentiment d'en avoir appris beaucoup sur les couleurs qui flattaient son teint et les coupes qui mettaient sa silhouette en valeur. Bien sûr, cette formation express avait été effectuée dans un italien très rapide dont elle ne comprenait que quelques bribes. Mais bon, elle se voyait dans le miroir.

En fait, en ce moment même, elle ne parvenait pas à détacher les yeux de son reflet. Elle portait une robe vert bouteille à mancherons avec un décolleté en V plongeant. Le genre de tenue osée qu'elle n'aurait jamais eu le droit de porter chez ses parents. La jupe longue tombait en plis souples jusqu'à ses pieds, laissant apparaître les chaussures les plus belles qu'elle avait jamais vues. Bien sûr, leurs talons étaient vertigineux, et elle doutait sérieusement de sa capacité à marcher avec.

En pleine séance d'essayage, deux hommes étaient arrivés pour s'occuper de sa coiffure et de son maquillage. Le résultat était spectaculaire. Ses cheveux, plus courts d'une bonne quinzaine de centimètres, effleuraient ses épaules, plus lisses et plus brillants qu'ils ne l'avaient jamais été.

Ses yeux, qu'elle avait toujours trouvés comiques à cause de leur taille, ne lui donnaient plus du tout cette impression même s'ils paraissaient toujours grands. Ils étaient soulignés d'un trait d'eye-liner noir, tandis qu'une ombre dorée teintait ses paupières. Une touche de blush mettait ses pommettes en relief, et une fine couche de gloss orange pâle faisait briller ses lèvres.

En fait, elle avait l'impression de contempler une étrangère. Les cernes qui creusaient ses yeux en permanence étaient estompés, son nez semblait plus fin, et ses joues s'étaient creusées.

Et puis il y avait son corps. Elle n'y avait jamais tellement prêté attention. Ses seins n'étant pas très volumineux, elle ne portait jamais de soutien-gorge et choisissait toujours des hauts ras-du-cou de couleur sombre afin que cette absence ne se remarque pas trop.

Cette robe se portait sans soutien-gorge, mais elle lui donnait une tout autre silhouette que ses tenues habituelles. Ses seins paraissaient plus pleins, sa taille plus marquée, ses hanches plus rondes. C'était très étrange de se découvrir soudain presque… sexy.

La porte s'ouvrit, et Esther fut électrisée par le regard de Renzo Valenti. Pour la première fois de sa vie elle avait le sentiment d'être belle, et pour la première fois de sa vie un homme lui-même très beau promenait sur elle un regard appréciateur.

— Eh bien, voici une agréable surprise, déclara-t-il en se tournant vers les gens qui s'étaient occupés d'elle.

— C'est le rêve de l'habiller, commenta Tierra. Tout lui va. Et sa peau dorée lui permet de porter les couleurs les plus difficiles.

— Ces considérations me dépassent un peu, mais une chose est certaine. Elle est belle.

Ce compliment alla droit au cœur d'Esther. C'était stupide, se dit-elle aussitôt. Il ne fallait pas oublier que tout ça n'était qu'une comédie. Mais quelle importance, après tout ? Jouer cette comédie était une expérience toute nouvelle et très agréable. Pourquoi ne savourerait-elle pas le plaisir de se sentir séduisante sous le regard de Renzo Valenti ?

Elle fut soudain assaillie par une envie irrésistible. Mais une envie de quoi ? Elle ne savait pas exactement, mais ça lui rappelait la fois où elle était passée devant la pâtisserie dans la ville près de laquelle elle avait grandi, et où elle avait vu des gâteaux qui semblaient délicieux. Et qui lui étaient interdits.

Aujourd'hui elle éprouvait la même chose. Une tentation très forte, suivie par une intense frustration.

Mais aujourd'hui elle était libre. Si elle avait envie d'un gâteau, elle pouvait l'acheter et le manger. Et si elle voulait Renzo Valenti… Elle pouvait sans doute l'avoir également. Sauf qu'elle ne savait pas ce qu'elle ferait avec lui. Ni ce qu'il ferait avec elle si elle manifestait son envie…

— Cette robe est spectaculaire. Cependant, elle est un peu trop habillée pour un dîner, déclara-t-il en s'asseyant dans un fauteuil. Qu'y a-t-il d'autre ?

— Eh bien… pourquoi pas celle-ci ? demanda la *personal shopper* en prenant sur le portant une robe courte couleur corail qu'Esther avait déjà essayée.

Il se cala dans son fauteuil.

— Voyons ça.

— Bien sûr, acquiesça Tierra en faisant pivoter Esther dos à lui.

Lorsque la jeune femme ouvrit la fermeture Éclair de sa robe, Esther se figea, le souffle coupé. Que faire ? Si elle protestait parce qu'on la déshabillait devant un homme censé être son fiancé, ne risquait-elle pas de vendre la mèche ? Elle n'eut pas le temps de se poser davantage de questions. La robe glissa à ses pieds, et elle se retrouva entièrement nue à l'exception d'une infime partie de fesses.

— Très seyant. Ça fait partie de la nouvelle garde-robe ?

La voix rauque de Renzo Valenti mit sa confusion à son comble. Il parlait de sa minuscule culotte de dentelle noire, bien sûr… Elle serra les dents. Pas question de trahir son embarras. Elle allait lui montrer qu'elle ne se laissait pas démonter aussi facilement.

— Oui, répondit-elle d'un ton neutre.

Quelques instants plus tard, elle était vêtue de la robe corail. Lorsqu'elle se retourna, elle crut que son cœur cessait de battre. Certes, il suffisait que les yeux noirs de Renzo Valenti se posent sur elle pour qu'elle soit troublée. Mais là, l'intensité de son regard était telle que son effet était décuplé.

— Approche-toi, lui intima-t-il.

Déglutissant péniblement, elle fit un pas vers lui.

— Laissez-nous, ajouta-t-il à l'adresse de Tierra et de son équipe.

La chambre se vida instantanément. Et paradoxalement, elle parut soudain minuscule.

— Les gens font-ils toujours tout ce que vous leur demandez ?

— Toujours. Approche encore. Et prends l'habitude de me tutoyer.

Elle fit un nouveau pas en avant en s'efforçant de garder un air serein malgré ses jambes tremblantes et ses talons démesurés.

Accoudé au bras du fauteuil, Renzo Valenti posa le menton sur sa main repliée.

— Bien sûr, certaines personnes obéissent plus vite que d'autres.

— Vous… Tu voudrais que je me torde la cheville ? Parce que c'est ce qui va se passer si j'avance plus vite.

Il se leva d'un mouvement souple qui lui donna une conscience encore plus aiguë de sa propre gaucherie. Puis il la rejoignit et la souleva de terre pour la déposer dans le fauteuil qu'il venait de quitter.

Tout étourdie, elle posa la main sur son cœur comme si ce geste avait une chance d'en ralentir le rythme. Elle avait la gorge sèche et le visage en feu. Et tout son corps était parcouru de longs frissons. Comme si les bras de Renzo Valenti étaient toujours refermés sur elle. Comme si son épaule était toujours en contact avec son torse musclé. Son torse dur comme du béton…

Il se retourna vers le portant de vêtements et examina les paires de chaussures posées dessous.

— Si tu n'arrives pas à marcher, tu ne seras pas une fiancée très convaincante. Il ne faut pas qu'on puisse deviner que ton élégance ne date que de quelques heures.

— Pourquoi ?

— Parce que je ne fréquente qu'un genre bien précis de femmes. Je ne veux pas que mes parents pensent que j'ai corrompu une petite routarde innocente et naïve.

Elle resta un instant silencieuse. La croyait-il vraiment innocente et naïve ? Certes, elle l'était. Mais jusque-là, il n'en avait pas paru particulièrement convaincu.

— Ils penseraient ça ? demanda-t-elle.

Toujours occupé à examiner les chaussures, il laissa échapper un petit rire.

— Oh oui ! Très facilement.

Après avoir choisi une paire de ballerines incrustées de paillettes, il la rejoignit et se mit à genoux devant elle.

— Qu'est-ce que… ?

Sans rien dire, il referma la main sur sa jambe, à l'arrière du genou, puis il la fit glisser lentement le long de son mollet. Très lentement. Beaucoup trop lentement… C'était comme si ses doigts faisaient jaillir sous sa peau des petites étincelles qui se répandaient dans tout son corps.

Elle s'efforça de rester impassible. Pas question de trahir son trouble. Il lui enleva sa chaussure avec la même lenteur, en effleurant au passage la plante de son pied. Elle frissonna. Impossible de s'en empêcher… Il leva les yeux avec un sourire entendu qui l'agaça. Elle était en train de se demander ce qui lui arrivait, mais lui semblait le savoir parfaitement.

Toi aussi, tu le sais. Tu n'es pas stupide.

Elle serra les dents. Non, elle n'était pas stupide. Mais elle aimerait beaucoup l'être. Elle avait fait beaucoup d'efforts dans ce sens. Dès le premier instant où leurs regards s'étaient croisés, elle avait fait de son mieux pour ne pas comprendre ce que signifiait tout ce qu'elle ressentait.

Et ce n'était pas maintenant qu'elle allait mettre un nom dessus. Pas tant qu'elle sentait ses doigts sur sa peau… Il lui enfila une ballerine avant de répéter les mêmes gestes pour l'autre pied.

— J'ai un peu l'impression d'être Cendrillon, dit-elle d'un ton qu'elle espérait désinvolte.

Elle n'avait pas le droit de lire des contes de fées quand elle était enfant, mais un des premiers livres qu'elle avait apportés en cachette chez ses parents était justement un recueil de contes de fées.

— Sauf que je ne suis pas le prince charmant, répliqua-t-il en se redressant après lui avoir mis la deuxième chaussure.

— Je n'ai jamais imaginé que vous… que tu l'étais.

— Parfait. Tant que tu ne me prends pas pour ce que je ne suis pas, tout va bien.

— Pourquoi me ferais-je des idées ? Je ne suis pas stupide. Je t'ai déjà dit que la vie dans ma famille était difficile.

Elle inspira profondément. Dès qu'elle évoquait sa famille, elle se sentait oppressée… Mais si elle le faisait à cet instant précis, c'était justement pour ne pas oublier pourquoi elle ne voulait surtout pas se retrouver liée à quelqu'un.

Elle voulait être libre. C'était un besoin viscéral. Cette grossesse et ce faux mariage n'étaient qu'un détour sur le chemin qui conduisait à cet objectif. Rien d'autre.

Elle allait profiter des bons côtés. Les beaux vêtements, les séances de coiffure et de maquillage. La belle maison. Elle s'autoriserait peut-être même à savourer ce trouble étrange qui l'assaillait chaque fois que Renzo Valenti entrait dans la pièce où elle se trouvait. Parce que c'était une expérience toute nouvelle. Mais ça ne serait jamais rien d'autre.

— Avec ces chaussures, tu vas pouvoir te déplacer chez mes parents ce soir sans t'étaler de tout ton long. Ce qui est tout de même un gros avantage, ajouta-t-il en lui tendant la main.

Elle hésita. Tout nouveau contact ferait de nouveau jaillir de nouvelles étincelles. C'était évident. Mais en refusant de lui donner la main, elle se trahirait. Ce qu'elle voulait éviter à tout prix. Et puis il fallait bien reconnaître que ces petites étincelles étaient délicieuses. Alors pourquoi se priver ?

Elle tendit la main. Il referma la sienne dessus et la hissa sur ses pieds avec une telle facilité qu'elle perdit l'équilibre. Elle posa instinctivement l'autre main sur son torse pour se retenir et sentit son cœur battre à grands coups sous sa paume. Étrange... Elle ne s'attendait pas du tout à ça. Son cœur battait-il toujours aussi vite ? Aussi fort ? Ou bien était-ce à cause d'elle ? Parce que son propre cœur n'avait jamais battu aussi frénétiquement... Et c'était à cause de lui. Impossible de se mentir. Et lui, était-ce à cause d'elle que son cœur tambourinait ? Et si c'était le cas, qu'est-ce que ça signifiait ?

Cette question l'incita à s'écarter précipitamment de lui. Pour éviter de le regarder, elle lissa longuement sa robe en se concentrant sur des plis imaginaires.

— Oui, tout devrait bien se passer, ce soir, ajouta-t-il d'une voix rauque moins assurée qu'à l'ordinaire.

Puis il lui prit le menton pour l'obliger à lever les yeux vers lui. Sous son regard pénétrant, elle sentit son cœur s'affoler de plus belle.

— Mais il va falloir éviter de tressaillir chaque fois que je te touche.

Sur ces mots, il la lâcha, pivota sur lui-même et quitta la pièce.

Elle resta un long moment immobile, en proie au doute. Était-il vraiment troublé ou bien était-ce un effet de son imagination ?

6

Un dîner chez ses parents avait toujours un côté théâtral, et celui de ce soir ne faisait pas exception à la règle. Renzo réprima une moue de dérision tandis qu'un domestique les conduisait, Esther et lui, au salon. C'était un autre domestique qui les avait débarrassés de leurs manteaux, et la gouvernante en personne qui les avait accueillis. On ne pouvait pas ignorer que les Valenti ne manquaient pas de personnel…

Bien sûr, sa mère ne ferait son apparition qu'au moment de passer à table. Et il avait le sentiment que c'était encore plus calculé qu'à l'ordinaire. Elle devait se préparer à découvrir sa nouvelle fiancée.

Son père imiterait sa mère. Avant tout parce qu'il n'avait pas envie qu'elle lui lance des objets divers à la tête. Même s'il y avait plusieurs années qu'elle n'avait pas piqué de crise de nerfs, tout le monde savait qu'elle en était capable et se comportait donc en conséquence.

Il jeta un coup d'œil à Esther, qui promenait autour d'elle un regard très impressionné.

— Il va falloir prendre un air un peu plus blasé, la prévint-il. Mes parents pensent que nous sommes ensemble depuis plusieurs mois. Par conséquent, tu es censée m'avoir déjà souvent accompagné à ce genre de soirée.

— Cet endroit ressemble à un musée, dit-elle à voix basse, les yeux brillants.

Il eut un pincement au cœur. Décidément, elle avait le don

de le perturber. Même si le trouble qu'il avait ressenti tout à l'heure en la tenant dans ses bras était d'une tout autre nature…

— C'en est un, acquiesça-t-il. Un musée à la gloire de ma famille. Il rassemble tous les symboles de sa grandeur accumulés au fil des siècles. Comme je te l'ai dit, mes parents sont extrêmement fiers de notre nom et de notre héritage. De ce que représente le fait d'être un Valenti.

Il serra les dents.

— Le sang est la valeur suprême pour eux.

Voilà pourquoi ils allaient accepter Esther. Pourquoi ils ne feraient aucun commentaire sur la situation. Sauf dans des circonstances exceptionnelles, ils accordaient une importance capitale aux liens du sang.

Le cœur gros, Renzo s'efforça de ne pas penser à l'unique fois où ils avaient préféré les ignorer.

— Renzo.

Surpris d'entendre la voix de sa sœur, il se retourna. Allegra était en compagnie de son mari, Cristian, qui tenait leur fille dans ses bras.

— Allegra.

Il traversa la pièce pour embrasser sa sœur et serrer la main de Cristian, avant de caresser la joue de sa nièce.

— Je ne savais pas que vous seriez là.

— Nous non plus.

— Vous êtes venus d'Espagne pour la soirée ?

Cristian haussa les épaules.

— Quand on est convoqué par ta mère il vaut mieux obtempérer. Tu le sais aussi bien que moi.

— En effet.

Renzo se tourna vers Esther. Assise sur le canapé, les mains jointes sur les genoux, le dos rond, elle semblait faire tout son possible pour passer inaperçue.

— Allegra, Cristian, je vous présente ma fiancée, Esther Abbott.

Esther tressaillit et se leva.

— Bonjour. Vous devez être… Je ne…

— Allegra Acosta. Née Valenti. Je suis la sœur cadette de Renzo. Et voici mon mari, Cristian.

— Enchantée.

Esther gardait les mains jointes, nota Renzo. Pas question de lui faire la moindre remarque maintenant, mais en vue des prochaines soirées il allait falloir lui expliquer comment elle était censée se comporter lors des présentations.

— Apparemment, toute la famille est réunie, déclara-t-il. C'est une surprise.

— Tu es fiancé… C'est pour ça que mère nous a appelés pour nous demander de sauter dans le jet de Cristian, j'imagine, commenta Allegra.

— Certainement.

— Tu ne m'avais rien dit.

— À ma décharge, je te rappelle que tu ne m'as informé que tu étais enceinte de mon meilleur ami que lorsque c'est devenu inévitable. Tu peux difficilement me faire la leçon dans ce domaine.

Allegra s'empourpra et se tourna vers Esther, qui les observait avec un intérêt non dissimulé.

— Ne faites pas attention à lui. Il adore choquer les gens en général, et me faire enrager en particulier.

— Ça concorde avec ce que je sais de lui, répliqua Esther, imperturbable.

Cristian pouffa.

— Apparemment vous le connaissez bien !

Esther baissa les yeux.

— Je ne dirais pas ça…

Renzo se servit un verre avec une pointe de compassion pour elle. Dommage qu'elle ne puisse pas boire d'alcool. Elle devait avoir besoin d'un petit remontant. Et ce n'était que le début de la soirée…

— À part nos fiançailles, nous avons une autre nouvelle à vous annoncer, Esther et moi, dit-il en passant un bras autour des épaules d'Esther. Nous allons avoir un bébé.

Allegra ne dit rien, et Cristian resta impassible. Si impassible qu'il manquait totalement de naturel. Ce fut lui qui finit par réagir.

— Félicitations ! Vous pouvez commencer dès maintenant à faire des réserves de sommeil.

Allegra ne dit toujours rien.

— Je vois que cette nouvelle te laisse sans voix, ironisa Renzo.

— Eh bien, oui. Tu m'as si souvent démontré ton goût pour la provocation que je ne sais pas pourquoi je suis surprise. À vrai dire, je suis furieuse de l'être. Je devrais être vaccinée depuis longtemps.

Renzo réprima une moue de dérision. Allegra ne serait jamais vaccinée. Elle persistait à se faire une haute idée de lui. Ce qui était adorable de sa part. Mais de son côté, il persistait à la décevoir. Il savait que son mariage avec Ashley avait été un choc immense pour Allegra. Pourquoi ? Il l'ignorait. Il l'avait prévenue qu'il avait l'intention d'épouser la femme la moins estimable possible.

Un choix qui s'était retourné contre lui.

— Vraiment, petite sœur, tu devrais me connaître un peu mieux, depuis le temps. Mais bon, évitons d'évoquer devant Esther les autres fois où je t'ai choquée. Elle a encore l'illusion que je suis un gentleman.

— Je peux t'assurer que non, intervint Esther d'un ton neutre.

Cristian et Allegra éclatèrent de rire. De toute évidence, ils pensaient qu'Esther plaisantait. Or, elle était sans doute sincère. Elle était foncièrement sincère. Ce qu'il trouvait très déconcertant. Parce qu'il ne connaissait pas beaucoup de gens sincères.

Il était beaucoup plus habitué à rencontrer des cyniques. Qui se comportaient avec une bonne dose d'opportunisme. Les gens sincères le déroutaient. Il avait du mal à les comprendre et à anticiper leurs réactions.

Tout à l'heure il avait été frappé par la façon dont elle l'avait regardé quand il avait effleuré sa jambe au moment de changer ses chaussures. Ça avait été une sorte de révélation. Jusque-là tout ce qu'elle lui avait raconté l'avait laissé sceptique.

Mais apparemment, elle était exactement ce qu'elle prétendait être. Une créature assez naïve qui venait d'un monde totalement à part. Sa réaction devant la maison de ses parents confirmait cette impression. À leur arrivée, il l'avait observée attentivement. Si c'était une aventurière, il aurait surpris à un moment où à un autre une lueur triomphante dans son regard. En découvrant à quel point sa famille était prestigieuse et fortunée, elle se serait trahie, même furtivement.

Elle ne manquait pas d'atouts qui lui permettraient de profiter de la situation. Certes le test ADN prouverait que le bébé n'était pas le sien. Mais la GPA n'étant pas autorisée par la loi italienne, il y avait de grandes chances pour que la justice lui reconnaisse des droits sur un enfant qu'elle portait et qu'elle mettrait au monde. Des droits qu'elle pourrait aisément monnayer.

Et de toute façon, il lui avait proposé le mariage. Un autre moyen pour elle de profiter de son argent. Pourtant, cette perspective n'avait pas paru l'enthousiasmer.

Rien ne disait que les choses ne changeraient pas. Mais pour l'instant, il ne pouvait pas exclure l'hypothèse qu'elle était bien la plus étrange des créatures. Quelqu'un qui était parfaitement conforme à l'image qu'elle donnait d'elle.

— Parfait, dit Allegra à Esther. Je serais navrée que vous épousiez mon frère en le prenant pour un gentleman.

Il se tourna vers Esther et déposa un baiser au coin de ses lèvres.

— Bien sûr. Esther sait parfaitement à quel point je peux mal me conduire.

Il scruta son visage. Ses joues étaient rouges, et ses yeux étincelants.

— Oui, dit-elle d'une voix plus aiguë qu'à l'accoutumée. Nous nous connaissons bien. Très bien. Nous sommes… Nous allons avoir un bébé, alors…

— Oui, acquiesça Allegra.

L'arrivée d'un domestique interrompit cet échange embarrassé.

— Excusez-moi. Votre mère vous attend dans la salle à manger.

Posant la main au creux des reins d'Esther, il l'entraîna hors de la pièce. Dans le couloir, il la sentit se raidir de plus en plus au fur et à mesure qu'ils approchaient de la salle à manger. Comme si elle sentait la présence de sa mère… Ce qui ne serait pas surprenant. Sa mère avait le don d'émettre des ondes négatives…

— Inspire profondément, murmura-t-il à son oreille.

Lorsqu'elle eut suivi son conseil, il ajouta :

— Et essaye de survivre jusqu'au dessert.

Puis ils franchirent le seuil de la salle à manger.

Vêtue d'une robe à paillettes, sa mère paraissait beaucoup trop jeune pour être bientôt grand-mère pour la deuxième fois. Son père, l'air sévère et distingué, faisait son âge et offrait sans doute une image fidèle de ce qu'il serait lui-même dans une trentaine d'années…

— Bonsoir, dit sa mère sans se lever. Enchantée de faire votre connaissance, Esther. Allegra, Cristian, je suis heureuse que vous ayez pu venir. Et que vous ayez amené ma petite-fille préférée.

— Ta seule petite-fille, mère, rectifia Allegra en s'asseyant, tandis que Cristian installait leur fille sur la chaise haute qui l'attendait.

Renzo serra les dents. Il aimait sa nièce, mais la présence de jeunes enfants était toujours douloureuse pour lui. Et entendre parler de la « seule petite-fille » de ses parents était insupportable…

Le dîner commença dans une atmosphère conviviale. Les parents de Renzo alimentaient l'essentiel de la conversation, et il laissait son beau-frère prendre le relais quand le silence menaçait de s'installer. Cristian était duc, et son titre lui valait d'être tenu en grande estime par les parents d'Allegra et de Renzo.

Au dessert, son père se tourna vers Renzo.

— Je suppose que nous vous verrons, Esther et toi, au gala de charité qui aura lieu à New York dans deux semaines.

Bon sang ! Il avait complètement oublié ! Son père était très engagé dans le secteur caritatif et il tenait à ce que son fils fasse acte de présence à ce genre d'événements. Pas parce qu'il était philanthrope dans l'âme, mais parce qu'il estimait que c'était bon pour son image. Oh ! il n'était pas non plus complètement insensible ! Et de toute façon, ses motivations importaient peu puisque ces actions permettaient de récolter des fonds destinés à des gens qui en avaient besoin.

Mais emmener Esther à New York, la préparer en si peu de temps à assister à une soirée mondaine sans commettre d'impairs… Cette perspective n'avait rien de réjouissant.

Mais surtout, il y avait le problème Jillian. Et Samantha. La mère et la fille partageaient leur vie entre l'Italie et les États-Unis. Si bien que la probabilité de les croiser à cette soirée était forte.

Cependant, il avait déjà surmonté cette épreuve à plusieurs reprises. Le problème le plus épineux c'était Esther. Elle était capable de s'asseoir par terre au beau milieu de la soirée pour déguster un bol de mousse au chocolat…

— Bien sûr, s'empressa-t-il de répondre avant qu'elle ait le temps de réagir.

Il fallait donner l'impression à son père qu'ils en avaient déjà discuté ensemble. Qu'il n'avait pas été préoccupé ces derniers temps au point d'oublier cet événement auquel il assistait tous les ans…

— Parfait, dit son père. Pour un homme comme toi, il vaut mieux se rendre à ce genre d'événement accompagné.

— Pourquoi ?

— Parce que ça évite de passer la soirée à draguer au lieu de discuter affaires.

Renzo resta un instant interdit. De la part de son père, ce genre de réflexion était pour le moins surprenant. Surtout devant Esther. En principe il était beaucoup moins direct que sa femme. Mais pas question de se laisser désarçonner.

— Tu vis au Moyen Âge, père. De nos jours, certaines femmes jouent un rôle-clé dans de nombreux secteurs. Dans ce cas, pour discuter avec elles être célibataire peut être un atout. Cependant, ce sera pour moi un grand plaisir d'y aller en compagnie d'Esther. Et toi, seras-tu là ?

— Non. Quand j'ai dit que j'espérais t'y voir, je voulais dire que j'espérais voir ta photo dans le journal.

Renzo ne put s'empêcher de rire, et la conversation se poursuivit agréablement jusqu'à la fin du repas. Mais au moment de partir, un domestique fit en sorte de retarder Esther. Une manœuvre dont Renzo ne comprit la raison que lorsque son père le prit à part.

— J'espère que ces fiançailles ne sont pas une farce grotesque comme ta relation précédente.

— Pourquoi le seraient-elles ?

— C'est une fille bien. Qui n'a rien à voir avec les bimbos que tu fréquentes d'habitude. J'ai déjà été obligé de renoncer à un de mes petits-enfants, au cas où tu l'aurais oublié.

— Rien ne t'y obligeait, rétorqua Renzo d'une voix dure. Tu estimais que c'était nécessaire et tu as tout fait pour m'en convaincre. Ne fais pas semblant d'avoir des regrets aujourd'hui.

— Ce que je veux dire c'est que tu as intérêt à épouser cette fille. Et à faire en sorte que ce mariage dure. Un divorce, Renzo. Tu as déjà un divorce à ton actif. Et un enfant illégitime qui ne pourra jamais être reconnu.

— Que comptes-tu faire si je te déçois encore une fois, père ? Trouver le secret de l'immortalité pour pouvoir me priver de mon héritage ?

— Ton beau-frère est parfaitement capable de reprendre la partie du groupe que tu ne diriges pas encore. Si tu ne veux pas perdre le contrôle de l'empire Valenti le jour de ma mort, je te conseille de ne pas me décevoir.

Sur ces mots, le père de Renzo s'esquiva. Esther arriva presque aussitôt. Visiblement éprouvée par la soirée, elle avait l'air hébété d'une biche prise dans les phares d'une voiture.

Jusque-là il n'avait pas exclu de se contenter de reconnaître l'enfant et de lui laisser la liberté à laquelle elle semblait tellement tenir. Mais désormais, il n'avait plus le choix. Pour préserver son héritage et celui de son enfant, il allait être obligé d'épouser Esther, qu'elle le veuille ou non.

Il savait exactement comment la convaincre. La façon dont elle réagissait chaque fois qu'il la touchait ne faisait aucun doute. Il ne la laissait pas insensible. Or, chez une femme aussi naïve et vulnérable, le désir ferait naître à coup sûr des sentiments.

Ce calcul était cruel. Il préférait de loin l'honnêteté. D'ordinaire, il était très clair avec les femmes. Elles savaient dès le départ qu'avec lui l'amour n'était pas au programme.

Mais après tout, s'il épousait Esther quel mal y avait-il à faire en sorte qu'elle tombe amoureuse de lui ? De toute façon, il n'y avait pas d'autre solution.

— Viens, Esther, dit-il en lui offrant le bras. Il est temps de rentrer à la maison.

7

Esther venait de quitter une vie rythmée par les horaires du service au bar. Travailler tous les soirs jusqu'à la fermeture était éreintant. Désormais, sa principale occupation était de se pomponner pendant des heures avant de sortir dîner avec Renzo. Et c'était presque aussi fatigant…

Être en représentation se révélait une expérience très étrange quand on avait pris l'habitude de ne jamais attirer l'attention de personne. D'être invisible.

Avant-hier soir chez les parents de Renzo, l'examen qu'elle avait subi lui avait rappelé le regard scrutateur de son père, lorsqu'il semblait chercher sur son visage des preuves de ses péchés.

Hier soir, Renzo l'avait emmenée dans un restaurant chic, et il lui avait expliqué en quoi consistait la soirée caritative à New York et comment elle devrait se comporter.

Ce soir ils avaient un autre dîner, mais il ne lui avait donné aucun détail, et elle se sentait un peu nerveuse. Il avait également pris un rendez-vous dans une clinique privée qu'il avait choisie en raison de la réputation de discrétion du médecin qui s'occuperait d'elle.

Dans la limousine qui la conduisait à la clinique, où Renzo devait la rejoindre, elle baissa les yeux sur sa robe. Ça paraissait ridicule de se mettre sur son trente et un pour une consultation médicale, mais Renzo lui avait dit qu'ils se rendraient ensuite directement au dîner et qu'elle devait donc s'habiller en conséquence.

Le chauffeur se gara et descendit pour lui ouvrir la portière. Tout à coup, une bouffée d'angoisse l'assaillit. Et si le médecin lui annonçait que le bébé n'était pas viable ? Cette pensée était insupportable… Mais pour quelle raison ? Objectivement, elle n'avait aucune raison d'être aussi perturbée par cette perspective.

Peut-être es-tu déjà attachée au bébé.

Non, impossible. C'était juste les hormones qui exacerbaient sa sensibilité. Oui c'était certainement ça… Elle descendit de voiture et entra dans la clinique. Mais une fois installée dans une salle d'attente privée, elle fut de nouveau étreinte par l'angoisse. Depuis deux jours elle n'avait pas eu la moindre nausée… Était-ce mauvais signe ? Insensible au raffinement du décor et au confort du fauteuil en cuir dans lequel elle était assise, elle se tordit les mains.

Depuis quand cette grossesse était-elle devenue autre chose qu'un simple arrangement qu'elle tenait à respecter par sens du devoir ? Depuis quand était-elle devenue une affaire aussi personnelle ?

L'arrivée de Renzo lui évita de ruminer plus longtemps.

— Où est le médecin ? demanda-t-il sans préambule.

— Je ne sais pas. Mais j'imagine qu'il va bientôt me recevoir.

— Qu'on te fasse attendre est scandaleux, répliqua-t-il d'un ton outré.

De plus en plus anxieuse, elle déglutit péniblement. Se pourrait-il qu'il éprouve les mêmes inquiétudes qu'elle ? Ça paraissait improbable, mais en même temps c'était son bébé. Il avait plus de raisons qu'elle d'être nerveux…

La porte s'ouvrit.

— Mademoiselle Abbott, le médecin est prêt à vous recevoir.

Prenant une profonde inspiration, Esther se leva. Elle fit quelques pas d'une démarche chancelante et sentit la main de Renzo se refermer sur son coude.

— Ça va, dit-elle.

— Tu sembles près de t'écrouler au moindre souffle d'air.

— Je te dis que ça va.

Renzo n'insista pas, mais il ne la lâcha pas avant qu'ils soient arrivés dans la salle de consultation.

— Déshabillez-vous et mettez cette combinaison, dit l'infirmière. Le médecin arrive dans quelques instants.

Esther lança à Renzo un regard appuyé, mais il ne parut pas comprendre.

— Tu peux sortir, s'il te plaît ? demanda-t-elle dès que l'infirmière fut partie.

— Pourquoi ? Tu es ma fiancée, après tout.

— Seulement pour la galerie. Tu le sais aussi bien que moi. Rien ne te donne le droit de me regarder quand je me déshabille. Je n'ai pas pu le dire devant la *personal shopper* l'autre jour, mais aujourd'hui je te le dis.

— Je me retourne, dit-il d'un ton narquois.

Et il joignit le geste à la parole. Les yeux fixés sur son dos, elle commença à enlever ses vêtements. Même s'il ne pouvait pas la voir, se déshabiller en présence d'un homme était incroyablement intime. L'autre jour, pendant l'essayage, tout s'était passé si vite qu'elle avait à peine eu le temps d'être embarrassée. Mais aujourd'hui, elle avait pleinement conscience de son trouble… Son cœur battait à grands coups, et elle avait du mal à respirer. Ses doigts étaient engourdis, mais le reste semblait au contraire hypersensible, et des frissons la parcouraient tout entière. C'était comme si son corps était relié à celui de Renzo. Ce qui était une idée ridicule…

Une fois nue, elle s'empressa d'enfiler la combinaison puis elle monta sur la table d'examen confortablement rembourrée.

— C'est différent de la clinique où Ashley m'a emmenée à Santa Firenze, commenta-t-elle.

Renzo se retourna sans lui demander s'il pouvait. Mais il n'était sûrement pas du genre à demander l'autorisation quand il avait envie de faire quelque chose, se dit-elle.

— Dans quel sens ?

— Eh bien… Je pense qu'Ashley voulait éviter que tu apprennes sa démarche et qu'elle a choisi une clinique discrète.

Mais qui n'avait rien à voir avec celle-ci. Les installations étaient plutôt… rustiques.

— De mieux en mieux. Elle t'a emmenée dans une clinique miteuse.

Renzo serra les poings.

— Si je mets la main sur elle…

— Non. Être qui elle est représente une punition suffisante, tu ne crois pas ?

Il pouffa.

— Sans doute.

Des coups furent frappés à la porte, puis celle-ci s'ouvrit sur le médecin, une femme assez petite coiffée d'un chignon.

— Mademoiselle Abbott, monsieur Valenti, enchantée. Je suis heureuse de vous accompagner pendant votre grossesse.

Une fois les présentations terminées, elle ausculta Esther, puis elle releva sa combinaison.

— Nous allons effectuer une échographie, pour regarder le bébé et écouter son cœur.

Une nouvelle bouffée d'angoisse assaillit Esther. C'était le moment de vérité. Elle allait savoir si ses craintes étaient fondées ou non… Le médecin appliqua du gel sur son ventre, puis elle y promena la sonde. Lorsque Esther perçut de vagues palpitations sur l'écran de l'échographe, elle fut submergée par un immense soulagement.

— C'est le cœur, n'est-ce pas ? demanda-t-elle.

— Oui.

Le médecin actionna un bouton de commande, et le bruit amplifié des battements résonna dans la pièce.

— Voilà, on l'entend mieux, dit-elle en continuant de déplacer la sonde.

De nouvelles images du bébé apparurent à l'écran, mais vu son manque d'expérience elles restèrent très mystérieuses pour Esther.

— Avez-vous l'un ou l'autre des jumeaux dans votre famille ?

Le souffle coupé, Esther dut se retenir pour ne pas répondre par la question qui s'imposait à elle. *Pourquoi ?* De toute façon, le bébé n'étant pas le sien, ce n'était pas à elle de répondre…

— Non, répliqua Renzo d'un ton catégorique. Cependant… Le bébé a été conçu par insémination artificielle. Je ne sais pas si ça peut avoir un impact sur ce que vous êtes sur le point de nous annoncer…

— Ça augmente en effet les chances d'avoir des jumeaux, et il apparaît que c'est justement le cas.

Le soulagement d'Esther s'évanouit définitivement. Des jumeaux ? C'était absurde ! Elle avait peur d'avoir perdu le bébé, et voilà qu'on découvrait qu'il y en avait deux…

— Je ne comprends pas, dit-elle d'une voix mal assurée. Je ne comprends pas du tout. J'ai déjà consulté un médecin depuis que je suis enceinte et…

— Ça passe facilement inaperçu au début de la grossesse. Surtout si on cherche uniquement à s'assurer qu'il y a des battements de cœur. Je comprends que ce soit un choc pour vous.

— Il n'y a pas de problème, intervint Renzo d'un ton qui démentait cette affirmation. J'ai les moyens de faire face à la situation. Je ne suis pas du tout inquiet. Nous sommes parfaitement en mesure d'élever des jumeaux.

— Tout semble aller très bien, commenta le médecin en essuyant le ventre d'Esther pour enlever le gel. Bien sûr, les grossesses gémellaires étant considérées comme présentant plus de risques, il faudra procéder très régulièrement à des examens minutieux. Mais vous êtes jeune et visiblement en bonne santé. Il n'y a aucune raison que votre grossesse ne se passe pas bien.

Esther eut vaguement conscience de hocher la tête, tandis que Renzo restait immobile. Comme une statue romaine.

— Bien, je vous laisse discuter tous les deux, dit le médecin alors que le silence se prolongeait.

Dès qu'elle fut partie, Esther se recroquevilla sur la table d'examen.

— Je n'arrive pas à y croire !

— Tu n'arrives pas à y croire ? Mais qu'est-ce que ça peut

te faire puisque tu as l'intention de t'en aller une fois qu'ils seront nés ?

— Je te signale que je vais les porter pendant encore sept mois !

Renzo resta silencieux. Plus pâle qu'à l'ordinaire, il semblait assommé. Il se détourna.

— Habille-toi. Nous avons une table réservée.

— Tu ne suggères pas sérieusement que nous allions au restaurant comme s'il ne s'était rien passé ?

— Si. C'est exactement ce que je suggère, répliqua-t-il d'un ton crispé. Habille-toi. Nous allons dîner.

Elle descendit de la table en ronchonnant et se rhabilla tant bien que mal avec les mains tremblantes. Quand elle eut terminé, elle lança d'un ton vif :

— Je suis prête.

— Très bien. Maintenant arrête ton cinéma et allons-y.

Ce fut tout juste s'il ne la traîna pas jusqu'à sa voiture de sport, dont il ouvrit la portière passager d'un mouvement brusque. Elle s'installa sur le siège et croisa les mains sur les genoux, les yeux fixés devant elle.

Il claqua la portière, fit le tour de la voiture, s'installa au volant, mit le contact et démarra sur les chapeaux de roue.

— Tu oses dire que je fais du cinéma ? s'exclama-t-elle. Tu peux parler !

— Je viens juste d'apprendre que je vais avoir deux enfants au lieu d'un. Il me semble que j'ai des raisons d'être un peu perturbé, non ?

— Tu sembles ne pas tenir compte du tout de mon rôle dans cette histoire. En fait, tu me traites comme un vulgaire récipient. Sans paraître comprendre qu'une grossesse n'est pas exactement une partie de plaisir. Si on parle de travail pour l'accouchement, ce n'est pas par hasard.

— Les progrès de la médecine ont énormément simplifié les choses.

— Ça, c'est bien une réflexion d'homme ! Et les répercussions sur mon corps ? Je vais être couverte de vergetures.

En réalité, ce n'était pas un problème qui la préoccupait. Mais elle éprouvait le besoin de s'en prendre à lui. De l'asticoter. Parce que ce qu'elle venait d'apprendre l'avait profondément bouleversée. Et elle estimait qu'il n'avait pas le droit d'être plus perturbé qu'elle. Peut-être était-elle injuste. Peut-être était-ce une réaction due aux hormones. Mais à vrai dire, elle s'en moquait.

— Je te payerai toutes les opérations de chirurgie esthétique que tu voudras pour redonner à ton corps sa splendeur originelle. Si tu as peur d'être moins appréciée par tes amants, rassure-toi.

Elle leva les yeux au ciel. Si elle avait le cœur à rire, elle trouverait ce commentaire comique !

— Je ne m'inquiète pas pour mes amants. L'opinion des autres n'a aucune influence sur ma vie. La seule qui compte, c'est la mienne !

— Tu es impossible ! Une véritable contradiction ambulante.

Il conduisit tellement vite dans les rues étroites qu'elle dut se cramponner à la poignée de la portière pendant tout le trajet. Il s'arrêta enfin devant un restaurant chic, coupa le contact, descendit et tendit les clés à un voiturier. Elle mit quelques instants à comprendre qu'il n'avait pas l'intention de lui ouvrir la portière. Avec un soupir, exaspérée, elle le fit elle-même et descendit sans son aide.

— Ton attitude n'est pas très courtoise, commenta-t-elle en faisant le tour du capot pour le rejoindre.

— Je suis désolé. On dit que la courtoisie n'est pas mon fort. Il me semble t'avoir entendue toi-même faire une réflexion dans ce sens il n'y a pas si longtemps.

— Tu devrais peut-être tenir compte de ce qu'on dit de toi.

Il la prit par la taille, et elle sentit son cœur s'affoler.

— Je suis *vraiment* désolé. S'il te plaît, dis-moi que tu me pardonnes. Au moins le temps du dîner. Les paparazzis vont bientôt nous rattraper, et je ne voudrais pas que tu aies l'air furieux sur les photos.

— Oh ! loin de moi cette pensée ! Je m'en voudrais trop de faire quoi que ce soit qui puisse nuire à ta réputation.

— Si nous sommes ensemble, c'est justement pour ma réputation. Alors il vaut mieux que tu évites de la ruiner, en effet. Sinon, je te le ferai payer. Tu perdras aussitôt tous les avantages matériels que notre arrangement doit t'apporter. Tu n'as pas intérêt à te moquer de moi, Esther.

Penché sur elle, il murmurait à son oreille. Si on les observait, il passerait pour un homme amoureux lui susurrant des mots doux. Personne ne pourrait deviner que ses paroles étaient en réalité des menaces.

Des menaces dont elle était malheureusement obligée de tenir compte, reconnut Esther avec dépit.

Ils entrèrent dans le restaurant. Visiblement habitué des lieux, il l'entraîna vers une table sans que personne l'arrête. Et cette fois, il se comporta en parfait gentleman en lui avançant sa chaise.

— Une bouteille d'eau gazeuse, demanda-t-il dès que le serveur arriva.

— Et si j'avais envie d'autre chose ? protesta-t-elle juste par envie de l'asticoter.

— Étant donné que tu ne peux pas boire d'alcool, le choix est limité.

— Je pourrais avoir envie d'un jus de fruits.

— Tu as envie d'un jus de fruit ?

— Non, admit-elle à contrecœur.

— Alors arrête de faire des histoires.

Arguant qu'il savait quelles étaient les meilleures spécialités du restaurant, il commanda également le dîner sans tenir compte de ses protestations.

Elle réprima un soupir. Pourquoi était-elle surprise ? Malgré ses efforts pour garder un semblant d'autonomie, il contrôlait tout depuis le début. Soudain, dans ce restaurant raffiné, où quelques semaines plus tôt elle n'aurait jamais imaginé pouvoir dîner un jour, elle eut l'impression d'être sur le point de se noyer. Comme si elle était perdue au milieu de l'océan sans rien à quoi se raccrocher pour se maintenir à la surface si les forces venaient à lui manquer. S'efforçant de surmonter sa panique, elle prit une profonde inspiration.

Ce fut seulement une fois le dessert terminé qu'elle recommença à respirer à peu près normalement. Bientôt ils seraient de retour à la villa. Et même si celle-ci lui paraissait toujours très imposante, c'était un endroit qui avait fini par devenir plus ou moins familier. Elle leva les yeux vers Renzo, et son soulagement s'évanouit aussitôt. Quelle était cette lueur déterminée dans ses yeux noirs ? Pourquoi avait-elle le sentiment qu'un nouveau danger la guettait ?

Sans la quitter du regard, il se leva, s'agenouilla devant elle et sortit un écrin de sa poche. Suffoquée, elle eut de nouveau l'impression d'être perdue au milieu de l'océan. Mais cette fois elle était emportée par un courant irrésistible contre lequel elle ne pouvait rien. Pourquoi ces yeux noirs lui faisaient-ils un tel effet ?

Elle était censée être plus forte que ça. Plus intelligente. Insensible au charme des hommes. Surtout des hommes comme lui, qui voulaient tout contrôler autour d'eux. Elle connaissait bien les hommes de ce genre. Elle savait qu'il fallait à tout prix les éviter.

Sa mère avait été une jeune fille comme les autres. C'était quelque chose qu'elle n'était pas censée savoir. Mais elle avait trouvé les photos. Des photos de sa mère adolescente, souriante, radieuse, habillée à la mode de l'époque comme n'importe quelle autre fille de son âge. Elle avait eu du mal à la reconnaître. Et surtout, elle n'avait jamais réussi à retrouver la moindre trace de cette jeune fille chez la femme auprès de laquelle elle avait grandi. Une femme effacée. Mal fagotée. Tellement sous l'emprise de son mari qu'elle n'osait jamais le contredire.

Son propre esprit de rébellion avait toujours été un mystère pour ses parents, mais de son côté elle espérait bien ne jamais le perdre. Son pire cauchemar était de devenir une femme terne et docile comme celle qui l'avait élevée.

C'était l'amour qui avait transformé sa mère en créature soumise. Ou plus exactement, le despotisme habilement déguisé en amour. Il était si facile de confondre les deux… Elle avait commis cette erreur, elle aussi. Longtemps, elle avait cru que si son père était aussi autoritaire c'était par désir de protéger sa famille.

Étourdie par toutes ces pensées qui tourbillonnaient dans son esprit, Esther cligna les yeux et s'efforça de se ressaisir. Ce n'était pas le moment de se laisser distraire. À en juger par l'attitude de Renzo, elle allait avoir besoin de toute sa lucidité.

— Esther…

Il parlait soudain avec une voix veloutée qui était comme une caresse sur sa peau… Pas de doute, il était dangereux. Très dangereux, se répéta-t-elle tandis qu'il ouvrait l'écrin. Et lui présentait le solitaire qu'il contenait.

Ce n'était qu'une comédie, se rappela-t-elle fermement. Une fenêtre sur une vie qui ne serait jamais la sienne. Tout ceci n'était qu'une expérience qui n'aurait pas de suites. Elle était enceinte. Elle attendait des jumeaux. Et elle faisait semblant d'être fiancée au père de ces jumeaux. Mais ce n'étaient pas ses bébés. Et il n'était pas son fiancé. Il n'y avait absolument rien entre eux.

Ce qui était une bonne chose. Une très bonne chose. Elle n'attendait rien. Elle ne voulait rien de lui. Ni de personne.

Cependant, il fallait jouer la comédie. Sourire. Et surtout ne rien faire qui puisse nuire à l'image de Renzo. Il lui avait rappelé que c'était le plus important. Elle le comprenait, bien sûr. Elle comprenait la nécessité de sauver les apparences. Elle était parfaitement consciente de la situation. Mais en ce moment même elle se sentait un peu perdue…

Renzo sortit la bague de l'écrin, puis lui prit la main et la glissa à son doigt. Elle déglutit péniblement. Pourquoi son cœur battait-il si fort ? Pourquoi avait-elle le sentiment que ce n'était pas tout à fait de la comédie ? C'était ridicule. Et ça prouvait malheureusement, qu'elle avait en elle cette faiblesse qu'elle redoutait tant.

— Veux-tu m'épouser ?

C'était un moment dont elle n'avait jamais rêvé. Elle n'avait jamais fantasmé sur le mariage, ni même sur les relations amoureuses. Pourtant, elle était étreinte par une émotion étrange.

N'oublie pas qu'il est dangereux. Autoritaire.

Et qu'il ne t'aime pas.

— Oui, répondit-elle, le cœur battant à tout rompre.

Elle savait que Renzo ne l'aimait pas. Elle ne voulait pas que Renzo l'aime. L'amour n'était qu'une forme sournoise d'oppression. Non, elle ne voulait pas qu'il l'aime. Alors pourquoi ne parvenait-elle pas à détacher les yeux de ce diamant ? Pourquoi avait-elle mis tant de ferveur dans son « oui » ?

Sans doute tout simplement parce qu'elle était perturbée. Par la révélation du médecin. Par le bouleversement hormonal. Et par tout le reste.

Il fallait bien le reconnaître, elle était complètement dépassée par les événements. Esther Abbott, ex-recluse qui ne connaissait rien à la vie en général et au sexe en particulier, n'avait rien à faire dans cet endroit chic en compagnie d'un homme comme Renzo Valenti. Le fait qu'elle soit enceinte et qu'il la demande en mariage était contraire à la logique. Pas étonnant qu'elle soit en proie à une telle confusion…

Renzo posa la main sur sa joue et effleura sa pommette du bout du pouce. Envahie par une vive chaleur, elle s'efforça de surmonter son trouble, mais il se pencha vers elle et l'embrassa. Aussitôt, son esprit se vida. Toutes les questions, toutes les craintes et tous les doutes s'évanouirent. Plus rien n'existait que le plaisir inouï de sentir sa bouche sur la sienne, tandis que ses doigts quittaient sa joue pour s'enfoncer dans ses cheveux. Lorsque sa langue effleura ses lèvres, ce fut comme si une boule de feu explosait au creux de ses reins, la laissant pantelante, en proie à un désir inconnu qui la faisait vibrer tout entière. Elle ne chercha pas à le combattre. Étouffant un gémissement, elle abandonna sa bouche à Renzo.

Lorsqu'elle était partie de chez elle, elle n'avait qu'un objectif en tête. Vivre libre. Ne plus jamais être sous la coupe de personne. Elle voulait découvrir le monde, mais elle aspirait à la solitude. Et si elle imaginait qu'un jour elle finirait par avoir envie de se poser quelque part, de se constituer un groupe d'amis et d'avoir un amoureux, c'était dans un avenir très lointain. Surtout pas dans l'immédiat. Elle avait trop soif de liberté. Soif de respirer un air inconnu, de voir des paysages inconnus, de goûter des nourritures inconnues, d'expérimenter des sensations inconnues comme la caresse du soleil sur sa peau jusque-là toujours couverte.

Mais brusquement, toutes ces envies passaient au second plan. Les sensations déclenchées par ce baiser étaient plus intenses et plus riches que toutes celles qu'avaient pu lui donner l'air, le soleil ou les mets les plus exquis.

Ce baiser tenait toutes les promesses contenues dans les yeux noirs de Renzo depuis l'instant où son regard l'avait clouée sur place dans le café où elle travaillait. Son effet était si puissant qu'il provoquerait sans doute des dégâts irréversibles si elle s'y exposait trop longtemps.

Mais elle voulait le savourer encore un peu. Juste un tout petit peu.

Au même instant, Renzo détacha la bouche de la sienne, y déposant un dernier baiser furtif avant de se redresser et de lui prendre la main pour la mettre sur ses pieds.

— Je pense qu'il est temps de rentrer, tu ne crois pas ?

— Oui, répliqua-t-elle machinalement, le souffle court.

Il fallait qu'elle se ressaisisse, se répéta-t-elle pendant tout le trajet en voiture. Oui, il fallait vraiment qu'elle se ressaisisse, se répéta-t-elle encore une fois lorsqu'elle franchit le seuil de la villa. Elle avait le sentiment d'arriver chez elle ! Ce qui prouvait à quel point elle était perturbée… Elle n'était pas chez elle mais chez Renzo. Et il ne l'hébergeait que provisoirement.

Elle jeta un coup d'œil furtif à la bague. Jamais elle n'avait porté un joyau aussi précieux. Après être partie de chez ses parents elle s'était acheté quelques bijoux fantaisie, pour le plaisir de les voir briller et parce qu'ils étaient un symbole de sa liberté.

Mais les diamants étaient très au-dessus de ses moyens...

Ce fut comme si elle recevait un seau d'eau glacée sur la tête. Tout à coup, le brouillard qui lui obscurcissait l'esprit se dissipa. Furieuse, elle s'exclama :

— Qu'est-ce qui t'a pris ? Pourquoi ne m'as-tu pas prévenue ?

8

Renzo réprima un soupir. Il n'était pas en état de supporter la colère d'Esther. Il venait d'apprendre qu'il allait avoir deux enfants au lieu d'un et il n'arrivait pas à s'en remettre.

Il avait décidé de suivre son plan initial, comme s'il ne s'était rien passé d'extraordinaire chez le médecin. La demander en mariage dans un des restaurants les plus réputés de Rome, où ils seraient forcément pris en photo, ce qui leur vaudrait de faire la une des tabloïds. Les mêmes tabloïds qui avaient abondamment commenté son récent divorce.

Il avait tout prévu pour que l'illusion soit parfaite. Pour que tout le monde croie que leur couple était authentique et que la grossesse était naturelle.

Ce qu'il n'avait pas anticipé c'était le baiser. Ou plutôt l'effet que lui avait fait ce baiser. Oui, il était conscient qu'Esther était belle et qu'elle ne le laissait pas indifférent. Lors de la séance d'essayage avec Tierra, il avait été fasciné par son corps aux courbes gracieuses. Cependant, cela ne l'avait pas préparé à ce qui s'était passé au restaurant. À en juger par sa réponse timide à son baiser, elle avait encore moins d'expérience qu'il ne le pensait.

Et pourtant, elle avait rallumé une flamme en lui qui avait connu les femmes les plus sexy du monde. Après sa première déception amoureuse il avait multiplié les liaisons, déterminé à satisfaire sa libido sans jamais plus engager son cœur.

Mais contre toute attente, elle avait fissuré le mur derrière lequel il s'était retranché. Elle avait touché quelque chose en lui. Et à présent, elle tempêtait contre lui.

— Je ne pouvais pas te prévenir, *cara*. Ça aurait gâché l'effet de surprise.

— Je n'ai pas apprécié la surprise.

— J'avais besoin que tu aies l'air surpris. Tu sais que la plupart des femmes ignorent à quel moment on va les demander en mariage, non ?

— Non je ne sais pas.

— Je pense que si. Et j'avais besoin que ça paraisse authentique.

— C'est pour ça que tu m'as… pelotée ensuite ?

— Charmante façon de décrire ce qui s'est passé entre nous. Et il me semble que tu as répondu à ce « pelotage ».

— Pas du tout. Comme je l'ai dit, j'ai été surprise. Tu aurais pu me prévenir. J'aurais très bien pu jouer la surprise.

— Malheureusement, tu es une très mauvaise comédienne. Je ne veux pas te vexer, mais c'est vrai. Tu n'as aucune duplicité.

— Tu cherchais à me dominer, insista-t-elle d'un ton vif.

Mais sous la colère perçait une profonde souffrance. Révélatrice d'une blessure ancienne, bien antérieure à leur rencontre, comprit-il.

— Pas du tout. Tu n'as aucune… Tu es très sensible. Apparemment, tu ne sais pas comment te protéger. Tu as des habitudes étranges. Tu t'assois par terre pour manger des céréales au soleil. Et je ne sais pas comment me comporter avec toi. Je suis incapable de prévoir tes réactions et je n'aime pas ça.

Cet aveu parut la ravir.

— Très bien. Je ne consacre plus ma vie à faire plaisir aux autres. Je suis libre.

— Oui, tu me l'as déjà dit.

— Parce que c'est vrai. Je t'ai dit également que mes parents étaient difficiles. Mais tu n'imagines pas à quel point.

— Eh bien, tu as rencontré les miens. Il me semble qu'en matière de parents difficiles j'ai une certaine expérience.

— Ça n'a rien à voir ! Crois-moi, je trouve tes parents charmants.

— Tes références sont biaisées.

— Sans aucun doute.

Il se mit à arpenter nerveusement la pièce.

— Tu ne dois pas oublier que cette histoire ne concerne que moi. Je suis le seul pour qui elle est importante. Par conséquent, je la gère comme je l'entends, et tu n'as pas ton mot à dire. Si j'ai décidé que cette mise en scène au restaurant était le meilleur moyen de confirmer publiquement nos fiançailles, tu dois l'accepter.

— Tu répètes que cette histoire n'est importante que pour toi, mais c'est faux. Elle est importante pour moi également. Tu ne le comprends peut-être pas… D'ailleurs je ne le comprends pas moi-même… mais je me sens très concernée. Je sais que ces bébés ne sont pas les miens, mais ça ne m'empêche pas de me sentir étroitement liée à eux. Tout ça est assez confus, mais une chose est certaine : je n'ai pas l'impression d'être un simple utérus en location. J'ai le sentiment d'être une femme qui vit une expérience capitale et assez terrifiante. Une femme qui porte un bébé. *Des bébés*, même. Je ne peux pas vivre ça avec détachement.

Renzo scruta le visage d'Esther.

— As-tu changé d'avis ? Tu n'envisages plus de partir après l'accouchement ?

Il comptait bien faire en sorte qu'elle reste. Mais si elle commençait déjà à l'envisager d'elle-même, sa tâche serait grandement facilitée.

— Non, dit-elle en détournant les yeux et en se mordant la lèvre inférieure.

Cette lèvre pulpeuse qu'il avait goûtée moins d'une heure plus tôt…

— Je ne peux pas, poursuivit-elle. J'ai trop de projets. Mais arrête de me dire que ce que je veux n'a aucune importance et que je ne ressens pas la même chose que toi.

— C'est pourtant la vérité. Je suis le père de ces bébés.

C'est moi qui vais les élever. Je sais ce que ça implique. Des sacrifices. Un changement de vie.

Jusqu'à cet instant, il n'avait pas conscience d'être prêt à tout changer. Il avait plus ou moins prévu de confier l'éducation de son… ses enfants à des nurses. Mais tout à coup, cette idée lui était insupportable.

L'image de sa fille s'imposa à Renzo. Le seul fait de penser à elle le rendait malade, même après toutes ces années. Cette fille qu'il apercevait de temps en temps au milieu d'une foule de gens, cette enfant qu'il avait vue au fil des années se transformer en jeune femme. Sans lui.

Non. Être de nouveau un père absent, même si ses enfants vivaient sous son toit, était inenvisageable.

— Ça va changer ma vie, insista-t-il autant pour lui-même que pour Esther.

— Je sens que ça va changer la mienne aussi.

— Oui. À cause de l'argent que je vais te donner.

— Non, ça n'a rien à voir avec l'argent, protesta-t-elle d'un ton véhément. J'étais trop naïve. J'ai été stupide de penser que je pourrais faire ça sans en être affectée. Qu'après l'accouchement je pourrais m'en aller tranquillement avec un chèque et passer à autre chose. Cette expérience va me marquer pour toujours. Je… Je vais être transformée.

La voix d'Esther se brisa, et une profonde tristesse se peignit sur son visage.

— Je pensais qu'il n'y aurait aucun problème parce que j'étais déterminée à rester libre. Mais je me trompais. Chaque action a ses conséquences.

Elle eut un petit rire désabusé.

— Je pense que j'ai refoulé cette vérité parce que je l'ai très souvent entendue de la bouche de mon père. C'est très déprimant de découvrir que tout ce que m'ont dit mes parents n'est pas faux…

— C'est souvent le propre des parents, commenta Renzo avec un pincement au cœur. Même quand ils sont très durs, ils ont une fâcheuse tendance à ne pas avoir entièrement tort.

Elle secoua la tête d'un air découragé.

— Je vais me coucher.

Il la saisit par le bras avant qu'elle ait le temps de s'éloigner.

— N'oublie pas…

Il s'interrompit. Qu'avait-il à lui dire ? Pourquoi avait-il éprouvé le besoin de la retenir ? À vrai dire, il n'en savait rien.

— N'oublie pas que nous allons à New York dans deux semaines. Là-bas tu risques d'avoir beaucoup d'occasions d'être surprise. Si tu as besoin de te préparer, je te suggère de m'en parler. Sinon, je considérerai que tu sais ce qui t'attend et que tu es prête à adopter l'attitude appropriée.

Il la lâcha. En parlant d'attitude, la sienne était odieuse… Mais pas question de s'excuser. Pourquoi le devrait-il ?

Pour avoir plus de chances de la séduire, peut-être ?

Il serra les dents. Oui, il serait judicieux de l'embrasser… Il ne le fit pas. Après leur premier baiser, il avait besoin de prendre un peu de distance. Bien davantage qu'il ne voulait l'admettre.

Dans deux semaines il la présenterait officiellement comme sa fiancée. Et — son père avait raison — il faudrait que leur union soit permanente. Esther avait soif de découvrir le monde, soif d'expériences nouvelles. Or, il avait les moyens de satisfaire ses attentes. Il pouvait lui offrir une vie intense, excitante.

Mais ce n'était pas tout. Il y avait autre chose qu'il pouvait lui faire découvrir. La passion. Entre eux c'était explosif. Il n'y avait aucun doute là-dessus après le baiser qu'ils avaient échangé ce soir. Leur entente promettait d'être exceptionnelle. Il était assez connaisseur pour le savoir.

Oui, New York serait l'endroit idéal pour tendre son piège.

Il réserverait une suite dans l'hôtel le plus luxueux. Il lui ferait visiter la ville, il l'emmènerait dans les musées les plus prestigieux, il l'inviterait dans les meilleurs restaurants. Et un soir, à leur retour dans cette suite somptueuse… il la ferait sienne.

Au cours des jours qui suivirent leurs fiançailles, une routine quotidienne s'installa. Ils prenaient leurs repas ensemble en bavardant, sans que jamais Renzo tente de l'embrasser. Sa conversation était intéressante, si bien que le soir elle se surprenait à l'attendre pour discuter avec lui.

Et puis il y avait les livres. Chaque jour en rentrant du travail il lui en apportait un nouveau. Le choix était très varié. Guides de voyage. Romans. Et des livres d'histoire traitant de sujets surprenants, comme les uniformes de différentes armées ou les vêtements féminins à travers les âges.

Lorsqu'elle lui avait demandé pourquoi tous ces livres, il lui avait répondu que c'était pour qu'elle puisse apprendre tout ce qu'elle ne savait pas. Comme elle en avait exprimé le souhait.

Elle en était… touchée. Sans être certaine que c'était une bonne chose. Cependant, elle appréciait cette sorte de trêve. Au point qu'elle aimerait qu'elle se prolonge indéfiniment. C'était de toute évidence le prélude à une nouvelle phase de leurs relations, qu'elle n'était pas pressée d'entamer. Le statu quo était tellement plus confortable, tellement plus sécurisant…

Mais bien sûr, il ne pouvait pas durer. Il prit fin le jour où Renzo vint la chercher en rentrant du bureau pour l'emmener à l'aéroport, où les attendait son jet privé.

Voyager en jet privé était une expérience extraordinaire. Aux antipodes de celle qu'elle avait vécue à bord de l'avion de ligne avec lequel elle avait traversé l'Atlantique en sens inverse. Le vol jusqu'à New York semblait très court lorsqu'on était lovée dans un fauteuil en cuir inclinable au milieu d'un vaste salon. Quant à la nourriture, elle n'avait rien à voir avec celle qu'on lui avait servie en classe économique.

Renzo avait passé tout le vol à travailler. Ce qui ne l'avait ni surprise ni déçue. Même si elle avait été un peu frustrée de ne pas pouvoir discuter avec lui. Elle ne s'était pas ennuyée pour autant. Le livre qu'il lui avait donné pour le vol l'avait passionnée. Elle avait même eu l'impression que c'était lui qui lui parlait à travers ces pages.

Ce qui était un peu ridicule, à vrai dire. Le seul lien qui

existait entre eux c'était les bébés qu'elle portait. Il n'y avait aucune raison de chercher à en nouer d'autres. Il valait même sans doute beaucoup mieux éviter de le faire…

Pendant tout le vol elle s'était efforcée de ne pas penser à l'unique baiser qu'ils avaient échangé. Elle poursuivit ses efforts après l'atterrissage lorsqu'ils montèrent dans la limousine qui les attendait. Lorsque les gratte-ciel de Manhattan apparurent, ce fut avant tout pour elle l'occasion de se concentrer sur autre chose que sur Renzo.

New York. Elle n'était jamais venue à New York. C'était un endroit qu'elle avait prévu de voir un jour, mais son premier réflexe avait été de partir aussi loin que possible de chez ses parents. Ce qui l'avait amenée à choisir l'Europe comme première destination.

Arriver aujourd'hui à New York en limousine après un vol en jet privé était une expérience extraordinaire. Une de plus. Renzo lui avait promis de lui faire découvrir le monde comme elle n'aurait jamais pu le faire par elle-même et il tenait sa promesse. C'était très excitant.

Un peu perturbant également.

Et si elle s'habituait à tout ce luxe ? Et si dans sept mois elle ne parvenait plus à s'en passer ? Côtoyer Renzo pendant tout ce temps risquait de la changer. Or, elle n'en avait pas du tout envie.

Mais pourquoi se torturer l'esprit ? Elle chassa ces pensées de sa tête alors qu'ils arrivaient en ville. Ce qui comptait c'était l'endroit à découvrir. Pas le luxe de la voiture. De ce point de vue, elle ne changerait pas. Pas trop, en tout cas. Ses parents avaient eu au moins une influence positive sur elle. Leur mode de vie ascétique l'avait habituée à se contenter de peu sur le plan matériel. Ce qui était un atout en voyage. Dans les auberges de jeunesse, au lieu d'être consternée par le manque de confort, elle s'était toujours réjouie d'avoir un endroit à elle.

Le plus grand luxe, c'était l'indépendance. Ça, elle ne l'oublierait jamais.

Le hall de l'hôtel, auquel on accédait par un bel escalier de pierre, n'était pas très vaste mais décoré avec un raffinement extrême. En fait, sa taille réduite ajoutait au chic de l'établissement en donnant l'impression qu'il était réservé à une poignée de privilégiés.

La suite réservée par Renzo, en revanche, était immense. Composée de deux chambres et d'un salon, elle occupait tout le dernier étage et donnait sur Central Park. Esther resta un long moment debout devant la baie vitrée, fascinée par ce long rectangle de verdure entouré d'une forêt de gratte-ciel.

— C'est incroyable, dit-elle en se retournant vers Renzo.

Il dénouait sa cravate, qu'il fit glisser le long de son col avant de déboutonner ce dernier. Clouée sur place, elle se surprit à être encore plus fascinée par ce spectacle que par celui qui se trouvait à présent derrière elle.

La ville. Elle était censée se concentrer sur la ville. Sur l'hôtel. Pas sur l'homme qui se trouvait devant elle. Elle n'était pas censée dévorer des yeux son cou hâlé, à la base duquel apparaissaient à présent quelques poils noirs. Mais c'était plus fort qu'elle. Ce spectacle excitait son imagination, qu'elle n'aurait jamais crue aussi débridée…

— Que penses-tu de ton premier coup d'œil sur New York ?

— Fantastique ! répliqua-t-elle, soulagée que cette question l'oblige à se ressaisir. Il y règne la même animation qu'à Londres, mais l'énergie qui s'en dégage est différente.

Renzo inclina légèrement la tête. Le front plissé.

— L'énergie est différente… C'est sans doute vrai. Même si c'est une idée qui ne m'est jamais venue à l'esprit.

— Tu n'as jamais non plus mangé des céréales assis par terre au soleil.

— Exact.

— Je suppose que tu es trop accaparé par tes affaires pour prêter attention à ce genre de nuances. Le secteur de l'immobilier doit être très… dynamique.

— Oui. Même pendant les périodes de récession. Surtout quand on a un empire très étendu à gérer.

— Ce qui est ton cas.

— Vu mon style de vie c'est évident, non ?

— Oui, en effet.

Elle se força à se détourner de Renzo pour reporter son attention sur la vue.

— J'aime les villes. L'anonymat. On peut y être complètement seul, même au milieu de la foule. Là où j'ai grandi il y avait moins de monde. Beaucoup moins de monde. Mais je n'avais jamais l'impression d'être seule. Non seulement parce que nous étions nombreux à la maison, mais aussi parce que chaque fois que je sortais je rencontrais quelqu'un que je connaissais. Il fallait toujours faire bonne figure, même si la journée était mauvaise.

Il haussa les épaules.

— L'anonymat ne fait pas partie de mes privilèges.

— C'est vrai. Je suppose que toi aussi tu es obligé de faire bonne figure quand ça ne va pas.

Il laissa échapper un petit rire qui la ravit.

— Pas du tout ! Je n'ai aucune obligation. Je peux tout me permettre sans que personne s'aventure à me faire des remarques.

— À part ta mère, peut-être.

Il rit de nouveau de bon cœur.

— Là, tu as raison ! Elle ne s'en prive pas ! Cependant, il y a longtemps que mes parents n'ont plus aucun pouvoir sur moi. Tout ce qu'ils peuvent faire c'est clamer haut et fort leur réprobation. Mais ça n'a aucun effet. Rien ne m'oblige à en tenir compte. Je suis libre de mes choix.

Il se dirigea vers le bar et se servit un whisky avant d'ajouter :

— Tu devrais te reposer un peu avant de commencer à te préparer pour le gala de ce soir.

— Oui, je crois que je vais faire un somme, acquiesça-t-elle avec un certain soulagement.

S'éloigner un moment de Renzo lui ferait le plus grand bien. Sa présence magnétique était beaucoup trop perturbante…

— Y aura-t-il quelqu'un pour m'aider à me coiffer et à me maquiller ?

— Bien sûr. Je préfère ne prendre aucun risque. Cette soirée est trop importante pour mes affaires.

— Parfait. Je suis trop soulagée pour m'offenser, commenta-t-elle d'un ton pince-sans-rire avant de se détourner de lui pour traverser le salon.

Elle entra dans la première chambre, se jeta sur le lit et ferma les yeux. Si derrière ses paupières closes elle vit Renzo au lieu des gratte-ciel de New York, elle choisit de l'ignorer.

Renzo but une gorgée de whisky. L'exécution de son plan s'annonçait bien. Il avait prévu de séduire Esther ce soir, et vu la façon dont elle le regardait il ne devrait avoir aucun mal. De toute évidence leur baiser l'avait profondément troublée. Qu'elle en soit consciente ou non, elle était prête à lui tomber dans les bras. Par ailleurs, le style de vie qu'il était en mesure de lui offrir ne la laissait pas indifférente. Ce qui était un atout supplémentaire. Il pouvait l'aider à réaliser ses rêves — parcourir le monde et faire des études — tout en la comblant sexuellement. Pourquoi refuserait-elle de l'épouser ?

Bien sûr, il lui avait menti quand il lui avait dit que ses parents n'avaient plus aucun pouvoir sur lui. Son père était parfaitement capable de le priver d'une partie de son héritage si leurs fiançailles n'aboutissaient pas à un mariage durable. Une perspective inacceptable. Il n'était pas question qu'il perde le contrôle de l'empire familial au profit de son beau-frère. Il avait déjà perdu un enfant. Il ne perdrait plus jamais rien d'autre.

Renzo serra les poings, en proie à une colère qu'il n'avait pas ressentie depuis très longtemps. Il ignorait qu'elle couvait toujours en lui, à vrai dire. Mais de toute évidence, au lieu de s'être éteinte avec le temps, elle était plus vive et plus profonde que jamais.

Oui, plus les années passaient, plus il contrôlait sa vie, moins il supportait d'avoir dû se soumettre à seize ans.

Renzo fut arraché à ses pensées par le bruit d'une porte qui s'ouvrait. Il se retourna, et une flèche de désir le transperça.

Les cheveux lâchés sur les épaules en boucles soyeuses, Esther était vêtue d'une robe de soie turquoise dont le décolleté en forme de cœur mettait en valeur ses petits seins ronds et fermes. Le tissu flottait en plis souples autour de sa taille, masquant son ventre qui commençait tout juste à s'arrondir. De l'ombre à paupières dorée accentuait l'éclat de ses yeux noisette, tandis que ses joues et ses lèvres étaient rehaussées de rouge coquelicot.

Véritable tourbillon de couleurs et de lumière, elle était sublime et elle le subjuguait. Il avait décidé de la séduire, mais qui séduisait qui ? se demanda-t-il avec dérision. Après tout, de son côté elle avait peut-être déjà décidé de rester avec lui, convaincue par sa fortune et son pouvoir. Elle était peut-être en train d'exécuter son propre plan…

Peut-être. Mais était-ce vraiment important ? Qu'elle soit innocente ou calculatrice, à vrai dire il s'en moquait.

— Tu es splendide, dit-il en la rejoignant et en glissant un bras autour de sa taille.

Se penchant vers elle, il effleura ses lèvres. Pas de doute, il ne s'était pas trompé. Entre eux c'était explosif. Jamais un baiser aussi furtif ne l'avait électrisé à ce point…

— Viens, *cara,* murmura-t-il d'une voix rauque. Allons au bal.

9

Une foule très chic se pressait dans la salle de réception. Depuis les pendants de diamants qui scintillaient aux oreilles des femmes jusqu'aux lustres de cristal suspendus au plafond, le lieu exhalait le luxe. C'était le symbole même du genre de vie qu'il pouvait offrir à Esther, songea Renzo avec satisfaction.

Malgré sa veste il sentait la chaleur de ses doigts délicats refermés sur son bras et il avait hâte que la soirée se termine. Qu'arrive enfin le moment de la dénuder et de serrer contre lui son corps palpitant. Il brûlait d'impatience. Son supplice durait depuis trop longtemps. Ces derniers jours n'avaient été qu'une suite de tortures répétées.

Pendant le dîner, lui faire la conversation alors qu'il rêvait de la renverser sur la table pour lui faire l'amour. Après le dîner, lui apporter dans sa chambre des livres à lire au lit alors qu'il rêvait d'arracher ses draps et de se jeter sur elle. La délicatesse et la patience lui coûtaient chaque jour davantage. Parce qu'il soupçonnait qu'elle était dévorée par la même fièvre que lui. Et qu'il mourait d'envie de vérifier si c'était vrai.

— Il y a un monde fou ici, déclara-t-elle. Et tous ces gens semblent te connaître.

— Oui, mais moi je ne les connais pas.

— Quel effet ça fait d'être célèbre ?

— Je ne vais pas te mentir. Si je suis connu c'est essentiellement parce que les hommes savent qu'ils ont intérêt à surveiller leurs femmes quand je suis dans les parages.

À la grande satisfaction de Renzo, Esther se raidit imperceptiblement. Il n'était bien sûr pas question de cacher sa réputation à Esther, et utiliser le sujet à cet instant précis pour éveiller sa jalousie ne pouvait pas faire de mal…

— Vraiment ?

— Oui. J'ai été célibataire pendant très longtemps, Esther. Je ne voyais aucune raison de m'imposer des interdits. Comme je te l'ai dit, je peux pratiquement tout me permettre. Ma fortune et le fait d'être un homme me garantissent une grande liberté.

— Ça doit être agréable.

— Je n'ai jamais vécu autrement.

— Mon père estimait que les hommes avaient tous les droits, commenta Esther d'un ton désinvolte qui manquait de naturel.

— Il était traditionaliste ?

— C'est sans doute le terme exact, oui. Au fil du temps j'ai fini par comprendre que les convictions de mon père et des autres hommes comme lui ne correspondaient pas forcément à des réalités.

— Tu as eu une éducation… religieuse ?

Elle haussa les épaules.

— Je ne sais pas si on peut dire ça. Je ne blâmerais pas la religion, mais plutôt les gens impliqués.

— Très progressiste de ta part.

— Le but de la vie n'est-il pas de progresser ? C'est ce que j'essaye de faire. On ne peut pas aller de l'avant si on ne chasse pas les nuages du passé. Et en ce moment j'ai plutôt l'impression que le ciel est dégagé, ajouta-t-elle en souriant.

Les doutes qui avaient effleuré Renzo s'évanouirent instantanément. Ce n'était pas une calculatrice. Elle était d'une sincérité absolue. Il le pressentait depuis le début, même si par moments il ne pouvait s'empêcher d'être soupçonneux. Un réflexe dû au fait que la sincérité n'était pas la qualité la plus répandue dans le milieu qu'il fréquentait… Cependant, la sachant sincère il se sentait un peu coupable. Parce que de son côté, s'il avait décidé de la séduire c'était par calcul. Il était en train de la manipuler pour servir ses propres intérêts… Il s'efforça de chasser ses scrupules. Après tout, une fois mariée avec lui elle pourrait réaliser tous ses rêves. Il n'avait pas de raisons de culpabiliser.

Il se retourna et il eut l'impression qu'un des lustres de cristal lui tombait sur la tête. Ce qu'il redoutait le plus au monde venait d'arriver encore une fois.

Elle était là.

Samantha.

Sa fille.

Chaque fois qu'il la voyait c'était comme si on lui arrachait le cœur. La blessure ne se refermait jamais, et l'impuissance le rendait fou. Lui qui avait du pouvoir et de l'argent, lui qui pouvait tout se permettre, tout s'offrir, il était privé de sa fille. Et s'il tentait quoi que ce soit pour y remédier, il détruirait la vie qu'elle croyait être la sienne.

Il était totalement impuissant. Et c'était insupportable.

S'efforçant de surmonter la rage qui le consumait, il reporta son attention sur Esther. Il fallait à tout prix la séduire et faire en sorte qu'elle reste avec lui. Il ne pouvait pas prendre le moindre risque de voir de nouveau ses enfants lui échapper.

La perte de sa fille lui causait une souffrance qui ne s'estomperait sans doute jamais. Sa seule consolation c'était la certitude que Samantha avait une vie bien meilleure que celle qu'il aurait pu lui donner. Celle qu'elle aurait eue si elle avait été élevée par une femme amère dont le mariage aurait été détruit par sa naissance et un gamin de seize ans trop immature pour s'occuper d'un bébé.

Oui, la solution qu'il avait acceptée à l'époque était bien la meilleure pour Samantha.

Mais aujourd'hui il avait mûri. Il avait de l'expérience. Après des années passées à tenter de se prouver qu'il n'était qu'un séducteur irresponsable, le moment était venu de changer d'existence. De devenir le père dont ses enfants allaient avoir besoin.

Il leur donnerait tout. À commencer par une famille. Dans laquelle il n'y aurait aucune place pour Ashley, qui avait froidement planifié leur conception dans le seul but de le manipuler.

Une famille formée d'un père et d'une mère. Esther. C'était elle qui leur donnerait le jour. C'était elle qui serait considérée comme leur mère par tout le monde. Et donc par eux.

— Dansons, dit-il.

Esther tressaillit.

— Je ne sais pas danser.

— Ne me dis pas que c'était interdit chez toi !

— Si.

Elle eut un petit rire gêné.

— Je ne dansais pas, mais je faisais quand même des tas de choses interdites.

Cet aveu le perturba étrangement.

— C'est vrai ?

— Absolument. Mais je risque de te faire honte si je danse avec toi.

— Tu es la femme la plus belle de toute l'assistance. Même si tu me marches sur les pieds tu ne peux pas me faire honte.

Esther s'empourpra, et une lueur ravie s'alluma dans ses yeux. Il effleura sa joue. Parfait. Elle était sensible aux compliments…

— Es-tu consciente d'être belle ? demanda-t-il en l'entraînant sur la piste de danse.

— Je ne m'étais jamais posé la question, mais depuis que je t'ai rencontré je réfléchis beaucoup sur les gens.

— Les gens ? Que veux-tu dire ? demanda-t-il en savourant le plaisir de la tenir dans ses bras.

Elle se laissait guider avec souplesse, accordant ses pas aux siens comme s'ils avaient déjà dansé ensemble des dizaines de fois.

— Les hommes, les femmes… Les différences entre nous. Ce qu'elles impliquent. Comme je te l'ai dit, avant de te rencontrer je ne m'étais jamais préoccupée de savoir si j'étais belle ou pas. Peut-être parce que j'entendais dire depuis toujours que tirer vanité de son apparence était mal. Dans un sens, c'est confortable de ne pas se soucier de son apparence. Aujourd'hui je me pose beaucoup plus de questions. Je me demande si mes robes sont élégantes, si elles me vont bien, si elles te plaisent.

Pour être franche, se sentir séduisante n'est pas désagréable. Et quand tu me fais des compliments…

— Tu aimes ça.

— Oui.

Assailli par une bouffée de désir, Renzo réprima un sourire.

— Petite vaniteuse, plaisanta-t-il.

— Tu trouves que je ne devrais pas ?

— Je trouve ça charmant. Mais je voudrais savoir… Quelles autres réflexions t'ai-je inspirées ? Tu m'as dit que tu avais réfléchi sur nos différences.

Elle devint écarlate.

— Oh ! c'est idiot ! Puéril. Sans aucun intérêt.

— Je t'assure que ça m'intéresse, insista-t-il en promenant le regard sur ses pommettes hautes, sa bouche pulpeuse, ses yeux noisette bordés de longs cils noirs.

Elle était la beauté incarnée, avec une touche d'innocence qui ajoutait à son charme.

— Tu es tellement…

Elle baissa les yeux.

— Impressionnant. Je me sens toute petite à côté de toi. J'ai l'impression d'être en danger, tout en ayant la certitude que tu ne me feras jamais de mal. C'est une sensation étrange. Je ne sais pas comment la décrire. Mais parfois j'en ai des frissons.

Sans réfléchir, il lui lâcha la main pour refermer les doigts sur sa nuque et posa le pouce à la base de son cou. Il sentit son pouls s'accélérer en même temps que le sien.

— Quoi d'autre ? demanda-t-il d'une voix caressante.

— Tu es très… ferme.

— Ferme ?

— Oui.

Elle eut un geste auquel il ne s'attendait pas du tout et qui accrut son excitation. Posant la main sur son torse, elle la fit glisser jusqu'à son ventre.

— Tu es beaucoup plus musclé que moi.

— Tu sembles avoir envie de le vérifier de plus près.

Elle tressaillit.

— Je ne…

Il lui prit la main et l'emprisonna entre son torse et la sienne.

— J'ai envie de toi.

Oui, il avait envie d'elle. Besoin d'elle. Pas seulement parce qu'il voulait qu'elle l'épouse et qu'elle reste liée à lui pour toujours. Mais aussi parce qu'il avait besoin que quelque chose vienne atténuer la souffrance lancinante qui le rongeait depuis ses seize ans.

Elle écarquilla les yeux, les joues en feu.

— Envie ?

Il la serra plus étroitement contre lui et lui murmura à l'oreille :

— J'ai envie de te voir nue. J'ai envie de te déshabiller, de t'allonger sur mon lit, puis d'explorer chaque parcelle de ton corps avec mes doigts, mes lèvres, ma langue…

Esther se mit à trembler et elle secoua la tête.

— Non… Ce n'est pas vrai…

— Bien sûr que si. Je t'ai dit que je te trouvais belle, et c'était sincère.

— Mais ça ne signifie pas que… Il y a des tas d'autres femmes avec qui tu pourrais… Tu n'as aucune obligation envers moi. Officiellement nous sommes peut-être fiancés, mais en réalité…

— Tu es la seule femme que je désire. Toi, Esther Abbott. Aucune autre.

— Mais je ne suis pas… Je ne sais pas… Tu ne peux pas. Pas moi.

Une nouvelle bouffée de désir assaillit Renzo, et il fut surpris par son intensité. Certes, s'il avait décidé de la séduire c'était par intérêt. Pour garder ses enfants auprès de lui et leur offrir une vraie famille. Et aussi pour éviter que son père le prive d'une partie de son héritage, bien sûr. Mais il n'y avait pas que ça. Il avait vraiment envie d'elle. Bien plus qu'il ne l'avait prévu…

— Si, toi. J'aime ta peau.

Il effleura son bras, savourant le frisson qui la parcourait.

— Tes lèvres.

Il traça le contour de sa bouche pulpeuse du bout des doigts.

— Tes mains.

Il referma les doigts sur son poignet et lui caressa la paume avec le pouce.

— Je veux les sentir sur moi. Oui, je pourrais coucher avec d'autres femmes. Je ne vais pas te mentir, j'ai eu tellement de maîtresses que je suis incapable de dire combien. Mais aujourd'hui, aucune d'elles ne pourrait m'attirer dans son lit. C'est toi que je veux et toi seule.

Le plus extraordinaire, c'était que tout ce qu'il venait de dire était vrai… Il n'y avait pas le moindre calcul dans ses propos. Comment cette étrange créature avait-elle fait pour l'envoûter ?

Dire qu'elle lui avait donné envie de lui offrir des livres… Un par jour, parce qu'il passait devant une librairie en rentrant du bureau et que chaque fois il pensait à elle. Elle voulait apprendre, et il voulait exaucer ce souhait.

Dio, tout ce qu'il allait lui apprendre ce soir…

— Tu me hantes. Dans mon lit je pense tout le temps à toi, si bien que j'ai un mal fou à trouver le sommeil. Et quand je finis par m'endormir, tu hantes mes rêves.

À sa grande satisfaction, Esther se mit à trembler de tout son corps. C'était gagné. Elle allait dire oui… Elle eut un léger mouvement de recul qui le fit déchanter. Allons bon, était-il allé trop loin ? Avait-il été trop direct ?

Il fallait agir.

Refermant les bras sur elle, il s'empara de sa bouche. Il l'avait déjà embrassée, certes. Mais pas comme ça. Ce baiser n'était pas un simulacre destiné aux gens qui les entouraient ou aux paparazzis. C'était un vrai baiser.

Un commencement. Une promesse. Un prélude à ce qui viendrait ensuite.

Un gémissement s'échappa de la gorge d'Esther, et elle s'alanguit contre lui. Cette fois, c'était gagné. Il n'y avait plus de doute. Si elle s'abandonnait déjà ici, au milieu de la foule, elle ne risquait pas d'avoir des réticences une fois qu'ils seraient seuls.

Son père allait être furieux. Il ne discuterait pas affaires ce soir comme il le lui avait promis…

Renzo dut faire appel à toute sa volonté pour mettre fin à son baiser. Il n'avait qu'une envie. Pousser Esther dans l'alcôve la plus proche, remonter sa robe sur ses hanches et plonger en elle… Mais mieux valait éviter. Quelque chose lui disait qu'Esther n'avait jamais fait l'amour contre un mur dans un endroit public. Et qu'elle ne trouverait pas ça particulièrement romantique…

Il se retourna et vit sa fille au fond de la salle en train de discuter avec des amis. Elle n'avait visiblement pas remarqué le baiser passionné qu'il venait d'échanger avec Esther devant tout le monde. Mais pourquoi y aurait-elle prêté attention ? Elle ne savait même pas qui il était…

Il tendit la main à Esther.

— Viens.

— Mais… Il n'y a pas très longtemps que nous sommes arrivés. Nous sommes venus jusqu'à New York spécialement pour cette soirée.

Un rire nerveux échappa à Renzo.

— Non, *cara*. Je suis venu jusqu'à New York pour toi. Pour te faire l'amour.

La confusion se peignit sur le visage d'Esther.

— Tu aurais pu le faire à Rome, objecta-t-elle après un silence.

Il effleura sa lèvre inférieure du bout du pouce.

— Mais je vais le faire ici. Avec les lumières de New York en toile de fond, dans un bel hôtel. Dans cette ville où tu n'es jamais venue, où aucun autre homme ne t'a fait l'amour. Et je te fais le serment que tu ne l'oublieras jamais.

Elle détourna les yeux, hésitante, comme si elle était sur le point de dire quelque chose. Mais elle resta silencieuse.

Elle se contenta de hocher la tête et de prendre sa main.

10

Esther était en proie à une vive excitation, mêlée d'anxiété. Il y avait quelque chose de sauvage en elle. Une pulsion dont elle avait peur depuis l'instant où elle avait soupçonné son existence. C'était cette pulsion qui l'avait poussée à se rebeller contre sa famille et les règles strictes imposées par son père.

Elle était partie de chez elle déterminée à conquérir sa liberté, mais aussi à contrôler cette pulsion. À ne jamais tomber dans l'excès, dans aucun domaine. Malgré tout, elle avait toujours craint de perdre la tête le jour où elle rencontrerait un homme qui lui plairait. Un homme qui poserait les mains sur sa peau, qui mêlerait sa bouche à la sienne…

Cet homme, elle l'avait rencontré, et ses craintes se confirmaient. Elle était en train de perdre la tête. Mais elle n'avait pas l'intention de faire marche arrière. Surtout pas. L'attirance qu'elle éprouvait pour lui était trop forte. Trop grisante. Il était hors de question d'y résister.

Bien sûr, elle allait devoir lui parler. Mais pas maintenant. Après. Elle ne voulait pas prendre le risque qu'il renonce. Il devait se douter qu'elle manquait d'expérience, mais de toute évidence il n'imaginait pas à quel point. Il n'avait pas deviné qu'il était le premier homme à l'avoir embrassée. Qu'il serait le premier à…

Elle fut parcourue d'un long frisson alors que la limousine s'arrêtait devant l'hôtel. Elle pouvait encore lui dire non. Il n'insisterait pas. Elle le savait. C'était un homme, pas un monstre.

Même si, pour la première fois depuis qu'elle le connaissait, il avait visiblement perdu le contrôle de lui-même quand il l'avait embrassée devant tous ces gens. Ce baiser… Le seul fait d'y penser attisait le feu qui la consumait.

Dans l'ascenseur, il ne la toucha pas. Lorsqu'ils en sortirent au dernier étage, il ne la toucha pas non plus. Mais après avoir ouvert la porte de la suite, il posa la main au creux de ses reins pour la faire entrer. Ses doigts la brûlèrent à travers le fin tissu de sa robe.

Lorsqu'il referma la porte derrière eux, ce fut elle qui l'embrassa. Pour l'empêcher de changer d'avis. Elle l'embrassa fougueusement tout en dénouant son nœud papillon avec des doigts fébriles.

— Doucement…

— Non, répliqua-t-elle entre deux baisers en s'attaquant aux boutons de sa chemise.

Il lui saisit les poignets pour l'arrêter.

— Si, insista-t-il en frottant la joue contre la sienne. Certaines choses sont bien meilleures quand on les déguste en prenant son temps.

Prendre son temps ? Elle avait l'impression qu'une bête sauvage la dévorait de l'intérieur, et il parlait de prendre son temps ? Elle avait attendu vingt-trois ans avant de rencontrer un homme. De désirer un homme. Et il voulait prendre son temps ?

Pas elle.

— Je ne veux pas prendre mon temps, dit-elle en se pressant contre lui.

— Attends, lui intima-t-il en se dérobant à son baiser.

Il réunit ses poignets de manière à les immobiliser d'une seule main, puis il baissa la fermeture Éclair de sa robe. Le tissu soyeux glissa sur son corps et tomba à ses pieds. Elle se retrouva en culotte de dentelle. Comme le jour de l'essayage. Sauf que ce jour-là elle lui tournait le dos. Elle sentait qu'il la regardait, mais elle ne le voyait pas. Alors qu'aujourd'hui… Elle fut électrisée par l'éclat de ses yeux noirs. Son regard se promena sur elle, s'attardant longuement sur ses seins. Elle sentit leurs pointes se dresser, tandis qu'un flot de chaleur se répandait entre ses cuisses. Comment pouvait-il lui faire un tel effet sans même la toucher ?

— Tu vois ? commenta-t-il avec un sourire entendu frôlant l'arrogance. Prendre son temps a du bon. Tu verras, ce sera beaucoup mieux pour toi. Je ne connais pas ta vie, mais j'imagine bien le genre de rencontres que peut faire une femme qui voyage seule et qui loge dans des auberges de jeunesse. Le manque de place et l'absence d'intimité doivent pousser à la précipitation. Mais ici nous avons toute la nuit devant nous et un très grand lit.

Il se pencha sur elle et lui mordilla la lèvre inférieure avant de l'embrasser avec gourmandise. Puis il quitta sa bouche pour tracer un sillon de baisers dans son cou, léchant sa peau du bout de la langue. Elle sentit les pointes de ses seins se dresser de plus belle. Comme elle aimerait qu'il… Non, elle n'oserait jamais lui demander ça. Elle ne savait même pas si c'était normal d'en avoir envie…

Heureusement, il semblait lire dans ses pensées.

Poursuivant sa descente, il parsema de baisers un globe frémissant avant d'aspirer goulûment sa pointe durcie. Transpercée par mille petites flèches de plaisir, elle vacilla sur ses jambes. Il fit subir le même traitement à l'autre sein, lui arrachant un gémissement. C'était trop bon… Et en même temps pas assez…

Se redressant, il glissa les mains dans sa culotte, les referma sur ses fesses et plaqua le bassin contre le sien. Le contact de sa virilité pleinement éveillée lui coupa le souffle. C'était si dur, si gros… Et très intimidant. Qu'était-elle censée faire ? Elle n'en avait aucune idée, mais quelque chose lui disait qu'elle allait bientôt le savoir…

Il fit glisser lentement sa culotte jusqu'au sol, puis il s'agenouilla pour lui enlever ses chaussures. Cette fois elle était entièrement nue devant lui. Offerte à son regard appréciateur. C'était à la fois grisant et embarrassant…

Il glissa les mains entre ses cuisses pour l'inciter à les

écarter, puis il se pencha et déposa dans le pli de son aine un baiser qui la fit tressaillir.

— Ne t'inquiète pas, *cara*. Je ne te veux que du bien…

Ça, c'était sûrement très très mal. Ce fut sa première pensée lorsqu'il effleura la fleur de sa féminité du bout de la langue. Elle ne pouvait sûrement pas aller plus loin dans la transgression… Lorsqu'il referma les mains sur ses fesses et approfondit son exploration avec un grognement approbateur, elle cessa de penser. Vacillant sur ses jambes, elle s'agrippa à ses épaules tandis qu'il redoublait d'ardeur. La tête renversée en arrière, elle savourait les sensations inouïes qui l'assaillaient de toutes parts.

Cette fois, elle avait atteint le summum de la transgression. Elle était partie de chez elle un an plus tôt pour conquérir sa liberté. Ce qu'elle vivait ce soir était l'aboutissement logique de ce voyage.

Soudain, Renzo s'interrompit. Avant qu'elle ait le temps de protester il se leva, la souleva de terre et traversa le salon jusqu'à une chambre. Il la déposa au bord du lit, puis il s'agenouilla de nouveau devant elle. Après avoir calé ses jambes sur ses épaules il reprit ses caresses diaboliques, dévorant sa fleur ruisselante à pleine bouche tout en enfonçant un doigt dans le cœur de sa féminité. Peu à peu, il accentua la pression de sa langue et de son doigt. Il accéléra leurs mouvements synchronisés.

Emportée dans un tourbillon irrésistible, elle ondulait du bassin en rythme, instinctivement, sans la moindre inhibition. Le plaisir inconnu qui montait en elle s'annonçait prodigieux, et elle était prête à tout pour l'atteindre. Soudain il la submergea, encore plus intense qu'elle ne le pressentait. Renzo accompagna de la langue les vagues successives qui déferlaient en elle.

Puis il se leva et finit de déboutonner sa chemise avec une lenteur délibérée, dévoilant peu à peu un torse musclé à la peau hâlée recouverte d'une fine toison noire. Quand il déboucla sa ceinture, elle retint son souffle. Elle n'avait jamais vu d'homme nu… Il ouvrit lentement sa braguette. Puis tout à coup, il baissa d'un même mouvement son pantalon et son caleçon.

À la vue de sa virilité fièrement dressée, elle fut envahie par une chaleur extrême. Son désir était mêlé d'une pointe d'appréhension, qui fut vite balayée. Oui, elle avait un peu peur d'avoir mal, mais elle avait tellement envie de lui…

— J'ai fait tous les tests possibles après ma rupture avec Ashley et je n'ai pas eu d'autre maîtresse depuis, annonça-t-il. Tu n'as pas d'inquiétudes à avoir à ce sujet.

— Je ne suis pas inquiète, s'empressa-t-elle d'affirmer.

— Bien.

Il la rejoignit sur le lit et promena la main nonchalamment sur son corps avant de la refermer sur un sein. Lorsqu'il en caressa la pointe durcie du bout du pouce, elle creusa les reins en gémissant. Il s'empara de sa bouche tout en prenant place entre ses cuisses. Sa virilité effleura sa fleur ruisselante, lui arrachant un nouveau gémissement. Elle avait tellement envie de lui… Tellement envie de lui offrir son corps, son innocence. Ce moment n'était pas juste une expérience nouvelle de plus. C'était un moment crucial de sa vie, et elle n'imaginait pas le vivre avec un autre homme que lui.

Cette pensée atténua la douleur qui la transperça brièvement lorsqu'il entra en elle. Plongeant les yeux dans les siens, elle posa la main sur sa joue. Il était en elle… Il faisait partie d'elle… Et c'était un bonheur indicible.

Il commença à bouger doucement, lentement, avant d'accentuer peu à peu ses coups de reins. Les mains crispées sur ses épaules elle suivait instinctivement le rythme, s'abandonnant au tourbillon qui l'emportait. Le feu qui la consumait était attisé par la respiration hachée de Renzo. Comme elle, il était au bord du gouffre de la jouissance… Cette certitude était grisante. Elle avait à la fois hâte de sombrer et envie de prolonger indéfiniment cette danse lascive. Jamais elle ne s'était sentie aussi proche de quelqu'un…

Le raz-de-marée qui la balaya fut encore plus violent que le premier. Et son plaisir fut décuplé lorsque Renzo la rejoignit avec un grognement rauque. Qu'un homme comme lui, si séduisant, si expérimenté, toujours maître de lui, perde tout contrôle à cause d'elle, c'était exaltant. Et très valorisant. Elle se sentait soudain plus forte, plus sûre d'elle.

Un instant plus tard, il se redressa et passa la main dans ses cheveux.

— Tu aurais pu me prévenir que tu étais vierge.

11

— Je croyais que c'était évident, répliqua-t-elle, déstabilisée par ce commentaire. Je me disais aussi que les examens et les traitements liés à l'insémination avaient peut-être modifié mon anatomie. Mais de toute façon, étant donné que je ne sais même pas embrasser, j'étais vraiment persuadée que ça ne faisait aucun doute.

Renzo secoua la tête.

— Des tas de gens ont des rapports sexuels sans savoir s'y prendre, Esther. Ta maladresse pouvait être mise sur le compte de l'incompétence de tes partenaires précédents.

— J'ai fait suffisamment d'allusions à mon enfance pour que… mais peu importe. Tu veux dire que si tu avais su tu n'aurais pas couché avec moi ?

— Non, mais j'aurais pris davantage de précautions.

— Alors j'ai bien fait de ne pas te prévenir. Parce que… ça m'a plu comme ça.

— Tu n'as aucun point de comparaison, insista-t-il avec un regard noir.

Elle haussa les épaules, de plus en plus déstabilisée. Dire que quelques minutes plus tôt elle se sentait sûre d'elle… Elle s'assit et remonta les couvertures sur sa poitrine.

— Je ne connais peut-être rien au sexe ni à la vie en général, mais je sais quand même ce que j'ai ressenti.

— Parle-moi de toi, demanda-t-il en se radoucissant. J'ai envie de mieux te connaître.

— Il me semble que si tu avais été plus attentif, tu aurais deviné que je n'avais jamais… eu d'amants.

— J'étais persuadé que tu avais rencontré des hommes au cours de ton voyage. Les auberges de jeunesse sont des lieux propices aux aventures sans lendemain.

— Tu as souvent dormi dans des auberges de jeunesses ? ironisa-t-elle.

— Tout le monde sait ça.

— D'accord. Eh bien, je crois que le moment est venu de t'expliquer que je ne suis pas comme les autres filles.

Elle laissa échapper un petit rire de dérision.

— Ça se voit, non ? En fait, je n'ai pas grandi dans une petite ville mais dans une communauté.

Après un bref silence, Renzo demanda :

— Une secte ?

— Oui, sans doute un genre de secte. Nous n'avions pas le droit de regarder la télé. Je ne pouvais même pas écouter la radio. Pendant toute mon adolescence, je n'ai jamais entendu de musique pop. Ni rien d'approchant. Je ne connaissais rien de ce qui était interdit par ma famille ou par les chefs de la communauté.

— Ça explique certaines choses…

Elle prit une profonde inspiration.

— Mais je ne me suis jamais sentie à ma place. Je me suis rebellée. D'abord en secret, quand j'étais enfant.

Renzo la considéra avec une perplexité manifeste.

— Quand on est élevé dans un milieu fermé, selon des croyances particulières, sans rien connaître du monde extérieur, qu'est-ce qui pousse à mettre en question ce qu'on a appris ?

Personne ne lui avait jamais posé cette question, songea-t-elle. La plupart des gens n'avaient pas envie de discuter de son passé, parce qu'ils trouvaient ça embarrassant. Ou alors ils manifestaient une curiosité malsaine. Ils voulaient savoir si elle avait été mariée quand elle était enfant, ou bien si elle avait été obligée de se raser la tête.

— Je ne sais pas, répondit-elle. Je sais juste que je ne me

sentais pas à ma place. Alors j'ai commencé à… collectionner des choses interdites. Il y avait une bourse d'échange de livres dans la petite ville à côté de laquelle nous vivions. J'en rapportais en cachette à la maison, et je les cachais dans les bois. Plus tard j'ai fait la même chose avec la musique. Mais c'était plus difficile parce qu'il fallait acheter les disques et que je n'ai jamais eu beaucoup d'argent. Entre les ventes de charité et la bibliothèque, j'ai quand même réussi à récupérer un lecteur de CD portable et quelques CD.

— On ne peut pas vraiment parler de rébellion.

— Pour certains peut-être pas, mais pour moi si. Pour mon père aussi. C'est mon plus jeune frère qui m'a dénoncée. Je sais qu'il n'avait pas mesuré les conséquences de son geste. C'était juste un gosse.

Elle secoua la tête en s'efforçant de retenir ses larmes.

— Il a trouvé mes livres et mes disques, et il les a montrés à ma mère. Qui à son tour les a montrés à mon père. Qui m'a tout simplement adressé un ultimatum. Soit je m'engageais à ne plus jamais lire des livres ni écouter des disques interdits, soit je… soit je m'en allais.

— Et tu as refusé de te soumettre ?

— Oui. Alors toute la communauté s'est réunie. Je pensais… Je croyais que mon père m'aimait. Je lui ai demandé devant tout le monde comment, s'il m'aimait, il pouvait me chasser uniquement parce que j'avais des goûts différents.

Le cœur lourd, elle posa la main sur sa poitrine.

— Il a répondu que si je refusais de changer, je ne pouvais plus être sa fille. Il l'a dit devant tout le monde. Il a expliqué que c'était pour le bien de tous. Que me demander de changer c'était de l'amour. Or, c'est faux. C'était un abus d'autorité. Et s'il n'avait plus d'autorité sur moi, s'il ne pouvait plus me garder sous sa domination, il ne voulait plus de moi.

Même si pour rien au monde elle ne retournerait dans la communauté, ce souvenir était douloureux. Sa vie avait changé pour le mieux depuis son départ, mais elle ne s'était pas encore remise d'avoir été rejetée par son père.

— Ça a dû être très dur.

— Très. Je me suis lamentée sur mon sort pendant quelque temps, puis j'ai trouvé du travail dans un petit restaurant en ville. J'ai économisé pendant un an. J'ai passé l'examen d'entrée à l'université. Je me suis fait faire un passeport. Je suis venue en Europe et j'ai continué à travailler comme serveuse chaque fois que je pouvais. Et puis…

— Et puis tu as rencontré Ashley.

— Et toi, dit-elle, étreinte par l'émotion.

Sa rencontre avec Renzo la marquerait à tout jamais. Ça resterait sans aucun doute l'événement le plus important de sa vie…

— Oui. Ce qui n'était pas prévu au départ, commenta Renzo d'une voix étrangement douce qui ne lui ressemblait pas. Nous nous entendons bien, n'est-ce pas ?

— Tu le penses vraiment ? Pourtant tu me trouves bizarre et tu ne comprends pas que je m'assoie par terre pour manger des céréales.

— Je faisais allusion au sexe. C'est avant tout au lit que se déroulent mes relations avec les femmes.

— Je ne suis pas sûre de devoir me sentir flattée.

— Je suis divorcé. Dis-toi qu'il y a peut-être une raison à cela.

— J'ai rencontré ton ex-femme. Je ne suis donc pas très étonnée que votre mariage n'ait pas été une réussite. Je me suis même demandé une ou deux fois pourquoi tu l'avais épousée.

— Parce que ce n'était pas du tout le genre d'épouse qu'il me fallait. Parce qu'elle était insupportable.

— Je ne comprends pas.

— J'imagine que quand tu désobéissais à tes parents tu étais punie, n'est-ce pas ?

— Oui, bien sûr.

— Eh bien, Ashley était ma punition, déclara Renzo avec un petit rire sans joie.

— Ta punition ? Pour quelle faute ?

Il secoua la tête.

— Ce n'est pas important.

C'était sans doute d'une importance capitale, au contraire, devina-t-elle.

— Mais je savais dès le départ que c'était voué à l'échec, poursuivit-il. Tout au fond de moi, je l'ai toujours su. Mais toi… J'ai le sentiment qu'avec toi ça pourrait marcher.

Elle crut que son cœur bondissait hors de sa poitrine.

— Pardon ?

— Si nous essayions, Esther ?

— Essayer quoi ?

Hébétée, elle avait l'impression que son esprit s'était brusquement vidé. Seul son cœur semblait en état de fonctionnement. Il battait si fort qu'elle n'entendait plus que lui.

— Nous. Pourquoi devrions-nous nous séparer après la naissance des bébés ?

Renzo lui caressa la joue, et elle fut submergée par une émotion indicible. Enfin la marque de tendresse dont elle avait désespérément besoin après avoir fait l'amour avec lui !

— Parce que, répliqua-t-elle sans la moindre conviction. Tu n'as pas choisi cette situation. Moi non plus. Nous… Nous essayons juste de nous en accommoder au mieux. Et nous éprouvons de l'attirance l'un pour l'autre, bien sûr. Mais notre relation ne peut pas durer.

— Je ne vois pas pourquoi.

— Parce que je viens tout juste d'échapper à une existence étriquée dans laquelle je n'avais aucune autonomie. Je ne peux pas renoncer aussi vite à ma liberté.

Pas de doute, elle manquait totalement de conviction, reconnut-elle intérieurement. Pourtant, préserver sa liberté était primordial. Renzo avait déjà pris une place beaucoup trop grande dans sa vie, dans ses pensées. C'était dangereux. Très dangereux.

— Mènes-tu une existence étriquée avec moi ? Tu voyages. Tu n'es plus obligée de travailler comme serveuse. Tu as du temps libre pendant lequel tu pourrais étudier. Rester avec moi ne t'empêcherait pas de faire des études.

Elle se mordit la lèvre. C'était tellement tentant… Ça paraissait si simple, présenté comme ça. Voyager dans le monde entier, étudier. Tout ce dont elle rêvait. En compagnie de Renzo.

— Nous ne pouvons pas nous engager dans une relation… provisoire. Je sais que ces bébés ne sont pas de moi. J'ai accepté de les porter en sachant que je les quitterais après leur naissance. Mais plus le temps passe, plus ça devient confus dans mon esprit. J'ai de plus en plus de mal à envisager la séparation après l'accouchement. C'est peut-être hormonal, je ne sais pas. Mais une chose est certaine : je ne peux pas jouer le rôle de leur mère pendant quelque temps et ensuite les quitter. Soit je m'en tiens à ce qui était prévu au départ et je disparais tout de suite après l'accouchement, soit je reste avec eux pour toujours.

À cette idée elle fut étreinte par une émotion indicible. C'était comme si une digue venait d'être rompue. Des questions qu'elle avait toujours refoulées jusque-là s'imposaient à elle. Verrait-elle les bébés après leur naissance ? Les tiendrait-elle dans ses bras ? Que ressentirait-elle alors ?

Que ressentirait-elle quand elle partirait pour toujours après les avoir tendus à Renzo ?

Plus insidieux encore, que ressentirait-elle si elle ne partait pas ? Si elle gardait les bébés. Si elle devenait mère.

Une part d'elle-même était terrifiée à la pensée de devenir responsable d'autres êtres humains. Elle n'avait aucune expérience de la vie. Elle n'était pour ainsi dire qu'une enfant elle-même.

Mais une autre part d'elle-même… Une autre part avait soif de liens étroits. D'amour. Un amour qu'elle-même n'avait jamais reçu. Ce serait une chance de donner de l'amour. Et d'en recevoir en retour. Un amour inconditionnel.

Elle leva les yeux vers Renzo. Que lui proposait-il exactement ?

— Tu suggères que je reste comme la… nurse ? Ta maîtresse ? Ou bien…

— Comme ma femme, bien sûr.

Elle déglutit péniblement.

— Tu veux m'épouser ?

— Nous pouvons donner une famille à nos enfants. J'ai

commis une terrible erreur en épousant Ashley. J'en voulais au monde entier. Je ne vais pas te mentir. J'avais décidé de prouver que j'étais irresponsable. Mais à présent que je suis sur le point d'avoir deux enfants, c'est tout l'inverse. Non seulement je veux assumer mes responsabilités, mais je veux que tout le monde soit heureux.

C'était la première fois qu'il lui parlait ainsi… Mais c'était aussi la première fois qu'ils faisaient l'amour. Elle se sentait transformée. Pourquoi n'en serait-il pas de même pour lui ?

Cependant, il y avait un aspect de la situation à ne pas négliger. Elle avait grandi dans un foyer sans amour, et il était hors de question qu'elle recommence. Elle en était incapable. Il lui promettait la liberté, la possibilité de réaliser ses rêves. Mais elle avait besoin d'avoir certaines assurances.

— Renzo, j'ai besoin de savoir quelque chose. Je… J'ai été heureuse avec toi ces derniers temps. Chose que je n'avais pas prévue. Que je n'avais pas souhaitée non plus. Je ne voulais rien éprouver pour toi ni pour les bébés. Je voulais pouvoir m'en aller sans regrets. Aujourd'hui, je pense que je ne le pourrais plus.

« Je sais que des liens se sont noués entre nous. Je pense… Il est possible que je t'aime. C'est pour ça que j'hésite à te dire oui. J'ai vécu dans une famille où je n'étais pas aimée. Je ne veux pas revivre ça. Ce serait au-dessus de mes forces. J'ai donc besoin de savoir. Est-ce que tu m'aimes ? Ou au moins, penses-tu que tu pourrais m'aimer un jour ? »

Renzo n'eut pas la moindre hésitation. Il se pencha vers elle et l'embrassa avec fougue. Puis il plongea le regard dans le sien.

— Bien sûr que je t'aime. Je veux passer ma vie avec toi. Dis oui, Esther. S'il te plaît, dis oui.

Elle le regarda. Jusque-là elle lui avait toujours dit oui… Et ce soir elle n'avait pas d'autre réponse à lui donner.

— Oui, Renzo. Je veux t'épouser.

12

Renzo se servit un verre et regarda par la porte de son bureau, ouverte sur le couloir obscur. Il était vraiment fiancé à Esther, à présent.

Et il lui avait menti.

Ce n'était pas la première fois qu'il mentait pour obtenir ce qu'il voulait. En affaires c'était une nécessité. Personne n'étant jamais d'une franchise absolue, il faisait comme tout le monde sans avoir mauvaise conscience. Il lui était également souvent arrivé de mentir à Ashley. Pas une seule fois il n'avait éprouvé le moindre remords.

Alors qu'aujourd'hui il culpabilisait terriblement. Mais après tout, Esther ne saurait jamais qu'il lui avait menti. Alors quelle importance ? Elle avait besoin de l'entendre dire qu'il l'aimait. N'était-ce pas ce qui comptait ?

Sauf qu'elle lui avait parlé de son père.

En quoi était-il différent de ce despote manipulateur ?

Cette lueur d'espoir qui s'était allumée dans les yeux d'Esther quand il lui avait dit qu'il l'aimait… S'efforçant de chasser cette image de son esprit, Renzo but une grande rasade.

Ils étaient rentrés de New York dans la matinée. Dans l'avion il avait refréné son désir. Au départ il avait prévu d'utiliser le sexe pour l'étourdir et l'empêcher de changer d'avis, mais ses scrupules l'empêchaient de suivre son plan à la lettre. Cependant, elle ne semblait pas regretter sa décision. Elle semblait même très heureuse. Chaque fois qu'elle lui avait adressé des regards émus, il s'était forcé à ne pas détourner les yeux. Si bien qu'il s'était senti encore un peu plus coupable chaque fois.

Il avait beaucoup menti dans sa vie. Mais jamais à propos d'amour. Il n'avait jamais affirmé à Ashley avoir pour elle des sentiments qu'il n'éprouvait pas. Jamais.

De toute façon, l'amour avait été éradiqué de son cœur seize ans plus tôt quand il avait renoncé à son enfant. Ce jour-là il avait renoncé à tous ses droits. Le droit à l'amour. Le droit au bonheur. Et même le droit à la colère.

Renzo se servit un autre verre, le vida d'un trait et le reposa sur le comptoir d'un geste vif. Puis il quitta la pièce, ses jambes le conduisant vers Esther. Il devrait rester éloigné d'elle. Il n'avait pas le droit de la toucher. Et pourtant, c'était ce qu'il allait faire. Il la désirait. Il voulait la garder près de lui. Sous sa protection. Sous sa responsabilité.

En quoi es-tu différent de la famille qu'elle a fuie ?

Il était différent. Il lui donnerait tout ce dont elle avait besoin. Tout ce qu'elle désirait. En retour, ils offriraient l'image d'une famille unie, et leurs enfants grandiraient dans la stabilité. Il hériterait de tout l'empire Valenti, et par conséquent ses enfants aussi.

Il n'y avait rien de mal à cela. Esther serait heureuse avec lui.

Tout le monde serait plus heureux grâce à la décision qu'il avait prise.

Serrant les poings, Renzo s'efforça d'ignorer l'étau qui comprimait sa poitrine. La pénombre qui régnait dans le couloir semblait faire écho à ses sombres pensées. Serait-ce vraiment bénéfique pour ses enfants de grandir dans une maison comme celle-ci, avec un père comme lui ?

Il s'immobilisa sur le seuil de la chambre d'Esther et porta la main à son front. Pourquoi se sentait-il aussi mal ? Il avait trop bu, sans doute. C'était la seule explication.

— Renzo ? Viens dans le lit avec moi.

La voix douce d'Esther accrut son sentiment de culpabilité, mais il l'ignora résolument et déboutonna sa chemise.

— Je t'aime, dit-elle en se redressant.

Déglutissant péniblement, il enleva de sa chemise puis se débarrassa de son slip et de son pantalon. Il avait froid… Comme si c'était à présent un iceberg qui lui écrasait la poitrine. Il sentait à peine les battements de son cœur. Il la rejoignit et se pencha sur elle.

— Je t'aime aussi, répondit-il sans ressentir la moindre émotion.

Puis il l'embrassa, et tout en lui sembla renaître. La glace fondit instantanément à la chaleur du feu qui les embrasait tous les deux. Esther promena les mains sur lui avec une délectation manifeste qui attisa à la fois son désir et son remords. Tout cela était nouveau pour elle. Il était son premier amant. Elle n'avait même jamais embrassé aucun homme avant lui. Et il resterait son seul amant.

Physiquement, elle aurait pu tomber plus mal. Leur entente était parfaite, et il avait l'assurance de pouvoir la combler. Sur le plan affectif, il ne pourrait jamais rien pour elle.

Il chassa résolument cette pensée de son esprit. Ça n'avait pas grande importance puisqu'elle ne le saurait jamais. Elle enfonça les doigts dans ses cheveux tandis qu'il approfondissait son baiser. Il la renversa sur le lit, et elle se cambra contre lui en gémissant.

Il était vraiment méprisable… Il calculait le moindre de ses gestes, alors que de son côté elle était honnête, généreuse, sans arrière-pensée. Elle se tortilla sous lui et réussit à le faire rouler sur le dos.

— Esther…

— Chut !

Elle se pencha sur lui et déposa un baiser sur son torse à l'emplacement de son cœur.

— Laisse-moi faire.

Elle traça un sillon de baisers sur son torse, puis son ventre, puis poursuivit encore sa descente jusqu'à sa virilité pleinement éveillée.

— Esther, non…

Il ne méritait pas ça. Il ne pouvait pas accepter ce cadeau.

Si elle le lui offrait c'était parce qu'elle croyait qu'ils partageaient autre chose que du désir. Il était méprisable, mais tout de même pas au point de profiter de la situation à ce point…

Lorsqu'elle enveloppa sa virilité dans la chaleur moite de sa bouche, il oublia tous ses scrupules. Elle le goûtait comme s'il était une nouvelle friandise à découvrir. Elle le savourait comme aucune autre femme ne l'avait fait avant elle. Elle semblait y prendre un immense plaisir, ce qui était pour lui une expérience inédite. Et un peu déstabilisante… Comme si le mur qu'il avait érigé entre lui et les autres était mis à l'épreuve. Il était toujours bien solide, certes. Mais quand même…

Renzo avait envie de se dérober, mais il en était incapable. Esther le tenait en son pouvoir. Il ne pouvait rien faire d'autre que se soumettre à cette torture exquise. Lorsque le plaisir menaça de le submerger, il finit par protester.

— Non. Pas comme ça…

Il dut faire un effort surhumain pour garder le contrôle de lui-même. Attention, il jouait un jeu dangereux… Il ne devait pas perdre son objectif. Bien sûr, il voulait rendre Esther heureuse. Mais c'était accessoire. La seule chose qui comptait c'était fonder une famille pour pouvoir garder ses enfants avec lui. Il se trouvait que c'était Esther qui les portait, mais il agirait de même avec n'importe quelle autre femme qu'aurait pu choisir Ashley. Il ne fallait surtout pas l'oublier.

Faisant appel à toute son énergie, il fit rouler Esther sur le dos et prit place entre ses cuisses. Il s'empara de sa bouche tout en se présentant à l'entrée de sa fleur ruisselante de désir. Elle creusa les reins pour mieux l'accueillir, et il plongea en elle.

Le vide se fit dans son esprit. Toutes les mises en garde qu'il venait de s'adresser furent oubliées. Plus rien n'existait que le besoin impérieux de partager son plaisir avec Esther. L'agrippant par les hanches, il s'enfonça jusqu'au plus profond d'elle et l'entraîna dans un tourbillon de passion. Lorsqu'elle bascula dans l'abîme de la volupté en hurlant il la rejoignit aussitôt, suffoqué par la violence de la tornade qui l'emportait.

Un moment plus tard, alors qu'il reprenait peu à peu son

souffle, une certitude s'imposa à lui. Ce calme était illusoire. La tempête n'était pas terminée. Il était dans l'œil du cyclone.

Il s'écarta d'Esther, accablé de honte. Il y avait seize ans qu'il ne s'était pas senti aussi coupable. Tout se mêlait dans son esprit. Le passé, le présent, l'avenir. Et les raisons de sa conduite.

— Je suis si heureuse…

Il avait agi pour le bien de tous, se dit-il fermement. Ses enfants grandiraient dans la famille qu'ils méritaient, avec l'assurance de toucher un jour l'héritage qu'ils méritaient. Et Esther était heureuse. Tout le reste n'avait aucune importance.

— Bien, commenta-t-il sobrement.

— Mais il y a quelque chose qui me manque.

— Vraiment ? Après ce que nous venons de vivre à l'instant, il y a encore quelque chose qui te manque ? Je vais être obligé de revoir l'opinion que j'ai de toi. Tu es une femme avide, Esther Abbott.

— C'est vrai. Je veux vivre pleinement et je veux le faire avec toi.

— C'est exactement ce que je t'offre.

— Non. Il me manque quelque chose.

Renzo fut assailli par une bouffée de colère.

— Que veux-tu exactement, *cara* ? De quoi te sens-tu privée ?

— De toi.

— Tu viens de m'avoir à l'instant, il me semble. Tu m'as même tellement eu que je suis exténué.

— Ce n'est pas de ça que je parle. J'ai le sentiment que tu peux être d'une générosité sans limites avec ton corps. C'est le reste que tu as du mal à donner.

Furieux, il s'exhorta au calme.

— Je t'ai dit que je t'aimais. Que pourrais-tu vouloir de plus ?

— C'est très agréable d'entendre ces mots. Et j'aimerais beaucoup pouvoir m'en contenter. Mais tant que je ne sais pas ce qu'ils signifient pour toi, comment puis-je être rassurée ? Et d'ailleurs, je ne sais presque rien de toi. Je t'ai parlé de ma vie avant notre rencontre, mais je ne sais pratiquement rien de la tienne.

— Tu as dîné chez mes parents. Tu as fait la connaissance de ma sœur. De ma nièce. Que te faut-il de plus ?

— J'ai besoin de mieux te connaître. Tu m'as dit que tu avais épousé Ashley pour te punir. Je veux que tu m'expliques pourquoi tu as éprouvé le besoin de te punir. Tu as de la colère en toi, Renzo. J'ai fait de mon mieux pour l'ignorer parce que cette colère n'a jamais été dirigée contre moi. Mais je veux savoir pourquoi tu es en colère. Contre quoi. Contre qui. Je veux savoir pourquoi tu as épousé Ashley. En quoi te marier avec moi serait différent. J'ai besoin de le savoir. Sinon…

— Tu veux savoir contre qui je suis en colère ?

Renzo se leva et se passa la main dans les cheveux.

— La réponse à cette question est très simple, *cara*.

— Donne-la-moi. Donne-moi quelque chose.

— Contre moi. Je suis en colère contre moi.

13

Le cœur d'Esther, qui commençait à retrouver son rythme normal, s'affola de nouveau. Renzo allait-il enfin s'ouvrir à elle ? À vrai dire, quand elle avait exprimé le désir de mieux le connaître, elle s'attendait à un refus. Il était si fermé qu'elle n'imaginait pas obtenir satisfaction à la première tentative.

Elle avait beau manquer totalement d'expérience, elle savait que ce qu'elle éprouvait pour lui n'était pas une simple tocade due au fait qu'il était son premier amant. Ses sentiments pour lui étaient bien réels. Et elle avait besoin de savoir si c'était réciproque. Pour cela, elle devait apprendre à le connaître.

— Pourquoi es-tu en colère contre toi ?

— Je n'ai pas toujours été un séducteur invétéré. À une époque j'étais sincère et je croyais à l'amour. Je tiens à le préciser afin que tu saches que je n'ai pas couché avec la femme d'un autre pour m'amuser.

Le cœur d'Esther se serra. La femme d'un autre. Elle ne se souvenait pas avoir entendu parler d'une faute plus grave lorsqu'elle était dans la communauté. Une femme mariée appartenait à son mari. Bien sûr, elle savait à présent qu'aucun être humain n'appartenait à un autre. Malgré tout, les liens du mariage étaient sacrés.

— Oh ! Renzo… Tu…

— Ce n'est pas une belle histoire. L'homme que tu connais n'est pas un homme d'honneur, tu dois donc te douter que je n'ai pas pu commencer ma vie de manière honorable.

— Ne dis pas des choses comme ça. Tu es un homme

d'honneur. C'est évident. Regarde tout ce que tu fais pour offrir la meilleure vie possible à tes enfants.

— Oui. Mais il faut que tu saches que ce besoin a une cause bien précise. Mes parents m'aiment. Je suis né dans un milieu privilégié. Mais j'ai commis une erreur. Je suis tombé amoureux d'une femme mariée. Ma première maîtresse. Mon premier amour.

Renzo déglutit péniblement avant d'ajouter :

— La mère de ma fille.

Esther eut l'impression que le plancher s'effondrait.

— Ta fille ? Mais tu n'as pas…

— Pas légalement. Non. J'ai renoncé à mes droits parentaux. Juridiquement, je n'ai pas d'enfant. Génétiquement, c'est autre chose.

Elle porta la main à sa poitrine, comme si ça pouvait apaiser les battements de son cœur.

— Dis-moi tout. Quel âge avais-tu ?

— Seize ans. Et tout le monde est tombé d'accord sur un point : il était exclu qu'un homme comme moi — un adolescent comme moi — brise une famille pour élever un enfant. Comment aurais-je pu assumer cette responsabilité ? Je n'étais qu'un enfant moi-même. De l'avis général, cette idée était ridicule.

— C'est pour ça qu'ensuite tu as voulu prouver que tu étais irresponsable ?

— Il fallait bien que je me persuade que j'avais fait le bon choix. La vie que j'ai menée pendant des années était la meilleure preuve que je ne pouvais pas être un bon père.

— Mais aujourd'hui tu le peux. Regarde tout ce que tu fais pour tes enfants qui vont naître.

Renzo eut un petit rire amer.

— Oui, je suis prêt à tout pour ces enfants. Parce que c'est une blessure…

Sa voix se brisa.

— J'ai fait ce que j'avais à faire. Oui, j'ai fait ce que j'avais à faire, répéta-t-il comme pour mieux se convaincre lui-même.

Mais on ne guérit pas d'une telle blessure. C'est impossible. Et c'est très douloureux. Surtout quand je la vois.

— Ton ex ?

— Non. Je n'éprouve plus rien pour cette femme. Je pourrais la voir tous les jours sans que ça me touche le moins du monde. Mais Samantha… Ma fille. La regarder grandir de loin, dans des salles de bal, savoir que je ne pourrai jamais avoir le moindre contact avec elle… C'est comme si je recevais régulièrement un coup de couteau au même endroit. Sans espoir que ça cesse un jour. La douleur ne disparaît jamais, la blessure ne cicatrise jamais.

Esther souffrait pour lui.

— Quel âge a-t-elle ?

— Seize ans. L'âge que j'avais quand elle est née.

— Elle est presque adulte. Si tu voulais…

— Détruire sa vie ? Toutes ses certitudes ? Sur elle-même, son père, sa mère ? Lui révéler la vérité ruinerait toute son existence. Elle a des frères et sœurs.

— Est-ce que son… l'homme qui l'élève sait qu'elle n'est pas de lui ?

— Je serais surpris qu'il ne le sache pas. Je doute que sa femme et lui aient jamais été fidèles.

— Comment savait-elle que tu étais le père ?

— Jillian a fait un test. Elle voulait savoir exactement ce qu'il en était afin de pouvoir prendre les mesures les plus appropriées pour préserver son mariage. Et protéger les enfants qu'elle avait déjà.

Le cœur d'Esther se serra. C'était une situation qui faisait forcément des victimes. Et la solution choisie était sans doute la moins destructrice. Sauf pour Renzo. De toute évidence, il avait été détruit. Et il continuait de l'être, jour après jour.

— Tu es son père.

Il se mit à arpenter la chambre comme un fauve en cage. D'ailleurs, il était à la fois aussi fort et aussi impuissant qu'un fauve en cage. Il avait du pouvoir. Il avait de l'argent. Mais il ne pourrait pas faire irruption dans la vie de sa fille sans y semer le chaos. L'attitude la plus aimante et la plus noble qu'il pouvait adopter c'était de rester dans l'ombre et d'y souffrir en silence, afin qu'elle-même ne souffre pas.

La compassion qu'il lui inspirait confirmait ce qu'elle savait déjà. Elle l'aimait. L'homme avec qui elle avait décidé de passer sa vie était un homme en colère, blessé. Rongé par une souffrance qu'elle ne pouvait pas réellement imaginer.

Qu'avait-elle à lui offrir ?

— Je ne suis pas son père puisque j'ai renoncé à ce droit.

— Si, tu es son père. Tu l'aimes. Peut-être plus que toutes les autres personnes concernées. Parce que tu l'aimes trop pour prendre le risque de la perturber.

— Non, insista-t-il d'un ton farouche. Ce n'est pas de l'amour. Je ne suis plus capable d'aimer.

Elle eut l'impression de recevoir le plafond sur la tête.

— Mais tu as dit… Tu as dit que tu m'aimais.

— Et si ça te rend heureuse, je te le répéterai mille fois.

— Si ça me rend heureuse… ? Mais… Et si ce n'est pas vrai ?

— Je suis qui je suis. Ce qui est fait est fait. Je ne peux pas remonter le temps et prendre une décision différente. Tu ne comprends pas ça ? Et de même que je ne peux pas revenir sur cette décision, je ne peux pas éprouver des sentiments avec un cœur que j'ai réduit en cendres. C'est tout simplement impossible.

— Alors pourquoi m'as-tu dit ça ?

— Est-ce que tu écoutes quand je te parle ? hurla-t-il, perdant visiblement le contrôle de lui-même pour la première fois depuis qu'elle le connaissait. Je ferais n'importe quoi pour garder mes enfants auprès de moi. N'importe quoi.

— Je n'ai jamais menacé de te les prendre. Jamais. Je ne te ferais jamais ça.

— Ce n'est pas ça. Samantha… Elle a une famille. Une mère et un père. Comment pourrais-je ne pas offrir la même chose à mes autres enfants ?

Esther déglutit péniblement. C'était très clair. Il voulait à tout prix offrir à ses enfants la même vie que celle qui avait été accordée à sa première fille. Elle le comprenait, mais cela ne l'empêchait pas d'être blessée.

— Tu n'étais pas obligé de me mentir.

— Si. Tu ne m'as pas laissé le choix.

— Renzo… Je… Je ne sais pas si j'aurais pu me donner à toi comme je l'ai fait si…

Elle s'interrompit brusquement. Non. Il fallait être honnête. Elle se serait donnée à lui avec la même ferveur de toute façon. Parce qu'elle l'aimait, quoi qu'il éprouve pour elle. Et si elle souffrait, il souffrait aussi. Il avait peur également. Ça se voyait dans ses yeux. Il avait peur qu'une autre femme le prive de ce qu'il désirait le plus au monde. Ses enfants. Il disait qu'il était incapable d'aimer, mais ses actes prouvaient le contraire.

Cependant, il lui avait menti. N'était-elle pas sur le point de s'engager dans une vie similaire à celle qu'elle avait fuie ? Une vie sous la coupe d'un manipulateur ? C'était angoissant. Mais peut-être… Peut-être l'amour était-il toujours angoissant.

— Je n'avais pas l'intention de te blesser, dit Renzo, rompant le silence qui se prolongeait. Mais je ne t'aimerai jamais comme tu sembles le souhaiter. Ce qui ne signifie pas que je ne serai pas un mari fidèle. J'ai été fidèle à Ashley alors qu'elle ne l'était pas.

— Tu m'as blessée en effet.

— Ce n'était pas mon intention. Il n'y a pas de raison pour que ça change quoi que ce soit entre nous. Tu me désires, ajouta-t-il en s'approchant du lit pour lui effleurer la joue.

À sa grande humiliation, elle fut parcourue d'un long frisson.

— Ça ne suffit pas, rétorqua-t-elle en s'écartant de lui d'un mouvement vif.

— Pourquoi pas ?

— Tu veux m'épouser parce que tu veux construire une famille conforme à l'image de la famille idéale. Parce que c'est bien pour un homme d'avoir une femme, et pour ses enfants d'avoir une mère. Mais ne comprends-tu pas que tu as exactement les mêmes motivations que mon père ? S'il voulait que je reste et s'il voulait des enfants dociles c'était pour préserver l'image de sa famille. Une famille qui se devait d'être parfaite. Pour son image à lui.

La gorge nouée, elle déglutit péniblement.

— Je ne peux pas me résoudre à n'être qu'un signe extérieur de réussite. C'est ce que j'étais pour mon père. J'ai fui ma famille pour être libre. Pas pour reproduire le même schéma ailleurs.

— C'est injuste. Je n'ai pas l'intention de t'interdire quoi que ce soit. Ni de te cloîtrer. Au contraire, je t'ai promis de te montrer le monde. De te donner les moyens d'étudier dans les meilleures conditions.

— Je sais… Je…

— Suis-je un amant égoïste ?

Elle sentit ses joues s'enflammer.

— Non. Bien sûr que non.

— Comment oses-tu me comparer à l'homme qui t'a maintenue sous sa domination pendant toute ta vie ? Ce que je t'offre n'a rien à voir. C'est un accord basé sur un intérêt commun et un désir mutuel.

Elle s'allongea. S'abandonnant à la détresse qui la submergeait, elle tourna le dos à Renzo et se recroquevilla sur elle-même.

— J'ai besoin d'être seule.

— Je te verrai au petit déjeuner, répliqua-t-il d'un ton dur.

Elle guetta le bruit de la porte de sa chambre plus loin dans le couloir. Dès qu'elle l'eut entendue se refermer, elle donna libre cours à ses larmes. Il avait raison. La comparaison avec son père ne tenait pas. Elle ne s'était jamais sentie en prison chez lui. Et elle n'avait aucune envie de le quitter. Elle voulait rester ici. Avec lui. Construire sa vie avec lui et leurs enfants. Elle voulait lui donner ce qu'il désirait tant.

Mais pendant combien de temps ? Au bout de combien de temps étoufferait-elle de nouveau ?

Elle n'avait pas envie de partir, certes. Mais si jusque-là

elle ne s'était jamais sentie en prison chez lui, aujourd'hui elle se sentait piégée.

Parce qu'il ne l'aimait pas.

Qu'elle le veuille ou non, ça faisait toute la différence.

14

Renzo passa une nuit épouvantable. Il avait été vraiment odieux avec Esther. Ce qu'il avait enduré quand il avait perdu Samantha l'avait changé. Il était devenu dur, impitoyable.

Cependant, Esther n'avait pas mérité ses mensonges. S'il y avait une personne sincère et généreuse sur terre, c'était bien elle. Et en plus elle avait déjà été manipulée par un homme dominateur.

Il posa sa tasse de café sur la table d'un geste rageur et se retourna. Esther était là, au pied de l'escalier.

— Bonjour, dit-il.

— Bonjour, répondit-elle en avançant.

Son sac à dos était par terre à côté d'elle, constata-t-il soudain. Et elle portait ses anciens vêtements. Débardeur noir et jupe longue. Mais son ventre était beaucoup plus rond que lorsqu'il l'avait vue pour la première fois.

Il comprit.

— Tu ne peux pas partir, dit-il aussitôt d'une voix qu'il ne reconnut pas.

— Il le faut. Je ne quitte pas Rome. Je te le promets. Mais je ne peux pas rester ici avec toi. Pas tant que je ne saurai pas exactement où j'en suis. Je ne sais plus… Je ne sais plus ce que je ressens. Pour y voir clair j'ai besoin de m'éloigner. Ici, près de toi, je n'arrive pas à faire le point.

Il eut vaguement conscience de la rejoindre en quelques enjambées, et de la saisir par les bras beaucoup plus brutalement qu'il ne l'aurait fait s'il avait été dans son état normal.

— Tu ne peux pas me quitter.

— Si. Et j'en ai besoin. S'il te plaît, tu dois me comprendre.

Il la fit reculer contre le mur et plongea le regard dans le sien. Elle lui avait dit une fois que son regard avait un certain pouvoir sur elle. C'était le moment où jamais d'utiliser ce pouvoir. Il devait l'empêcher de le quitter.

— Tu ne peux pas partir, insista-t-il d'un ton impérieux.

— Renzo, tu ne peux pas me garder ici contre mon gré. Tu sais que j'ai déjà été prisonnière. Tu ne peux pas m'infliger ça.

Il sentit la panique le gagner.

— Comment peux-tu me faire ça ? Tu connais mon passé. Tu sais ce que j'ai perdu. Je t'ai confié ce secret. Personne n'est au courant. Même pas ma sœur. Mais à toi je l'ai dit.

— Je ne te prendrai jamais tes enfants. Je te l'ai déjà dit. Je n'ai pas l'intention de te priver de cette chance de devenir père. Mais… Je ne pense pas qu'ils pourront s'épanouir dans un foyer sans amour. Et je parle d'expérience.

— Le fond du problème c'est tu as envie de partir, c'est ça ? Tu penses qu'élever des enfants va trop restreindre ta liberté. Tu ne désires pas vraiment les bébés.

— Le problème c'est toi et moi, répliqua-t-elle en posant la main sur sa joue.

Elle ne se débattait pas. Elle ne cherchait pas à lui échapper. Elle se contentait de le toucher avec une douceur dont personne n'avait jamais fait preuve à son égard.

— Le couple que nous sommes censés former, poursuivit-elle. C'est tout. Je ne peux pas t'épouser. Pas dans ces conditions. Je ne peux pas m'engager dans un mariage sans amour.

Cette fois elle voulut s'écarter de lui, mais il resserra les doigts sur ses bras.

— Je t'aime, dit-il d'une voix rauque.

Au moment où ces mots quittèrent ses lèvres il prit conscience qu'ils étaient sincères.

— Je t'aime, répéta-t-il d'un ton pressant.

— Renzo…

Elle fit un pas de côté, et il la lâcha.

— Ne me fais pas ça. Ne me mens pas. N'utilise pas mes sentiments contre moi.

— Je ne mens pas. C'est la vérité.

— Tu m'as dit que tu me répéterais mille fois que tu m'aimais si ça me rendait heureuse. J'imagine que tu es prêt à le dire mille fois de plus si tu crois que ça peut t'aider à obtenir ce que tu veux. Mais je ne peux pas vivre comme ça.

— Je ne peux pas vivre sans toi.

— Quand tu pourras me donner la preuve que ce n'est pas un mensonge de plus, que tu ne cherches pas à me manipuler… viens me trouver. Je retourne au bar et à l'auberge de jeunesse.

Il fut soudain pris d'une furieuse envie de la faire souffrir autant qu'il souffrait.

— D'accord, prends la fuite. Et raconte-toi la belle histoire que tu as besoin de te raconter sur ta quête de liberté. En réalité, tu t'en vas par pur égoïsme, comme quand tu as quitté ta famille. Si on ne t'aime pas exactement comme tu le veux, tu décrètes que ce n'est pas de l'amour. Ne suis-tu pas l'exemple de ton père, Esther ? Tu m'accuses d'être égoïste, mais au moins je t'ai acceptée telle que tu es. Tu refuses d'en faire autant.

Il avait visé juste, comprit-il en la voyant tressaillir.

— Tu as peut-être raison sur ce point, mais moi je ne t'ai jamais menti. Comment puis-je te faire confiance, à présent ? Comment puis-je avoir la certitude que tu dis la vérité ? La première fois tu m'as dit que tu m'aimais sans ciller. Ensuite tu m'as avoué que c'était un mensonge. Et maintenant tu me demandes de te croire quand tu me redis que tu m'aimes ? Tu me demandes des choses impossibles, Renzo. Je voulais juste voir le monde.

Elle essuya une larme qui coulait sur sa joue.

— Je voulais juste aller à l'université et découvrir qui j'étais vraiment. Je n'avais aucune envie d'être de nouveau brisée. Mais à cause de toi, je le suis. Si bien que j'ai besoin de m'en aller pour me remettre d'aplomb. Si tu peux me prouver que tu m'aimes, viens me voir. Sinon… laisse-moi tranquille. Je te transmettrai les dates de rendez-vous chez le médecin.

Elle ramassa son sac à dos et se dirigea vers la porte.

— Au revoir, Renzo.

Puis elle disparut. Pour la deuxième fois de sa vie, il eut l'impression de voir son avenir lui glisser entre les doigts.

Plus tard dans la journée, Renzo se rendit chez ses parents. Il était en proie à une colère noire qui ne cessait de s'intensifier depuis le départ d'Esther. Il entra dans le bureau de son père sans frapper.

— Renzo, dit son père sans lever les yeux. Qu'est-ce qui t'amène ?

— J'ai quelque chose à te dire.

— J'espère que tu as déjà épousé cette femme. Parce que je serais très déçu d'apprendre que les choses ont mal tourné.

— Justement si. Ça a mal tourné. Très mal.

— Tu veux que j'intervienne, c'est ça ? Après tout c'est ce que j'ai fait quand ta dernière erreur de jeunesse…

— Mon erreur de jeunesse ? Tu veux dire ma fille ? Ma fille que je n'ai pas le droit de voir parce que toi, mère et Jillian avez décidé que ce serait mieux ainsi ?

— Comme si tu n'étais pas du même avis. Tu avais seize ans. Tu n'aurais pas pu élever cet enfant. La vie que tu as menée ces dernières années l'a prouvé.

Renzo serra les dents.

— Cette fois ce n'est pas une erreur de jeunesse. Je ne suis plus un enfant. J'ai franchi la trentaine. Par ailleurs, la situation est plus compliquée qu'elle n'en a l'air.

— Que se passe-t-il ?

— C'est Ashley. Elle a conclu un arrangement avec Esther, qui a accepté de jouer le rôle de mère porteuse. Bien entendu, je n'ai pas été consulté. Ensuite Ashley a changé d'avis. Elle a décidé que cette grossesse ne sauverait pas notre mariage et elle a demandé à Esther d'avorter. Esther ne voulait pas. Alors elle est venue me voir.

Renzo passa la main sur son visage.

— J'ai déjà perdu un enfant. J'étais déterminé à garder celui-ci. En réalité ils sont deux. J'étais également déterminé à éviter le scandale, comme tu me l'avais conseillé. Mais je voulais également préserver leurs droits. Je n'avais pas l'intention de laisser mon beau-frère prendre le contrôle de l'entreprise. C'est l'héritage de mes enfants. Tu as sans doute cru jouer sur mon égoïsme, mais ce qui m'importait avant tout c'était l'intérêt de mes enfants.

— Je ne crois pas un mot de cette histoire. La GPA n'est même pas autorisée dans ce pays.

— Il existe des moyens de contourner la loi, comme tu le sais certainement. Mais à présent j'ai tout gâché avec Esther. Et c'est en partie parce que tu t'es mêlé une fois de plus de mes affaires.

— Tu parles comme si tu étais furieux à cause de la décision que j'ai prise autrefois.

— Oui, en effet. J'avais seize ans. Je ne savais pas ce que ça impliquait. Je ne savais pas ce que je ressentirais. Chaque fois que je la vois dans une réception j'ai l'impression de recevoir un coup de poignard dans le cœur. Je ne me pardonnerai jamais la décision que j'ai prise à l'époque. Et je ne te pardonnerai jamais de m'avoir influencé.

Le père de Renzo tapa du poing sur son bureau.

— Ce sentiment dont tu parles, je l'éprouve pour toi. Encore plus intensément. Parce que je t'ai élevé. Parce que tu es l'héritier de tout ce que j'ai construit à force de travail. J'ai placé tous mes espoirs en toi, Renzo. Tu comptes bien plus pour moi que tu ne l'imagines. J'ai fait ce que j'avais à faire pour te protéger. Si ça me vaut ta colère, je l'accepte. Mais si c'était à refaire, je prendrais exactement la même décision.

« Tu crois que je ne souffre pas de cette situation ? Je la vois régulièrement, moi aussi. C'est ma petite-fille. Et depuis la naissance de Sophia, la perte de ma première petite-fille est encore plus pénible. »

— Le plus important pour toi c'était quand même de préserver la réputation de la famille.

— C'est notre bien le plus précieux. Et il se trouve que cette solution permettait par la même occasion de préserver le mariage de sa mère. Et toute sa famille. Ce n'était donc pas purement égoïste de ma part.

— Mais tu voulais que j'épouse Esther pour préserver ta réputation. Tu veux sans doute également éviter que les circonstances de la conception des jumeaux s'ébruitent.

— Tu suggères que tout révéler serait une bonne chose ? Et la réputation de la famille Valenti ?

— Je n'en sais rien. Mais je ne peux pas sacrifier ma vie pour préserver la réputation des Valenti. Ni celle des gens que j'aime.

— Et l'amour de tes parents ? Il ne compte pas du tout ?

— Tu as les moyens de te protéger, père. Alors que mes enfants sont sans défense. Ils dépendent de moi. Je dois prendre la meilleure décision pour eux.

— Et tu penses que donner un parfum de scandale à leur naissance est une bonne solution ?

— Je suis fatigué des mensonges. Fatigué de vivre une existence conditionnée par mes erreurs passées. Renoncer à Samantha était peut-être la bonne décision. Je n'avais peut-être pas le choix à l'époque. Mais aujourd'hui j'ai le choix. En révélant la vérité j'infligerai peut-être une humiliation à notre famille, mais si je veux reconquérir la femme que j'aime je dois en passer par là. Je ne veux pas être esclave de la réputation des Valenti.

— J'ai fait ce que j'avais à faire. Je t'ai conseillé au mieux. C'est moi qui suis responsable de la famille, Renzo. Préserver notre réputation est mon devoir.

— C'est peut-être bien le problème. Qui nous mène à une impasse. Parce que je suis responsable de ma famille. Esther et les enfants qu'elle porte. Je l'ai perdue, mais j'ai bien l'intention de la retrouver. À n'importe quel prix.

Renzo pivota sur lui-même et se dirigea vers la sortie. La voix de son père l'arrêta.

— Renzo, je ne suis peut-être pas d'accord avec ta décision, mais tu dois savoir que je suis conscient que tu n'as plus besoin que je te protège. Je le comprends et je l'accepte. Tu es un homme à présent, et tu as des raisons de m'en vouloir. J'espère seulement qu'un jour tu me pardonneras.

Renzo expira longuement. Une réflexion d'Esther lui revint en mémoire. Elle lui avait dit qu'on ne pouvait pas aller de l'avant si on ne chassait pas les nuages du passé. Il était grand temps pour lui de chasser ces nuages…

— Je suppose que ça dépendra de ce qui va se passer maintenant, répliqua-t-il.

15

Esther était brisée. Moralement et physiquement. Le travail au bar était plus pénible qu'à l'origine. Son ventre était plus gros, ses chevilles plus enflées, et sa fatigue plus grande. Sans compter qu'elle n'avait qu'une envie. Ramper sous le bar pour pleurer pendant tout son service.

Il faisait lourd, ce soir. Les nuages s'amoncelaient dans le ciel, annonçant un orage. D'ailleurs, les premières gouttes tombaient… Super. Elle allait arriver à l'auberge complètement trempée. Et ensuite elle passerait toute la soirée à grelotter parce qu'il n'y avait jamais assez d'eau chaude pour la douche.

Un éclair zébra le ciel, la faisant tressaillir.

— Esther ?

Elle se retourna. Son patron lui faisait de grands signes. Il fallait rentrer les coussins des fauteuils de la terrasse.

— D'accord, j'y vais.

Il faisait doux, mais les gouttes étaient énormes et froides. Elle commençait à ramasser les coussins quand elle sentit des picotements sur sa nuque. Elle se redressa lentement. Au même instant un nouvel éclair illumina la terrasse, et elle le vit. Renzo, en costume sous la pluie, les mains dans les poches, les yeux fixés sur elle.

— Que fais-tu ici ? demanda-t-elle, clouée sur place.

Elle lâcha les coussins sans même en avoir conscience.

— Je suis venu te voir. Tu m'as dit de venir quand je serais prêt à te prouver que je t'aime. Je suis prêt. J'ai pensé qu'il valait mieux que je te parle avant la conférence de presse. Pas pour moi. Pour toi.

— Une conférence de presse ? Pour quoi faire ?

— Pour tout expliquer. La GPA… Tout. Je me suis dit que si je n'avais plus de réputation à préserver, tu ne pourrais peut-être plus m'accuser d'être motivé par elle.

— Je… Je suppose que c'est facile pour moi de lancer ce genre d'accusation étant donné que ma vie n'intéresse personne.

— Ne t'excuse pas. Tu avais raison à mon sujet. Je ne visais que mes propres intérêts. Mais c'est terminé. Je suis prêt à révéler à la presse que tu es une mère porteuse et que j'ai été piégé par mon ex-femme.

— Mais cela ne risque-t-il pas de poser des problèmes juridiques ?

— C'est la raison pour laquelle je voulais te parler avant la conférence de presse. Je craignais que tu prennes ça pour une manœuvre de ma part destinée à te priver de ta place dans la vie des enfants.

Il secoua la tête.

— Je tremble intérieurement. Parce que je ne sais pas comment te convaincre de me croire.

Elle le regarda s'avancer vers elle sous la pluie battante. Elle était trempée jusqu'aux os, ses vêtements lui collaient à la peau, mais elle s'en moquait éperdument.

— Mon père m'avait menacé de me priver d'une partie de mon héritage si je ne me mariais pas avec toi. Le fiasco de mon mariage avec Ashley lui est resté en travers de la gorge. Il voulait que je fonde une famille stable. Et de mon côté, je ne voulais pas que mes enfants perdent leur héritage.

— Ton père t'a demandé de m'épouser.

— Oui. Et le soir du bal, avant notre première nuit ensemble, j'ai vu Samantha. Et j'ai su que j'étais prêt à tout pour garder mes autres enfants. Y compris à te mentir. Et je l'ai fait, malheureusement. Mais aujourd'hui tu dois me croire si je te dis que ça m'a valu de passer les pires moments de ma vie. La souffrance et le remords m'étaient familiers depuis que j'avais renoncé à ma fille. Je croyais avoir touché le fond du désespoir. Eh bien, je me trompais. Quand j'ai pris conscience que je t'aimais et que je n'avais aucune chance de te convaincre de ma sincérité, j'ai cru devenir fou. Savoir que j'avais tout gâché, que j'avais de nouveau trouvé l'amour en moi, mais que j'avais perdu toute chance de le vivre avec toi, c'était insupportable.

Esther franchit le dernier mètre qui les séparait et elle referma les bras sur Renzo, laissant la pluie effacer leur souffrance.

— Je te crois. Et tu n'as rien gâché. Je t'aime. Je savais que tu étais capable d'amour. Parce que tu n'as pas hésité à bouleverser ta vie pour accueillir les bébés, parce que tu préfères continuer à souffrir en silence plutôt que de perturber Samantha. Tout ça c'est de l'amour, Renzo. Du véritable amour. Fondé sur le sacrifice et non sur la domination. Je t'aime et je te crois. Tu n'as rien à me prouver. Je suis profondément touchée que tu aies envisagé de tout révéler, mais je pense qu'il vaut mieux épargner les gros titres à nos enfants.

— Sans doute.

Il fit glisser les mains le long de son dos.

— Je t'aime, Esther. Je n'ai aucune expérience en matière d'amour conjugal, mais j'ai envie de m'améliorer. Voilà ce que je peux t'offrir. Ma volonté de changer, de progresser.

— Je n'ai aucune expérience non plus, et j'étais partie de chez moi pour voyager à travers le monde en toute liberté. Mais à présent, ce que je veux c'est vivre avec toi, construire une famille avec toi, et tout partager avec toi depuis les moments les plus difficiles jusqu'aux plus joyeux.

Il s'empara de sa bouche dans un long baiser fervent, tandis que la pluie ruisselait toujours sur eux.

— Je vais me faire renvoyer, murmura-t-elle contre ses lèvres.

— Heureusement que tu vas épouser un milliardaire.

— Arrogant. Je n'ai pas dit que j'allais t'épouser. J'ai juste dit que je t'aimais.

— Je suis arrogant, oui. Ça fait partie de mon charme, tu verras.

— Et moi, je continuerai à manger des céréales assise par terre. Ça fait partie de mon charme.

Un sourire étira les lèvres de Renzo.

— Un charme fou, qui me subjugue. Esther, je veux te montrer le monde entier et en retour je veux que tu m'apprennes à devenir un homme meilleur. L'homme dont tu as besoin.

Un roulement de tonnerre gronda dans le ciel et se réverbéra dans la poitrine d'Esther, comme en écho aux battements de son cœur gonflé de joie.

— Renzo, ne dis pas de bêtises. Tu es déjà l'homme dont j'ai besoin. Tu n'es sans doute pas l'homme que j'aurais choisi, mais tu es celui que j'aime. Je rêvais de liberté, mais je ne me sens jamais aussi libre que lorsque je suis dans tes bras.

— Je t'aime, Esther. Notre histoire a peut-être commencé de façon bizarre, mais je crois qu'elle est loin d'être terminée.

— Moi aussi, Renzo. Moi aussi.

Épilogue

Après cinq ans passés en compagnie de Renzo, leurs jumeaux et leurs deux autres enfants, ses nièces, ses neveux, sa belle-sœur et son beau-frère, Esther se sentait plus libre qu'elle ne l'avait jamais été. Entourée mais libérée.

Les parents de Renzo n'avaient pas toujours un caractère facile, mais l'amour fervent qu'ils éprouvaient pour leurs enfants et leurs petits-enfants la ravissait.

Elle était devenue très proche de sa belle-sœur, Allegra, et de son mari, Cristian. Les deux couples passaient souvent de longues soirées à table, à rire et à bavarder pendant que les enfants jouaient.

La seule ombre au tableau c'était qu'elle ne pouvait pas guérir toutes les blessures de Renzo. Il l'aimait et il aimait leurs enfants d'un amour inconditionnel, mais par moments il s'assombrissait et elle savait qu'il pensait à sa fille aînée. Cette fille qu'il n'avait jamais pu connaître.

Jusqu'au jour où une lettre arriva au courrier. Samantha avait fini par découvrir la vérité sur sa naissance et décidé d'écrire à Renzo. Elle voulait connaître son père, cet homme qui s'était effacé discrètement pour ne pas semer le chaos dans sa famille.

Esther l'avait accueillie avec joie. Il ne lui serait pas venu un seul instant à l'esprit de fermer leur porte à la fille de son mari.

Malgré tout, un soir, après une visite de Samantha, Renzo la prit dans ses bras et l'embrassa.

— Merci. Merci de l'avoir acceptée avec une telle générosité. Je suis conscient que ça ne va pas de soi…

— Au contraire, dit-elle en pressant les doigts sur ses lèvres. C'est une grande joie pour moi. Te voir avec tous les morceaux de ton cœur réunis est le plus beau cadeau dont je pouvais rêver.

Les yeux de son mari brillaient d'un éclat suspect quand il se pencha de nouveau vers elle pour l'embrasser. Il murmura ensuite d'une voix rauque :

— Le plus beau cadeau que j'aie jamais reçu c'est toi, Esther. Sans toi ma vie n'aurait pas de sens. Je serais toujours un séducteur notoire, assez riche pour s'offrir tout ce qui lui ferait envie, mais privé de la seule chose dont il aurait réellement besoin.

— Quoi donc ?

— L'amour, Esther. Sans toi, je n'aurais pas d'amour. Avec toi, ma vie en est remplie.

Sur ces mots il la souleva de terre et la porta à l'étage jusqu'à leur chambre, où il entreprit de lui prouver à quel point il l'aimait. Même si elle n'avait pas besoin de preuves. Jamais elle ne doutait de son amour pour elle.

Retrouvez prochainement,
dans votre collection

SAGAS

INTRÉPIDES DÉBUTANTES, de Laura Martin - N°174

L'imposture d'une lady

Quand sa cousine Amelia la supplie d'échanger leur identité pour quelques semaines, Lizzie n'a pas le cœur à refuser : Amelia pourra ainsi retrouver son beau capitaine. C'est avec un mélange de curiosité et d'appréhension que Lizzie débarque à Londres en riche héritière, laissant derrière elle Bombay et sa vie désargentée. Mais la tante qui l'accueille insiste pour l'introduire dans le monde. Comment pourrait-elle tenir son rôle ? Et comment réagir lorsque l'irrésistible lord Brunwell, le célibataire le plus en vue de Londres, commence à lui faire la cour ?

Le secret du châtelain

« Vous pouvez aller où bon vous semble, excepté dans l'aile est. Est-ce clair ? »
Lorsque son hôte lui impose cette condition pour rester chez lui, Amelia s'empresse d'acquiescer. Après avoir été agressée par l'homme qu'elle croyait aimer, elle a trouvé refuge dans ce manoir. Son propriétaire, un seigneur ténébreux et charismatique, y vit comme un reclus. Heureusement, il tolère sa présence le temps qu'elle trouve une solution pour rejoindre sa famille en Inde. Mais, bientôt, Amelia est gagnée par le désir de percer à jour les secrets du châtelain…

Tétralogie : Le royaume des Karèdes - Intégrale 2/2 - N°175

Le secret d'une princesse, de Chantelle Shaw

La princesse Katarina ne peut résister au charme de Nikos Angelaki, un homme d'affaires grec extrêmement attirant. Cédant à ses avances, elle passe entre ses bras une nuit incroyable, au mépris de son rang. Et elle décide de disparaître sans lui révéler sa véritable identité…

L'enfant des Karèdes, de Melanie Milburne

Redevenir la maîtresse du prince ? Cassandra ne veut pas y songer ! Six ans plus tôt, elle a été condamnée à tort par la justice du royaume et il l'avait abandonnée. Désormais, elle n'a plus qu'un objectif : quitter l'île d'Aristos avec son fils. Hélas ! le prince semble prêt à tout pour l'en empêcher…

Le défi d'une princesse, de Natalie Anderson

Afin de prouver qu'elle est capable de s'assumer seule, la princesse Elissa a tout quitté pour travailler à Sydney. Un défi pour elle qui a toujours vécu au palais. Hélas, dès les premiers jours, elle multiplie les faux pas, troublée par le charme de son patron. Et, face au beau milliardaire, Elissa comprend qu'elle ne bénéficiera d'aucun traitement de faveur…

L'héritière des Karèdes, de Carol Marinelli

Une simple domestique, l'héritière des Karèdes ? Le roi Zakari se rend à l'évidence : la séduisante servante dont il a fait sa maîtresse porte le diamant Stefani autour du cou, joyau de la couronne qui lui permettra de régner sur le royaume. Déterminé à le récupérer, il se résout à demander Effie en mariage, même s'il doit lui faire croire qu'il est tombé éperdument amoureux d'elle…

Retrouvez prochainement,
dans votre collection
SAGAS

Tétralogie : L'HÉRITAGE DES CHATSHIELD - N°176

Scandaleuse nuit d'amour, de Lucy Monroe

Aaliyah est effondrée. Si elle a accepté ce poste de gouvernante au sein du luxueux hôtel Chatsfield, c'est pour rencontrer son père. Jamais elle n'aurait imaginé qu'il la rejetterait... Mais quand elle voit arriver le cheikh Sayed al Zeena, elle se demande si s'autoriser une nuit de passion entre les bras de cet homme ne serait pas le meilleur remède à son désespoir...

Une princesse à séduire, de Melanie Milburne

Organiser un mariage royal ? Quand son père lui confie cette mission, Lucca éclate de rire. Mais pourquoi pas ? La princesse Charlotte, la sœur de la mariée, semble avoir tout prévu. Pourtant, quand il croise le regard de la princesse, Lucca se demande si cette parenthèse ne va pas se révéler plus amusante que prévu...

Un jeu si dangereux, de Michelle Conder

Ce tournoi de poker, c'est la chance d'Aidan. Ce soir, il tient l'homme qui a détruit son père. Mais quand ce dernier met en jeu une nuit avec Cara Chatsfield, Aidan est à la fois outré et tenté. Il serait enchanté de remettre à sa place cette héritière arrogante. Mais son sourire le tourmente plus qu'il ne le voudrait...

Le secret du milliardaire, de Chantelle Shaw

Si Sophie a entrepris le voyage entre Londres et Chatsfield House, c'est parce que son avenir en dépend. Elle doit convaincre Nicolo Chatsfield de se joindre à l'assemblée des actionnaires des hôtels Chatsfield. Or l'homme vit retiré dans son manoir... Quand elle le rencontre, plus indomptable que jamais, elle comprend que le désir qu'elle éprouve pour lui va lui compliquer la tâche...

Trilogie : PASSION À MANHATTAN, de Teri Wilson- N°177

La magie d'une naissance

Enceinte ? Ophelia ne sait comment réagir. L'unique nuit de passion qu'elle a partagée avec son patron, le ténébreux héritier de l'empire de joaillerie Diamonds Drake – était une erreur. Et leur étreinte devait rester sans conséquence... Doit-elle annoncer la nouvelle ou taire son secret ?

Troublante escapade

Si la princesse Aurélie a fui à New York, c'est pour échapper à ses obligations royales quelques jours. Se promener dans Central Park, lire un livre, voilà tout ce à quoi elle aspire. Mais sa rencontre avec Dalton la bouleverse. Les moments passés auprès de lui ont un goût de bonheur. Un bonheur impossible ! Car dans un mois, Aurélie devra en épouser un autre...

Sous le charme de son rival

Quand une riche héritière et un champion de polo sont réunis sur un panneau publicitaire, tout New York se prend à croire qu'il s'agit d'amants sulfureux. Et voilà comment Diana et Franco en viennent à jouer les faux fiancés. Comment un homme et une femme qui se détestent se rapprochent...